U0024198

陳墨賞析金庸

陳墨——著

陳墨賞析金庸——目錄

陳墨賞析金庸——目錄

引言

「凡是有華人的地方，都有人知道他的名字。」這「他」是指武俠小說的大宗師金庸。乍看起來似乎有些誇張，其實只怕仍嫌不太夠。凡是有華人的地方，固然都有人知道金庸的名字，在東亞、西歐、南洋、北美莫不如此。正如宋代有水井的地方就有人歌詠柳永的詞。其實沒有華人的地方也有不少的外國人知道金庸，並且樂意談論金庸。二十年前的「南越」國會中居然有人以金庸小說中的人物及其所代表的特有形象類型來互相進行指責，說某某是岳不群（偽君子）、某某是左冷禪（企圖建立霸權者）便是一例。

所以金庸的名字在華人地區廣為人知，金庸的作品席捲南北，「金迷」（金庸愛好者）不分男女老少、高雅通俗，這一切應是不足為奇。如果要說奇怪的話，那就是，仍有不少人並不看金庸——不看金庸這並不稀奇——卻對金庸表示不屑一顧，而有些人對金庸的作品顧了一顧，甚至三顧四顧、五顧六顧，卻仍然還是不置可否，叫人莫測高深。整個大陸文學評論界及文化研究界，對金庸作品風靡大陸這一明顯而又值得研究的文學現象及文化現象仍舊保持著一種不置可否的態度，謹慎地沉默著，叫人莫測高深。

好在，畢竟有不少的「金迷」已開始打破這種奇也怪哉的沉默，置種種「不屑」、「不值」、「不便」、「不顧」於一旁，開始講評金庸，談論金庸。國內報刊，偶有文章發表，雖依舊不多且萬不夠與「讀金庸」及「金庸熱」相適應，然而畢竟有了，至於坊間宅下乃至公共場合，茶餘酒後，早起會前乃至深更半夜徹夜不眠地談論金庸者，已是不勝枚舉。這也不必多說。

至於筆者本人，則首先是一個「金迷」。其次是堅信金庸小說值得一讀，值得一論，值得專門地研究——相信「金學」將會像當年「紅學」一樣，由「俗」而「雅」，由「私」而「公」，由「少」而「多」，由「淺」而「深」，以至於成為一個非同一般的文學研究及文化研究的課題。再次是筆者既是「金迷」又愛「金學」，因而願為大陸「金學」鳴鑼開道，願意撰文著書以為金庸小說及其「金學」正名，並願以此為廣大的金學愛好者相互切磋。

一

筆者曾在《文藝報》上發表過一篇題為〈俗極而雅，奇而致真——金、梁、古武俠小說漫評〉的文章，而後又在《百花洲》雜誌一九八九年第六期上發表了一篇四萬餘字的長篇論文。在這幾篇文章中，我都堅持一個信念，即雅俗是「名」，從而同樣「名可名，非常名」；文學有「道」，自必「道可道，非常道」。

「俗極而雅」是我對金庸等武俠小說的一種看法，同時也是我對中國古代文學發展歷史及其規律的一種看法。

依我看來，中國文學幾千年的歷史進程及其形式之演變，無不經歷了一個由俗到雅，由民間到朝廷廟堂，由街談巷語、俚曲閒書到大雅之堂……這樣一個過程。《詩經》之「采風」本來就是向「民間」搜求藝術，乃至成為經典。

其後詞、曲、話本、傳奇……等等文學藝術形式無一不是出身微賤，來自民間，從那「關關雎鳩，在河之洲；窈窕淑女，君子好逑……」的歌唱，到中國古典小說的巔峰之作《紅樓夢》，如今看來當然是金光閃閃的大雅堂中的供奉，而其當年恰正似做亭長里正時的劉邦。

小說這種形式原本就是街談巷語、「君子不為」而「引車賣漿者流」為之的俗文學，直至近代——十九世紀末、二十世紀初——才因梁啟超提出「欲新一國之民，必欲新一國之小說……」而身價百倍。可也正因為如此，中國近代小說，尤其是「新民牌」小說，卻恰恰總是不能盡如人意。而在此之前的小說，無論是如今怎樣推崇的《西遊記》、《紅樓夢》、《三國演義》、《今古奇觀》、《儒林外史》、《聊齋志異》……等等，當年無一不是閒書。而如今則無一不是大雅。——其中源流因果，不知文人雅士們有否考證思辨、探索研究。

再說武俠小說這種形式，這在中國可以說是源遠流長。也正是因為源遠流長，才會有金庸，才會有「金庸熱」。它的遠祖甚至可以推為司馬遷《史記》中的《遊俠列傳》。當然，或有人說，司馬遷的《史記‧遊俠列傳》畢竟是史學而非藝術，是嚴肅文學，而非通俗傳奇，從而將司馬遷當做武俠小說的遠祖未免有些自欺欺人。這大概可以算做一個懸而不決的問題，由讀者與學者自己去認定或公論。

即使《史記・遊俠列傳》不能算是武俠小說的遠祖，而唐人傳奇中的相當多的篇什則無疑可以認為是當今武俠小說的先河，其中著名的有《紅線》、《聶隱娘》、《崑崙奴》等。

到了明朝，「說話」盛行，演述武俠故事的「話本」也就應運而生，如《李汧公窮途逢俠客》、《楊謙之客舫遇俠僧》等等，雖其武俠形象未必比《紅線》中的紅線更為成功，然其小說的情節則遠為曲折，內容更為豐富。

清朝末葉，長篇俠義小說紛紛出現，第一部是文康的《兒女英雄傳》，其次是石玉昆根據評話底本整理的《三俠五義》，再則《七劍十三俠》、《英雄大八義》……等等，這些小說，「意在敘窮俠之士，遊行村市，安良除暴，為國立功」。其後，《施公案》、《彭公案》、《劉公案》……等「公案小說」亦相繼出籠。這些可以看做是武俠小說的一個變種。當時在民間流傳，十分廣泛。

民國以後，尤其是本世紀二十年代至三十年代，武俠小說更是氾濫，《江湖奇俠傳》、《蜀山劍俠傳》、《青城十八俠》、《大刀王五》、《草莽英雄傳》、《鐵騎銀瓶》、《七殺碑》……不勝枚舉。

武俠小說經歷了漫長的發展過程，成了中國文學的一種獨特而相對完善的文學形式。我們之所以要說這些，並不是要拉大旗作虎皮，只不過是想說明雅和俗這種觀念只不過是一種觀念而已，如果簡單地表面化地根據這雅或俗的名目去小看某些文學作品以至於整個的文學形式，這未免是一種傲慢與偏見。

《紅樓夢》及「紅學」的遭遇與經歷，大是值得我們借鑒與研究。

而《忠義水滸傳》如今赫然是「中國四大古典小說名著」之一，但要說這是一部武俠小說，只怕沒有人會反對吧？它本來就是。

傲慢與偏見是一種很惡的習慣。而我們的民族，則是只認「廟堂之高」而不認「江湖之遠」。雖然說起來如今已無什麼廟堂與江湖之別，且每一個人都談不上誰是正宗又誰是旁系，然而中國人認正統的信念卻是一成不變。只要是俗的，便不屑於一顧。至於說「俗極而雅」，那簡直是「海外奇談」。其中，恐怕多半也是由於傳統教育所造成的吧。

好在這種狀況已逐漸在變，而且也確實是非變不可。

二

改變或破除「雅俗之念」，並不等於證明了武俠小說或俗文學與雅文學（**又稱純文學或嚴肅文學等**）就沒有區別了，更不是說俗文學才是真正好的，雅文學反而倒全部不值一談了。現在確實有不少的低層讀者是不大讀純文學作品了，這不僅是從上述冬烘之正統的一個極端走向另一個極端，同時也是一個令人憂慮的現實，那就是我們民族的文化素質的問題。而是說，名可名，非常名，套用一句大家熟悉的話說，便是要透過現象看本質。

至少，武俠小說熱與金庸熱這種現象，值得我們去認真地對待與研究。需要的是真正的研究，而不是簡單的評價乃至於宣判，更不能視若無睹，置之不理。作為一種文學現象或文化現象的金庸熱及其武俠小說熱確有值得我們注意與研究之處，比如說，有以下幾方面「熱」的原因。

首先，對大陸的讀者而言，是一種消費文化心理的多少有些畸型的表現。金庸、梁羽生、古龍等人的「新派武俠小說」在港、台、海外地區雖然從五十年代初期就已經蔚然成風，影響極大，然而那時的大陸尚在政治經濟與文化的封閉與禁錮之中。人們所能見到的文藝，大多是「認識作用」及其「教育作用」的產物，「審美作用」已是等而下之，不甚受到重視，而「娛樂作用」則雖非大逆不道，至少有些不登大雅之堂。因而一旦「文革」結束，大陸的政治、經濟、文化的開放，人們的審美需要及其消遣、娛樂的需要便也應運而生，自然而然地迎合了貿然闖入的台灣的瓊瑤（言情代表作家）與香港的金庸（武俠代表作家）。

之所以說這種消遣、娛樂等消費文化心理多少有那麼一點畸型，那是因為受到了「文化大革命」的禁錮、壓制及至消而滅之，從而在新時期死灰復燃之後，就不免有些邪乎，有些矯枉過正，有些目不暇接，正像餓久了的漢子上飯鋪，為了止餓不免分不出滋味的好歹來，正如富人怕什麼膽固醇，因而不吃肉，而窮人仍道肉好，肥肉更好，餓極則更是恨不得生吃豬油。

其次，是故事與傳奇自身的魅力使然。

如果僅僅是消費文化心理及其多少有些畸型的膨脹，還不足以說明問題。進一步探索下去，便會碰上喜歡聽故事、更喜歡聽傳奇故事這麼一種普遍的人類心理。人們總是喜歡——像兒童一樣——聽故事，喜歡問「以後怎麼樣」；喜歡奇聞，更喜歡曲折離奇。而武俠小說則像其他類型的小說如偵探小說、推理小說、驚險小說、神秘小說、科幻小說……一樣對這種心理是投其所好，所以大受歡迎。

再次，是武功與俠義的文化特產。

上面我們曾說到過，中國的武俠小說源遠流長，因此才會有金庸及「金庸熱」。金庸武俠小說對於中國人來說都是熟悉的陌生者。熟悉的是其中武功與俠義，陌生的是其中新的情節、故事、人物。武功是中國功夫，對華人來說固是美妙非常。而俠義對於具有數千年的封建傳統及非法統治——人治而非法治——的華人來說，更是傾心不已。

一方面每一個華人都默認了強者為尊這一無法無天的世界中的「無法之法」；另一方面，每一個虛弱無助而又卑賤怯懦、毫無安全感的人，則無一不在自己的幻想中盼望俠義的大救星，以便扶危濟困、均貧富。這對於今天海內外的華人來說也不難解釋，即一方面是一種文化遺傳及其審美定勢；另一方面，更深的一層次上則是華人骨子裡的卑怯自我的一種本能的幻想與希望的基因繁衍。

其四，是中國形式、中國作派的魅力。

對於海外的中國僑民來說，武俠小說——無論是新派或老派——是一種親切的民族形式及其中國作派的象徵。讀之除了故事與傳奇，武功與俠義等等一般的吸引力之外，還有一種特殊的親切感，即把它視為民族文學形式的象徵。

而對於海內的讀者來說，雖情形要稍為複雜一些，但大致也差不了多少。同樣地，武俠小說從其章回、說話等形式，其敘事方法與語言，到其中的內容與人物，其生存的環境，及其生活的價值觀念與內心的痛苦與願望……等等，亦無不是民族文化形式的親切的象徵。——雖然我們今天的新文學或純文學也並不是什麼外國文學或外民族形式，但其中受到外國文學及其形式、觀念、價值乃至趣味等等影響則是無疑的。

「五四」新文學是非古又非洋，是一種特殊的新形式。至少不是純粹的民族形式，小至標點符號的使用，敘述語言的長短及規範，大至小說主題及其情節的設置，都已不是純粹的中國作風與中國氣派，而近幾十年來的中國大陸文學，則更是企圖將「封、資、修」的各種傳統統統都拋開，而創造了一種嶄新的文學觀念體系及藝術形式。

對此，我們不必做任何評價，因為這需要進行專門的科學研究。然而這至少說明了一點，那就是我們當今所認為的中國文學並不一定就是人民大眾所真正喜聞樂見的民族形式。而大家對金庸等人武俠小說的特殊熱愛，則恰恰是產生了一種他鄉遇故知的親切感。

最後，我們也許應該看到，武俠小說不可一概而論，其中精糟之別，高下之分有如天壤。即使是品流相近的作者如金庸、古龍、梁羽生之間亦有不同風格，而品流相近的讀者則同樣會有不同感悟。

三

且說金庸。

金庸不姓金，而姓查，原名查良鏞。不少讀者恐怕都已知道「金庸」之名來自對查良鏞的「鏞」字的一分為二。

金庸先生生於一九二四年，浙江省海寧縣人。這在金庸的小說如《書劍恩仇錄》、《鹿鼎記》的《後記》或注釋中我們可以看到：海寧查家實在是一個聲勢煊赫的大族，歷代人才輩出。例如清代最著名的詩人查慎行，便是出自海寧查家，是金庸即查良鏞的高祖。其時，這一家族之中「一門七進士，叔侄五翰林」，可以想見其科第之盛。近至金庸的祖父，也還做過賜同知銜的江蘇丹陽縣知縣（從其小說《連城訣》的《後記》中又可以看到）。

——我們提出這些文化背景，是為了方便我們閱讀與理解金庸的作品及明白金庸的根，至於金庸自己在許多方面所作出的卓越貢獻，並進而成為香港的名人，甚而「名人界中的名人」，是否與此祖蔭有關，那還需要慎重地去考證。只不過，從金庸的小說之中，我們已完全可以看到，各人的人生道路及其事業成就在於自己的機遇與努力，而不完全在於其祖蔭宗德如何。金庸小說中也不知有多少名門子弟流落為丐為奴，甚而奸惡無賴之輩；亦不知有多少寒門微士乃至來歷不明的孤兒成為一代天驕大俠豪士；當然，也有一些名門子弟因其努力奮鬥從而光大門楣。

金庸的成就，更多的是來源於他的苦學、勤奮、才能、學識及其努力不懈的奮鬥。

金庸在中學階段，適逢日寇侵華，至使他飽受戰禍之災和亂世之累（這在金庸的小說中也頗有許多端倪可尋，金庸寫「亂世之災，離人之苦」可謂一絕，當與他自己的這一段親身經歷有關）。高中畢業之後，進入國立政治大學，讀外交系。但據說他大學沒有畢業就離開了，原因是他看不慣國民黨員學生在學校裡飛揚跋扈，找學校提意見，結果自己卻被當成不安定分子被迫離開學校。

金庸離開大學幾年之後，抗戰勝利，回到家鄉，適逢當時中國最有地位和影響的報紙《大公報》在全國範圍內公開招聘記者，在三千名報考應試者中，金庸幸獲錄用，使得金庸和報業發生關係並影響終身。在《大公報》工作一段時間後又被派往香港，擔任電訊翻譯工作。金庸在該報工作了很久，後因故離開。在這一時期，金庸對電影工作有了興趣，以「姚馥蘭」（即英語「你的朋友」之音譯）這一名字在報紙上發表影評，頗有影響。進而又用「林歡」這一名字寫影評、寫劇本，甚至直接加入過電影公司，做過編劇和導演。

一九五五年，在其同事與好友梁羽生等人的影響之下，開始寫武俠小說。其處女作是《書劍恩仇錄》。一經發表，便被驚為天人。從此之後聲名鵲起，一發而不可收。至《射鵰英雄傳》發表，奠定了其武俠小說的大宗師地位。

在《射鵰英雄傳》獲得超級成功之後，金庸就脫離了其他的報紙，而與他的中學同學沈寶新先生一起合創《明報》。《明報》草創之初，金庸便在該報上撰寫《神鵰俠侶》連載，從而招徠讀者與訂戶。他的武俠小說及其聲名成就對於他之創辦《明報》無疑起了極大的作用。此後，他的大部分武俠小說作品都全在《明報》上發表，直到他的最後一部小說《鹿鼎記》。《鹿鼎記》載完之後，金庸終於「封刀」，不再寫武俠小說。

不少的讀者都十分關心金庸「金大俠」究竟會些什麼功夫？據瞭解，金大俠除略通太極拳理之外，於其他內功、外功、輕功、暗器盡皆不會。至於「九陽真經」、「九陰真經」及「乾坤大挪移」等等實際功夫，金大俠也是只能說而不能練的。但是，金大俠不會武卻會舞，年輕時他就曾學過芭蕾舞，且對古典音樂造詣極高。此外，又喜圍棋，於博弈之道及博弈之理皆下過很深的功夫，許多大陸與台灣的圍棋高手都作為金庸的朋友與棋師在香港金庸家中切磋技藝或講理論道，如此佳話甚多。

自然，金庸最深的功夫還是文理而非武術。金庸的藏書多得令人驚訝也令人羡慕，他讀書之豐之博之深也是令人敬仰與欽佩。近年，金庸對佛學興趣極濃，頗為得道。這在金庸的小說中大致也可以看到或推測到的。

四

再說其小說。

關於金庸其人，我們只能說以上這些，大概也只需要說以上這些。因為我們面對的是已問世而且獨立的金庸小說。

大概有不少的讀者都知道金庸曾將其主要小說書名的首字編成了一幅對聯，叫做：「飛雪連天射白鹿，笑書神俠倚碧鴛」。即：

飛──《飛狐外傳》

雪──《雪山飛狐》

連──《連城訣》

天──《天龍八部》

射——《射鵰英雄傳》
白——《白馬嘯西風》
鹿——《鹿鼎記》
笑——《笑傲江湖》
書——《書劍恩仇錄》
神——《神鵰俠侶》
俠——《俠客行》
倚——《倚天屠龍記》
碧——《碧血劍》
鴛——《鴛鴦刀》

再加上一部《越女劍》，一共是十五部作品。其中《越女劍》、《白馬嘯西風》、《鴛鴦刀》三部是中篇小說，其餘十二部為長篇。

前面已經說過，金庸於一九五五年開始寫武俠小說，其處女作為《書劍恩仇錄》。至於其最後一部小說及其封刀的時間則有兩說。一說是《越女劍》，作於一九七〇年元月。金庸自己就是持這一說，說他「十五部長短小說寫了十五年」（《鹿鼎記・後記》），這一說的理由是，《越女劍》確實是金庸最後開始構思並寫作的小說。另一說則是以《鹿鼎記》為其最後的封刀之作。有趣的是，金庸本人也是這麼說：

《鹿鼎記》於一九六九年十月二十四日開始在《明報》連載，到一九七二年九月廿三日刊完，一共連載了兩年另十一個月。我撰寫連載的習慣向來是每天寫一續，次日刊出，所以這部小說也是連續寫了兩年另十一個月。如果沒有特殊意外（生命中永遠有特殊的意外），這是我最後的一部武俠小說。（《鹿鼎記・後記》）

很明顯，《鹿鼎記》開始得比《越女劍》早，而結束得遠比《越女劍》晚。所以，金庸真正的「封刀」之作應該是《鹿鼎記》，更何況《鹿鼎記》與《越女劍》的份量、成就無法比擬，若說《越女劍》是金庸在寫《鹿鼎記》時偶一為之的一記怪招，也不為過。這就是說，金庸寫十五部書不是花了十五年而是花了十七年。

金庸所有的作品都是先在報刊上連載，然後再修訂出版成書。修訂的工作開始於一九七〇年三月，到一九八〇年中結束，一共是十年。金庸幾乎每部著作都經過了大量的修訂，少數作品甚至有些「面目全非」了。指出這一點的意思是，我們大陸的讀者未能在當年有幸而及時地讀到在海外報刊上連載的金庸作品（**當然不排除有極少數人仍有此幸運**），然而不幸中的大幸是我們終於在八十年代左右全部都看到了，而且絕大部分看到的都是其修訂本。也就是說，其小說的完整性及其藝術成就當比當時連載的要好。且不必天天等讀而心焦火燎，這叫做塞翁失馬，焉知非福吧。筆者在書中所論及的金庸全是修訂後的金庸小說而非連載的金庸小說。因為筆者所看到及所能看到的只能是修訂本。至於連載本與修訂本（**包括多次修訂本**）之間，自必是有相當的差異，可惜筆者無法論及。再說研究其間的差異，本身就是一個專門性的研究課題。這裡我只是聲明此金庸或許並非彼金庸，讀者請勿見怪。

金庸的這十五部作品，篇幅不同，寫作時間、方法都並不相同，其成就也自然不同。不少的讀者都喜歡互相討論：「你以為金庸的小說哪一部或哪幾部最好？」當然有幸見到金庸的人就直接去問作者：「你以為自己哪一部小說最好？」金庸給了一個滑頭而又實在的回答，這一回答是：「長篇比中篇短篇好些，後期的比前期的好些。」這一回答大有道理，依我看，大致正是如此。

這就是說，《白馬嘯西風》、《鴛鴦刀》及《越女劍》（儘管最晚）相對作者的十二部長篇而言，大致都要略遜一籌。或許是因為金庸寫中短篇時不用心，或許金庸沒有將中短篇發展開來就草草收場了；又或許，中短篇形式篇幅壓根兒就不適合武俠小說。

再則「後期的比前期的好些」，也是事實。處女作《書劍恩仇錄》雖然起點很高並被大家驚為天人，然而與《射鵰英雄傳》及更晚的《天龍八部》、《鹿鼎記》等相比，就顯然差了那麼一大截。因為那時的金庸，不僅僅是天人或天才而已是真命天子；不僅僅是新星或巨星而已是「武林至尊」。

具體地說，我以為金庸的小說創作大致可以分為三個台階品級，即早期、中期、晚期。中期比早期好，晚期比中期更好。

早期的代表作是《書劍恩仇錄》、《碧血劍》、《雪山飛狐》、《飛狐外傳》。

中期的代表作則是「射鵰三部曲」即《射鵰英雄傳》、《神鵰俠侶》、《倚天屠龍記》等及《連城訣》。

晚期的代表作是《俠客行》、《天龍八部》、《笑傲江湖》及《鹿鼎記》。

當然，這只是筆者自己的看法，固然得到了不少同道及朋友們的贊同，但也未必就一定正確，所謂仁者見仁、智者見智，又所謂蘿蔔白菜、各有所愛是也。只不過是我在這兒談論金庸的武俠小說，我就要直言不諱。

有一個朋友問我對金庸小說的看法及對所謂好壞的判別意見，我的回答是「七上八下」。我以為在金庸全部的十五部作品中，有七部「上品」，而另外八部則只能算「中品」或「下品」。這七部上品──「七上」──是在說《射鵰英雄傳》、《神鵰俠侶》、《倚天屠龍記》、《俠客行》、《笑傲江湖》、《天龍八部》、《鹿鼎記》。至於「八下」，不言自明。

更進一步，我以為在「七上」之中，尤以《天龍八部》及《鹿鼎記》為「上上」。所以我開玩笑地說，「七傑之中有兩絕」，即上述七部作品無疑都可以稱為傑作。而在這七部傑作之中，《天龍八部》及《鹿鼎記》則可以稱之為「絕作」。「後無來者」尚不敢斷言，然「前無古人」則是一定的。

五

再說其「學」。

一九八〇年十月十二日，台灣沈登恩先生在香港的《明報》刊出了一則廣告：

等待大師倪匡執筆，金學研究第一集《我看金庸小說》是中國第一部有系統地研究金庸小說的專書，初版早已售罄，再版已經運到，港九各大書店出售中。《明報》評論這本書說「倪匡以他妙趣橫生的筆調，寫了心得，因而沒有給人沉悶的感覺，吸引你一口氣把它讀完，這是本書最大的特色。」「金學研究」預定出版十集，除邀約名家執筆外，特別歡迎讀者投稿，出版《我看金庸小說》，稿酬優厚，本月底截稿。

這一則廣告，揭開了出版《金學研究叢書》的序幕，同時也正式揭開了海外「金學」——為金庸小說研究之「學」——的序幕。沈登恩先生還撰寫了《百年一金庸》等文進一步闡述「金學」的緣起及意義，並主編「金學研究叢書」。

據我所能得到的資料，台灣遠景出版事業公司所出版的由沈登恩先生主編的「金學研究叢書」至今業已出版近二十種，而不是十集。其中主要著作有《我看金庸小說》、《再看金庸小說》、《三看金庸小說》、《四看金庸小說》、《五看金庸小說》（均為倪匡所著）；《諸子百家看金庸》之一、之二、之三、之四（共四集，三毛、羅龍治、翁靈文、杜南發等著文合集）；《談笑傲江湖》、《析雪山飛狐與鴛鴦刀》、《天龍八部欣賞舉隅》（均為溫瑞安著）；《讀金庸偶得》（舒國治）、《通宵達旦讀金庸》（薛興國）、《漫筆金庸筆下世界》（楊興安）、《金庸的武俠世界》（蘇兆基）、《韋小寶神功》（劉天賜）、《情之探索與神鵰俠侶》（陳沛然著）等等。

由是應信海外「金學」並不等於海外奇談，而實在是應運而生。其根本的原因，乃是因為金庸乃是「百年一金庸」（沈登恩語）而金庸的小說，不但風靡了港、台、南洋、歐美，不知使得多少人廢寢忘食，在中國大陸，也都以能看到金庸小說為幸。這種情形，一直到如今不變。「金庸的小說，能吸引每一個人，上至大學教授、國家元首，下至販夫走卒、僕役小廝，真正達到了雅俗共賞的地步，堪稱是中國近代，擁有讀者最多的一位小說家」（倪匡《武俠小說大宗師——金庸》），而為這樣一位小說的大宗師及其幾乎風靡全球——凡是有華人的地方——的小說作品，為這樣一種洛陽紙貴的熱現象（妙在還是經久不衰的「金庸熱」）進行專題的、專門的研究進而立為一「學」，信非偶然。

六

金庸的武俠小說究竟妙在何處？

這恐怕是每一個讀金庸、愛金庸的讀者經常要碰到的問題。經常自己問，問自己，問別人而又被別人問。二三同道切磋交流，言談心得，乃至通宵達旦讀之評之談之論之。

何以金庸竟會有如此眾多的讀者而又持久不衰？何以金庸竟被稱為「百年一人」、「曹雪芹以降第一人」、「中國文化與文學的又一大奇蹟」及「中國傳統白話文學的新的高峰」？……又何以海外文人學者紛紛撰文著書為金庸立「學」？……等等，這些問題都將歸結為同一個問題——金庸究竟妙在何處？

筆者在《金庸賞評・雅俗篇》一文中曾經寫過這樣一段話：

信不信由你：金庸的小說正是這種俗極而雅又大雅若俗的故事。它的好處，正在於它既俗又雅，既通俗又深刻，既好看又耐看，既「熱鬧」而又有「門道」，既離奇又真實，既可滿足人們的娛樂要求，又可品味它豐富的美學與哲學意味，既是一種關於武俠與傳奇的「成人的童話」，又是一種關於人生與世界的深刻的寓言。

總之一句話，就是它雅俗共賞。

聽起來，雅俗共賞這句話似乎一點兒也不陌生，甚至有些老生常談。然而一部文學藝術作品——不論是純文學還是俗文學——若真能做到雅俗共賞，卻絕非易事。可以說，雅俗共賞是文學藝術的至高至大的境界。

常言道：「會看的，看門道；不會看的看熱鬧。」而所謂雅俗共賞便是要讓會看的與不會看的都能看。換句話說，就是既要有熱鬧可看，又要有門道可看。

我們知道，一部小說要寫得好看（亦即熱鬧）殊非易事；而要寫得耐看則更是困難（亦即要有「門道」便更難），倘若要求它既好看而又耐看，只怕就要難於上青天了。

而金庸的小說偏偏就能如此。

表面上看，金庸的小說與其他的武俠小說並沒有什麼不同之處，其他武俠小說中的好處諸如緊張、曲折、懸念、起伏、跌宕、武功打鬥、行俠仗義，乃至報仇雪恨、情愛纏綿……等等一應俱全。也就是說，金庸的小說首先同其他的武俠小說一樣都具備了熱鬧與曲折因而「好看」這一武俠小說的必要條件。金庸自己常說，他之所以寫武俠小說，主要是為了「娛樂自己，而復娛樂他人」，這就是說，娛樂是占第一位的。金庸又說：「我只是一個『講故事人』**（好比宋代的『說話人』、近代的『說書先生』）**。我只求把故事講得生動熱鬧，……我自幼便愛讀武俠小說，寫這種小說，自己當作是一種娛樂，自娛之餘，復以娛人**（當然也有金錢上的報酬）**……。」**（參見《諸子百家看金庸》）**

在這一層次上，金庸與其他的武俠小說作家並無不同，他們都是「講故事的人」，進一步地說是講武俠——傳奇故事的人。他們的故事講得極為曲折而多懸念，緊張而又動人，所以能吸引人讀下去。可以說這是一種純粹的以娛樂為目的的遊戲，至於故事之中的離奇之處自是不免而且多多，不必盡信、而又不能不信。正是在這一層次上，不少的文人雅士便嗤之以鼻，認為這些武俠小說是胡編亂造、胡說八道。從而認為看這種小說簡直是荒唐，簡直是扼殺生命云。比如《神鵰俠侶》中的小龍女從絕情谷崖上跳下而不死，非但不死而且居然在底下生活了十六年；又比如《倚天屠龍記》中的謝遜、張翠山、殷素素居然憑一隻小船漂流到了南極洲，這當然也是「靠不住」的。只可惜，這些「科學頭腦」無法接受「成人的童話」；因為這些業已機械化乃至僵化的「科學頭腦」原已沒有了任何一絲童心。

不錯，金庸的武俠小說同樣也是要「胡編亂造」甚而「胡說八道」的。這一點，我們沒有必要為尊者諱，不胡編亂造又哪來的什麼武俠小說？而不「胡說八道」又哪來的傳奇文學呢？武俠傳奇這本來就是遊戲啊。

問題是，金庸的小說，遊戲而又有其味，胡說而又有其道。有味有道，便非同一般。金庸小說與眾不同之處正在於它並非一味地追求奇和怪，而是自覺或不自覺地追求著內在的味與道。從而做到了「好看」而又「耐看」。到了這一層次，便把大多數武俠小說作家作品甩在了後面，為他人所不及。只可惜，某些高人雅士也只是淺嘗輒止地看到了它表面的胡編與胡說，而根本沒有看到它內在的有味與有道。

首先，金庸不是一味地傳奇與講故事，而是在不斷地「求真」兼而寫人。

金庸小說的妙處在於其事雖奇而其人卻真，而且以人統帥了故事，而並非以故事統帥了人。一般的武俠小說有兩種情況，一種情況是其人物，尤其是其主人公不僅善惡分明，正邪清楚，俠與凶鮮明對立，而且這些人物簡直就是某一種概念（或稱理念）的公式，讓人一看就知，了無深趣；另一種情況是根本沒有什麼人物性格，只是追求一種離奇古怪荒誕不經甚而漏洞百出而又低級下流的故事或傳奇——武俠小說之被人輕視也與此有關——更多的則是以上兩種情況的合二而一，即一些概念公式般的人物和一些胡編亂造的故事。而金庸的小說則幾乎從一開始就出人物出性格，而且絕對地統帥了故事。即金庸小說的故事情節乃是按照人物性格的發展需要及其可能性、必然性等等去設置的。諸如《神鵰俠侶》中的小龍女跳崖不死，一則是因為她愛極楊過，情願為之犧牲；二則是因為她早年生長於古墓而又習「玉女心經」所以能安於寂寞，十六年安然度過。而十六年後楊過之跳崖，一則是因為他對小龍女至情至性，十六年悠悠歲月而其情不移，其性不改；二則是因為他的性格本身就是有易走極端這一成分在內。為此，此事雖奇，而此情卻真而且美，而且十分動人。其人則更鮮明、更突出。

總之，金庸小說中最動人的地方正是其人而非其事，在於其人情、人性、人生，在於其生存、生活、生命……等複雜萬狀，掩映多姿，深刻獨特而又光彩照人。

其次，金庸小說為他人所不及之處乃在於其將傳奇與歷史巧妙結合，並使之渾然一體。一般的武俠小說總是只寫到江湖上的一己恩怨，綠林中的明火執仗，草莽間的兇殺打鬥。而金庸的小說則是每每將歷史引入傳奇，從而使其渾然一體成為中國古代民族英雄的傳奇故事兼而成為中國古代的英雄史詩。

金庸的武俠小說大多有明確的歷史年代及其具體的歷史背景。金庸說之所以如此，乃是因為想要增加其「可信性」。然而其意義與作用遠非如此。即一是增加了它的「可信性」之外，還將歷史引入傳奇：金庸小說中有許多真人（歷史人物），然而他們的事蹟則多半是出自傳說或野史的「假事」（即不足信之事）。另一方面又努力將虛構的人物及其故事寫得更真實更可信。就這樣，真人假事與假人真事渾然一體，叫人不能相信亦不能不信。在歷史事實這一層次上是「不可信」，然而在藝術真實或哲學真實這一層次上又極可信。從而使他的小說具有了一種獨特的風采及深刻的意蘊。既寫了江湖（傳奇）又寫了江山（歷史），處於江湖與江山之間，處於傳奇與歷史之間，另闢蹊徑，自立於武林與文壇。

再次，正因為是有了歷史的情懷而又有了人性的慧眼，從而使得金庸的小說具有了一種超越了武俠小說的大境界。金庸小說的特別之處可以說一看即知，曰大場面而大氣勢而大胸懷而大境界而大手筆。金庸是一個大手筆。他筆下的武俠世界可以說廣大無邊，絕對不止於綠林而是涉及到整個世界，不止於江湖而是涉及到江山與廟堂（即歷史與政治），不止於單打獨鬥而是涉及到民族戰爭、千軍萬馬……從而其場面極大，頭緒極多，眼界極廣，胸懷極寬，氣勢就非同小可！

而更為寶貴的是，金庸小說既非為武林紀實又非為歷史翻案，而意在武林與歷史的獨特時空中，抒發他對人生、歷史、世界、生命、人性乃至政治及國民性或民族性等等的感悟與情懷，從而由大冤孽中見出其大悲憫，於大氣勢中見出其大境界。

其四，金庸小說的妙處，不僅在其大處可觀，而在其微處亦可觀。大如須彌，小如芥子，盡可見其神妙。所謂微處，包括小說的細節、敘述的語言（或言語）、武功的招式，以及各種知識見聞、細微末節。這些可以說更是金庸與其他小說的不同之處。一般的武俠小說，由於不以刻畫人物為己任，由於一味地追求其情節的離奇與曲折及其結構的懸念與冗長，從而根本無心、而且無力去注意到小說的細節、小說的語言，乃至武功招式及其他的種種細微末節之處。金庸小說細節的傳神與綿密以及其敘事語言的典雅、精緻、幽默、從容（多是半文半白而又通順流暢），在其小說中幾乎隨處可見，我們在後面的具體賞析中也要提到，這裡就不一一列舉。只說金庸小說中的武功招式便絕對地與眾不同。

一般的武俠小說當中的武功，或者是死板呆滯，或是離奇古怪，或是乾脆不寫（或照抄他人）……總之是全無藝術性與獨創性，而金庸小說中的武功招式則基本上是詩意化、哲理化、性格化了的，從而，成了金庸武俠小說的一大勝景。所謂詩意化或藝術化是說它們多半有一種充滿詩意或審美情趣的名稱：如「百花錯拳」、「唐詩劍法」、「俠客行武學總訣」、「黯然銷魂掌」、「紫陽神功」、「落英神掌」……等等莫不形象而又有詩意，而諸如「神行百變」、「乾坤大挪移」、「吸星大法」、「凌波微步」、「小無相神功」、「逍遙掌」……等等亦皆形象鮮明，使人讀之而或忍俊不禁，而或悠然神往。

所謂「哲理化」，則是說金庸小說中不少武功招式所包含的武學道理，基本上是中國哲學的活用。如「百花錯拳」中的「似是而非，出其不意」之妙；而《莊子・秋水・庖丁解牛》神功的出神人化、合節合拍的至高境界（這也是成了藝術），再如張三丰教太極劍時說要「得其劍意而忘其劍招」與風清揚的「獨孤九劍」的「活學活用，根本無招」及其「順其自然，隨心所欲」……等等這些，無不是一種哲學道理的深刻而又生動的運用。

至於「性格化」，那是說在金庸小說中，人物的武功招式常常是與人物的性格相合拍相統一的；進而可以說金庸乃是根據人物的性格來安排人物練功的。郭靖學的是簡明剛健的「降龍十八掌」；而歐陽鋒則「倒行逆施」地逆練「九陰真經」，「黑風雙煞」將「九陰真經」練成了「摧心掌」及「九陰白骨爪」等陰毒的功夫，而小龍女練的是「玉女心經」，韋小寶則專心於「神行百變」（他叫做「神行百逃」）……進而，在金庸的小說中，武功、詩意、哲學、性格又全然渾然一體了。武之技及其藝及其道及其用，亦全然渾成一體如長江大河，圓轉如意，滔滔不絕而又節節貫通。

最後，金庸小說的神妙之處還在於它有一種「形而上」層次及其寓言結構。

一般的小說大都只追求線性的懸念曲折，一味的奇詭怪誕，全然荒唐不經，看似新奇古怪，然而久讀之則必索然無味。

比這稍好一點的是面上的結構，稍稍注意一些人物性格及其關係，注意一些橫向聯繫。

而金庸小說的結構形式則大多有點、有線、有面也有體，大多是立體結構。金庸小說也講故事與傳奇，然而卻能做到形散而神不散。這首先是在於它立足於人，以其人物及其性格來生發故事、統帥故事，故事為人物服務，使人即使記不住故事但卻能牢記其鮮明的人物性格。

除此之外，則還有另一點，就是立足於文。按說武俠小說的結構極難做到結構的精妙及文本的完整和諧，因為它是——至少金庸是——每天寫一段、連載一段，一部小說短則寫幾個月，長則如《鹿鼎記》寫兩年十一個月，幾乎三年時間每天一段地寫，根本無法做到照顧全篇。在一般的意義上，金庸的小說也難免有不少「信天遊」的結構形式。這大多能夠獲得廣大讀者的諒解。然而，實質上，金庸的小說常常具有一種「形而上」的寓言結構。亦即故事之上還有一個層次，抽象的、形而上的（**哲學的**）寓言形式的層次——關於人生與世界的悲劇性的演示。在金庸小說中，不管小說的結尾如何，不管其人物是否大功告成，抑或有情人皆成眷屬，然而都給人一種苦澀與茫然的感受。苦澀是極度的苦澀，茫然亦是極度的茫然。這種感受可以說是一種藝術享受，因為它餘韻不盡，意味深長。同時，這種感受又可以理解成一種哲學的提示，需要你去捉摸、去品味、去悟。或者說去解讀、去破譯，或者去解構，去無言地消受。

總而言之，一切的情節、故事，乃至一切的人物及其遭遇，其實都只不過是金庸所創造出來的一種獨特的假定情境。這種假定情境中的人與事不僅是精彩紛呈的，而且更是意味深長的。這就是金庸小說好看而又非常耐看的根本奧秘。

七

文學大家之所以稱之為大家，就在於他既不重複他人，而又不重複自己。

金庸則正是這樣一個大家。

一般的俗文學或現代商業文化的一個最明顯的特徵，就在於它的類型化及固定程式化。這大概也正是追求獨創性的純文學作家、批評家們對此不屑一顧的重要原因之一吧。

武俠小說更是有其一定的類型及其固定程式。不僅人物有其固定的類型，而且其情節也大多有一定的固定程式。其人物則或大奸大忠、大善大惡、大智大愚、大俠大凶，而忠、善、智、俠再加上武功高強又集中在一人或一些人，而相反地奸、惡、愚、凶再加上較強的武功（總要比大俠略低那麼一籌）又集中在另一個或另一些人身上。好壞對壘，陣線分明。

現代的新武俠小說也業已形成了某些固定的程式，即如「學藝——報仇類」、「群雄群凶搶寶（寶藏、武功秘笈、利器）類」、「大俠仗義支持民族（少數民族）鬥爭類」、「武林英雄反抗官府（異族官府）類」、「情仇恩怨難解難分類」……總之，不過是些報仇、搶寶、行俠、抗官府，再加上一些「公案」（偵探、推理、冒險……等等）。如此而已。

金庸的小說則並非如此。可以說《書劍恩仇錄》就出手不凡。而《碧血劍》、《雪山飛狐》、《飛狐外傳》等等則是既不重複他人，自己獨闢蹊徑，而這幾部時代背景相近（清初反滿）的小說亦各自不同。書中的主人公陳家洛是一書生而入草莽，而胡斐則是自幼流浪江湖，袁承志卻是名人之後。

直到《射鵰英雄傳》，則是被公認地影響到了一代武俠小說及其武俠小說家。而妙就妙在「射鵰三部曲」這相關的三部作品亦基本上各自風格鮮明，形式新創而獨立。

《射鵰英雄傳》中的郭靖木訥誠厚，愛情與道德雖有衝突亦自猶豫然而最終獲得了美滿的愛情，常被看成是人間愛情的「正格」。《神鵰俠侶》中的楊過則飛揚佻達、聰明機變、至情至性、易走極端，其愛情有礙「禮教大防」。而他則是至死不悔，被人稱之為「變格」。《倚天屠龍記》中的張無忌則性格寬厚而又較柔弱，聰明而又老實厚道，其對於身邊的美女常常意念彷徨，夢幻欲照單全收，常常被動地讓他人——「她」人——去做出選擇。更妙的是，這三部小說的主題或敘事傾向也大不相同：《射鵰英雄傳》著意於亂世之苦及人間英雄為國為民俠之大者，而《神鵰俠侶》則轉而寫人世不能如意之情以及痛苦萬狀而又精彩紛呈的情愛世界，追尋世間情之為物；《倚天屠龍記》則更著意寫人性的複雜及「男人之間的感情」等等。

此後，金庸的小說幾乎每一篇每一部都要另創新招：

《俠客行》寫一種人生的寓言。

《笑傲江湖》則意在寫「三千年的中國政治歷史中的人性的悲劇」。

《天龍八部》寫「有情皆孽，無人不冤」的人生痛苦及苦難世界。《鹿鼎記》則寫國民性的悲劇及文化的悲劇。

《俠客行》、《笑傲江湖》、《天龍八部》、《鹿鼎記》等等這幾部小說的故事情節、人物性格，固是絲毫沒什麼共同之處，而其敘事方式、結構形式，乃至敘事語言都在不斷地翻新求變，各自大不相同。

即便是三部中篇小說也大異其趣：《鴛鴦刀》幽默諧趣，《白馬嘯西風》無限感傷，《越女劍》清純秀逸。而三位女主人公——金庸小說中極少以女性為其主人公（**按指一號主角**），而唯這三部中篇小說則都是以女性作為其主人公——如《鴛鴦刀》中的蕭中慧（**應為楊中慧**）的嬌憨秀逸，《白馬嘯西風》中李文秀之溫柔感傷，《越女劍》中的越女阿青的天真質樸，可以說是各有千秋。而這三部小說的情節、結構，以及主題亦是各不相干。

即便是寫練武，也自各不相同。陳家洛從師學得百家拳及「百花錯拳」；胡斐則是無師而按照胡家祖傳的秘笈自通；袁承志則將華山派、金蛇郎君以及鐵劍門木桑道長的武功集了大成；郭靖練武的方法是「人家練一日，我練十天」，資質魯鈍卻勤勉不墜；楊過則是東一鱗西一爪，最後居然由鵰兄配合而至天成；張無忌是機緣湊巧正邪雙修且學貫「中西」（**波斯武功**）；狗雜種練功是因禍得福，歪打正著；喬峰是天生勇武似因種族遺傳；段譽是不學而學因此時靈時不靈；虛竹則是將少林功化去又經無崖子灌頂而得；令狐冲學自華山、超越華山、又復歸風清揚的華山「獨孤九劍」，其內功則是受盡苦楚，化來化去，誤打誤撞而得；韋小寶雖拜了眾多絕世高手為師，然除「神行百變」（**逃功**）略通一二之外，基本上不會什麼武功——因韋小寶及其小說《鹿鼎記》而達到金庸武俠小說的絕頂之境界。——由此一途，亦自可見金庸小說千變萬化之一斑。金庸的內力固似張三丰，而其招式則直追創造「獨孤九劍」的獨孤求敗。

八

對於一篇「引言」來說，寫到這裡已經是夠長的了。而對於金庸的小說及其妙處，我們則只不過才說開頭，只不過說了一些皮毛。

其實，這也是筆者之所以要寫這部書的原因。據我所知，海外的「金學研究叢書」之中，尚無一部論及金庸全部作品而又逐部進行欣賞與評析這樣的專門著作，這或許有種種原因，但總不免使人感到遺憾。

而在大陸，則「金學」尚未被認可。非但不見任何「金學叢書」，連一本研究專著也無，甚至近幾年發表的極少的幾篇文章也是限於篇幅或形式，基本上是泛泛而談，或兼介紹一些金庸及海外「金學」的情況，屬於評介性的文字，簡而又短，叫人不能盡興。

因此，我想到，要寫作《金庸小說賞析》或叫做《金庸導論》這樣一本書，一是為大陸的「金學」鳴鑼開道，兼而與同好者交流；二是做一些必要的基礎工作；更主要的則是為了拋磚引玉。

一／《書劍恩仇錄》開頭是錯，結尾還是錯

《書劍恩仇錄》寫於一九五五年，是金庸的第一部武俠小說。

然而在《書劍恩仇錄》發表之際，便見出其出手不凡被驚為天人，亦有人呼曰武俠小說世界的「真命天子」已然出世！

在金庸的武俠小說中，《書劍恩仇錄》自是算不上最佳之作，比之奠定他「武林至尊」地位的力作《射鵰英雄傳》及《神鵰俠侶》、《倚天屠龍記》等已有所不及，而比之其精心結構、爐火純青的《俠客行》、《天龍八部》、《鹿鼎記》等等則更是不及遠矣。然而無論如何，首創之功不可沒，這部金庸先生的開山立派之作之所以會引起讀者的一片驚呼，絕非幸致。書中藝業已頗有驚人之處，可以說是奠定了金庸小說金派功夫的內功與招式的基本路數。

江湖與江山

武俠小說自然與武功、俠義有關，多言江湖、綠林中事，而一般與江山或廟堂無涉。一般的武俠小說多半是敘述江湖綠林間的奇人俠士之間尋仇報冤、恩恩怨怨的故事。而金庸的小說則多不只此，言江湖中事，卻又多歷史背景，有江山之隱意。

《書劍恩仇錄》中書、劍之恩仇決非僅只是江湖人物世代人生之間私家的恩怨仇恨，而涉及到與江山廟堂有關的國恨家仇；民族恩怨在內。這雖非金庸之首創，但金庸之寫江湖又言江山卻已非一般的武俠小說可比，同時又非一般的歷史小說可比也。

《書劍恩仇錄》涉及到的主要歷史人物是滿清初盛時期的著名皇帝乾隆皇帝。這部小說的故事主幹是敘述以江南世家子弟陳家洛為首的「紅花會」群英的反清復明大業的經歷，及陳家洛與乾隆皇帝私人之間的奇異關係與恩怨。因而，這部小說的一開頭便是「清乾隆十八年六月，陝西扶風延綏鎮總兵衙門內院……」看起來極似一部嚴謹的歷史小說。

金庸在這部書的《後記》中言道：「我是浙江海寧人。乾隆皇帝的傳說，從小就在故鄉聽到了的。小時候做童子軍，曾在海寧乾隆皇帝所造的石塘邊露營，半夜裡瞧著滾滾怒潮洶湧而來。因此第一部小說寫了我印象最深刻的故事，那是很自然的。……歷史學家孟森作過考據，認為乾隆是海寧陳家後人的傳說靠不住，香妃為皇太后害死的傳說也是假的。歷史學家當然不喜歡傳說，但寫小說的人喜歡。」——這在一定的程度上解釋了作者為什麼要在其武俠小說中加入歷史傳說的原因。

金庸在其他的地方又解釋道，他之所以要在武俠小說中常常加入歷史背景及歷史傳說，那是為了使武俠小說顯得真實可信。即「增加武俠小說的可信性」。這大約是更深一層的原因。確實，如前所說，在一部武俠小說中開頭便寫「乾隆十八年春」云云，叫人無法不信。至少是有真有假、半真半假、真假難辨、亦真亦假，叫人難以分辨。不管最後是否能分辨出哪兒是真哪兒是假，但那時作者的目的早已經如願達到。

這樣做，至少還有以下幾點好處：

首先，破除了歷史與傳奇之間的半是天然、半是人為的障礙，使得歷史背景與傳奇故事之間、歷史氛圍與傳奇情節之間達到一種奇妙的融合，從而自成一格。更重要的是，讓歷史人物與傳奇人物（即虛構人物）在一個更新的層面上——藝術與哲學的層面上——統一起來。

即如法國大文豪維克多・雨果所言，歷史與傳奇的共同之處，正在於它們都是借暫時的人物來描寫永恆的人性。而既然歷史人物與傳奇人物都是一種「暫時的人」（符號），而作家寫作它們的目的，無非是借此來描寫「永恆的人性」，那麼，真實的人與虛構的人，即歷史人物與傳奇人物之間在這一層面上實際上並無任何差別。亦即，他們都實際上處於作家創造的同一藝術的假定情境之中。

即以《書劍恩仇錄》中的乾隆皇帝與陳家洛二人之間關係而言，我們都知道乾隆皇帝乃是一位真實的歷史人物，而陳家洛則是作者虛構出來的傳奇人物；進而，乾隆皇帝並非像小說中所寫的那樣是一位漢人後裔，即並不是陳家洛的親哥哥，這並不能成為否定這部小說的依據與理由。相反，這恰恰正是這部書的真正妙處，乾隆皇帝這位歷史人物與陳家洛這位傳奇人物在《書劍恩仇錄》中並無不同，他們都是金庸所創造的藝術假定情境中的一個藝術形象。在這裡，歷史與傳奇已合二而一了。歷史人物與傳奇人物亦已合二而一了，我們所能看到的乃是共同的與普通而永恆的人性的深刻的揭示。

試想，乾隆皇帝倘若真的是陳家洛的哥哥，但卻又因機緣湊巧而當上了滿清的皇帝，他得知實情之後又會怎麼做？——結論是，他只能是、必然是像《書劍恩仇錄》中那樣做。其原因乃在人性及其民族性使然。

其次，金庸寫武俠小說，所不僅涉及的江湖，而且涉及的江山，亦可就地理這一點而言。《書劍恩仇錄》的吸引人處固然多多，其中亦有一點不可忽視，那就是從黃砂莽莽的回疆戈壁，到春風楊柳的秀麗江南，縱橫萬里，祖國江山如此闊大廣袤，不要說對孤懸海外的港台讀者與作者具有絕對的吸引力，且即使是國內大陸讀者讀到這種「江南書劍情」與「戈壁恩仇錄」的剛柔相濟、俠骨柔腸的文章，亦自必如癡如醉而感慨萬端。

作者、作者筆下的人物以及廣大的讀者都需要這種萬里江山任我馳騁的廣闊舞台，方能顯出真正的英雄本色。設若金庸筆下的人物及其背景，也像其他的小說家那樣僅限於一己私仇家怨，從而局限於一偏僻山村或一都市庭院，那便使其人物及其作品遜色太多，甚而會十足十地落入小道之中。

再次，大舞台、大氣勢，方能顯出金庸的大胸襟及其大手筆。說到底，歷史也好，地理也好，在武俠小說中只不過是一種背景，一種藝術與藝術家的舞台。然而金庸寫書亦如韓信點兵，多多益善、大大益善。這就是說，把歷史故事引入武俠小說，把天山風光與江南秀色一同匯入武俠小說，這一般人皆可做到。這樣做並不難。然而，難就難在將它們寫得像金庸的《書劍恩仇錄》這樣的史詩般的大氣磅礡。在某種意義上，《書劍恩仇錄》及金庸的其他一些作品，正是一些獨具一格的英雄史詩。而這正是這部作品及金庸小說的不凡之處。其他人再也學不來的。

武術與藝術

武俠小說自然是離不開武。離不開武功技擊、打鬥。而這一點又是武俠小說的熱鬧與好看之處。這一點，金庸的小說與其他人的武俠小說一樣。然而，從《書劍恩仇錄》中我們即可看到，金庸言武，不僅有熱鬧可看，而且竟然還有門道可看。金庸所描寫的武功，不僅好看，而且還耐看。

金庸小說中的武功名稱與技擊動作自成一格，並成為他的小說的藝術整體的一個有機部分，不可分割。

金庸筆下的武術，固然不是實有其招或實有其派的武術圖譜與流派的照抄，即不是那些什麼「擒拿手」、「鷹爪功」、「查拳」、「潭腿」、「八封掌」、「太極拳」……等等真功夫。如果是這些真功夫，就不免太過死板太過呆滯，運用起來只怕就沒有那麼好看了。而另一方面，卻又不是如其他武俠小說中的那些不著邊際、荒誕不經的劍仙之類的東西。可以說，金庸的功夫在實有與虛妄之間。固然不可把它當成拳經劍譜來照此練習，然而在其書中卻可以欣賞、思悟與品味。

金庸筆下的武功不僅是他的小說藝術的一個有機的部分，而且也成了審美藝術本身。且看：

三招一折，旁觀眾人面面相覷，只見陳家洛擒拿手中夾著鷹瓜功，左手查拳，右手綿掌，攻出去是八卦掌，收回時已是太極拳，諸家雜陳，亂七八糟，旁觀者人人眼花繚亂。這時他拳勢手法已全然難以看清，至於是何門何派招數，更是分辨不出了。

原來這是天池怪俠袁士霄所創的獨門拳術「百花錯拳」。袁士霄少年時鑽研武學，頗有成就，後來遇到一件大失意事，性情激變，發願做前人所未做之事，打前人未打之拳，可是遍訪海內名家，或拜師，或偷拳，或挑鬥踢場而觀其招，或明搶暗奪而取其譜，將名家拳術幾乎學了個全。中年以後隱居天池，融通百家，別走蹊徑，創出了這套「百花錯拳」。這拳法不但無所不包，其妙處尤在一個「錯」字。每一招均和各派祖傳正宗手法似是而非，一出手對方以為定是某招，舉手迎敵之際，才知打來的方位手法完全不同，其精微要旨在於「似是而非，出其不意」八字。旁人只道拳腳全打錯了，豈知正因為全部打錯，對方才防不勝防。須知既是武學高手，見聞必博，所學必精，於諸派武技胸中早有定見，不免「百花」易敵，「錯」字難當。……

這樣一段，寫陳家洛打出了「百花錯拳」固是極為「好看」與「熱鬧」，更可貴的乃在於其「耐看」及其「門道」。這一段拳真可以說是一種藝術。一是在於其美，這千套拳法，居然叫做「百花錯拳」，拳而以「百花」名之，可見其凶猛陽剛之外又有一種自然芬芳，這是金庸創造的奇蹟。

金庸小說中的武功，似這種使人產生美的聯想的拳法與劍法，正是從這「百花錯拳」開始。二是在於它絕對新奇與首創。試想在所有的武術小說及其人物爭鬥中，打來打去都只是「太極拳」或是「八卦掌」不斷重複，該是何等的乏味。而這一套「百花錯拳」一出則不禁使人耳目一新，在場的俠士英雄固是驚奇不已，讀者諸君亦恐怕同樣會感到大暢胸臆，痛快淋漓，對金大俠創出新招奇式自然格外感到敬佩之至。

三是，也許最重要的還在於它之「有理」，其中不但美麗新奇，更難得的是值得讀者去品味與思索。有靈性者，自然會感到這「『百花』易敵，『錯』字難當」及「似是而非，出其不意」之中包含了高深的學問及哲學道理在內。而其中「須知既是武學高手，見聞必博，所學必精，於諸派武技胸中早有定見」云云，居然把這「定見」當成了敗因，則更使我們大為驚悟！

其實，最重要的或許還在於，這套「百花錯拳」乃與袁士霄及陳家洛這一對師徒的人生經歷、人物性格及其命運緊密相關。這「百花易敵，錯字難當」八字，亦正是這一對師徒的不幸命運與性格經歷的深刻寫照。此種拳術，非袁士霄不能創出，而非陳家洛不能熟練，其中道理，便在《書劍恩仇錄》一書關於袁士霄及陳家洛的人生經歷及其性格的敘述之中。

金庸小說中的武術招式及其名稱，多半是按照其人物的性格及命運而設置。如這部小說中的「綿裡針」陸菲青所長的功夫正是芙蓉金針及柔雲劍術。與「紅花會」中的「奔雷手」文泰來的力大沉雄、剛正大氣恰成映照。更不必說書中的阿凡提其人，因性格幽默機智，而其武術兵器亦使人覺得稀奇古怪……如此等等。可以說，各人的武術乃至兵刃都成了各人的性格的一部分。這才是金庸將武術作為藝術的高妙之著。

再看第十七回結尾處：

霍青桐忽然道：「那篇『莊子』說些什麼？」陳家洛道：「說一個屠夫殺牛的本事很好，他肩和手的伸縮，腳與膝的進退，刀割的聲音，無不因便施巧，合於音樂節拍，舉動就如跳舞一般。」香香公主拍手笑道：「那一定很好看。」霍青桐道：「臨敵時殺人也能這樣就好啦。」

陳家洛一聽，頓時呆了。「莊子」這部書他爛熟於胸，想到時已絲毫不覺新鮮，這時忽被一個從未讀過此書的人一提，真所謂茅塞頓開。「庖丁解牛」那一段中的章句，一字字在心中流過：「方今之時，臣以神遇，而不以目視，官知止而神欲行，依乎天理，批大郤，導大窾，因其固然……」再想到：「行為遲，動刀甚微，㵒然已解，如土委地，提刀而立，為之四顧，為之躊躇滿志。」心想：「要是真能如此，我眼睛瞧也不瞧，刀子微微一動，就把張召重那奸賊殺了……」霍青桐姊妹見他突然出神，互相對望了幾眼，不知他在想什麼。

陳家洛忽道：「你們等我一下！」飛奔入內，隔了良久，仍不出來。兩人不放心了，一同進去，只見他喜容滿臉，在大殿上的骸骨旁手舞足蹈。

這是寫陳家洛悟出一套武功。而這套武功果然既如霍青桐所希望的那樣「臨敵殺人也能這樣」，而又如香香公主所期盼的「那一定很好看」（這一對姊妹一個會武，另一個則只會舞），即既是武術，又是藝術。非但如此，其中還大有哲學道理：這《莊子》中的哲學道理，這裡不必多言。值得一說的是，練「庖丁解牛掌」時的陳家洛與使「百花錯拳」時的陳家洛雖同為一人，但隨著經歷與閱歷的增長，其性格與境界卻已大不相同。不信你將描寫「百花錯拳」的那段文字與描寫「庖丁解牛掌」的這段文字相比較，便可見到其中的奧妙之所在。

奇人與奇情

上述所言，也許還不是《書劍恩仇錄》及金庸武俠小說的真正獨特而神奇之處，金庸小說真正的魅力及其文學品位與藝術價值，在於他對筆下的人物的重視與成功的創造。金庸小說的妙著乃在於創造奇人與奇情。

金庸先生在回答讀者關於「你認為理想的武俠小說應該是怎麼樣的？」這一問題時，這樣說道：

……一般西方小說家大概注重之點：①重心在描寫背景，例如湯姆士・哈代的小說；②以情節為主；③以人物為主。中國古典傳統小說大致是以人物為主。例如《水滸傳》、《紅樓夢》、《西遊記》。我們看過這小說很久後故事也許不大記得清楚了。但是對書中人物，像魯智深、林黛玉、孫悟空卻印象深刻。

我個人寫武俠小說的理想是塑造人物。武俠小說的情節都是很離奇的很長的，要讀者把這些情節記得很清楚不大容易。我希望寫出的人物能夠生動，他們有自己的個性，讀者看了印象深刻。同時我構思的時候，亦是以主角為中心，先想幾個主要人物的個性是如何，情節也是配合主角的個性，這個人有怎樣的性格，才會發生怎樣的事情。另外一點是，當然武俠小說本身是娛樂性的東西，但是我希望它多少有一點人生哲理或個人的思想，通過小說可以表現一些自己對社會的看法。

在這裡，金大俠道出了他的武學秘訣。那就是重在塑造生動活潑而又各具個性的人物形象。這句話說起來或聽起來似覺容易，甚而有些老生常談。然而真正地看到與做到卻大非易事。而在武俠小說中看到和做到則尤為鮮見。但我們在金庸的小說中看到作者的確確做到了。

《書劍恩仇錄》的真正成就乃在於塑造了包括乾隆皇帝、霍青桐、喀絲麗、袁士霄、天山雙鷹及「紅花會」諸首領及有關人物的生動形象。此書的主人公陳家洛自不必說——這一人物我們還要專門談到——其他的人物也極為生動活潑，各具個性，叫人過目難忘。而究其原因，無非「奇而至真」四字。

即以「紅花會」諸首腦英雄而言，不用說別的，僅是從外形上我們就能分辨出：那獨臂長鬚的老道是無塵道長，中年微胖滿臉和氣的是趙半山，相貌堂堂威武雄壯的是奔雷手文泰來，他身旁嬌柔而又美麗的則是他的妻子駱冰，長得像鬼而皮黑的自然是「黑無常」常赫志，白些的自然是「白無常」常伯志，那矮而微黑的是武諸葛徐天宏，那人高馬大的是鐵塔楊成協，那駝背人是章進，那手持金笛的風流俊秀的是余魚同……

自然，人物形象與性格絕不能僅僅從外形上去區別，我們指出這一點其意在於，一方面看到金庸對於人物的不同形象的刻意追求；另一方面，或許我們看到，即使僅僅從外形上看，「紅花會」這群首領，除少數幾個人以外，幾乎都是一些奇形異狀之人。有獨臂，有駝背，甚而有像黑白無常者；至於高、矮、胖、瘦則更是各盡其形，應有盡有，其中意思不止於形而已矣。其實這些人物的性格也同他們不同的外形那樣極為鮮明的。

如無塵道長的英勇豪邁而又好鬥，趙半山的一團和氣溫文爾雅卻又滿身都是暗器，人稱「千臂如來」，文泰來的霹靂火暴卻大氣凜然，章進同樣霹靂火暴然而不免有些乖張，黑、白無常臉色陰沉不喜言語但同樣胸懷義氣，余魚同風流俊秀為江南白面書生。小說中的一干女性，如駱冰的任性柔和、周綺的嬌憨潑辣、霍青桐的英姿颯爽而智計深沉、喀絲麗天真爛漫麗若仙人……如此等等，絕對不會看錯、認錯、記錯。

《書劍恩仇錄》中所寫，的的確確是一干奇人。連那些出場不多的人物如袁士霄、陳正德、關明梅、阿凡提等等莫不奇異獨特，讓人一見難忘。

奇人之中，必有奇情。其實，這部《書劍恩仇錄》完全可以叫做《書劍情仇錄》，因為該書中對情之一字的描述與刻畫亦是格外奇絕而有特色。在這部小說中，除已婚的文泰來、駱冰這一對夫婦伉儷和諧、男剛女柔情真意切，可視為正格之外，其他情事，莫不與冤孽牽連，其奇曲悲哀之處更是婉轉多變，叫人感懷。書中正面細緻地描寫了陳家洛、徐天宏、余魚同與霍青桐、喀絲麗、周綺、駱冰、李沅芷之間的情事糾葛便可見一斑。

陳家洛與霍青桐姊妹的情事暫且不多說。即說武諸葛徐天宏與周綺之間，及余魚同與駱冰、李沅芷之間的情事便是婉轉多曲、細緻動人而令人或是感歎或是傷懷。

武諸葛徐天宏人矮目小，但極富心計，而周綺姑娘偏偏恰恰相反，人高馬大卻又性格嬌憨直爽、純樸無知。這兩人之間偏偏「不打不成交」而暗生情愫，真叫不是冤家不聚頭。從頭至尾充滿了喜劇意味。這二人相反相存，性格互補，雖不似男剛女柔這般理想卻又不失為一對佳偶。儘管充滿波折，最後總算是皆大歡喜。

相比之下，余魚同與李沅芷之間的情事就充滿了一種悲劇意味了。余魚同與李沅芷之間的情事有三大障礙：一是余魚同乃亡命江湖的反叛，而李沅芷則是朝廷命官的千金；二是余魚同俊秀風流卻遭一場火劫以致於變得極為極陋，永遠也無法治好滿臉難看的疤痕。這對李沅芷固然是一個打擊，而對余魚同本人何嘗又不是一個巨大的打擊呢？三是，更重要的還在於余魚同的心理障礙，原來他內心鍾情的乃是他的結義兄弟文泰來的妻子駱冰，這種感情難以自拔，卻又無法表達，以至於他情不自禁之時不免做出越軌而非禮之事，此前此後內心已是一片悲哀絕望與扭曲變態之情勢。這三大障礙幾乎每一個都難以跨越，更何況三大障礙先後畢至，《書劍恩仇錄》到最後也只能勉強地在第十八回「除惡無方從佳人」中寫到余魚同為了報仇，這才迫於情勢同意與李沅芷訂為未婚夫妻。而這對情人或夫妻此後的人生則是誰也不能逆料的了。除非感而傷懷，竟是別無他法。

至於書中涉及到的其他人的情事更是奇異悲哀、慘不堪言。如無塵道長被自己鍾愛的姑娘無情而殘忍地斬下一臂；如陳家洛的母親與「紅花會」的前會主于萬亭之間兩小無猜卻終身無望的悲情；如袁士霄與陳正德的妻子關明梅之間的幾十年瘋瘋癡癡畸畸曲曲的感情糾葛，以及因此而產生的陳正德與妻子關明梅之間幾十年來吵鬧不休無有寧日的苦刑般的夫妻生活……

這些情事可以說是千奇百怪，妙在各不相同。以上所舉，竟無絲毫的相似之處。可以說是「每人有一本難念的經」。這便顯出了金庸的創造才能。然而，更重要的乃是這些情事，多半是充滿一種人生的苦澀與情感的悲劇性質，甚而心理變態、精神扭曲。確乎情天難補，恨海難填。

開頭是錯，結尾還是錯

不用說，《書劍恩仇錄》的真正描寫重點是放在其主人公陳家洛這一人物身上，而這部小說的真正藝術成就也正集中地體現在對這一人物形象的塑造上。

看起來，這一人物簡直就是一個幸運的象徵：出身名門而又少年得志，文武雙全而又內外兼修，臉如冠玉人如玉樹臨風瀟灑俊逸，心地善良性格瀟脫聰慧過人……總之，俠士中的種種好處種種幸運種種優點似乎全都落到了他的頭上（**按，這大約也是一般武俠小說乃至於一般文藝小說的標準的主人公形象**）。

然而，出乎意料之外，這卻並不是一個幸運的象徵，相反倒是一個不幸者的象徵，是一個悲劇形象，一個大大的悲劇形象。有關他的人事幾乎都是「開頭是錯，結尾還是錯」。《書劍恩仇錄》的獨特而深刻之處也就正在這裡。

他出身名門，家庭既是江南望族，自幼飽讀詩書並中鄉試，師父袁士霄則又是武林少見的高手名宿。然而，他的出身卻又自幼在一片陰影的籠罩之中。他的母親畢生所愛原來並非他的父親陳閣老，而是「紅花會」的已故首領于萬亭。

他母親的愛情悲劇，一直是他心頭隱隱約約的陰影。可以說他並不是他的父母愛情的結晶（**她母親並不愛他父親**），甚而可以說他是一個「不該出生的人」——他的出生恐怕就錯了。而設若他的母親不讓他投身江湖，而讓他像其他的名門公子一樣走仕途之路，他或許會有些幸運，至少會順利通暢而無意外的阻礙。可他的母親偏偏將他送至舊情人的身邊，並將他培養成「紅花會」的反叛的首領少舵主。而他的師父偏偏又是一位情場悲劇的不幸的主人公，失意歸隱半癡半瘋，精神抑鬱而心態扭曲。這些陰影無疑都會潛移默化對他產生影響。影響到他的性格、他的心靈、他的氣質和他的整個的人生。甚而，他所學的拳術，也是他師父失意之後的發憤之作「百花錯拳」——其旨在一切都「似是而非，出其不意」——這不能不對他的性格氣質有所影響，甚至於影響到他的整個的人生。

這是一個典型的悲劇人物。他的性格與命運恰恰正是「似是而非，出其不意」。充滿了悲劇性的矛盾：出身名門與落身江湖的矛盾；身居高位與缺乏應有的謀略與組織才幹的矛盾；武藝高強與政治上輕信與幼稚之間的矛盾；他的英雄事業與兒女私情之間的矛盾；乃至他的反滿抗清的政治上的理想追求與他實際上缺乏政治上的雄圖大志之間的矛盾衝突……這一切都無疑地是一些悲劇性的矛盾衝突。而身處這些悲劇衝突之中的陳家洛的性格與命運，只能用「開頭是錯，結尾還是錯」這樣一句話來概括。

具體地說，這種悲劇性格與命運首先體現在他對霍青桐與喀絲麗這一對草原上的美女的情感態度上。在第四回「置酒弄丸招薄怒，還書貽劍種深情」中通過還書貽劍，陳家洛對霍青桐初次見面已是一見鍾情了。這本書叫做《書劍恩仇錄》，則這一回中的「還書貽劍」應已涉及到正題與正主了吧，更何況這對江湖男女已雙雙墜入情網?!然而不然，偏偏陳家洛在這時候又錯了——金庸在這裡來了一招精彩的「百花錯拳」！——書中寫道：

……李沅芷……說罷拜了一拜，上馬就走，馳到霍青桐身邊，俯身摟著她的肩膀，在她耳邊低語了幾句。

霍青桐「嗤」的一聲笑。李沅芷馬上一鞭，向西奔去。

這一切陳家洛都看在眼裡，見霍青桐和這美貌少年如此親熱，心中一股說不出的滋味，不由得呆呆的出了神。

僅是這一個鏡頭，便影響到了陳家洛這位青年與霍青桐的一生。原因只不過是陳家洛誤以為女扮男裝的李沅芷真的是一位「美貌少年」。而霍青桐已明白了他的誤會，並叫他去問陸菲青。然而他居然一直不問。這裡至少暴露了他的許多性格弱點：一是誤會本身說明他眼不明；二是誤會本身說明他胸不寬；三是說明他的自卑（抑或叫自傲）而礙於虛榮始終不去問；四是說明他對自己的情感並不認真與執著；五是他不該在自己這種疑惑之中又接受霍青桐的定情之物；六是他根本不如霍青桐這樣生動豪邁而有著漢族書生特有的內心怯弱……

這一愛情悲劇看似李沅芷女扮男裝所致，然而究其深刻原因尚在陳家洛的性格與心裡的矛盾與缺陷之中。若僅是小小誤會，以後有的是機會糾正。然而在第十三回、第十四回中，他又偏偏愛上了霍青桐的妹妹喀絲麗（香香公主）！這就使得情形變得更為複雜了。看起來，陳家洛愛上喀絲麗是因為一來他誤以為霍青桐已有意中人；二來喀絲麗美麗絕世人間不二；三來是喀絲麗主動「偎情郎」。

而這幾個原因之中，實際上還另有更深刻的原因，那就是喀絲麗美絕天人但卻不會武功，從而使她對陳家洛更為合適（**這也是書生之夢及男子漢自尊心的產物**），因為霍青桐武功智計皆為上上之選，這實際上容易使陳家洛內心自卑。更主要的是：陳家洛在情場上並不是一位真正的磊落、真摯、勇敢、熱烈的大丈夫，而是一位心多崎嶇而又卑怯的文弱書生。其表現就在他壓根兒就不敢自己去追求與表達，愛與痛苦無論多麼深切，他都只是像其他漢人書生一樣嚴守禮法地悶在心中。倘若喀絲麗不是主動地「偎情郎」，只怕陳家洛永遠也不敢表達和選擇自己心中的愛意與愛人。

就算是愛上了喀絲麗，倒也罷了。偏偏卻沒想到她是霍青桐的妹妹。更為可悲的是，他最後居然將愛人喀絲麗，作為乾隆皇帝答應他反清復明的條件而送給了乾隆皇帝！進而，在犧牲和毀滅了霍青桐一生的幸福之後，更乾脆地就毀滅了喀絲麗的美好純情的生命！在做出這樣的選擇之前，他內心裡也充滿了矛盾與苦惱，書中寫道：

「我該為了喀絲麗而和皇帝決裂，還是為了圖謀大事而勸她順從？」這念頭如閃電般在腦子裡晃了兩晃。

這是一個痛苦之極的決定，實在不願意去想，可是終於不得不想：「她對我如此深情，拚死為我保持清白之軀，深信我定能救她。難道我竟忍心離棄她背叛她？但是要顧全了喀絲麗和我倆人，一定得和哥哥決裂。這百世難遇的復國良機就此放過，我二人豈非成了千古罪人？」腦中一片混亂，真不知如何是好。

我們倒是應該知道，陳家洛不是一位「人文主義者」，不是一位愛情至上主義者。他只是一位漢人書生和漢人英雄，他要成大事者不拘小節，他要「國事為重，私情為輕」。對此，我們自然不能僅僅限於責備，尤其是不能僅僅限於責備陳家洛。因為他是一位悲劇主人公，我們所應該探究的是這悲劇的真正根源及其性質。

有意味的是，小說的最後，當「紅花會」及諸豪傑在付出慘重的代價，終於可以殺掉乾隆皇帝這位國恨家仇集於一身的罪魁禍首時，偏偏徐天宏的大仇人方有德將周綺的兒子抱了去並以此作為要脅，使得「紅花會」的反清復國及報仇雪恨的理想宏圖終於由此而功虧一簣、全功盡棄了。而促使陳家洛作出為了孩子而不殺皇帝的決定原因並非其他，而是「周老爺子為了紅花會，斬了周家的血脈，這孩子是他傳宗接代的命根……」如此而已。從犧牲喀絲麗到放棄殺乾隆，這其間的原因及過程大是值得我們深思之。

前文提起過，陳家洛的所謂大業，即他的「反清復國」的理想追求，其實也是建立在一系列的幻想、輕信、幼稚、蒙昧……的基礎之上的，建立在深刻的悲劇衝突之上的。他的事業的最終失敗乃是必然的。他的結尾之錯乃是因為他「開頭便已錯」。說到底，他是一位漢人的書生，而不是一位真正的時代英雄。他只是一位江湖草莽的領袖，而並非創造歷史或改變歷史的豪傑。他是一位怯弱而又輕信的人，而不是一位運籌幃幄而又敢於改天換地胸懷大志大略的人。他的悲劇，便是以一位書生之身去實現時代英雄之志；以一位草莽領袖之識去建歷史豪傑之功，以其胸無雄圖大略的怯弱性格而圖改天換地的事業。

很少有小說是以如此深刻的悲劇而告終的，而中國的小說尤少，中國的武俠小說則更是如鳳毛麟角，因為武俠小說的「常式」或「模式」是必須以大功告成，皆大歡喜而結束的。有仇報仇，有冤伸冤，有情人皆成眷屬，有志者建功立業……一片歡呼一片光明。而金庸的這部武俠小說處女作《書劍恩仇錄》，則是公然另創新招且反其道而行之。這恐怕正是金庸小說獨特魅力及其深刻性之所在吧。在武俠小說世界中，似陳家洛這樣徹頭徹尾的悲劇主人公是不多見的。而其悲劇的思想意義及其藝術價值，則顯然超出了武俠小說世界之外。

《書劍恩仇錄》的結尾是陳家洛為喀絲麗寫作的一首短歌似的銘文，曰：

浩浩愁，茫茫劫，短歌終，明月缺。鬱鬱佳城，中有碧血。碧亦有時盡，血亦有時滅，一縷香魂無斷絕！是耶非耶？化為蝴蝶。

——化為蝴蝶，是耶非耶？

《碧血劍》亂世情仇亂世哀

《碧血劍》是金庸的第二部長篇武俠小說，始作於一九五六年。後曾作兩次重大的修改，增加了五分之一左右的篇幅。金庸先生在這本書的《後記》中說「修訂的心力，在這部書上付出最多」。

按照金庸先生自己的說法，《碧血劍》的真正主角其實是袁崇煥，其次是金蛇郎君，兩個在書中沒有正式出場的人物。又說「袁承志的性格並不鮮明。不過袁崇煥也沒有寫好，所以在一九七五年五、六月間又寫了一篇《袁崇煥評傳》作為補充」。

——這是作者自己的意見，我們自然不能不姑妄聽之，至少可以作為很好的參考。而至於全信，那倒是大可不必。金庸先生的武俠小說寫得極好，但其小說的《後記》則並非金口玉言。好在小說已經完成，擺在我們的面前，讀者要怎樣去想、怎樣去看，已由不得作者了。

且說《袁崇煥評傳》，從中我們自可以見到金庸先生對這位不幸的古人充滿熾熱之情與對其不幸遭遇充滿不平之氣，因而寫得觀點分明，且有依有據。

尤為值得一提的是「這篇《評傳》的主要創見，是認為崇禎所以要殺袁崇煥，根本原因並不是由於中了反間計，而是在於這兩個人性格的衝突。這一點，前人從未指出過」。（金庸《碧血劍・後記》）往好處說，這部評傳是史識與藝術兼長。然而往壞處說，這部補充式的作品，史傳不似史傳，文學不似文學。要說它不倫不類恐怕也有一定的理由。當然作者高興怎麼寫，這都是他的自由，旁人自是管它不著。只是，這部金庸先生頗為得意的《袁崇煥評傳》其實與《碧血劍》並無多大的關係。前者是一部史傳之作而後者則是一部武俠小說，如硬要將之比較較真，反落得內外不是。從而，這部《評傳》，如有興趣自不妨看上一看，若是不看，自也無妨。我是說，對我們讀《碧血劍》這部小說毫無影響。

言歸正傳。且讓我們來說《碧血劍》。作者說它的主人公不是袁承志與夏青青等人，而是他倆的父親袁崇煥與金蛇郎君夏雪宜。這種看法或許有它一定的道理，同時，說這部書中的袁承志其人的性格寫得不鮮明也有一定的道理。但這並不等於說，這部書因此就不是作者的得意之作，因而就不值一談了。

實際上，這部書雖是金庸的第二部作品，談不上是精緻絕妙、爐火純青之作，然而卻亦有它的獨到之處，足以自成一格而不失為一部可觀之作。

歷史與傳奇熔於一爐

按照作者的構思，這部作品的主人公原是要寫兩個未出場的人物袁崇煥與夏雪宜，就像西方文學名作《瑞貝卡》那樣寫法。而終究並沒有將這兩個沒出場的「主人公」寫好，從而要又寫一部《袁崇煥評傳》來聊補遺憾。實際上這一著非但於事無補，相反則是十足的畫蛇添足。這在前面我們已經提到了，只是未說出其中的道理。而這道理並不複雜，那就是《碧血劍》是一部武俠小說，是一部傳奇作品，沒必要較真；而《評傳》則自必是史傳，應是一部有關歷史人物的學術著作。這兩者之間的差異區別不言自明。若是試圖以史傳學術著作來「補」傳奇武俠小說之不足，那可是自討沒趣、自陷窘境。

然而，將袁崇煥這一真實的歷史人物與夏雪宜這一虛構的傳奇人物並列為《碧血劍》的兩位未出場的主人公，則非但不是如上之所述那樣將史傳學術與傳奇武俠藝術混為一談而自找沒趣，相反，這正是金庸先生的一大創造並且亦正是他的小說的成就與價值之所在。其中的道理，我們在評述《書劍恩仇錄》這部小說的時候已經提及。而這部作品，則正是按照《書劍恩仇錄》的路子發展而來，且其這一方面的成就則已大大超過了《書劍恩仇錄》。

在分析《書劍恩仇錄》的文章中，我們已經提到，歷史作品與傳奇作品自有不同——這種不同人人皆知——然而這二者之間亦有相同之處。那就是在更深的一個層次上，歷史與傳奇中的人物都是借其具體的人物（不管是實有的或虛構的人物）來反映普遍的人性。金庸先生的武俠小說的妙處——這也許正是中國古典小說的妙處，由金庸先生發揚光大提高到了一個新的境界。《碧血劍》的創意妙處在於將歷史的人物與傳奇的人物、歷史的事件與傳奇的故事、歷史的背景與傳奇的情節熔於一爐，並借此來創造出一路別具一格、半史半奇、亦史亦奇、奇中有史、史中有奇的小說形式與境界，於人性人生及歷史世界之刻畫更是兼想像與思悟兩長、傳奇與歷史兼美、好看與耐看齊至了。

袁崇煥乃是一位歷史人物，是明末抗清名將。而夏雪宜這位金蛇郎君則是一位徹頭徹尾的虛構傳奇之人物。將這二者寫在一起乍看起來大有不便之處，使人讀之不知該當它是真實的歷史故事為好，還是當它是虛構的傳奇故事為好，弄不好極易使人反感，兩邊都討不了好去。看傳奇的人看到袁崇煥的故事或是容易將它全信了去，或是尚嫌它不過癮、美中不足，而看史傳的人則必然會嫌夏雪宜其人其事完全是胡說八道——「歷史中哪來此人、哪有此事？」——從而對此不屑一顧。

《碧血劍》中這兩位未出場的主人公的性格、品質、經歷、追求根本是南轅北轍、冰炭不容。一位是江山之柱石，一位則是江湖之巨擘；一位是善而忠誠，一位是癡而惡劣；一位是抗清保國大仁大義令人心折，一位是報仇過毒雪恨更惡叫人不齒……這兩人一如中天明月，一如陰澗毒蟲，自是不可同日而語之至。如何能並駕齊驅而為同一部《碧血劍》的主人公？就算他們代表一善一惡、一美一醜、一公一私，那也絕不在同一層次、同一水準線上啊。如此怎生是好？

《碧血劍》妙就妙在，這兩個人物根本就沒有正式出場。從而無論多少不妥、多少尷尬都不用擔心地一一避了開去。這部小說中出場的人物是他們的後代，即袁崇煥之子袁承志與夏雪宜之女夏青青。他們相遇江湖、情孽糾纏，便無論多少事、多少奇都是不妨的了，因為他倆都是江湖人物──都是傳奇武俠小說的主人公。這叫做化實為虛。

《碧血劍》是寫袁承志立志為父報仇的故事──這種故事在江湖上（在武俠小說中）可以說屢見不鮮。只是，他的仇家與一般的武俠小說的仇家大不相同。他的仇家乃是滿清霸主皇太極與大明末代皇帝崇禎，且國恨與家仇的對象錯綜複雜。從而使得這部書的報仇情節便非同一般了，因為他的仇家乃是歷史名人。這又是化虛為實了。《碧血劍》這部小說便是這麼著化實為虛又化虛為實，化來化去將歷史與傳奇終於「化」到了一處，而將讀者的注意力與興味則「化」將出來又「化」將進去。

這裡有兩個層次的問題，不可不說。

一是化實為虛的問題，這是我們閱讀此小說首先必須認清的一個問題。那就是，像《書劍恩仇錄》及《碧血劍》這一類的小說，從整體上、本質上來說，它們是武俠小說，是傳奇作品，是虛構的情節與人事，它們是虛構的。亦即，其中出現的乾隆皇帝也罷，福康安也罷，袁崇煥、皇太極、范文程、崇禎、李自成、李岩也罷……這些歷史人物在這部小說中，即已被小說化亦即虛構傳奇化了。他們是小說的一個不可分割的部分。從而他們的人事與情態亦首先是小說而不是歷史。這就是說，他們在小說中的地位與作用與那些虛構的人物如陳家洛、袁承志、夏青青、夏雪宜等等一般無二。就像小說中的袁承志曾與歷史人物劉宗敏、李岩、牛金星、宋獻策……等同為一殿之臣一樣，反過來，所有這些歷史人物與那些江湖草莽傳奇人物也在傳奇小說這一藝術宮殿之中同為一殿之臣。因此，在這些小說中，我們對袁崇煥與夏雪宜、乾隆皇帝與陳家洛應該一視同仁，而不可有任何人身歧視。

再進一層，便是所謂化虛為實或奇而至真的問題了。相比之下，這一問題較難說清，然而卻也不是不可理解。上述的歷史人物與虛構傳奇人物在小說中都變成了小說藝術形象之後，因其或實而深刻或虛而傳奇的經歷與遭遇揭示出了——在一定的歷史氛圍中、在假定的藝術情境中——普遍的人性之下，我們則又可以、而且應該在更高的一個層次上將他們同等對待。即他們既然都反映了普遍而又真實的人性（**無論他們的經歷多麼傳奇乃至多麼不可思議**），那麼，他們又都可以稱為真實的人——藝術的真實、哲學的真實、歷史的真實……全在這小說揭示出的人性的真實之中。

當然，並不是所有的作家及所有的作品都能達到這種境界，並不是所有的人都能如此化實為虛而又化虛為實。相反，這樣做、能這樣做及做得這樣好的非但不多，委實少得可憐。洋洋大觀的武俠小說世界中，能如此者，不過金庸等一、二人而已矣。而金庸則無疑又是這一、二人中的尊者。

如此，我們可以說《碧血劍》了。

開頭結尾，歪打正著

《碧血劍》這部小說的開頭一回，叫做「危邦行蜀道，亂世壞長城」。是寫什麼「大明成祖皇帝永樂六年八月乙未，西南海外渤泥國國王麻那惹加那乃，率同妃子、弟、妹、世子及陪臣來朝，進貢龍腦、鶴頂、玳瑁、犀角、金銀寶器等諸般物事。成祖皇帝大悅，嘉勞良久，賜宴奉天門」云云，叫人頗為摸不著頭腦。再接下去，才是寫渤泥國那督張民數傳後是為張信，膝下唯有一子，取名朝唐，以表不忘故國之意。這張朝唐熟讀四書、五經之後，頗仰上國風物，因帶了書僮隨從及金銀諸物來到大陸，意欲考取大陸明朝的功名。不意上岸伊始，便遭大難，且此後劫難重重，兵匪不分，俱是要謀財害命。好容易才經歷幾番生死，逃得活命，急急如喪家之犬地回了海外渤泥國。是謂「寧為太平犬，莫作亂世人」。這張朝唐不幸來到大陸之時正逢亂世方興，明朝的官兵亦如強盜，甚而有過之而無不及。

以上這樣一個開頭，像是一段閒話。稍為聰明一點的讀者，即已想到，這段引子無非是要引出書中的主角袁承志及「山宗」（**袁崇煥的舊部，立志為袁督師報仇雪恨的組織**）等正主兒。一旦正主兒出現，這張朝唐果然就銷聲匿跡，大家也就自然而然地將他忘到了「渤泥國外」去了。

然而，無巧不巧，待到整個兒這一部《碧血劍》結尾之時，這位倒楣的張朝唐居然又想起來大陸考取功名，並且一如既往地被官兵抓住，同樣要謀財害命，說巧不巧地又被袁承志救了下來，只是這時的袁承志已是名聞江湖的大英雄，且已有些灰心喪氣要重新歸隱江湖山林了。更不同的是，這時的官兵已不是明朝的官兵，而是名震天下，為天下百姓所盼望的闖王李自成手下的「官兵」！

如此，張朝唐兩次來華，卻是大同小異的遭人謀財害命、死裡逃生，這就不是一般的閒筆了。在這看似巧合的不幸遭遇的比較之中，大家自不難看出，明朝衰朽，天下百姓受苦遭難已無希望活命安寧，而闖王興起使天下百姓滿懷希望與信心要「吃他娘，穿他娘，開了大門迎闖王。闖王來時不納糧」，及「朝求升，暮求合，近來貧漢難求活。早早開門拜闖王，管教大家都歡悅」，然而闖王真正當上了皇帝，卻很快地就忘了自己「也是老百性」，只道自己真的是「真命天子」，而縱容手下橫行搶掠，殘害百姓。

這正是所謂「興，百姓苦；亡，百姓苦」。從而，這些「閒筆」般的開頭結尾，決不僅僅是作者的一種簡單的閒來之筆，以便做到有始有終或首尾呼應這種形式上的完整統一；而是一種精巧的藝術安排，其中飽含識透歷史之深意以及悲天憫人之情懷。

《碧血劍》的開頭、結尾二處，還有一個大大的首尾呼應。那就是，小說開頭，我們隨著張朝唐等人一起去到「山宗」朋友的聚會之處，得知袁承志的父親袁崇煥這位抗清名將、大名鼎鼎的有功之臣，是被剛愎自用、狹隘頑固而又聽信奸臣，中了皇太極「反間計」的崇禎皇帝下令殺害。《碧血劍》所寫，正是因此而引起的袁部舊將及袁崇煥之子袁承志報仇雪恨的主線。這可就不再是什麼閒筆了。可以說這仍是此書的主因及其主題。這部小說之中，將袁崇煥的遇害經歷及其生平事蹟與為人品格時時提起。對其人可以說是人人敬佩，而對其死，則同樣是天下人人憤恨！得知此事者無不痛罵崇禎皇帝歹毒殘酷、殺害忠良。

然而無獨有偶，這一部《碧血劍》的結尾處，則又出現了活生生的一幕：即李自成逼死功臣李岩。這李岩及其妻紅娘子的故事無人不知，其有功於李闖，決不亞於袁崇煥之有功於大明朝與崇禎帝。且李岩的人品情操亦決不比袁崇煥遜色。這一位活生生的（**袁崇煥之被殺在書中並未正面出現**）大英雄、大豪傑、大忠臣與大俠士亦被李自成給活活逼死！

看到這裡，不僅令人極其悲痛與義憤，同時也令人默想與沉思，何以昏庸而又剛愎的崇禎皇帝如此，而英雄豪傑李自成也會如此呢？崇禎所代表的是一個衰敗沒落、風雨飄搖的明王朝，因而他之所作所為有倒行逆施、昏庸罪惡之處原是不難理解，何以李自成這一深得民心、深孚眾望的胸懷大志的百姓之希望與救星亦會如此呢？

在《碧血劍》一書中，李自成的形象可是實實在在地受人敬仰、受人愛戴，且受人擁護與歡迎的呀！在《碧血劍》中，李自成可是一位毫無疑問的大英雄、大豪傑、大救星般的人物呀！固然，他有一身草莽之氣，然而正因如此，他才是天下受苦百姓的真正代表者呀！……之所以會如此，或許只有一個解釋：那就是李自成作為一個為天下受苦百姓謀福利的大英雄時，他是王朝的反抗者，是希望與進步的代表者，是大多數受苦百姓的利益代表者；然而一旦他獲得成功——登上王位，是這種成功最突出最鮮明的象徵——之後，慢慢地，他就變質了。他變成了個人利益（**把王位看成個人的私產而不容他人垂涎，同時又疑心**

他人的垂涎）的奴隸，變成了貪欲與權勢欲的奴隸，從而，於封建王朝的根基及其文化並無真正徹底的改變，只不過是以新興而代替腐朽，只不過改朝換代而已。從而，李自成這一叱吒風雲的大英雄亦不幸落入封建王朝文化的羅網之中而不能自拔，甚至不能自覺。不難想到，李自成所反對的，只不過是一個積弱不堪、腐朽衰敗的明王朝，而不是、也不可能是封建王朝及其文化格局本身。進而，我們不難想到，李自成固然是明王朝的叛逆與反賊，但他從根本上來說，又恰恰正是中國封建文化不幸的嫡系產兒。

由此，我們聯想到金庸的另一部小說《笑傲江湖》中的日月神教的教主任我行：在他遭難時候，他是那樣值得人同情；甚至在他報仇之際，他還明智地對東方不敗制定的如「千秋萬載，一統江湖」的口號、規章極其不滿、極盡諷刺挖苦之能事，對東方不敗殘害有功的教中兄弟可以說更是義憤填膺。然而曾幾何時，當他擊敗了東方不敗、坐到了東方不敗的寶座上時，他忽然間——也許他內心深處原本就是如此——就覺得「千秋萬載，一統江湖」這一口號及其所表達的夢想是那樣的令他感到喜悅歡欣。而種種參見教主（相當於參見皇帝）的規章也變得非但不討厭而且很可喜了……

這一切，只怕是王座及其所代表的權勢對人的異化，亦只怕是人本身的權勢欲對自身的一種異化吧。

嗚呼李自成！一代何等英雄豪傑，竟也難以逃脫歷史命運的羅網與纜繩！

這《碧血劍》的主題，可以說正在於此。正如書中的一位無名無姓的瞎子藝人所唱：

> 無官方是一身輕／伴君伴虎自古云／歸家便是三生幸／鳥盡弓藏走狗烹……子胥功高吳王忌／文種滅吳身首分／可惜了淮陰命／空留下武穆名／大功誰及徐將軍／神機妙算劉伯溫／算不到／大明天子坐龍廷／文武功臣命歸陰／因此上，急回頭死裡逃生／因此上，急回頭死裡逃生……
>
> ……君王下令拿功臣／劍擁兵圍／繩纏索綁／肉顫心驚／恨不得／得便處投河跳井／悔不及／起初時詐死埋名／今日的一縷英魂／昨日的萬里長城……

這「今日的一縷英魂，昨日的萬里長城」不就是《碧血劍》這部小說的悲劇主題麼？不亦就是中國歷史總悲劇的主題麼？

這才是真正的歷史悲劇。

明朝如此、自古如此、李自成也是如此；滿清王朝亦會如此……這已在更深的一個層次上揭示了中國歷史的悲劇病症。無論治世亂世、官軍義軍、漢族滿族，「自毀長城」的歷史悲劇，都有其必然性。

只不過，在亂世之中，自毀長城的悲劇更為明顯慘烈。且蒼生百姓也絕對並非是「無官方是一身輕」，而是如小說的開頭與結尾處的張朝唐及其他無辜百姓那樣遭受池魚之殃與無妄之災——他們（**百姓人民**）才更是國家社稷的真正長城，而又每每被皇帝官家、異族或義軍所自毀矣！豈不痛哉！豈不悲哉！

悲痛之至，亦想揮起那報仇雪恨的碧血劍！

人民百姓也罷，英雄豪傑也罷，在那樣的文化歷史氛圍中，在那樣的政治體制之中，雖為長城卻難保不被自毀或攻擊。究其原因，現代人自會明白乃在於其法不立，人不寧也。反觀之《碧血劍》中的江湖綠林，雖不似官家自毀或被異族攻滅，且看似自由自在、快意恩仇，然而究其本質亦不過是強者為尊，無法無天而已。亦即，其血雨腥風、人人自危之境，恰正是中國歷史大悲劇的另一面而已，與皇帝官家的江山廟堂悲劇恰恰相反相存亦是相輔相成。

由此，我們對《碧血劍》就會有了一層更新與更深的理解。

「三國」情仇，大異《三國》

《碧血劍》在某種程度上，有點像中國古典小說《三國演義》。

《三國演義》敘述東漢末群雄並起、紛紛立國而最終成曹魏、劉蜀與孫吳三國鼎足而立的故事，大凡中國之人無不知悉。這部《碧血劍》則借其主人公袁承志報仇雪恨的注意所及，行蹤所至及其身心所處，給我們敘述了當時的天下大勢，即滿清異族虎視眈眈於關東，而李自成的闖軍則群情洶洶地起義於關西，大明王朝處於一片風雨飄搖之中，亡無日矣。

《三國演義》一書，其客觀真實之處，固然可見，然而眾所周知，作者對劉備西蜀及其皇叔正統則是情有獨鍾，推崇備至，因而不免有所偏倚，大為正統所囿。而《碧血劍》一書，則借袁承志之所見所聞、所知所為，略述當時「三國」之形勢人事則雖不免亦有所偏，然而終於能超然物外，站到了一個更高的歷史層次來透視歷史。則其思想境界比之《三國演義》自更高一籌。

晚明王朝在漢人眼裡雖是無道甚而君昏臣奸，但好歹總是正統。然而，因為其君昏臣奸，殘害忠良，使之成了主人公的殺父仇家。清室皇太極等雖為異族，入關立朝承繼中原江山達二百餘年，其功其過其仇其恩亦自難評說；而闖王李自成因官逼民反，一時成為天下苦難百姓眾望之所歸，然則在正統眼中，他不過是一介草莽，更兼反賊。對這三方或云三國的評述，確實頗為不易。然而作者借袁承志之所見，敘自己所想之事，借袁承志之所識，抒自己所想抒之懷，從而能別具一格且超然而深刻。

書中袁承志的態度極為明顯，即反明而抗清，寄希望於李闖。這不僅是他一己父仇所致（他的父親袁崇煥是因抗清而著名，亦因抗清而為明帝所殺，所以明、清兩朝皆為其殺父之仇），恐怕亦正是當時天下百姓之眾望所歸。之所以當時天下百姓會風起雲湧、揭竿而起，則正是因為李自成的起義順乎民意自然會眾望所歸。這即是說，袁承志的觀點正代表了「人民的意願」。

然而，如前所述，我們所看到的是，闖王李自成之取代明朝，看似招牌招記，其實則是換湯不換藥，救民之於水火、解民之於倒懸，只不過是人們一廂情願的幻想與滿懷熱情的希望罷了。後代諸人尚不斷創造救星般的李自成，亦正成因於此，可以解釋。而《碧血劍》寫到這一地步，就根本不再是按照袁承志一人為報父仇的觀點，而是上升到真正的「興，百姓苦；亡，百姓苦」的人民觀點與歷史觀點了。從而，這部小說的思想意義與境界遠遠超出了一般武俠傳奇小說所能想及的範疇，且比若干寫李自成的歷史小說亦高出數倍而不止矣。

《碧血劍》一書敘述清朝宮廷，雖揭其盜嫂殺兄使清廷換主的醜陋與殘惡，然而亦公正地寫到皇太極君臣立下愛民之大計大願的情形，從而使袁承志深不可解。同樣地，寫到明末亡國之君崇禎，亦滿懷人道主義的同情，寫道「只見他兩邊臉頰都凹陷進去，鬢邊已有不少白髮，眼中滿是紅絲，神色甚是憔悴。此時奪位的奸謀已然平定，首惡已除，但崇禎臉上只是顯得煩躁不安，殊無歡愉之色。袁承志心想：『他做皇帝只是受罪，心裡一點也不快活。』」如此，雖寥寥幾筆，然而卻已超然於一己私仇而達於悲天憫人的人道主義的崇高境界。書中寫崇禎之筆並不很多，但卻將崇禎的形象刻畫得入木三分。其簡略深刻之處，恐亦非一般的歷史小說或純文學可比。

至於書中的李自成形象，則更是筆力飽滿而冷靜公正，將這一位大豪傑大草莽而又可敬又可悲的歷史人物寫得令人迴腸盪氣，心神俱往、鮮明生動之至。

小說的第十九回〈嗟乎興聖主，亦復苦生民〉——這一章從題到文皆值得玩味——中有這樣的幾段文字：

……這時李自成已進皇宮。守門的闖軍認得袁承志，引他進宮。只見李自成坐在龍椅之上，旁邊站著十幾名部將從官，一個衣冠不整的少年站在殿下。

……李自成道：「那是太子！」袁承志扶了他起來。李自成問道：「你家為什麼會失天下，你知道麼？」太子哭道：「只因誤用奸臣溫體仁、周延儒等人。」李自成笑道：「原來小小孩童，倒也明白。」隨即正色道：「我跟你說，你父皇又糊塗又忍心，害得天下百姓好苦。你父皇今日吊死，固然很慘，但他在位一十七年，天下百姓被逼得吊死的又不知有幾千幾萬，那可更慘得多了。」太子俯首不語，過了一會道：「那你快殺我吧。」袁承志見他倔強，不禁為他擔心。

李自成道：「你還是孩子，並沒犯罪，我哪會亂殺人。」太子道：「那麼我求你幾件事。」李自成道：「你說來聽聽。」太子道，「求你不要驚動我祖宗陵墓，好好葬我父皇母后。」李自成道：「當然，那何必要你求？」太子道：「還求你別殺百姓。」李自成呵呵大笑，道：「孩子不懂事。我就是老百姓！是我們百姓攻破你的京城，你懂了麼？」太子道：「那麼你是不殺百姓的了？」李自成倏地解開自己上身衣服，只見他胸前肩頭斑斑駁駁，都是鞭笞的傷痕，眾人不禁駭然。李自成道：「我本是好好的百姓，給貪官汙吏這一頓打，才忍無可忍，起來造反。哼，你父子倆假仁假義，說什麼愛惜百姓。我軍中上上下下，那一個不吃過你們的苦頭？」太子默然低頭。李自成穿回衣服，道：「你下去吧。念你是先皇的太子，我封你一個王，讓你知道我們老百姓不念舊惡。封你什麼王？嗯，你父親把江山送在我手裡，就封為宋王吧。」

太監曹化淳站在一旁，說道：「快向陛下磕頭謝恩。」太子怒目而視，忽地回手一掌，啪的一聲，曹化淳面頰上頓時起了五個手指印。李自成哈哈大笑道：「好，這種不忠不義的奸賊打得好。來呀，帶下去砍了！」曹化淳嚇得臉如土色，咕咚一聲，跪在地下連磕響頭，額角上血都碰了出來。李自成一腳把他踢了個斤斗，喝道：「滾出去，以後再敢見我的面，把你剮了！」太子隨後昂首而出。

李自成對袁承志道：「這小子倒倔強。我歡喜有骨氣的孩子。」袁承志道：「是。」

丞相牛金星道：「主上大事已定。明朝人心盡失，但死灰復燃，卻也不可不防。這孩子十分倔強，決計不肯歸順聖朝，只怕有人會借用他的名頭作亂，不如除了，以免後患。」李自成躊躇道：「這也說得是，這件事你去辦了吧。」

……

數十名軍官一齊蜂湧過去。爭著要多看一眼，直到陳圓圓的背影也瞧不見了，才戀戀不捨的慢慢歸座。

李自成一口一口喝酒，臉上神色顯是樂不可支，對眾將官的醜態全沒放在心上。

李岩走上幾步，說道：「大王，吳三桂擁兵山海關，有精兵四萬，又有遼民八萬，都是精悍善戰。大王既已派人招降，他的小妾，還是放還他府中，以安其心為是。」劉宗敏冷笑道：「吳三桂四萬兵馬，有個屁用？北京城裡，崇禎十多萬官兵，遇上了咱們，還不是稀哩嘩啦的一古腦兒都垮了。」李自成點頭道：「吳三桂小事一樁，不用放在心上。他若投降，那是識好歹的，否則的話，還不是手到擒來？吳三桂難道比孫傳庭、周遇吉還厲害麼？」

李岩道：「大王雖已得了北京，但江南未定……」李自成揮手道：「大家喝酒，大家喝酒！此刻不是說國家大事的時候。」李岩只得道：「是。」退了下去，坐在袁承志身邊。低聲道：「一切小心，須防權將軍對你不利。」

袁承志點點頭。

只見李自成喝了幾杯酒，大聲道，「大夥兒散了罷，哈哈，哈哈！」飛起一腳，踢翻了桌子，轉身而入。眾將一哄而散。

以上幾段文字，我們是可以看到李自成的性格及其矛盾性的若干側面，即他作為一個當世的大英雄大豪傑，自有其逼人的英氣與胸懷，而其所作所為、言談舉止，卻又與一位政治領袖頗有難容之處。他作為一個個人或許令人可敬可親，然而作為一個領袖則令人感到遺憾與預悸。他不忘自己是老百姓，固是不錯，但一旦真正地坐上了龍廷，則不免得意洋洋，封官許願，而不思進取，甚而不思身居危境，則可見其性情粗豪而目光短淺。而其念念不忘百姓之心，恐亦會在真命天子之夢境般的皇宮中淡成記憶亦在所難免。其打天下與「坐天下」的矛盾，作為一個英雄與作為一個領袖之間的矛盾，作為一個老百姓與作為一位「真命天子」的矛盾，作為一個草莽英雄與作為一個百姓眾望所歸的救星之間的矛盾……無不在金庸先生不動聲色的敘述中逐漸深切地暴露出來。

從而，正像這一回的回目所說——嗟乎興聖主，亦復苦生民——那樣令人失望、遺憾亦復感傷。至於其後的自毀長城，以至兵敗如山倒的種種情勢亦自在所難免了。而這正是《碧血劍》的獨特與深刻之處。

小說從頭至尾無不是將李自成當作一位蓋世英雄來寫、直到結尾依然絲毫也沒有懷疑或否認這是一位英雄，但另一面，書中的李自成則亦自始至終都只不過是一介草莽，一個應運而生的時代梟雄。

同時，滿篇小說中的天下百姓對李自成無不充滿希望與期盼，然而小說則在悲劇與失望處告終。這就使得這部小說更是令人三思。

形似《三國》而大異於《三國》，正在於此超然深刻處。

亂世情仇亂世哀

說到這裡，我們似乎只涉及到了《碧血劍》這部小說的開頭與結尾，或背景與邊線，而沒有涉及到這部小說的正文與主題。

其實，上文所述，便正是這部小說的主題與正文。亦即，小說的主幹（主要的故事情節）便是寫袁承志立志報仇及從他從師學藝到大仇得報的過程。

因為他的仇家乃是滿清皇太極以及明皇崇禎，所以他集國恨與家仇於一身，而李自成及其闖軍則正是既反明王朝，又抗滿清侵略軍的軍事勢力，袁承志之支持幫助李自成闖軍，既是順乎時代的潮流及天下百姓的民意，同時也是他大仇得報的最好保證。與一般武俠小說的學藝報仇不一樣，袁承志報仇雪恨的過程與歷史的發展頗為合拍地結合在一起了。《碧血劍》的主要情節便是袁承志及其師門資助闖軍報仇雪恨及奪取江山的過程。

當然，不可否認，《碧血劍》也還有另一條副線，即有關袁承志闖蕩江湖以及師門糾葛。但即便是這條副線，也隱隱約約地與資助闖軍聯繫在一起，諸如袁承志幫助安小慧奪回被夏青青搶去的二千兩黃金，這看起來是尋常的江湖黑道與白道的爭鬥，其實這筆黃金乃是闖軍的軍餉。而袁承志與夏青青的尋寶以及護寶，看起來也是尋常江湖人的勾當，但這筆寶貴財富也正是要送給闖王部隊作為軍資的。

小說中的江湖爭鬥如仙都派弟子閔子華廣邀江湖朋友向金龍幫主焦公禮尋仇，看起來似是純粹的江湖中事，但實際上仍是受到滿清奸細「太白三英」的暗中挑唆而至於此。至於袁承志等與「五毒教」之間的複雜爭鬥，說到底乃是因為這向來活動於雲南貴州一帶的「五毒教」受到太監曹化淳之邀請而效命於朝中叛逆勢力的……說到底，當時的江湖人事幾乎或多或少、或明或暗、或直或曲地與當時的滿、明、闖三種政治、軍事勢力相關聯。至於主角袁承志則更與這三者都有不同尋常的關係，自不必說。

除此之外，還有的就是有關「金蛇郎君」夏雪宜的故事線索。他在小說開始之時只怕就已經死去，因而在小說中始終都未出場。然而有關他的故事卻通過他的情人溫儀、女兒夏青青、半個傳人又兼女婿袁承志及為之受盡千般苦難及至變形而又變態的五毒教中的何紅藥等人基本完整地交代清楚了。

這是一個與政治無關的純粹的江湖人物，因而他的故事亦與江山與亂世無關，是一個純粹的江湖中恩怨仇情的故事。涉及到仇、情、貪（財）三者。

他為了報仇而不惜一切力量與手段從五毒教中偷得該教的「鎮教三寶」即金蛇劍、金蛇錐及重寶圖，前來江南溫家報仇，殺人四十兼而姦淫婦女，直至愛上了溫家的女兒溫儀。終於，情戰勝了仇。使得他不再向溫家報仇，但卻又被貪財而記恨的溫家五老所陷害以至於被挑斷手足筋脈，武功全失，幸得昔日情人何紅藥救得一命。但何紅藥則又因妒生恨、因情生怨，終至自封於華山山洞穴之中而至喪命……這是一個難以評說的十分慘烈、十分可憐復又可悲的故事。

夏雪宜是一位難以評說的十足的江湖人物，半正半邪亦正亦邪，值得同情又令人痛恨，為善不多為惡不少。他的家仇固是值得同情，然而他的報仇方式卻又歹毒得令人髮指；他對溫儀的愛固是可歌可泣，然而他之於何紅藥則又是喪盡天良；他之貪財，甚至於使他自己在臨死之前也感到悔之不及，在他的遺書中，他寫道：「此時縱集天下珍寶，亦焉得以易半日聚首？重財寶而輕別離，愚之極矣，悔甚恨甚！」

他的一生可以說是無謂的一生。前半為了報仇而過著非人的生活，後半則為了財寶同樣遭到非人的報復，中間若無一絲情愛的溫柔尚且維繫著他的人性光輝於記憶之中，則更是暗淡無光、慘不堪言。看起來是轟轟烈烈，實際上慘不堪言。這樣標準的江湖生涯實在是令人難堪。然而這又正是江湖中人生在江湖身不由己的無可改變的命運及其生活方式。

小說《碧血劍》除了對是時三種政治勢力進行了深刻的批判與否定之外，對江湖生涯也進行了深刻的批判與否定。夏雪宜的人生命運及其悲劇便是其中突出的一例，其他如關於名門正派華山派弟子歸辛樹夫婦及其門下的恃強凌弱、驕狂自大的描寫也入木三分。名門既如此，黑道豈堪言？

乍看起來，《碧血劍》的主線與副線之間，並無密切的關係，除其下代人物姻緣相聯之外，就各自獨立了。然而，在其深層次中，我們可以看到這一條主線與其副線之中有著更為內在、也更為緊密的聯繫：主線與副線，或江湖與江山恰好組成一個互補的完整的文化圈。

在小說中，這一互補的文化圈由其主人公袁承志及李自成等人作為其仲介：袁承志是江湖人物但卻是江山柱石的後代，並且，他在書中的所作所為一方面固然是為了要報殺父之仇（**這是江湖人物與江湖生涯常見的模式**），然而另一方面，無論在其主觀意願及其客觀效果上，他又始終在幫助李自成打江山。相反，李自成是來自江湖的草莽豪傑，幹的本是殺富濟貧、替天行道的江湖俠義的勾當，這一替天行道的行為上升一格便成了反抗衰落腐朽的明王朝的大道，李自成也因此而成為大盜——古人有云「竊鉤者賊，竊國者侯」——登上龍廷他便是大順皇帝。而撤離皇宮，他又變成了江湖的草寇……

在這樣一個互補的文化圈中，每個人都在不同的層次上以不同的方式在反抗著、追求著，然而每個人又同樣無法擺脫他不幸的歷史命運——這一不幸的命運乃是由這種互補的文化圈給圈定了的——無論是江湖人物或是江山人物莫不如此。他們在創造歷史，但在其根本的意義上卻是被歷史所創造。或為江湖草莽或為江山柱石，或為武林俠客或為國家將相。為奸為惡，為善為慈，當然有具體的分野；為將為相，為俠為盜，當然有其名目上的不同，然而他們卻又都是圈中人物，其言行舉止所做所為固是千變萬化，但其根本命運及其人生軌跡卻被圈在了同一個不幸的時代、不幸的文化圈中。

再說江湖人物與江山人物都是人物，都是中國人或中國古代之人。其人性的弱點與人性的悲劇並不因其在江湖或在江山有根本的不同。我們所看到的不同，只不過是其表現形式的不同而已。——貪欲與權勢欲——金錢財寶之貪與權勢王位之貪同樣是貪，同樣是欲，同樣是人性的本能，亦同樣是許多人生悲劇的因由。

小說中的夏雪宜由復仇——情愛——貪財——反遭命運報復這一悲劇，與小說中的李自成（**也包括其他類似者**）由起義（**在某種意義上，起義也正是復仇**）——王位——弄權——結果歸於失敗的命運的悲劇，看起來似是毫無關係，但實際正是人性之欲的不同的表現形式，亦正是人生悲劇不同的表現形式，同時也可以說是歷史悲劇不同的表現形式。

西哲黑格爾似乎說過這樣的話：正是這卑鄙的貪欲與權勢欲，才是推動歷史前進的槓杆。江湖上尋寶貪財固是悲劇的重大因由，而江山中爭權奪位則更是政治悲劇的一個基本的形式。且正如我們在金氏小說中所能看到的那樣：江湖人物固是貪財然卻也貪權；而江山人物固是貪權然亦是貪財。從而二者之間便有了一種密切的關係，形成一個內在的互補的人性之圈。而這一內在的人性之悲劇互補之圈，恰正是處在互補文化圈的核心。

順便說一句，貪欲與權勢欲，固然可以是推動歷史前進的槓杆，然而這在中國，尤其是在中國的封建王朝中卻未必如此。這種貪欲與權勢欲未必真的能推動歷史前進，往往只能給人生及社會、歷史與時代造成巨大的悲劇。其原因很簡單——正如金庸小說中所揭示的——江湖人物的貪財並不是勞動與創造，而是去尋寶與搶奪；同樣，江山中人的爭權，當然不是民主與法治，而往往是暴力或陰謀。顯然，這一切與「槓杆」無關，於歷史前進亦無補益。

而《碧血劍》之於這些否定的最終表達方式是小說結尾處的主人公袁承志「空負安邦志，遂吟去國行」。袁承志的避生海島，尋找和開創理想的樂園，固是因為對李自成的義軍殘害百姓及李自成逼死李岩等等「心中悲痛，意興蕭索」之故，固是對這種「打江山」與「坐江山」的經歷與生活希望的破滅與絕望的生成。同時，恐亦是對江湖生涯的一種失望與厭惡，他之所見所聞、所遇所逢盡皆不如人意事，夏雪宜等人的遭遇可以說已是前車之鑒。因此，他之「遂吟去國行」不僅僅是「空負安邦志」而不得實現之故也，因為他本來就不是一位立志安邦立國的人物，而是一位道道地地的江湖英雄。

因而，他之去國，是由於對江山與江湖的雙重失望乃至於絕望的結果。在這一點上，《碧血劍》與其他所有的小說都不甚相同。

而這恰恰是《碧血劍》這部小說的真正深刻之處。

對江山與江湖生活與人生的雙重失望所達到的深度，決非一般的轟轟烈烈或豪邁粗放或曲折生動的故事可與相比。

只是，袁承志這種逃往海外去尋找理想樂園的方式，最終只怕也要以失望而告終。——自古至今（至少我們知道自《水滸傳》中的李俊這一人物開始吧）人們都把逃往海外作為一種最後的理想歸宿與寄託，而這種理想是不是美好然而極易破滅的夢幻，就難說得很了。當然，再說回來，袁承志的這一「遂吟去國吟」總算給人們帶來一點希望，並且，將此書的「亂世情仇亂世哀」的深刻悲劇主題表現得更為深刻而且淋漓盡致。

至於書中袁承志這一人物的形象塑造，恐怕正如作者所說的那樣是不十分成功的。相反，小說中的一干女性形象則較之男主角更為生動亦更為鮮明。尤其是與袁承志情孽糾纏的一干少女形象。如小說中寫袁承志與何鐵手對飲時有這樣一段：

> 袁承志和她對飲了一杯，燭光下見她星眼流波，桃腮欲暈，暗忖：「所識女子之中，論相貌之美，自以阿九為第一。小慧誠懇真摯。宛兒豪邁精細。青弟雖愛使小性兒，但對我一片真情。哪知還有何鐵手這般豔若桃李、毒如蛇蠍的人物，真是天下之大，奇人異士，所在都有。

上段提及的幾位少女形象都相當鮮明生動，呼之欲出，讀來興味盎然。其中對夏青青與阿九二人的形象刻畫得尤為精細深刻入木三分。如寫夏青青的「愛使小性兒」，在《易寒強敵膽，難解女兒心》（第八回）的開頭便寫得淋漓盡致：

> ……青青哼了一聲，道：「幹麼不追上去再揮手？」袁承志一怔，不知她的話

是什麼意思。青青怒道：「這般戀戀不捨，又怎不跟她一起去？」袁承志這才明白她原來生的是這個氣，說道：「我小時候遇到危難，承她媽媽相救，我們從小在一塊兒玩的。」

青青更加氣了，拿了一塊石頭，在石階上亂砸，只打得火星直進，冷冷的道：「那就叫做青梅竹馬了。」又道：「你要破五行陣，幹麼不用旁的兵刃，定要用她頭上的玉簪？難道我就沒簪子嗎？」說著拔下自己頭上玉簪，折成兩段，摔在地下，踹了幾腳。

袁承志覺得她在無理取鬧，只好不作聲。青青怒道：「你和她這麼有說有笑的，見了我就悶悶不樂。」袁承志道：「我幾時悶悶不樂了？」青青道：「人家的媽媽好，在你小時候救你疼你，我可是個沒媽媽的人。」說到母親又垂下淚來。

這就是夏青青。明顯地，她已是全心全意地愛上了袁承志，因而不免由愛生妒，從此以後，凡是袁承志碰到的女孩都難免遭到夏青青如此這般乃至不通情理、不顧死活的妒恨與難堪。

這又不僅僅是妒而已矣，亦不僅僅是小女兒初戀時的患得患失與風聲鶴唳，甚而也不只是心胸狹窄，這實際上是一種極複雜的精神狀態及性格品質，甚而可以說是一種輕微的精神變態與性格扭曲：她因是私生女而遭盡白眼，但卻又因美貌而受到表兄們的青睞，從而苦悶與張狂、自卑與嬌驕、狹窄而炙熱、鍾情而又多疑……種種情態種種矛盾盡集一身，到最後，幾乎因此而送掉了性命。這決不僅僅是妒，其中大有文章。從而夏青青是一位極複雜而又鮮明的令人難忘的形象。

另一位是崇禎的女兒阿九。她也是一位對袁承志情所獨鍾的人物，在書中出現不多，卻給人留下了極為深刻的印象，她不僅美麗絕倫，且慧質蘭心，氣度超群、雍容華貴卻又純樸天真。受盡重重苦難——家國被毀、父母自殺，而又被父親斬下一隻手臂，唯一鍾愛的袁承志卻又被他人所愛且愛著他人——之後自行落髮，出家為尼。這一形象，可以說是此「亂世情仇亂世哀」中的至情、至仇且至哀者。

嗚呼阿九——公主——九難！生於皇家本就不幸，遭逢亂世，更其悲哀，莫可名狀，只得落髮而為「九難」之尼。

《雪山飛狐》
人間自有真情在

《雪山飛狐》是金庸早期的長篇小說作品。最早發表於一九五九年，後經多次修改，「約略估計，原書十分之六七的句子都已經改過了。」改動之大、版本之多，即使在金庸的作品當中也是很突出的。

《雪山飛狐》是金庸十二部長篇小說中最短的一部，全書只有十五萬多字。然而卻是相當複雜、頭緒紛繁，叫人不知從何說起的一部書。這部小說作於《飛狐外傳》之前，兩部以「飛狐」名之的小說主人公雖差不多，但其中仍有許多情節及人物都明顯的不相吻合。這也可以算是金庸作品中的一個奇特現象。

一日與百年

這部小說是一部好看但卻難說的作品。恐怕大家讀起來會感到它一波三折、刀光劍影、懸念宕跌又使人血脈賁張，然而倘若是有人問兩句最簡單的話，即：這部小說說的是什麼故事？以及：這部小說的主人公是誰啊？只怕就要感到大為其難，只能苦思半天仍然支支吾吾地回答：「這部小說的故事麼……很是複雜，一時說不清楚……」而「這部小說的人物及主人公呢……很多，有好幾個……」實際上，一般的讀者，也確實只能這麼回答。

真要評說這部小說，我們還必須從它的結構及其敘事形式說起。

這部小說奇就奇在它有兩條線索，三個主要片斷場景，十多種角度。

可以說，這部小說的結構是一種十分精妙的立體結構。

比之傳統章回小說的線型結構或平面結構來，這部小說的敘事形式及其結構可以說是非常現代化的。在金庸作品當中，這部小說複雜而又完整的結構形式，可以說是獨樹一幟，值得一探。

所謂兩條線索，是指這部小說的主要情節大致按兩條基本相關而又各自獨立的線索而發展。即「一日」與「百年」這兩條線索。

「一日」，是指小說中所寫的清朝乾隆四十五年三月十五這一天。這一天距崇禎上吊、明朝覆滅、大順兵敗李自成失蹤、清兵入關清王朝建立已經有一百多年了。這日子在江南早已繁花似錦，在關外長白山下的苦寒之地，卻是積雪初融、渾沒春日景象。

這一日發生了很多的故事。一是遼東天龍門北宗新任的掌門人「騰龍劍」曹雲奇帶領天龍門五大高手追趕飲馬川陶百歲、陶子安父子及其他三位寨主欲圖報仇。沒想到北京平通鏢局的總鏢頭熊元獻，邀請師兄劉元鶴等人前來找飲馬川陶氏父子報劫鏢殺人之仇，於是三方打成一團，恩怨情仇糾葛纏綿。

二是寶樹和尚出現，邀請打鬥紛紛的三方齊赴烏蘭玉筆峰助拳。原來這寶樹和尚功力深湛，任誰也不敢不服。而玉筆峰山莊主人杜希孟約好今日中午與雪山飛狐決戰，因此邀來寶樹大師助拳。寶樹又順便邀了一干人上山。沒想到這一干人除寶樹之外竟被雪山飛狐的兩個童子打得狼狽不堪，使得人們對這雪山飛狐不敢小覷，因而當胡斐上山時，因主人未到家，一干前來助拳的英雄好漢躲得一乾二淨，只剩下不會武功的金面佛苗人鳳的女兒苗若蘭隻身接待。苗、胡初見竟是互有好感，一見鍾情。

三是本莊莊主與大內高手一干人設計捉拿「打遍天下無敵手」金面佛苗人鳳，恰被胡斐遇上，救助苗人鳳脫險。

四是天龍群豪、陶氏父子、劉熊師兄弟一干人入寶窟搶寶，醜態百出。

五是苗人鳳與胡斐因為遠恨近怨（胡斐為的是殺父之「遠恨」；而苗人鳳則是為了欺女之「近怨」）而進行大決戰……。

總之，乾隆四十五年三月十五這一天，從太陽出山至月在中天的十來個時辰之中所發生的事情實在已太多太多，叫人說也說不清，理也理不明。許多事件看似各不相干，就更使人摸不著頭腦，或，實是難以自圓其說。

然而，《雪山飛狐》這一部小說所寫的卻不只是這一天的故事。甚而，這一天的故事算不上是《雪山飛狐》這一小說的中心情節。

這部小說的主要情節及中心線索不是這一日，而是牽涉到百餘年。即一百多年前，闖王李自成的四大衛士胡、苗、范、田，在李自成兵敗之際忽而分手。胡衛士救助李自成脫險並投身到吳三桂麾下以謀大事，沒想到苗、范、田三衛士卻以為胡衛士殺害了李自成並投靠了吳三桂，因而用計殺害了胡衛士。而胡衛士的兒子又打敗了苗、范、田三位叔父，並相約明年的三月十五日要說明真相兼報父仇。

第二年的這一天，苗、范、田三位在聽到事情真相之後愧而自殺，但卻沒有向其他人說起這一真相（因為其中牽涉到李自成未死這一大秘密，所以相約一百年後才能公開）。致使苗、范、田三家子弟與胡家後代結下了不可解脫的深仇大恨，百餘年來輾轉相報，各有勝負，江湖上因此時常血雨腥風不得安寧。而現今的田歸農、苗人鳳、胡斐及丐幫范幫主則正是當年胡、苗、范、田四大衛士的後人。

說起來，小說中的乾隆四十五年三月十五日即胡、苗、范、田四氏結仇一百餘年之後的這一天，之所以會有種種決鬥約會及糾紛恩怨，正是起因於一百餘年前。

這樣，「一日」之事與「百年」之因就相互關聯，不可分割地成了同一個故事，一個更加複雜、更加綿長、更加叫人撲朔迷離的故事。

「三個場景」，是指除現今乾隆四十五年三月十五日在遼東烏蘭山玉筆峰相會並打鬥這一場景，一百餘年前胡、苗、范、田四大衛士因誤會而結仇及其後代於來年三月十五日為父報仇這一場景（起因），以及二十七年前的滄州鄉下的一個小鎮上，苗、范、田三家後代苗人鳳、田歸農、范幫主等截住胡一刀（胡氏後代），及胡一刀、苗人鳳一刀一劍打鬥五天，苗人鳳終於誤傷胡一刀，卻沒有想到兵刃上有極厲害的毒藥，從而胡一刀誤傷至死，胡夫人自刎而死……這一場景。

這三個場景或片斷，其實都與兩條線索有關：上承百年深仇大恨，下啟一日報仇伸冤。從而二十七年前的滄州鄉下小鎮上的比武及報仇故事不覺間成了這部《雪山飛狐》小說的主要場景與片斷。

《雪山飛狐》這一小說最為奇妙之處還不在於此。而在於「百年秘密於一日揭開」。胡、苗、范、田四家百餘年報仇輾轉的原因、線索、場景等等所有的往事與秘密都在乾隆四十五年三月十五日遼東烏蘭玉筆峰上揭開。

更奇妙的是，揭開這一「百年之秘」的並不是作者，也不是書中的哪一個人物，而是書中的十多個人物。

這就是我們在前面所說的「十多種角度」。

從而，書中人物人人都是敘事者，同時人人又都是被敘事者。

「十多種角度」的第一層意思是指書中說故事的人不只作者一人，而是書中出現的十幾個人：寶樹和尚、苗若蘭（**代替苗人鳳**）、平阿四、陶百歲、陶子安、殷吉、阮士中、劉元鶴，乃至胡斐等。他們都是故事中的人，又都是說故事的人。

「十多種角度」的第二層意思，是指這十多個講故事的人物所講的故事表面上並不是同一個完整的故事，而是有的說前因，有的說其後果，有的說百年往事，有的說二十七年前的滄州比武，有的則說的是天龍門近期發生的種種情狀；到苗若蘭與胡斐單獨對話，則又是胡、苗二人父母各自的情緣與冤孽。總之，這十多個人看起來是各說各的，互不相關，但總又並不脫出「胡苗范田舊怨新仇」這個大框子，只是在這個大框子中間各有不同的角度，並各有不同的層次而已。

「十多種角度」的第三層意思——也許是最深刻奧妙的一層意思——是這十多個敘事者各人有各人不同的觀點。因而即便是對於同一件事，大家都是耳聞目睹的，卻各有各自不同的說法。如說到「胡一刀之死」，寶樹和尚、苗若蘭、平阿四三人所說的就大不相同。而說到李自成的軍刀故事則寶樹、陶百歲、劉元鶴這三人又各不相同。這就使得這部小說有點像日本電影《羅生門》。這部小說中的人物各自按照自己的身分、觀點、性格、好惡來回憶往事與敘述往事，不僅使往事變得既撲朔迷離而又更加立體化、清晰而又深刻，同時又通過這些不同的觀點與說法見出不同的說故事者的性格與氣質。

如此，一部小說中牽涉到「一日」而又有「百年」這兩條線索，又牽涉到百年前、二十七年前及今日等三個主要時空場景，而又有十多個不同的敘事者（包括作者的客觀敘述）及其十多種不同的敘事觀點與角度。看起來確實是夠頭緒紛繁而又雜亂的。然而另一面又恰恰使得「一日與百年」這一主題線索及其中人事變得格外的清晰、充實，亦且曲折、深刻。整個小說完整精妙的結構及一氣呵成的氣勢，在金庸的小說中也是少見的，在其他的小說中則更為少見。

胡苗與范田

這部小說的主人公是誰？

按說，書名既為《雪山飛狐》，而「雪山飛狐」又正是胡斐的綽號——「飛狐」乃「胡斐」之顛倒——那麼，這部小說的主人公自然應該是胡斐了。更何況，小說的開頭和結尾都與胡斐有關：開頭是寶樹應邀助拳對付的正是雪山飛狐胡斐。結尾是苗人鳳與胡斐決戰，恩仇情怨一己生死實難抉擇……然而，只要我們認真地通讀全書，就不難發現，胡斐在這部小說中還談不上是主要人物，更變不上是什麼一號，或唯一主人公。

他只是一個很重要的人物。如此而已。金庸先生自己在《飛狐外傳》一書的《後記》中，認為《雪山飛狐》的主人公不是胡斐而是胡一刀。正因如此，他才另寫一部為胡斐立傳的小說《飛狐外傳》說胡一刀是這部小說的主人公已差不多接近事實了。然而卻也並不盡然。

《雪山飛狐》的主人公並非一位而是四位——即胡、苗、范、田。

這裡的「胡、苗、范、田」有兩層意思，一是指胡、苗、范、田四大家族；二是指胡、苗、范、田這四大家族的四位同時代的後人，即胡一刀、苗人鳳、范幫主、田歸農。

明乎此，則《雪山飛狐》一書便能夠明白大概，而且能做到綱舉目張。

胡、苗、范、田這四大家族的百年恩仇及其輾轉報復的歷史，正是《雪山飛狐》這部小說的真正情節中心。而這百年恩怨的形成，則是一部血淚斑斑的故事，聞之令人感傷亦復令人深思。

如前所述，這胡、苗、范、田原是闖王身邊的四個衛士，個個武藝高強、忠心赤膽。且這四人之間亦是情同手足、出生入死而不相渝。只因闖王李自成被圍在九宮山上，苗、范、田三位衝出重圍尋求救兵，胡衛士在四人中間武功最強，人最能幹，人稱「飛天狐狸」，留下來保護闖王。危急之間，設金蟬脫殼之計，將闖王救出。而自己則苦心孤詣地背著假闖王的屍體投降清軍，一則使滿清朝廷以為闖王已死，二則想混入吳三桂府中方便行事，欲圖吳三桂與清廷反目。

誰料苗、范、田三位不明所以，將胡衛士殺死，而胡衛士的兒子對這三位說明真相後，三位莽夫愧恨交加又立即自殺。從此胡家就成了苗、范、田三家的生死大仇，百年之間，輾轉不息。

由同保闖王反明抗清之大業且情同手足的四衛士四兄弟，變成了因誤會而成的生死仇家且流入江湖報復不已，這本已值得慨歎之至。為大業，為人倫，為手足之情反成殺父之仇。然而若僅只是不明真相而不斷尋仇倒也罷了，卻偏有不肖後代竟投奔真正的死敵清王朝，從而使這一尋常的江湖世仇，變成與朝廷異族相關的糾葛；由不明真相引起的仇怨，變成了有意為之的報復；由殺父之仇的報復變成了貪圖富貴財寶與功名勢力的陷害……從而，這本書的主題便被大大地深化了。這四大家族輾轉報復的歷史，告訴了我們許許多多關於人性與歷史的真相。

在《雪山飛狐》中，真正的主人公可以說正是胡、苗、范、田這四大家族的代表人物胡一刀、苗人鳳、范幫主、田歸農。這四個人差不多都是聞名天下的人物，或獨往獨來行俠江湖，或是「打遍天下無敵手」，或為一幫之主，或是一門之長。上代恩怨，綿延至今。因而這四人之間的關係也就自然是勢不兩立。但因武功、智計、人品性格、生平際遇的各不相同，使這四人的關係實際上變得錯綜複雜。

乍看起來，胡一刀與苗人鳳、范幫主、田歸農三人是壁壘分明的大仇家，這才有二十七年前滄州鄉下小鎮上苗、范、田三人截戰胡一刀的故事。更進一層，胡、苗二人雖為仇家，卻又都不失為當世稀有的高手與英雄，不僅武功相若，且氣味相投，因而隱隱之間胡、苗與范、田分出了兩種不同的性格層次。再進一層，則胡、苗、范、田這四人則又各自性格分明，且武功與人品相應遞減：胡比苗略勝一籌，苗比范又強一截，范比田又高一層。

胡一刀在《飛狐外傳》這部書中，的確可以說得上是第一位的英雄豪邁、粗放俠義、豪氣干雲、光彩照人的大英雄大豪傑。在小說中，他雖然英年早逝於二十七年前，因而只是一位不直接出場的故事中人，然而只是在故事中的滄州鄉下的小鎮上露面的短短幾日之中，他的豪邁英雄、廣大胸懷即已給人留下不可磨滅的深刻而又光輝的印象。看起來，他的生相凶惡，身材高大，一張黑漆臉皮，滿腮濃髯，頭髮卻又不結辮子，蓮蓬鬆鬆的堆在頭上。然而實際上卻是義薄雲天，心腸慈善，只是對人間醜惡才是疾惡如仇，而對凡俗中人則是生性隨和而又直爽幽默。寶樹和尚（即當年的醫生閻基）回憶道：

「只聽那人說道：『勞駕，掌櫃的，這兒哪裡有醫生？』掌櫃的向我一指，說道：『這個就是醫生。』我雙手亂搖，忙道：『不，不……』那人笑道：『別怕，我不會將你煮熟來吃了。』我道：『我……我……』那人沉著臉道：『若是要吃你，也只生吃。』我更加害怕了，那人卻哈哈大笑起來。我這才知道他原來是說笑，心想：『你講笑話，也得揀揀人，老子是給你消遣的麼？』但想是這麼想，嘴裡卻哪敢說出來？」

……

「那惡鬼（**按指胡一刀**）很是開心，當真就捧給我十隻二十兩的大元寶。那夫人又給我一錠黃金，總值得八九十兩銀子。那惡鬼又捧出一盤銀子，客店中從掌櫃到灶下燒火的，每人都送了十兩。這一下大夥兒可就樂開啦。那惡鬼拉著大夥兒喝酒，連打雜的、掃地的小廝，都叫上了桌。大家管他叫胡大爺。他說道：『我姓胡，生平只要遇到做壞事的，立時一刀殺了，所以名字叫作胡一刀。你們別大爺長大爺短的，我也是窮漢出身。打從惡霸那裡搶了些錢財，算什麼大爺，叫我胡大哥得啦！』……」

這胡一刀在閻基的眼中是「惡鬼」，然而即便如此，我們也能從他的回憶與敘述中見到胡一刀的精神風貌之一斑。而在當時的燒火小廝平阿四的眼中，胡一刀的形象則又自不同了：

平阿四道：「……當年胡大爺給我銀子，救了我一家三口性命，我自是感激萬分。可是有一件事，我是同樣的感激。你道是什麼事？人人叫我癩痢頭阿四，輕我賤我，胡大爺卻叫我『小兄弟』。一定要我叫他大哥。

我平阿四向來給人呼來喝去，胡大爺卻跟我說，世人並無高低，在老天爺眼中看來，人人都是一般。我聽了這番話就似一個盲了十幾年眼的瞎子，忽然間見到了光明。我遇到胡大爺只不過一天，心中就將他當作了親人，敬他愛他，便如我親生爹娘一般。」

這位平阿四受了胡一刀的救命之恩兼而獲平等相待之恩，從而當胡一刀夫婦死後，他將剛出生沒幾天的胡斐搶出，撫養遺孤，幾十年如一日，真是可敬可佩。然而究其原因，還正是受了胡一刀的精神感化。

胡一刀與苗人鳳激鬥五天，始則互托後事，繼之聯床夜話，再則互換兵刃，那胡一刀夫人明明看出了破綻，胡一刀並不痛下殺手，而是如書中苗若蘭所言：

「爹爹跟胡伯伯一連比了四天，兩人越打越是投契，誰也不願傷了對方，到第五天上，胡伯母瞧出爹爹背後的破綻，一聲咳嗽，胡伯伯立使八方藏刀式將我爹爹制住。寶樹大師說我爹爹忽使怪招，勝了胡伯伯。但爹爹說的卻不是這樣。當時胡伯伯搶了先著，爹爹只好束手待斃，無法還手。胡伯伯突然向後躍開，說道：『苗兄，我有一事不解。』爸爸說道：『是我輸了，你要問什麼事？』

胡伯伯道：『你這劍法反覆數千招決無半點破綻。為什麼在使提撩劍白鶴展翅這一招之前，背上卻要微微一聳，以致被內人看破？』……」

如此，足見大英雄、大豪傑超邁的品格與廣闊的胸襟。而胡一刀之死，則更見其武藝高強而且宅心仁厚。小說中寫得極其有聲色，這裡自不必多言。

苗人鳳這一人物形象，在《雪山飛狐》一書中，可以說是與胡一刀相提並論的大英雄。胡一刀與苗人鳳的初次見面，轉眼間就會有一場驚天動地的生死搏鬥。然而，這兩人見面的情形卻極特別，即便是從寶樹和尚的口中說來也一樣的感人至深。那寶樹如是說：

「胡一刀一口氣喝了七八碗白乾用手抓了幾塊羊肉入口，只聽得門外馬蹄聲響，漸漸馳近。胡一刀與夫人對望一眼，笑了一笑，臉上神色都顯得實是難捨難分。胡一刀道：『你進房去吧。等孩子大了，你記得跟他說，「爸爸叫你心腸狠些硬些。」就是這麼一句話。』夫人點了點頭，道：『讓我瞧瞧金面佛是什麼模樣。』

「過不多時，馬蹄聲在門外停住，金面佛、范幫主、田相公又帶了那幾十個人進來。胡一刀頭也不抬，說道：『吃罷！』金面佛道：『好！』坐在他的對面，端起碗就要喝酒。田相公忙伸手攔住，說道：『苗大俠，須防酒肉之中有什麼古怪』。

金面佛道：『素聞胡一刀是鐵錚錚的漢子，行事光明磊落，豈能暗算害我？』舉起碗一仰脖子，一口喝乾，挾塊雞肉吃了，他吃菜的模樣可比胡一刀斯文得多了。

「夫人向金面佛凝望了幾眼，歎了口氣，對胡一刀道：『大哥，並世豪傑之中，除了這位苗大俠，當真再無第二人是你敵手。他對你推心置腹，這副氣概，天下就只你們兩人。』胡一刀哈哈笑道：『妹子，你是女中丈夫，你也算得上一個。』夫人向金面佛道：『苗大俠，你是男兒漢大丈夫，果真名不虛傳。我丈夫若是死在你手裡，不算枉了。你若是給我丈夫殺了，也不害你一世英名。來，我敬你一碗。』說著斟了兩碗酒，自己先喝了一碗。

「金面佛似乎不愛說話，只雙眉一揚，又說道：『好！』接過酒碗。范幫主一直在旁沉著臉，這時搶上一步，叫道：『苗大俠，須防最毒婦人心。』金面佛眉一皺，不去理他，自行將酒喝了。夫人抱著孩子，站起身來，說道：『苗大俠，你有什麼放不下之事，先跟我說。否則若是你一個失手，給我丈夫殺了，你這些朋友，嘿嘿，未必能給你辦什麼事。』

「金面佛微一沉吟，說道：『四年之前，我有事去了嶺南，家中卻來了一個人，自稱是山東武定縣曲商劍鳴……他聽說我有個外號叫作「打遍天下無敵手」，心中不服，找上門來比武。偏巧我不在家，他和我兄弟三言兩語動起手來，竟下殺手，將我兩個兄弟一個妹子，全用重手震死。比武有輸有嬴，我弟妹學藝不精，死在他的手裡那也罷了，那知他將我那不會武藝的弟婦也一掌打死。』夫人道：『此人好橫；你就該去找他啊。』金面佛道：『我兩個兄弟武功不弱，商劍鳴既有此手段，自是勁敵。想我苗家與胡家累世深仇，胡一刀之事未了，不該冒死輕生，是以四年來一直沒上山東武定去。』夫人道：『這件事交給我們就是。』金面佛點點頭，站起身來，抽出佩劍，說道：『胡一刀，來吧。』

「胡一刀只顧吃肉，卻不理他。夫人道：『苗大俠，我丈夫武功雖強，也未必一定能勝你。』金面佛道：『啊，我忘了。胡一刀，你心中有什麼放不下之事？』胡一刀抹抹嘴，站起身來，說道：『你若殺了我，這孩子日後必定找你報仇。你好好照顧他吧。』我心裡想『常言道：斬草除根。金面佛若將胡一刀殺了，那肯放過他妻兒？他居然還怕金面佛忘記，特地提上一提。』那知金面佛說道：『你放心，你若不幸失手，這孩子我當自己兒子一般看待。』

「范幫主與田相公皺著眉頭站在一旁，模樣兒顯得好不耐煩。我心中也暗暗納罕：『瞧胡一刀夫婦與金面佛的神情互相敬重囑託，倒似極好的朋友，那裡會性命相拚？』……」

看到這樣的場景，胡一刀、苗人鳳的英雄氣概及其大俠風度已不用多說。這一段文字中不僅將不善多言的金面佛的形象品質刻畫得栩栩如生，也將胡一刀夫人的女中丈夫的豪氣與俠氣烘托得鮮明突出。同時也將田相公、范幫主乃至敘事者閻基的性格氣質自然而然地刻畫了出來。在這樣的場合中，人品氣質的高低之分自是極為明顯。

在小說中，苗人鳳的大俠風度還有多處顯示出來，如他不殺奪妻之仇田歸農，又如他放那些圍攻他的江湖好手逃生而去，又如他對故人范幫主拚死相救……而最為突出的，則是他不讓其女兒苗若蘭練武，希望胡、苗、范、田之間的百年仇恨能在他這一代了結。而希望並能做到這一點的，唯「打遍天下無敵手」金面佛苗人鳳一人而已。

丐幫范幫主其人，在小說中形象並不突出，非但不能與胡一刀、苗人鳳等相比，甚至連胡斐、苗若蘭也自不如。但我們說這一人物也是書中的主人公之一，其原因在於他是這一百年恩怨的當事者之一。只是武功人品都平平而不突出，既無大善也無大惡。既不像胡一刀、苗人鳳那般豪邁英勇，也不似田歸農那般卑鄙惡毒。屬「中人」而已。然而，這樣一位人物最後卻成了大內高手捕捉苗人鳳的幫兇。這位范幫主之所以會成為幫兇，其情形有些獨特，如書中寫道：

……賽總管一計不成，二計又生，親入天牢與范幫主一場談論，以死相脅。范幫主為人骨頭倒硬，任憑賽總管如何威嚇利誘，竟是半點不屈。賽總管老奸巨猾，善知別人心意，跟范幫主連談數日之後，知道對付這類硬漢，既不能動之以利祿，亦不能威之以斧鉞，但若給他一頂高帽子戴戴，多半頗可收效。當下親自迎接他進總管府居住，命手下最會諂諛拍馬之人，每日裡「幫主英雄無敵」、「幫主威震江湖」等等言語，流水似灌進他耳中，范幫主初時還兀自生氣，但過得數日，甜言蜜語聽得多了，竟然有說有笑起來。於是賽總管親自出馬，給他戴的帽子越來越高……

於是范幫主雖不怕威嚇利誘，卻在高帽子滾滾而來時糊塗而得意地就範了，成了捕殺苗人鳳的幫兇，並為此葬送了自己的身家性命與一世名聲。這也許正是人性的弱點，而更是一般的英雄豪傑與一介武夫們的弱點吧。

寶刀與死嬰

說到人性的弱點，我們不能不提到田歸農及其天龍門。

先說田歸農，他是天龍門北宗的掌門人。然而，他是二十七年前胡、苗比武及胡一刀慘死的罪魁禍首，而且又是這一日會同大內高手捉拿范幫主並以此為餌捕殺苗人鳳的真正元兇。他在《雪山飛狐》一書中，可以說是真正的一位惡人。佛謂三毒，他是又「嗔」又「貪」又「癡」。結果人算不如天算，功敗垂成，臨死之前飽受了驚嚇（**一是胡斐，一是苗人鳳**）、羞辱、憤怒、失望，也許還有一絲絲後悔的心情，自殺而死。

二十七年前，他明明聽到閻基傳來胡一刀的話，將百年前胡、苗、范、田結仇及其誤會解釋清了，又將苗父與田父的死因解脫清了，又將闖王軍刀及其大寶藏的秘密坦誠相告，可惜這三點都沒有讓苗人鳳知道，而讓田歸農吞沒了。

他為什麼會這樣呢？

一是貪，聽說軍刀中的藏寶秘密，自然是知道的人越少越好，以便他一人獨得；二是恨，他確實可能對胡一刀以及胡家刀法恨之入骨，因而他父親是否胡一刀所殺並不重要，這只是一個藉口。還有一個原因便是嗔。書中陶百歲道：

「苗大俠所以再去找胡一刀比武，就因為歸農始終沒跟他提這三件大事。為什麼不提呢？各位定然想：田歸農對胡一刀心懷仇怨，想借手苗大俠將他殺了。這麼想嘛只對了一半。歸農確是盼胡一刀喪命，可是他也盼借胡一刀之手，將苗大俠殺了。「苗大俠折斷他的彈弓，對他當眾辱罵，絲毫不給他臉面。我素知歸農的性子，他要強好勝，最會記恨。苗大俠如此掃他面皮，他心中痛恨苗大俠，只有比恨胡一刀更甚。那日歸農交給我一盒藥膏，叫我設法塗在胡一刀與苗人鳳比武所用的刀劍之上。這件事情，老實說我既不想做，也不敢做，可又不便違拗，於是就交給了那跌打醫生閻基，要他去幹……」

如此，田歸農的性格與品質就有了一個大概的輪廓。至於後來欺騙苗人鳳之妻南蘭，為的不僅是情愛，而更主要的乃是藏寶圖。他之恨苗人鳳對他的折辱，與其妻逃亡私奔恐怕也是其報復的手段之一。而這嗔即因要面子而起。如此，對駁面子人的憎恨，與范幫主在「高帽子」之下的就範可以說是異曲同工，是人性弱點的不同表現方式。只不過相比之下，田歸農的弱點顯然有過之而無不及，以至於成為一個道道地地的卑鄙小人與凶殘惡毒的匹夫。范幫主之被囚以及苗人鳳之遇險，全是田歸農之所賜。而他投效清廷，則無論於公於私、於情於義、於家法於江湖道義，都是背道而馳、可恥之極的。人性的弱點在田歸農身上業已惡性膨脹，以至於成為不治之症。

妙就妙在：人算不如天算。他執掌天龍門鎮門寶刀時，雖知此刀曾為闖王軍刀，卻不知刀中藏有寶山之秘密。而他於二十七年前得知此事時，卻又無圖可查。他費盡心機地把苗夫人南蘭欺騙到手，卻又並沒有付出真情，因而也沒有真正地得到苗夫人南蘭的真情報答。苗夫人頭上的金釵中明明藏有藏寶圖，卻又咫尺天涯，他始終不知不曉。等到苗人鳳告之他這一秘密時，苗夫人已死，並死得滿懷悔恨與悲憤，且藏圖金釵又被苗人鳳得去。

更有甚者，天龍門內，物以類聚，人以群分，心懷鬼胎者眾，居心叵測者多。天龍南宗掌門人殷吉固是以「十年之期」相催**（天龍門寶刀由南北二宗各執掌十年）**；而北宗高手阮士中則又以掌門之位相逼；立下的新掌門人居然與自己的女兒相通並生下死嬰**（嬰兒係被其母親田青文害死）**；而次徒周雲陽則乾脆將鎮門寶刀盜走……**（妙的是，以上這些醜惡之事，居然又全都是天龍門諸位互相揭發出來的。）**

田歸農財寶之欲與權勢之欲固然都不能滿足，在他面前擺著的只是被次徒盜走的寶刀以及首徒與女兒生下的私生子的屍體，而他則將空刀盒給了未過門的女婿陶子安。耳邊更有苗人鳳臨去的聲音：「我何必殺你？一個人活著就未必比死了的人快活。……嘿嘿，這張地圖在你身邊多年，你始終不知，卻又親手交還給我，我何必殺你？讓你懊惱一輩子，那不是強得多麼？」——這是苗人鳳對田歸農的報復。這是善的報復，他至少沒有殺了田歸農，儘管田歸農可殺之道實在不少。

而田歸農得到了什麼？

他其實是什麼也沒有得到。他所希望的，他都沒有得到。他所不希望的倒是一一呈現在他的面前：寶刀與死嬰！

這乃是他的掌門弟子、二弟子、獨生愛女的傑作與回報。而這些則又恰恰是「近朱者赤，近墨者黑」所造成的：貪婪、卑鄙、無恥、下流、自私、惡毒。

那寶刀上刻有「殺一人如殺我父，淫一人如淫我母」的字樣，當年曾是李自成的軍令指揮之刀。然而，成了田家及其天龍門號令群雄以防胡氏後代子孫報復的令牌。它是殺人的利器，其中更是有寶藏的秘密。因而它同時又正像一面鏡子：照著過去與現在的一切，照著人的私心貪欲和卑劣，照著天龍門整個兒一群烏龜王八蛋，照著新老掌門人的無恥，照著南北二宗各懷的鬼胎，照著門中上下代高手的陰鷙與貪婪以及謀求篡位的野心……

田歸農死了。

自殺而死。

這是他唯一的去路。

這也是他唯一的光彩之筆。他之死，固然是因為恐懼與絕望、憤怒與悲哀，同時，也不無一絲靈性的悔悟，一些自慚自愧，以及一些英雄末路時的最後勇氣與自尊。

被盜走並埋藏的寶刀，被生下並弄死的嬰兒，這二者之間看似毫無關係，其實這是一種標誌，一種天怨人怒與自我毀棄的標誌。因為它正是喪失人倫與喪失人性的標誌。果然，天龍門的徒子徒孫、南北二宗的掌門高手，盡數死在寶窟之中，與田歸農的父親以及苗人鳳的父親一起「死守」著這一堆當年闖王積下的財寶。

人間自有真情在

《雪山飛狐》的最後，還留下一個懸念：「胡斐到底能不能平安歸來和她相會？他這一刀到底劈下去還是不劈？」在書的結尾處還留下這麼一個大大的懸念，這在一般的小說中已是極為少見，而在武俠小說中可以說是絕無僅有。

因而，在這部書的《後記》中，作者這樣寫道：

《雪山飛狐》的結束是一個懸疑，沒有肯定的結局。到底胡斐的這一刀劈下去呢還是不劈，請讀者自行構想。

這部小說於一九五九年發表，十多年來，曾有好幾位朋友和許多不相識的讀者希望我寫個肯定的結尾。仔細想過之後，覺得還是保留原狀的好。讓讀者們多一些想像的餘地。有餘不盡和適當的含蓄，也是一種趣味。在我自己心中，曾想過七八種不同的結局，有時想想各種不同的結局，那也是一項享受。胡斐這一刀劈或是不劈在胡斐是一種抉擇，而每一位讀者，都可以憑著自己的個性，憑著各人對人性和這個世界的看法，作出不同的抉擇。

對作者的這種說法，我深表贊同。

進而，我自己的抉擇是：不劈。

不劈的理由有二：一是因為對手苗人鳳乃是一位豪氣干雲的英雄豪傑，而胡斐本人也同樣是一位俠烈重義之士。僅僅是俠士心懷以及英雄相惜，也不會劈了下去。二是因為苗人鳳又是心上人苗若蘭的父親，倘若他劈死了苗人鳳，則苗若蘭就會同時失去父親與情人。不僅是苗若蘭不會愛一個殺父仇人，更重要的還在於苗若蘭不會愛一個假英雄與偽俠士。

自然，說不劈，也同時就會想到它的後果。其後果有二：一是如書上所言，設若這一刀不劈下去，那麼胡斐就要喪生於苗人鳳的劍下。二是，更可能的情況是，不劈則雙活。其理由是，苗人鳳已經閉目待死，就算不是「閉目待死」或「閉目」而並不「待死」，那麼，胡斐不殺苗人鳳，苗人鳳自然地也不會殺胡斐——更何況他「此時再無疑心，知道眼前此人必與胡一刀有極深的淵源」。

小說中有這樣一段（**由苗若蘭敘述**）：

「我爹爹默然不語，腰間陣陣抽痛，話也說不出口。胡伯伯又道：『若非你手下容情，我這條左膀已讓你卸了下來。今日咱們只算打成平手，你回去好好安睡，明日再比如何？』我爹爹忍痛道：『胡兄，我出刀時固然略有容讓，但即令砍下你的左臂，你這一腿仍能致我死命。瞧你這般為人，決不能暗害我爹爹。我再問一次，到底我爹爹是怎樣死的？』胡伯伯臉上露出驚詫之色，道：『我不是跟你說得明明白白麼？你不相信，定要動武。我只好捨命陪君子。』……」

這一段可以說是胡斐與苗人鳳的不劈與容讓的依據。苗人鳳還是那個苗人鳳。而胡斐之於胡一刀從武功到人品亦是不遑多讓。不同的是苗人鳳的父仇變成了胡斐的父仇而已。然對真正的大英雄大豪傑來說，都會看到「瞧你這般為人，決不能暗害我爹爹」。

另一面，或許苗人鳳與胡斐決鬥的場景與地點不同，或許相讓便真的是尋死。然而，那便又如何，且不說豪傑英雄重義輕生，就說為了真情——情人苗若蘭——也會甘心犧牲自己的。如前所述，倘若胡斐劈了下去，苗若蘭就會同時失去父親與情人，從而陷於絕望之境——不只是死的絕望，而是對人性的絕望。相反，設若苗人鳳在胡斐「不劈」之後仍然無法挽救胡斐的性命，胡斐死了，苗若蘭也會死，但這死卻並非絕望，而是充滿希望與幸福的兩情相悅、生死相依。

書中的胡一刀夫婦就這樣一同赴死的。在苗人鳳眼中，這便也是幸福。因為「想當年我和胡一刀比武，大戰數日，終於是他夫婦死了，我卻活著。我心中一直難過，但後來想：他夫婦恩愛不渝，同生同死，可比我獨個兒活在世上好多啦。」

更有說服力的依據，書中也寫了：

他（胡斐）停了片刻，又道：「苗姑娘，我爹和我媽就是因這寶藏而成親的。」苗若蘭道：「啊，是麼？快說給我聽。」……胡斐道：「我媽的本事比杜莊主高得多。我爹連日在左近出沒，她早已看出了端倪。她跟進寶洞，和我爹動起手來。兩人不打不成相識，互相欽慕，我爹就提求親之議。我媽說道：她自幼受表哥杜希孟撫養，若是讓我爹取去寶藏，那是對不起表哥，問我爹要她還是要寶藏，兩者只能得一。我爹哈哈大笑，說道就是十萬個寶藏也及不上我媽。他提筆寫了一篇文字，記述此事，封在洞內，如今後人發現寶藏時，知道世界上最寶貴之物，乃是兩心相悅的真正情愛，決非價值連城的寶藏。」

苗若蘭聽到此處，不禁悠然神往，低聲道：「你爹娘雖然早死，可比我爹媽快活得多。」

胡斐道：「只是我自幼沒爹沒娘，卻比你可憐得多了。」苗若蘭道：「我爹爹若知你活在世上，就是拋盡一切也要領你撫養。那麼咱們早就可以相見啦。」胡斐道：「我若住在你家裡，只怕你會厭憎我。」苗若蘭急道：「不！不！那怎麼會？我一定會待你很好很好，就當你是我親哥哥一般。」胡斐怦怦心跳，問道：「現在相逢還不遲麼？」苗若蘭不答，過了良久，輕輕說道：「不遲。」又過片刻，說道：「我很歡喜。」

古人男女風懷戀慕，只憑一言片語，便傳傾心之意。

胡斐聽了此言，心中狂喜，說道：「胡斐終身不敢有負。」

苗若蘭道：「我一定學你媽媽，不學我媽。」她這兩句話說得天真，可是語言之中充滿了決心，那是把自己一生的命運，全盤交托給了他，不管是好是壞，不管將來是禍是福，總之是與他共同擔當。

兩人雙手相握，不再說話，似乎這小小山洞就是整個世界，登忘身外天地。

深情若斯，又何必多言。

人間自有真情在，這便是一切依據中最好的依據。

而這句話，我們也可以解釋成為這部《雪山飛狐》小說的真正理想主題。

看上去，這本書通篇所寫，多半都是些陰謀、貪婪、無恥、卑鄙、黑暗、血腥……的故事，及一些諸如此類的人物：天龍群豪、陶氏父子、劉熊師兄弟、杜家莊主、大內高手、丐幫幫主……這些人物沒的汙了人們的耳目。這些人物的故事也確易使人感傷乃至悲哀與絕望。人性「三毒」遍及人間，三毒到處人性盡喪。人倫人情都變做了陰謀的犧牲，變做了無恥的擋板。

然而，「胡斐終身不敢有負」和苗若蘭的「我一定學你媽媽，不學我媽」這兩句很平常很平常的話，足可以使我們相信人間真情猶在，世界及其故事與未來，就會充滿希望。

四／

《飛狐外傳》寶刀相見歡，柔情恨無常

《飛狐外傳》是《雪山飛狐》的前傳，但《雪山飛狐》的寫作在先，而《飛狐外傳》的寫作在後。之所以在《雪山飛狐》這部書之後，還要寫《飛狐外傳》，那是因為在前書中並沒有真正地著重描寫胡斐這一人物，而是寫遼東大俠胡一刀（即胡斐之父）。所以作者便在此《飛狐外傳》中著意地寫出了胡斐這一人物的成長經歷及其性格。

按照作者自己的說法，作者企圖在這本書中寫一個急人之難、行俠仗義的俠士。武俠小說中真正寫俠士的其實並不多，大多數主角的所作所為，主要是武而不是俠。

孟子說：「富貴不能淫，貧賤不能移，威武不能屈，此之謂大丈夫。」武俠人物對富貴貧賤並不放在心上，更加不屈於威武，這大丈夫的三條標準，他們都不難做到。在本書之中，我想給胡斐增加一些要求，要他「不為美色所動，不為哀懇所動，不為面子所動。」英雄難過美人關，像袁紫衣那樣美貌

的姑娘，又為胡斐所傾心，正在兩情相洽之際而軟語央求，不答允她是很難的。英雄好漢總是吃軟不吃硬，鳳天南贈送金銀華屋，胡斐自不重視，但這般誠心誠意的服輸求情，要再不饒他就更難了。江湖上最講究面子和義氣，周鐵鷦等人這樣給足了胡斐面子，低聲下氣的求他揭開了鳳天南的過節，胡斐仍是不允。不給人面子恐怕是英雄好漢最難做到的事。

胡斐所以如此，只不過為了鐘阿四一家四口，而他跟鐘阿四素不相識，沒一點交情。

目的是寫這樣一個性格，不過沒能寫得有深度。

以上可以叫作者的創作宣言，也可以看作是作者對《飛狐外傳》這部書的主題總結。有意思的是，作者在上文中自己揭短說這部小說「目的是寫這樣一個性格，不過沒能寫得有深度。」

為什麼會「沒能寫得有深度」？這個問題大可值得研究。

其實，「沒能寫得有深度」的原因正恰恰在於作者的「目的是想寫這樣一個性格」。這話乍聽起來或許會感覺到有點玄，其實道理非常之簡單。「富貴不能淫，貧賤不能移，威武不能屈」也好，「不為美色所動，不為哀懇所動，不為面子所動」也罷，這些都是一些抽象的理念。如果文學創作，試圖按照這種抽象的理念去進行演繹，而不是塑造活生生的人物形象，則自然會是沒有深度。非但沒有深度，更主要的乃是沒有活氣。文學作品刻畫人物是有其規律的，絕不是按照某種觀念去鋪排演繹一番便能成功。不少小說描寫人物之失敗，其原因便在於此。而一些武俠小說中要描寫正面的俠義形象，結果只是一些乾巴巴的概念演繹。大陸文學近幾十年的一些「英雄人物」，便因如此才變得乾巴巴、死沉沉的概念化與公式化，讓人不忍卒讀。

再進一層，俠士與英雄其實也是一個抽象的概念，而且還是一種理想的人格模式。而按照這些「概念」或是「模式」去創造的人物形象，則必然是不可能「寫得有深度」。好在，這部《飛狐外傳》及其主人公胡斐並不僅是像作者在該書的《後記》中所總結的那樣。或者是作者的「總結能力」不見得十分高超，或者是因為作者的創造才能極為高妙；或者是因為作者想要演澤理想的概念而卻力不從心，或者作者創作小說的所有精妙之處全都在於其漫不經心——越是漫不經心地創造出來的人物及其故事，越是自然醇厚，有如天籟——總之，不管是因為什麼原因，《飛狐外傳》並不是一部單一的、概念化的作品。相反，它是一部懸念迭起，精彩紛呈而又頗具深蘊的佳作。

讓人讀罷難以忘懷。

俠士、英雄與人

相比之下，《飛狐外傳》這部書的主人公胡斐，是最為接近作者與讀者心目中「俠士」的理想觀念的。金庸其他作品的主人公，或是「英雄氣短，兒女情長」，或是「神魔兼是，正邪之間」，而胡斐相對來說是相當正宗的俠士形象。即如前文所言，他非但「富貴不能淫，貧賤不能移，威武不能屈」，而且還能「不為美色所動，不為哀懇所動，不為面子所動」。然而，所有的這一切，只不過是胡斐這一人物性格的一個部分、一個側面。甚而，這種俠義心腸只不過是胡斐這個人物的一種品質，但並不是他的性格本身。

俠士、英雄與人，這三者是頗不相同的。

小說《飛狐外傳》中的胡斐這一形象，可以說是這三種秉性的活的集合。俠士是指為他人的那種品質；英雄則更有自身的某種豪邁慷慨的氣質與品格；人則生活在日常的生活中，具有凡俗性的綜合存在。

說胡斐這一人物是俠士、英雄、人這三者的活的集合，這是指胡斐其人是集俠士心腸、英雄氣質及人之情懷於一身的形象。而且是一位具體的、渾然一體的、鮮明生動而又深刻突出的「這一個」。

小說的一開始，胡斐出現在商家堡中，與一干江湖人物不期而遇，其言其行固是使人肅然起敬，但卻又使人啼笑皆非。諸如他與王劍傑、王劍英兄弟相鬥時機智百出而又滑稽狡滑，使人忍不住發笑。而處於敗勢之中難以挽回之際亦不免炎炎大言道：「我幫手來啦……」如此欺人。等到「紅花會」英雄趙半山來到，則又「惡人先告狀」地胡編一套謊話說道：「趙三爺，這些飯桶吹牛，那也罷了。他們卻說紅花會個個都是膿包，又說八卦掌的功夫天下無敵，說他們門中的老英雄單憑一柄八卦刀，打敗了紅花會中所有人物。小的聽不過了，因此出來訓斥。他們卻偏生不服，跟我動手。趙三爺，你說氣人不氣人？這個理要請你評一評了。」云云。

這種無中生有、挑撥離間的話，恐非一位俠士所能說出，亦不是一位英雄所能為或願為之，而胡斐作為一個活生生的聰明機智而又調皮滑稽的人——應該是一個孩子——則完全可以這麼做。如此，胡斐的形象便活了。至於一泡尿阻住了太極高手陳禹並救出了陳禹手中的人質，這種行為無疑亦是其他人所想不到、做不出的。而胡斐則由這一泡尿而更加鮮活動人躍然紙上。

如果說胡斐在少年時滑稽機智而又不失俠義心腸；而其長大之後則雖具俠士英雄的本色卻又不改其聰明機變兼而滑稽無賴的氣質。如他長大之後闖蕩江湖；來到廣東佛山鎮上的「英雄樓」前，身上只剩下百來文錢，不免囊中羞澀，只能吃麵而不能喝酒，可是偏偏要往那「英雄樓」中闖：

酒樓中夥計見他衣衫敝舊，滿臉的不喜，伸手攔住，說道：「客官，樓上是雅座，你不嫌價錢貴麼？」胡斐一聽，氣往上沖，心道：「你這招牌叫做英雄樓，對待窮朋友卻是這般狗熊氣概。我不吃你一個人仰馬翻，胡斐便枉稱英雄了。」哈哈一笑，道：「只要酒菜精美，卻不怕價錢貴。」那夥計將信將疑，斜著眼由他上樓。

這是胡斐在開始他行俠仗義的英雄生涯的前一刻，卻將他的英雄氣概用在了「吃他個人仰馬翻」上，而且明明沒錢，卻又說「只要酒菜精美；卻不怕價錢貴」，試想他怎麼會「不怕價錢貴」又如何「不吃你一個人仰馬翻，胡斐便枉稱英雄了」？……如此行為，恐怕既非「俠義」本色，亦非「英雄行徑」吧，只是胡斐在沒錢而又想吃的時候，那是不免要如此這般地做上一做的。

至於說到胡斐在小事（諸如吃飯喝酒無錢耍賴之類）上固是不拘小節，而大事上善惡分明，不失大節，那也未必。諸如在袁紫衣搶奪幾家掌門人的頭銜而與人爭鬥時；他不加思索地助上了袁紫衣便是一例。

值得注意的是，他明明知道是袁紫衣暗中幫助了鳳天南，而又不知道袁紫衣搶奪掌門頭銜是何用意，須知搶奪掌門人對於胡斐與袁紫衣這兩位藝高膽大、年輕任性的人來說，也許算不得什麼了不得的大事，然而對於具體的一門一派來說卻是驚天動地、天翻地覆的大事情！而更要命的是，胡斐並不認識這些掌門人，從而也更無從去判斷這些人是善還是惡。他幫定了袁紫衣，在幫她勝了九龍派的掌門人並幸而脫險之後，他只不過說了句：「袁姑娘，天下武學，共有多少門派？」

袁紫衣笑道：「胡大哥，你武藝這般強，何不也搶幾家掌門人做做？咱們一路收過去。你收一家，我收一家，輪流著張羅。到得北京，我是十三家總掌門，你也是十三家總掌門，咱哥兒一同去參加福大帥的什麼天下掌門人大會，豈不有趣？」

胡斐連連搖手，道：「我可沒這個膽子，更沒姑娘的好武藝。多半掌門人半個也沒搶著，便給人家一招『呂洞賓推狗』，摔在河裡，變成了一條拖泥帶水的落水狗！若是學做泥鰍派掌門人呢，可又不大光彩。」袁紫衣笑彎了腰，抱拳道：「胡大哥，小妹這裡跟你陪不是啦。」胡斐抱拳還禮，一本正經的道：「三家大掌門老爺，小的可不敢當。」

袁紫衣見他模樣老實，說話卻甚是風趣，心中更增了幾分喜歡，笑道：「怪不得趙半山那老小子誇你不錯！」胡斐心中對趙半山一直念念不忘，忙問：「趙三哥怎麼啦？他跟你說什麼來著？」……

如此，於俠士與英雄的形象雖不至有大汙，至少也有小損吧。然而在於胡斐，這乃是自然本色。因為他本來就是這樣一個人，這樣一種性格。你可以喜歡他，也可以不喜歡他——不過多半會喜歡他的，因為他招人喜歡——這都可以，只是不能將什麼俠士與英雄的概念，將這個活生生的胡斐給框死了。

說到俠士與英雄，《飛狐外傳》中對趙半山、苗人鳳等人物的英雄氣概與俠義心腸也寫得生動鮮明、感人至深。苗人鳳是一位不折不扣的大英雄；而趙半山則更偏於一位仁厚的大俠士。

且看胡斐心中的苗人鳳：

胡斐聽到「金面佛苗大俠」六字心中一凜，險些兒「啊」的一聲，驚呼出來。他知苗人鳳與自己父親生前有莫大牽連，據江湖傳言，自己父親便死在他手中，但每次詢問撫養自己長大的平四叔，他總說此事截然不確，現下自己年紀尚小，將來定會原原本本的告知。胡斐當年在商家堡中，曾與苗人鳳有過一面之緣，但覺他神威凜凜，當時幼小的心靈之中，對他大為欽服。直到此時，生平遇到的人物之中，真正令他心折的，也只趙半山與苗人鳳兩人而已。趙半山和他拜了把子，苗人鳳卻是沒跟他說過一句話，甚至連眼角也沒瞥過他一下，然而每次想到此人，總覺為人該當如此，才算是英雄豪傑。

後來，胡斐見到了苗人鳳，並於無意中害了苗人鳳，又歷盡艱辛地救了苗人鳳，無論如何，苗人鳳雖不喜多言，但卻絕沒有讓胡斐失望。苗人鳳正如胡斐心中所想的那樣？是一位真正的大英雄、大豪傑，一言一行、一舉一動莫不令人心折，書中有精彩描寫，這裡不必一一盡述。

至於趙半山，在書中雖只開頭、結尾處出現了一下，如神龍見首不見尾，但他的仁厚寬容卻又嫉惡如仇，扶弱濟貧急人之難的俠士形象卻鮮明地留在了我們的心中。正如書中所寫：

> 趙半山素來心腸仁慈；縱遇窮凶極惡的神奸巨憝，只要不是正好撞到他在胡作非為，常起憐憫之心，擒住了教訓一頓，即行釋放，使他日後能夠改過遷善。此時陳禹脈筋散亂，全身武功已失，已與廢人無異，就算不肯痛改前非，也已不能作惡，眼見他神情可憐，一掌打在半空中卻不擊下，轉頭向孫剛峰遭：「孫兄，此人的功夫已經廢了，憑你處置罷。只是小弟求一個情，留他一條性命。」

這趙半山為他人報仇，奔波千里，終於抓住了元兇，且此人歹毒凶惡，幾欲殘害趙半山，趙半山仍然在最後留手不殺且為之求情，可見其「千臂如來」其名非虛。其「千臂」之號，指他暗器功夫蓋世，如有千條臂膀一般；而「如來」則是說他的心慈面軟，如來佛一般。上述引文中，亦足可見這位大俠士寬廣仁厚的大胸懷大氣度了。

在《飛狐外傳》一書中，江湖中人人聞名喪膽的「毒手藥王」幾個徒弟固然不肖，常為惡江湖，然他自己卻出乎意料地是一位大豪傑大英雄。僅僅從他名字的改變便可見一斑。他先前叫做「大嗔」，脾氣暴躁；後來修性養心頗有進益，於是更名「一嗔」，再後來更名「微嗔」，最後乃至於改名「無嗔」。以「毒手藥王」的蓋世之技，卻從「大嗔」走向了「無嗔」，足見其豪傑胸懷、英雄本色、卓爾不凡。

之所以要提到大英雄苗人鳳、大俠士趙半山、大豪傑毒手藥王，乃是因為這些人的性格氣度各不相同。胡斐與之相比，更加見出胡斐年輕機智、幽默突梯、滑稽活潑、率性而為的純真本色。這種性格與形象，絕非一個俠字可以概括。他是俠士、是英雄，更是一個生性活潑的年輕人。

行俠、報仇與人生

《飛狐外傳》所敘述的，決不僅僅是胡斐仗義行俠，為鐘阿四一家四口的性命而追殺鳳天南的故事。在小說中，胡斐行俠仗義追殺鳳天南，其實只不過是小說情節中的一條線索，只是小說若干故事中的一個，談不上是主線，更不是這部小說的唯一故事情節。

除了胡斐追殺鳳天南為鐘阿四伸冤報仇這一情節線索之外，《飛狐外傳》至少還有以下幾條線索：

一是「英雄年少」。敘述胡斐少年時在商家堡的一段令人難以忘懷的經歷。少年胡斐的形象已深深地留在了人們的心中，且書中後來的故事在這裡也埋下了伏筆，如苗人鳳與田歸農的情仇大恨；馬春花的愛情悲劇及對胡斐的「一言相救之恩」；與趙半山的結拜從而引起了袁紫衣與胡斐的邂逅與纏綿悲劇……

二是「胡斐尋仇」，敘述胡斐在追殺鳳天南的過程中碰到了一樁與「打遍天下無敵手」

的金面佛苗人鳳有關的事，因而錯插其手以至於傷了苗人鳳的眼睛，而苗人鳳則似正是胡斐的殺父仇人。大丈夫恩怨分明，又對苗人鳳為人極為心折，因而願意為苗人鳳到「毒手藥王那裡去求醫求藥，終於醫好了苗人鳳的眼睛，並幫助他打發了仇敵田歸農。可是，當他知道這苗人鳳真的是「殺父之仇」時，於「恩仇之際」，其痛苦情懷，可想而知，他終於沒有殺苗人鳳，且並不後悔為苗人鳳醫好眼睛。

三是報恩。即當年馬春花在商家堡對小胡斐有「一言之恩」，雖然胡斐並不需要解救，但此恩此德永遠地留在了他的心中。且「滴水之恩，卻以湧泉相報」，為了相救馬春花，胡斐可以說歷盡了艱險，卻又誰知事情每每總是出乎於自己的意料之外。直到最後，馬春花中毒已深，於彌留之際，胡斐仍按照她的願望，請紅花會總舵主陳家洛去假扮與他長得相似的福康安，以安慰馬春花，了卻她最後的心願。胡斐的「報恩」可以說是至矣盡矣，滴水之恩豈止湧泉相報而已？簡直是要翻江倒海！

四是情孽糾纏——這是一條特殊的線索，是情節中的情節，線索中的線索。敘述胡斐在江湖上行俠、尋仇；報恩等等及征途之中與袁紫衣、程靈素這兩位少女的情事糾葛。最後無奈以悲劇收場。程靈素為愛人而死，而袁紫衣則帶病含恨而去，胡斐依然孑然一身。

五是「天下掌門人大會」。這也是書中的一條重要線索。袁紫衣之所以動輒要奪人掌門之位，其原因正在於想以此來搗亂這滿清王朝不安好心而召開的「天下掌門人大會」。而胡斐先是不以為然，不明所以，最後則也終於奪得了華拳門掌門之位混進那「天下掌門人大會」，與其義妹程靈素二人果然在大會上大大地搗亂了一番；「紅花會」諸英雄的到來，以及袁紫衣對偽君子「甘霖惠七省」的揭露，果然使這「天下掌門人大會」的陰謀終於化為泡影。

再加上胡斐為鐘阿四追殺鳳天南這一條線——袁紫衣之所以要三次救那鳳天南的命，那是因為鳳天南正是她的生身之父，卻又是她母親的大仇人。鳳天南強姦了袁紫衣之母銀姑，並將其情人殺死，又將其趕出家門，至使袁母流入江湖，終而不得善終，一生經歷悲慘不堪。——這樣，《飛狐外傳》這部小說的情節線索至少有六條之多。

值得注意的是，很難說這六條線索，哪一條是這部小說的主要線索。而這便正是這部小說的真正妙處。六條線索相互糾纏交織，相互關聯串連，雖相對獨立卻又結成了一個不可分割的有機整體。於此可見《飛狐外傳》的結構之精妙。將此六條線索錯綜交織，還不僅僅是為了敘事上的曲折變幻、熱鬧緊張，更重要的是，這不可或缺的六條線索組成了胡斐的一段悲苦卻又多彩多姿的完整人生經歷。六條線索組成了胡斐這一人物形象及其性格的不同時期、不同的形象側面，以及不同的性格層次、不同的人生經驗與體味。

因而，我們說，單單是把胡斐行俠為鐘阿四報仇追殺鳳天南這一條線索提將出來，並藉以說明胡斐「不為美色所動，不為哀懇所動，不為面子所動」的性格，則無論是從作品的情節結構方面來說，還是從胡斐這一人物的性格與形象方面來說，都是以偏概全，不大妥當的。那只能使我們對這部小說及其主人公的瞭解與理解陷於一種淺薄、狹窄而又概念化的窘境之中。

從不同的線索中，從不同的時期不同的側面不同的故事及不同的性格層次中，我們才能看到一個完整的胡斐，也才能夠看到一個完整的作品《飛狐外傳》。

在小說的前四章中，大體上敘述胡斐少年時的一段經歷，固是凸現出了「英雄少年」的形象及其活潑滑稽機智過人的性格，同時也極為簡約而又精彩深刻地敘述了江湖人事風波險惡，人心難測，且愛恨情仇的極為複雜的情狀。「寶刀與柔情」二者竟是難以得兼；「大雨商家堡」之中，商老太為報夫仇竟是可歌可泣然而卻又令人毛骨悚然。她之如瘋如癡、一意孤行，幾乎可以說全無理性，然而她之忠誠執著乃至愚頑固執都令人為之歎息、為之黯然神傷，「鐵廳烈火」中烤出了人性的「臨界點」，卻也烤出了大英雄、大俠士的豪邁氣質與廣闊胸懷。

至於馬春花與徐錚、商寶震、福康安三人之間的情孽糾纏直如天生冤孽，鬼使神差……這些看似互不相干的無意之筆，實際上與主人公胡斐大大的相干，不僅藉以表現胡斐少年英雄的性格氣度，同時也正是胡斐的人生寶鑒——「千臂如來」趙半山固是胡斐的老師，教了他武功的精義以及為人的德操；其他的人，幾乎每一個人，包括苗人鳳、田歸農、南蘭、閻基、王劍英、王劍傑、商老太、陳禹……無不是他的老師：正面或反面的教員。而商家堡中可歌可泣可悲可歎可圈可點，或啼笑皆非、人憤神怒的一幕幕、一幕幕……無不給少年胡斐以深刻難忘的終身印象與教益。

同時，這幾章還埋下了此後情節線索的種種伏筆。

至於胡斐仗義追殺鳳天南，以及胡斐報恩一再為馬春花赴湯蹈火的這兩條線索，其意義與價值自不待言，極鮮明地寫出了胡斐這一人物性格與形象的大體。而於天下掌門人大會這一條線索及胡斐誤把陳家洛當成了福康安的那一次驚人而又精彩的怒罵，無不襯托出胡斐這一人物在滑稽括潑不拘小節之上的大義之所在。且這一線索可以說是結構形式上的主體，而又是全書的高潮。同時也可以說是胡斐的又一個課堂。

胡斐尋仇這一線索看似不很重要與突出，但胡斐與苗人鳳的交往及因此而去尋找「毒手藥王」從而結識程靈素的這幾章，可以說是這部小說中寫得最為精彩的幾章。即從《江湖風波惡》、《毒手藥王》、《七心海棠》到《恩仇之際》這四章，雖篇幅不長，看似閒筆，然而卻將苗人鳳與胡斐這一老一少兩位大英雄、大豪傑的性格形象及其相互之間極為微妙複雜的關係寫得精彩之極，深刻之至。

如胡斐與苗人鳳的見面那一刻，書中寫道：

胡斐回過頭來，見苗人鳳雙手按住眼睛，臉上神情痛楚，待要上前救助，又怕他突然發掌，於是朗聲說道：「苗大俠，我雖不是你朋友，可也決計不會加害，你信也不信？」

這幾句話說得極是誠懇。苗人鳳雖未見到他的面目，自己又剛中了奸人暗算，雙目痛如刀剜，但一聽此言自然而然覺得這少年絕非壞人，真所謂英雄識英雄，片言之間，已是意氣相投，於是說道：「你給我擋住門外奸人。」他不答胡斐「信也不信？」的問話，但叫他擋住外敵，那便是當他至交好友一般。

胡斐胸口一熱，但覺這話豪氣干雲，若非胸襟寬博的大英雄大豪傑，決不能說得出口，當真是有白頭如新，有傾蓋如故，苗人鳳只一句話，胡斐立時甘願為他赴湯蹈火，眼見鐘氏三兄弟。相距屋門尚有二十來丈，當即拿起燭台，奔至後進廚房中，拿水瓢在缸中舀了一瓢水，遞給苗人鳳，道：「快洗洗眼睛。」

始信英雄識英雄。正所謂傾蓋如故。這樣的文章，讀起來不能不讓人熱血沸騰。更精彩的也許是胡斐得知自己父親是被苗人鳳所殺，母親亦因此而死，因而苗人鳳乃是自己的「殺父之仇」（**雖真相並非如此簡單，然而要這般說亦無不可**），而苗人鳳也知道胡斐與胡一刀大有干連，儘管兩個氣味相投，英雄相惜，然而「殺父之仇，不可不報」。書中如此寫道：

苗人鳳轉過身來，雙手負在背後，說道：「你既不肯說和胡大俠有何干連，我也不必追問。小兄弟，你答應過照顧我女兒的，這話可要記得。好吧，你要替胡大俠報仇，便可動手！」

胡斐舉起單刀，停在半空，心想：「我只要用他適才教我『以客犯主』之訣，緩緩落刀，他決計躲閃不了，那便報了殺父殺母的大仇！」

然而他臉色平和，既無傷心之色亦無懼怕之意，這一刀如何砍得下去？突然間大叫一聲，轉身就走。

這一段的精彩之處自比胡、苗初見更勝多多。苗人鳳對誤傷胡一刀之事，畢生耿耿於懷；因而明明可以向胡斐解釋其中的誤會，卻又難辭其咎，更不足以表達心中的悔恨悲苦之情，於是壓根兒就不提誤會之事。只是說「是我殺的」。而明明是面對前來報仇之人，卻又叮囑「你答應過照顧我女兒的，這話可要記得」。——這與江湖上尋常報仇之斬草除根以絕後患截然不同——使我們想起在《雪山飛狐》中胡一刀也這樣說請苗人鳳照顧他的兒子；而苗人鳳也答應了，這真是英雄境界自是常人所難企及也。而胡斐同樣亦不失英雄本色，固是不會忘記殺父之仇，卻不願意加害一位眼睛被毒瞎，然而卻「臉色平和，既無傷心之色，亦無懼怕之意」的大英雄。苗人鳳臉色平和，是視死如歸，還是情願被胡斐所殺以贖昔年誤傷胡一刀之罪？還是有足夠把握抵擋得住胡斐的進攻或偷襲？或是三者兼而有之？而胡斐終於只能「大叫一聲，轉聲便走」。

否則他可就不是胡斐了。

愛美、鍾情與冤孽

如果硬是要總結《飛狐外傳》一書的主題，則只能說，這部小說的主題一共有二：一是「寶刀」，即寫英雄俠士仗義行俠，行走江湖快意恩仇；而另一則是「柔情」，即寫男歡女愛；纏綿悱惻歷盡人世坎坷至使滿腹辛酸。如果說《飛狐外傳》中的「寶刀」主題是一種「正劇」形式，即「寶刀相見歡」；那麼，這部小說的另一主題則是「柔情恨無常」，是一個大大的悲劇主題。

《飛狐外傳》所敘述的「愛情悲劇」不只是寫了主人公胡斐與袁紫衣、程靈素之間悲慘哀傷的情愛故事及其悲劇結局，而且還寫了其他人的愛情悲劇，它們的共同點是都以悲劇結局，然而以下的悲劇卻各各具有其不同的表現形式：

其一，是大俠苗人鳳的愛情悲劇。苗人鳳救了官家小姐南蘭的性命，南蘭心生感激且因療救苗人鳳腿上之傷而有了肌膚之親，於是結為夫婦。然而苗人鳳是一位出身貧家的江湖豪俠，而妻子卻是官家的千金小姐。苗人鳳天性沉默寡言，整天板著臉，而妻子卻需要溫柔體貼，低聲下氣的安慰。她要男人風雅斯文、懂得女人的小性兒，要男人會說笑、會調情……苗人鳳空具一身打遍天下無敵手的武功，妻子所要的一切卻全沒有。

如果南小姐會武功，或許會佩服丈夫的本事，會懂得他為什麼是當世一位頂天立地的奇男子。但她壓根兒瞧不起武功，甚至從內心底厭憎武功。因為，她父親是給武人害死的，起因是在於一把刀；又因為，她嫁了一個不理會自己心事的男人，起因在於這個男人用武功救了自己……這樣，悲劇的序幕早已經拉開。

我們在商家堡所看到的南蘭拋夫棄女跟隨田歸農忍心而去的一幕，只是這一愛情悲劇的關鍵部分。苗人鳳固是痛苦不堪，因為愛極南蘭，所以連田歸農也不忍加害，於寬容之中見出大丈夫的豪邁與深沉的悲哀。然而田歸農卻也從此陷入了驚恐之境：自從與苗人鳳的妻子南蘭私奔之後，想起她是當世第一高手的妻子，每日裡食不甘味，寢不安枕，一有風吹草動，便疑心是苗人鳳前來尋仇；而南蘭初時對田歸農是死心塌地的熱情癡戀，但見他整日提心吊膽，日日夜夜害怕自己的丈夫，不免生了鄙薄之意。因為這個苗人鳳，她實在不覺得有什麼可怕。在她心中，只要兩心真誠相愛，便是給苗人鳳一劍殺了，那又有什麼？

她看到田歸農對他自己性命的顧念，遠勝於珍重她的情愛。她是拋棄了丈夫、女兒、拋棄了名節來跟隨他的；而他卻並不以為這是世界上最寶貴的；因為害怕，於是田歸農的風流瀟灑便減色了，於是對琴棋書畫便不大有興趣了，便很少有時候伴著她在妝台前調脂弄粉、說笑談情……那冒死私奔的熱情已經減退，那兩心愛悅的激動已經變質，愛情的悲劇一直走向它的尾聲……

其二，是馬春花的愛情悲劇。這位美麗健康且憨潑幼稚的鏢師的女兒，在商家堡中，被父親許為其徒弟徐錚之妻；卻被商家堡的少主人商寶震所摯愛，然而她卻又做了路經此地、逢場做戲的福康安的情婦。這一切固然是因為福康安的精心策劃與安排引誘，但她少女的幻想與無知，在春天的黃昏激發了一段連自己也未必能說清道明的激情。她只是看到這福康安的神情顯現了溫柔的戀慕，他的眼色吐露了熱切的情意；他沒有說一句話，卻勝於千言萬語的輕憐蜜愛、海誓山盟，與其未婚夫徐錚的粗魯與喝乾醋相比，可謂天之與壤。

馬春花做福康安的情婦，甚而其父被仇人殘害慘死之際，亦自不知而在與情郎相偎相依雲雨巫山。後來福康安終於走了，卻使她身懷其種。她只得與師兄徐錚結婚，繼承其父鏢行的衣缽。再後來福康安偶爾興發，想起了這位情婦，於是派人大肆尋找，終於因此害死了自己不愛的丈夫徐錚，同時又殺死了打死徐錚卻又癡愛自己的商寶震，帶著兩個孩子再一次投進了福康安的懷抱。於她，這是愛之癡迷，墜入情網而不能自拔，並非是簡單的攀龍附鳳可以指責，直到她自己被福康安害死，仍不改其癡心一片，臨終慘死之際依然盼能再見一面，以慰永久的相思……

其三，是「毒手藥王」門下三位弟子之間的情孽糾葛：三師妹愛上了大師兄；大師兄慕容景岳卻並不愛三師妹薛鵲，且慕容景岳已經結婚，而二師兄姜鐵山鍾愛三師妹，三師妹卻又不愛他。如此，薛鵲毒死了慕容景岳的妻子。慕容景岳一怒之下將薛鵲毒得駝了背、跛了腳；而這時姜鐵山仍是不嫌不棄與薛鵲結為夫妻。這場糾葛本應就此結束，但哪知慕容景岳在姜鐵山與薛鵲結婚之後，忽又想起了薛鵲的諸般好處，因而又對薛鵲糾纏不休。此種恩怨，綿延輾轉十年之久。而最後，仍是慕容景岳與薛鵲重歸於好，卻害死了薛鵲的丈夫姜鐵山。最後的最後，是這一對惡中戀人雙雙死於程靈素之手。這種情事已然落到了下乘。然而其冤孽牽連，不可自拔，卻是一樣可悲可歎。

其四，是袁紫衣母親袁銀姑的遭遇。袁銀姑是一位漁家少女，因為美麗人稱「黑牡丹」。因為美麗使她的命運落入了苦難的深淵。先是被「南霸天」鳳天南所強姦，告之其父卻送掉了父親的性命，從此有家歸不得，只得在流浪中生下了鳳天南的孽種。

好不容易有一位漁行的夥計願意娶了銀姑，但拜堂不久，卻被鳳天南派去了十幾個徒弟將喝喜酒的趕個精光，並又將那位與銀姑拜堂的漁行夥計害死。銀姑為了撫養初生幼女，忍辱偷生，逃到江西南昌府名聞天下的大俠「甘霖惠七省」湯沛的府上作女傭。哪知這位「大俠」人面獸心，竟又將銀姑姦汙，以至於銀姑再也無法活下去，只有自殺身死，以洗清永恆難訴的恥辱與哀悲……這一個故事可以說與「愛情」無關。這只是一個女性慘絕人寰的痛史。鳳天南喪盡天良，而湯沛這位道貌岸然的偽君子同樣也是狼心狗肺。

以上這些，全都是悲劇。

而書中的主線——即胡斐與袁紫衣及程靈素之間的愛情糾葛，同樣也以悲劇而告終。程靈素對胡斐一見鍾情並生死相依，無奈在此之前胡斐與袁紫衣已是相見相識相鬥相愛，兩情相悅，情難自已。程靈素愛極胡斐，明知無望，仍是不改初衷，最終終於為挽救胡斐性命而吸出胡斐身上的毒素，自己卻因此喪生。書中寫道：

在那無邊無際的黑暗之中，心中思潮起伏，想起了許許多多的事情。程靈素的一言一語，一顰一笑，當時漫不在意，此刻追憶起來，其中所含的柔情蜜意，才清清楚楚的顯現出來。

「小妹子對情郎——恩情深，

你莫負了妹子——一段情，

你見了她面時——要待她好，

你不見她面時——天天要十七八遍掛在心！」

王鐵匠那首情歌，似乎又在耳邊纏繞，「我要待她好，可是……可是……她已經死了。她活著的時候，我沒待她好，我天天十七八遍掛在心上的是另一個姑

> 娘。」……
>
> ……
>
> 她什麼都料到了，只是，她有一件事沒料到。胡斐還是沒遵照她的約法三章，在她危急之際，仍是出手和敵人動武，終致身中劇毒。
>
> 又或許，這也是在她意料之中。她知道胡斐並沒有愛她，更沒有像自己愛他一般深切地愛著自己，不如就是這樣了結。用情郎身上的毒血，毒死了自己，救了情郎的性命。

這無疑是一個令人感傷欲哭無淚的故事，無疑是一個令人悲痛然而卻無法挽回亦無法選擇的悲劇結局。胡斐並非不愛程靈素，但那只是兄妹之愛。胡斐任什麼都可以給她，都願意為她去做，唯獨不能像情人那樣去愛她。而她之渴望，則恰恰是胡斐的情愛。如無情愛，則其他的一切——包括自己的生命——對於她都會失去了光彩、失去了本來的意義。

程靈素死了。胡斐與袁紫衣之間的情愫非但沒有得到圓滿的發展與結局，相反，雖然他倆情愫早生、兩心相悅，但袁紫衣原來並非袁紫衣，其「袁」固是其母親的姓氏，更是尼姑「圓性」的諧音。同樣，「紫衣」原來是「緇衣」的諧音——袁紫衣原是一個尼姑！而且迫於當年的重誓，而不能與內心深愛的情人長相廝守，反倒要決意相離、斬斷情愫……

嗚呼！這種情愛悲劇，有多少出自天命，而又有多少出自人性？有多少是出自身不由己的命運安排，又有多少出於無可奈何的自我選擇？……

小說的結尾處，是圓性（袁紫衣）「雙手合什，輕念佛偈」云：

一切恩愛會，無常難得久。
生世多畏懼，命危於晨露。
因愛故生憂，由愛故生怖。
若高於愛者，無憂亦無怖。

圓性念畢，便「悄然上馬，緩步西去」了。是耶非耶？誰能懂得？誰能說徹？

嗚呼嗚呼！
寶刀相見歡！
柔情恨無常！

五／

《射鵰英雄傳》為草莽英雄作「春秋」

《射鵰英雄傳》一發表，便真正確立了金庸武林至尊的地位，大家公認金大俠是武俠小說世界中的真命天子。在金庸全部作品中，《射鵰英雄傳》是影響最大，讀者最喜愛的作品之一。

這部小說之所以影響如此巨大而又廣泛、持久，當然決非幸致。一般的讀者與批評家，很容易就會總結出諸如以下的原因，一是其情節曲折生動，二是人物個性突出，三是文字典雅精美。一部小說能做到以上三點，當然會廣受大家歡迎，而一部武俠小說能做到這三點，只怕使人感到喜出望外，當然會對它推崇備至。

然而，以上三條固然都是《射鵰英雄傳》的鮮明優點與特色，但這似乎尚不夠讓所有讀者口服心服。甚而，這三條亦未必就是這部小說真正深刻而獨到之所在。依我看來，這部小說真正值得人們驚歎之處，尚不只是以上三條，而是在這三條之上更根本的一條，那就是：為江湖英雄作「春秋」。

《春秋》是一部史書，是儒家著名的「十三經」之一。傳由孔子編著或刪削，莊重典雅威嚴肅殺且具微言大義。

而《射鵰英雄傳》是寫江湖英雄、草莽豪傑、綠林好漢的傳奇故事，寫江湖間恩怨仇恨、報復伸冤的武俠小說，即便是寫仗義行俠、濟困扶危之舉，那也畢竟是俠以武犯禁的事，何以能與儒家正宗經典、真實歷史著作《春秋》相比較呢？當然，絕不是說《射鵰英雄傳》已經是一部史書並與《春秋》相比。它究竟只是一部武俠小說，然而正因為它是一部武俠小說，卻寫得以「天下太平，百姓安樂」為胸懷、宗旨及價值標準，並且莊嚴凝重，憂患深沉，小說離奇曲折之外言辭典雅精美之內，篇幅內外，字裡行間莫不取其大義於微言。而其主人公及其他主要人物的品評尺規亦已由作品本身所煉就。從而可以說，《射鵰英雄傳》乃是武俠小說的上品與正格，亦堪稱金庸武俠小說的經典之一。

不信就讓我們來仔細看。

射鵰論劍　大漠華山

《射鵰英雄傳》極容易給人產生一種誤會，即該書是寫蒙古草原、大漠英雄的故事，也就是說，似是寫蒙古英雄鐵木真——成吉思汗的故事。因為成吉思汗乃是歷史著名的射鵰英雄或大漠英雄。有詞為證：

成吉思汗，只識彎弓射大鵰。

這是當代歷史人物毛澤東的《沁園春・雪》中的詞句。可以說是對成吉思汗這一古代英雄人物的歷史定評。同時又似可以給這部《射鵰英雄傳》定性；並且提供了極其有力的依據。再說書中成吉思汗（鐵木真）的形象，及其艱難創業百戰多的英雄經歷，也確實寫得深刻細緻、精彩紛呈。直至全書結尾，依然是成吉思汗的精彩鏡頭——臨終鏡頭：

成吉思汗勒馬四顧，忽道：「靖兒，我所建大國，歷代莫可與比。自國土中心達於諸方極邊之地，東南西北皆有一年行程。你說古今英雄，有誰及得上我？」郭靖沉吟片刻，說道：「大汗武功之盛，古來無人能及。只是大汗一人威風赫赫，天下卻不知積了多少白骨，流了多少孤兒寡婦之淚。」成吉思汗雙眉豎起，舉起馬鞭就要往郭靖頭頂劈將下來，但見他凜然不懼的望著自己，馬鞭揚在半空卻不落下，喝道：「你說什麼？」

……成吉思汗淡淡一笑，一張臉全成蠟黃。歎道：「我左右之人，沒一個如你這般大膽，敢跟我說幾句真心話。」隨即眉毛一揚，臉現傲色，朗聲道：「我一生縱橫天下，滅國無數，依你說竟算不得英雄？嘿，真是孩子話！」在馬臀上猛抽一鞭，急馳而回。

當晚成吉思汗崩於金帳之中，臨死之際，口裡喃喃念著：「英雄，英雄……」想是心中一直琢磨著郭靖的那番言語。

無疑地，成吉思汗生為人傑，死為鬼雄，是不折不扣的大英雄、大豪傑。

當然，明眼讀者一看便知，《射鵰英雄傳》真正的主人公不是成吉思汗，而是年輕的英雄郭靖。至於大漠射鵰，則亦正是指郭靖的人生經歷。郭靖從小生長於蒙古大漠，練成武藝並有神箭哲別這樣的老師，因而也是一位不折不扣的射鵰英雄。在本書的第五回《彎弓射鵰》中，鐵木真首先射下一鵰，然後其子窩闊台、拖雷又各射一隻。而唯獨郭靖一箭雙鵰，射下了兩隻。由此可見真正的射鵰英雄自是非郭靖莫屬。

因為郭靖生長於大漠，又是射鵰英雄，所以這部以郭靖為主人公的小說自然可以叫《射鵰英雄傳》。

或許，這部小說真正的名字應該是《論劍英雄傳》或《華山英雄傳》。自本書的第六回開始，郭靖隨其六位師傅從蒙古大漠來到中土內地，這部書的真正篇章這才開始。相比之下，在大漠的經歷及其射鵰之壯舉，只不過是一個長長的引子，那時的郭靖還沒有真正地獨立走入江湖，還沒有真正開始他的英雄人生的經歷。自踏上中土道路之始，郭靖傳奇般的人生經歷這才開始。

而中土江湖當時英雄好漢的絕頂高手則是華山論劍的五絕，即東邪、西毒、南帝、北丐、中神通。當時的華山論劍，天下第一高手的稱號被全真教主「中神通」王重陽奪得，而郭靖踏人中土之時，王重陽已溘然而逝矣。剩下的東邪、西毒、南帝、北丐各有所長，為當時四大絕頂高手及武學宗師。這四人之中，「南帝」段智興則又出家為僧，號為「一燈大師」，南帝已變成了「南僧」。

《射鵰英雄傳》的主要故事情節，是郭靖這一人物與東邪、西毒、南帝、北丐、中神通這「華山五絕」及其門人之間的遭遇與恩怨糾葛。他與東邪黃藥師的女兒黃蓉邂逅江湖，結為伴侶，而西毒歐陽鋒的侄兒歐陽克恰恰又看中了黃蓉，從而歐陽克、郭靖與黃蓉之間的關係就相當複雜。而郭靖的師父「江南七怪」與黃藥師的門人「黑風雙煞」之間又不共戴天。更何況郭靖在與黃蓉相遇之前；又與成吉思汗的女兒華箏有婚姻之約。這樣就使得其中的關係變得更為複雜。幸而郭靖因黃蓉之故，拜了神丐洪七公為師；蒙南僧「一燈大師」相救，與「中神通」的門人「全真七子」之間亦有深厚的交往……種種情仇糾葛、恩怨情狀複雜萬端。乍看起來，實在是叫人一時摸不著頭腦，而且根本上無法將這個故事複述出來。

但無論如何，郭靖的這一番複雜傳奇的人生經歷，總是與華山論劍這一武林舊事有關。華山論劍這一武林舊事，及其舊事中人與其門人始終籠罩著全書，隱隱之中支配了郭靖的命運及其人生道路。要想真正地解開郭靖的命運之謎，就勢必要先解開「華山論劍」及其華山英雄這一武林舊事之中所包含的命運奧秘及其寓言。

更何況，全書的最後一回便又是《華山論劍》，敘述當時天下高手齊集華山，重演二十五年前舊事，而郭靖則已隱然躋身於當時的武林絕頂高手之行列。所以，華山論劍以及華山英雄實際上就是這部小說真正的情節中心及其敘事目的。所以說，這部小說與其名為《射鵰英雄傳》，不如叫作《論劍英雄傳》或《華山英雄傳》。

那麼，「華山論劍」究竟是怎麼一回事？這「華山英雄傳」中究竟包含了什麼樣的奧秘呢？

初看起來，「華山論劍」的原因只是為了爭奪一部武林的奇寶《九陰真經》，而華山論劍也只不過是武功的比試。書中寫得明明白白，經過了七日七夜的比拚，「中神通」王重陽終於奪得了「武功天下第一」的稱號，並獲得了《九陰真經》。

然而，《射鵰英雄傳》中所寫的華山論劍及其華山英雄，其所比試的絕不僅僅是武功而已。他們所比試的其實是人格、胸懷、品德及其氣度與境界。

已然逝世的王重陽之所以能奪得武功天下第一的稱號，決不僅僅只是憑了他的道家正宗內功及其超然卓絕的武術，而是其偉大的人格及其廣闊的胸懷。這在《射鵰英雄傳》中有三處隱約說到，一是他奪得《九陰真經》之後並不練習，而是將它藏起，這表明他之所以要去爭奪這一武林奇學，並非為了占為己有，而是為了平息一場武林風波與浩劫。這與西毒歐陽鋒卑鄙無恥地明搶暗盜，乃至於比東邪黃藥師的靠夫婦合夥欺騙老頑童周伯通而獲得半部真經，乃至被其劣徒「黑鳳雙煞」盜走而遺害武林，遺禍師門……等等都不可同日而語。

二是王重陽臨死之際，將他的「先天功」傳給南帝段智興，以便留下克制西毒歐陽鋒的武功，這種仁愛胸襟亦是叫人拜服。三是借周伯通之口所說：「這道理本來是明白不過的。可是我總想不通。師哥當年說我學武的天資聰明，又是樂此而不疲，可是一來過於著迷，二來少了一副救世濟人的胸懷，就算畢生勤修苦練，終究達不到絕頂之境。當時我聽了不信，心想學武自管學武，那是拳腳兵刃上的功夫，跟氣度見識又有什麼干係？這十多年來，卻不由得我不信了。兄弟，你心地忠厚，胸襟博大，只可惜我師哥已經逝世，否則他見到你一定喜歡，他那一身蓋世武功，必定可以盡數傳給你了。」如此，更加說明了王重陽的胸懷見識，能學得驚天動地的武功，奪得「武功天下第一」的稱號，絕非倖致。

在「射鵰三部曲」的第二部《神鵰俠侶》中，我們則又進一步看到王重陽的經歷及其為人：他少年時先學文，再練武，是一位縱橫江湖的英雄好漢，只因憤恨金兵入侵，毀我田廬，殺我百姓，曾大舉義旗，與金兵對敵，占城奪地，在中原建下了轟轟烈烈的一番事業，後來終以金兵勢盛，連戰連敗，將士傷亡殆盡，這才憤而出家。然而即便是出了家，那副濟世救人的心胸，也依然尚在，當得江湖中「天下第一」的稱號。

至於除了「中神通」之外的四大高手東邪、西毒、南帝、北丐呢？《射鵰英雄傳》的第三十九回《是非善惡》中，丘處機對郭靖說得十分明白：

郭靖當下將這幾日來所想的是非難明，武學害人種種疑端說了，最後歎道：「弟子立志終身不再與人爭鬥。恨不得將所學武功盡數忘卻，只是積習難返，適才一個不慎，又將人摔得頭破血流。」

丘處機搖頭道：「靖兒，你這就想得不對了，數十年前，武林秘笈九陰真經出世，江湖上豪傑不知有多少人為此而遭致殺身之禍。後來華山論劍，我師重陽真人獨魁群雄，奪得真經。他老人家本擬將之毀去，但後來說道：『水能載舟，亦能覆舟，是禍是福，端在人為何用。』終於將這部經書保全了下來，天下的文才武略，精兵利器無一不能造福於人，亦無一不能為禍於世。你只要一心為善，武功愈強愈好，何必將之忘卻？」

郭靖沉吟片刻，道：「道長之言，雖然不錯，但想當今之世，江湖好漢都稱東邪、西毒、南帝、北丐四人武功最佳，弟子仔細想來，武功要練到這四位前輩一般，固是千難萬難，但即令如此，於人於己又有什麼好處？」

丘處機呆了一呆，說道：「黃藥師行為乖僻，雖然出自憤世疾俗，心中實有難言之痛，但自行其是，從來不為旁人著想，我所不取。歐陽鋒作惡多端，那是不必說了。段皇爺慈和寬厚，若是君臨一方，原可造福百姓，可是他為了一己小小恩怨，就此遁世隱居，亦算不得是大仁大勇之人。只有洪七公洪幫主行俠仗義，扶危濟困，我對他才佩服得五體投地。華山二次論劍之期轉瞬即至，即令有人在武功上勝過洪幫主，可是天下豪傑之士，必奉洪幫主為當今武林中的第一人。」

這丘處機雖然武功尚未達到一流高手之境，然而其見識則實是超人一等，不愧為王重陽的嫡傳弟子。

以上這一段話，實際上也給這華山論劍點了題，且說明了真相。

華山在五嶽之中稱為西嶽，古人以五嶽比喻五經，說華山如同《春秋》，主威嚴肅殺，天下名山之中，最是奇險無比。

從而，我們說這部敘述「華山論劍」的英雄傳奇《射鵰英雄傳》，實際上也正是一部莊重典雅、而又深刻嚴肅的《江湖春秋》。作者寫此《射鵰英雄傳》，實則是為江湖英雄、草莽異士、民間豪傑寫歷史。

在這部《江湖春秋》之中，上述「華山論劍」的五大高手，不僅是他們武功卓絕，更主要是他們各人不同的人格品質及胸懷意志與人生選擇。

小說中當年未及參加「華山論劍」的超一流高手尚有「鐵掌水上漂」裘千仞及「老頑童」周伯通二人。這二人就其武功而言，也足以躋身超一流高手之列，然而其人品胸襟，則殊不足道。「老頑童」周伯通學武成癡，心無大志以至於瘋瘋癲癲，不明世事固不足論。裘千仞則更是自甘墮落，如書中所寫：

洪七公又道：「裘千仞，你鐵掌幫上代幫主上官劍南何等英雄，一生盡忠報國，死而後已。你師父又何嘗不是一條鐵錚錚的好漢子？你接你師父當了幫主，卻去與金人勾結，通敵賣國，死了有何面目去見上官幫主和你師父？你上得華山來，竟想爭那武功天下第一的榮號，莫說你武功未必能獨魁群雄，縱然是當世無敵，天下英雄能服你這賣國奸徒麼？」

這番話只把裘千仞聽得如癡如呆，數十年來往事，一一湧上心頭，想起師父素日的教誨，後來接任鐵掌幫幫主，師父在病榻上傳授幫規遺訓，諄諄告誡該當如何愛國為民，那知自己年歲漸長，武功漸強，越來越與本幫當日忠義報國、殺敵侮禦的宗旨相違。陷溺漸深，幫眾流品日濫；忠義之輩潔身引去，奸惡之徒蠭聚群集，竟把大好一個鐵掌幫變成了藏汙納垢，為非作歹的盜窟邪藪，一抬頭，只見明月在天，低下頭來，見洪七公一對眸子凜然生威的盯住自己，猛然間天良發現，但覺一生行事，無一而非傷天害理，不禁全身冷汗如雨，歎道：「洪幫主，你教訓得是。」轉過身來，縱身便往崖下跳去。

至於「全真七子」、「江南七怪」、「黑風雙煞」及其他「東邪門人」、「漁樵耕讀」……等等一干武林好漢豪傑，或正或邪、或善或惡、或癡或怪，等而下之，莫不是這《江湖春秋》中人受到史筆的評判。亦即，這部小說所敘述的故事，不僅僅是什麼武功高下的傳奇故事，而是在傳奇故事之中塑造了江湖群雄的是非善惡及其人品的高低。

從而，「華山論劍」實際上是論劍更論人品，「華山英雄傳」實際上成了《春秋英雄譜》。雖敘述的是江湖草莽的故事，其端嚴莊重之處，深刻準確之筆，莫不似《春秋》般端嚴肅殺。

為國為民　俠之大者

無論是叫《射鵰英雄傳》、《大漠英雄傳》或是《論劍英雄傳》、《華山春秋》，它的主人公是郭靖這一點是無疑問的。這部小說是敘述年輕的主人公郭靖的一段曲折離奇的江湖經歷；如前所述，它的最後一回《華山論劍》是敘述郭靖終於參加了第二屆華山論劍的英雄盛會，走上了華山之巔。

郭靖之走上華山，看起來只是他傳奇經歷的一個組成部分，實則是這部書的主旨所在。何以在華山論劍而不在其他山嶽或名山大川，除了取華山如《春秋》這一古人舊喻之外，尚有另一個專門的故事背景：陳摶老祖的故事。

這位陳摶老祖生於唐末，中歷梁唐晉漢周五代，每聞換朝改姓，總是愀然不樂，閉門高臥。世間傳他一睡經年，其實只是他憂心天下紛擾，百姓受苦，不願出門，乃聞宋太祖登基，卻哈哈大笑，喜歡得從驢子背上掉了下來，說道天下從此太平了。宋太祖仁厚愛民，天下百姓確實得了他不少好處。而相傳宋太祖與希夷先生（即陳摶老祖）在賭棋亭弈棋，將華山作為賭注，宋太祖賭輸了，從此華山上的土地就不須繳納錢糧。這華山，原是心憂天下紛擾，百姓不得太平者之所居，而天下英雄來此「論劍」，有此背景，自不應該有汙有愧這一道家聖地。

進而，當年陳摶老祖雖心憂天下，卻只不過袖手高臥，並非全然可取。正如書中丘處機所云「蒙古雄起北方，蓄意南侵，宋朝君臣又昏庸若斯，眼見天下事已不可為。然我輩男兒明知其不可亦當為之。希夷先生雖是高人，但為憂世而袖手高臥，卻大非仁人俠士的行徑」。

小說的主人公參加了華山論劍，只不過與黃藥師、洪七公各對三百招而不敗而已，實際上全然算不上是第一高手——若說這一屆華山論劍的結果，倒是逆練九陰真經的西毒歐陽鋒（**倒行逆施，不僅是歐陽鋒之練九陰真經之形象說明，同時也是歐陽鋒武功人品的本質提示**）得逞。

這一結果頗出人意料之外，並不是什麼好人勝利的常規的大團圓結尾。這一結果確實是使人默然而不能語，看起來似乎「邪不壓正」這句話在這裡並不是很合適的。亦暗示天下大勢正是如此「正不壓邪」而「不可為」也。然而真正的大英雄大俠士的行徑，則絕非僅指武功之高強，更主要的乃是其人品氣度及言行舉止，所作所為。「知其不可為而為之」則正是孔子當年的人生理想，亦正是中國傳統中的儒家大俠的最高理想境界。

這部小說的最後一回雖是《華山論劍》，而其最後一部分則是郭靖、黃蓉、東邪、北丐一行走下華山，逢華箏公主贖罪報訊，說蒙古之師將攻襄陽的消息。郭靖、黃蓉終於辭別東邪黃藥師而赴襄陽救援——這正是「知其不可為而為之」的大俠之舉——這一著，便勝過了當年的希夷先生陳摶老祖了。同時，又無疑勝過了東邪、西毒、南帝、北丐等一干絕世高人，只有當年的王重陽才隱隱可與之比肩。這樣一來，華山之巔的真正「天下第一人」就真正地非郭靖而莫屬了。

雖然他的武功尚未達到絕頂之境，尚不足與黃藥師、洪七公等一干絕世高手相提並論，然而他的胸懷人品及其氣度人格則早已超過了一干高人而至華山之巔矣！襄陽救援看起來並非華山論劍的範圍，實則正是華山論劍的另一種形式，更本質的形式。

從根源上說，《射鵰英雄傳》的主人公應該是郭靖與楊康二人。

這部小說的緣起，乃是全真道士丘處機與楊鐵心、郭嘯天三人不打不相識，恰逢楊夫人、郭夫人都是身懷有孕，請丘處機取名。丘處機給其未出世的小主人公取名為郭靖與楊康，即以「靖康」二字名之以取其不忘「靖康之恥」之意也。郭靖與楊康這二人的名字，也可以說是這部《射鵰英雄傳》不可忽視的文眼之處。其次，是丘處機與「江南七怪」打賭，看誰能找到楊氏與郭氏的遺孤並授以武藝，十八年後再來嘉興比武，看誰高誰下。於是就有了「江南七怪」遠赴大漠教授郭靖武藝及丘處機收楊康為徒的事情。無疑地，這靖、康二人是這部小說的共同主人公。

豈料世事無常，變幻莫測，大大地出人意料之外。那楊康之母包惜弱當時因心地慈善，無意中救了大金國王爺完顏洪烈之命，從而結下了一生的情孽。完顏洪烈因得包惜弱相救而得活命之後，竟念念不忘於包惜弱的美貌。說起來楊、郭二家家破人亡之禍原來乃是出於完顏洪烈的貪淫之念。

包惜弱墜入完顏洪烈的計中而不自覺，以為丈夫楊鐵心身死，而終於嫁給完顏洪烈為妻，成了大金國的王妃，從而使得楊康成了完顏康，成了大金國的小王爺。更進一步，這楊康雖聰明伶俐，遠非憨厚木訥的郭靖可比，然而貪戀富貴、人品低下、風流輕佻以至於為惡多端，終於死於非命。

也許是命運的撥弄，楊康這位楊家槍的嫡親傳人，這位當年抗金名將楊再興的後代，居然成了大金國的奴臣，成了完顏康，成為金國的小王爺。這種命運的造化作弄，真使人不能不為之一哭。楊康的性格與人品，對於榮華富貴聲名之戀，對於人情世故、婚姻愛情的態度可以說與郭靖其人無不恰恰相反。從而靖、康二人，一變而為華山英雄，一變而為鐵槍廟中的冤鬼，走上了截然相反的道路，又不能不使人為之一歎！

丘處機與「江南七怪」的一場空前絕後的豪賭終於未經比武決戰就使丘處機頓首服輸了；因為楊康人品如此惡劣，而學武之人，品行心術居首，從而丘處機只能「汗顏無地」而甘心服輸了。

平心而論，郭靖與楊康在其人品乃至最終的武學修為方面自是有天壤之別，然而就其形象鮮明而深刻而言，就其形象的意義與藝術價值而言，這靖、康二人可以說是一時瑜、亮，各有千秋。這兩個人物的形象都是極為鮮明而又都是極有價值的。而將這兩人「殊途而不同歸」的人生路線加以對照比較，則使這種形象及其意義更其鮮明深刻而且突出。

楊康為自己的貪念所役使，為榮華富貴及權勢功名所拘囿，終於為奸為惡，與郭靖心性敦厚，為俠為善，實已超越了自我，而以天下百姓為念，對比何其鮮明強烈。在這兩個主要人物身上，集中了中國人的人格理想模式及其價值判斷的基本規範與依據，有楊康等人作為比較，郭靖的人格品質的魅力與深度就更加鮮明地凸現了出來。

郭靖這一形象的本質及其意義，就其外在的性格行為而言是忠厚純樸，胸襟廣闊進而能夠為國為民，成為「知其不可為而為之」的俠之大者，而就其內在的本質而言，則又體現了中國人的「大巧若拙、大智若愚」的人生境界、哲學理想及人生模式。

台灣學者曾昭旭先生在其《金庸筆下的性情世界》（載《諸子百家看金庸》一書）一文中指出：

在這裡，郭靖是代表了純樸堅實的先天理性，黃蓉則代表了活潑輕柔的生命之流。理性是人內在的真正主宰，因此它是獨立完足的，力能判斷是非，指導方向，但理性也有先天後天之別，先天理性純以淳樸的元氣直行，所以他對是非的判決是不必經過種種曲折考慮的，他只是念念知是知非而已。僅就立己而言，這就夠了，不過人的理想，除了立己，述要立人，而在立人的路上，便有了同情，瞭解，寬恕，權變種種曲折，所以更要有清晰縝密的條理去斟酌分疏，才能成功。而這一種理性就是後天理性（當然，**後天理性還是應該統於先天理性的，不然就變成了無本的花葉了**）。郭靖並沒有這一種理性，他只是純然的渾厚，毫沒有外露的精彩。因此表面看來，他像是個傻小子，楞小子，遠不如楊康或歐陽克公子的聰明花巧。他練的功夫，也是以剛猛純陽的降龍十八掌為主，但「至巧不如至拙」，他這種樸拙卻是真能自主的。當他初遇洪七公，初學了降龍十八掌的一招「亢龍有悔」時，曾單憑這平平無奇的一招逃命抗敵，就使武功高出他當時十倍的敵手無可奈何。這就隱示了郭靖或說先天理性的寶貴了。

確實如此，郭靖之木訥剛毅、純樸忠拙，正是聰明伶俐的黃蓉的佳偶。《射鵰英雄傳》中郭靖與黃蓉的情愛故事，不僅在這一本書中成為人人羨慕的情感正格，而且也是金庸全部小說中極為少見的幸運結合。

初看起來，黃蓉的聰明機變、家學淵源、武功人品無一不遠遠超出郭靖，可她偏偏一眼就看中了拙樸憨厚的傻小子郭靖，且一見鍾情而從此不渝。這一點乍看使人費解，甚而會使一般的讀者為黃蓉的選擇而感到可惜，以為這是「鮮花插上牛糞」云。因為歐陽克的風流瀟灑，武功機智無一不勝郭靖多多。實際上，黃蓉之看中郭靖，才是真正的慧眼識英雄。郭靖的人品胸襟，決定他能「拙勝巧、愚勝智」，最後終於走上了華山論劍的大俠之路。這一結合及其意義，不僅表現了作者的人格理想，同時也表現了中國人的愛情理想。

如曾昭旭先生所云（**同上注**）：

而如此一個靈慧的生命去和剛毅的郭靖相處，是怎樣一種情形呢？我們可以看到，是凡在小事上，郭靖總是笨拙困窘。在生生滅滅，遷流不息的現象上隨機應變，以顯露生命新姿這本來是黃蓉的當行本色。但一旦遇到大關節，便由郭靖作主，黃蓉從不敢以一言相勸。要知忠義誠信，道德理想這些屬於價值層面的判斷，原非無善無惡的生命所知，清暢自然的生命，在此時是要謙退守分的。

在小說中，郭靖這一形象憨厚可愛、鮮明生動、幽默動人。其種種遭遇，可以說全是因拙而得福，因樸而得福。同時，這也顯現在他的武功之中。他隨洪七公練習剛陽純猛的降龍十八掌，一方面固然他的才份恰恰只能練這種簡單而又剛猛的武功，因而郭靖與降龍十八掌，可以說是天生有緣，相得益彰。

另一層上，郭靖學藝「江南七俠」，繼之又修行全真教的正宗內功，繼之又學習洪七公的降龍十八掌，這固然是學藝，同時又恰是做人。江南七怪雖「怪」，但畢竟是俠而且義，於大節善惡之分甚為分明。而馬鈺則是中神通王重陽的首徒，其內功中自有王重陽大仁大勇的遺傳；至於洪七公，則更是王重陽死後的天下俠義第一人。郭靖從師學藝，可以說適逢其人。乃至他碰上了周伯通，與之結為兄弟也是天性純良這一面氣味相投。至於大漠、射鵰等等諸種經歷，則與他的性格更有莫大的干係，使他不習機巧，天然剛毅木訥純厚忠誠的大俠性格真正地得自天然。

總之，郭靖這一人物形象既有其鮮明的個性、現實性及其審美價值，同時又體現了金庸及其中國文化的一種人格理想，從而又具有一種理想性、象徵性及其抽象意義。尤其是郭靖與楊康、郭靖與黃蓉等人物的對比描寫中，常常顯出了其可讀性之外，尚有深刻的象徵意義。如小說中的這樣一段：

> ……郭靖資質魯鈍，內功卻已有根底，學這般招式簡明而功力精深的武功，最為合適，當下苦苦習練，兩個多時辰之後，已得大要。

洪七公道：「那女娃娃的掌法虛招多過實招數倍，你要是跟她亂轉，非著她道兒不可，再快也快不過她。你想這許多虛招之後，這一掌定是真的了，她偏偏仍是假的，下一招眼看是假的了，她卻出你不意給你來下真的。」郭靖連連點頭。洪七公道：「因此你要破她這路掌法，唯一的法門就是壓根兒不理會她真假虛實，待她掌來，真的也好，假的也罷，你只給她來一招『亢龍有悔』。她見你這一招厲害，非回掌招架不可，那就破了。」

以上這段，你說是洪七公教授郭靖練功以及武功對擊的精要固然是，若要更進一層，看到這同時也是洪七公教授做人的方法及人生的哲理也無不可。因為至巧不若至拙及拙能勝巧、大巧若拙等等，原正是中國人生及哲學的最高深的道理。

再比如：

郭靖茫然不解，只是將他的話牢牢記在心裡，以備日後慢慢思索。他學武的法門，向來便是「人家練一朝，我就練十天」，當下專心致志的只是練習掌法。起初數十掌，松樹總是搖動，到後來勁力越使越大，樹幹卻越搖越微，自知功夫已有進境，心中甚喜。這時手掌邊緣已紅腫得十分厲害，他卻毫不鬆懈的苦練。

同樣，這一段看似極其簡單明瞭，似只是說郭靖如何苦練而已，然而我們從中則亦可看見郭靖之拙樸及心之誠與性之實，如此武功恰適合如此人品。或者說，武功與人品原本就是統一的。

再比如，蒙古大軍壓境之時，勢不可擋：

……黃蓉道：「蒙古兵不來便罷，若是來了，咱們殺得一個是一個，當真危急之際，咱們還有小紅馬可賴。天下事原也憂不得這許多。」郭靖正色道：「蓉兒，這話就不是了。咱們既學了武穆遺書中的兵法，又豈能不受岳武穆『盡忠報國』四字之教？咱倆雖人微力薄，卻也要盡心竭力，為國禦侮。縱然捐軀沙場，也不枉了父母師長教養一場。」黃蓉歎道：「我原知難免有此一日。罷罷罷，你活我也活，你死我也死就是！」

至此，郭靖的俠之大者的形象光輝才真正地顯露了出來，郭靖與黃蓉的不同態度，即已顯示了他們各自人格的高低。同時，黃蓉面對郭靖如此堅貞的選擇並沒有進一步的反對，甚至也沒有絲毫的不解之處，而是「原知難免有此一日」。或者，黃蓉之所愛，便也正是這一點吧？

最終，郭靖與黃蓉便毅然地走上了救國救民，勉力為之的襄陽抗敵之路。然而從以上的對話中依然可以看出，郭靖是完全主動的、自覺的，確實是一位「愛國愛民、盡忠報國」的俠之大者。而黃蓉的思想境界卻並沒有這麼高，她只不過是為了愛人——即「你活我也活，你死我也死就是！」——在這等大是大非面前，她倒成了一個跟隨派。

同是抗敵禦侮，卻高下分明。

開頭結尾　字裡行間

《射鵰英雄傳》當然是一部武俠小說，是一個長長的武俠傳奇故事。然而，它與一般的武俠小說不同之處是它有著其他武俠小說所不具備的歷史真實感及憂國憂民之心懷。

這一點在書中可以說是隨處可見。從小說的主題及其主角的形象及其意義中固然可以看到這一點。在其他的地方也都可以看到：在開頭結尾、在字裡行間。

小說的開頭與結尾充滿了一種亂世之苦難及英雄之真義的歷史真實感及其深刻的思想性。

小說的開頭是寫一位說書人張十五在臨安牛家村說一段「葉三姐節烈記」的故事，並引起了村中隱居的楊鐵心、郭嘯天、曲三等人的不同反應，從而把從最具體的北方人民的苦難生活情景，到南方君臣昏庸無能「南風熏得遊人醉，直把杭州作汴州」的可悲情景兩相對照，直讀得人憤懣在心而又憂思如焚。

這是一個盼望英雄、呼喚英雄的時代！是一個盼望救國救民的大救星、大俠士的時代！然而，南宋君臣，偏安一隅，已毫無進取之心，喪權辱國而又卑怯無恥，壓根兒就不是什麼希望所在。所以，整個兒一部《射鵰英雄傳》除開頭一回牛家村中百姓大罵南宋君臣之外，就再也沒有直接描寫南宋宮廷官場的筆墨，因為這已絕非希望之所在。所以，作者的筆墨集中在江湖上，集中在綠林間。小說這樣開頭，既是交代了一個極為鮮明的時代背景，同時又製造了一種使人憤懣憂思的歷史氛圍。

愛民之心、喪國之恥、亂世之痛、英雄之思充斥於這部描寫江湖草莽、綠林豪傑的傳奇故事之中，使之別具一格並為其他小說所不及。

誰是大英雄？

小說的結尾寫道：

> ……郭靖心想：「自今而後，與大汗未必有再見之日，縱然惹他惱怒，心中言語終須說個明白。」當下昂然說道：「大汗，你養我教我，逼死我母，這些私人恩怨，此刻也不必說了。我只想問你一句：人死之後，葬在地下，占得多少土地？」成吉思汗一怔，馬鞭打個圈兒，道：「那也不過這般大小。」郭靖道：「是呵，那你殺這麼多人，流這麼多血，占了這麼多國土，到頭來又有何用？」成吉思汗默然不語。
>
> 郭靖又道：「自來英雄而為當世欽仰、後人追慕，必是為民造福、愛護百姓之人。以我之見，殺得人多未必算是英雄。」成吉思汗道：「難道我一生就沒做過什麼好事？」郭靖道：「好事自然是有，而且也很大，只是你南征西伐，積屍如山，

那功罪是非，可就難說得很了。」他生性憨直，心中想到什麼就說什麼。

成吉思汗一生自負，此際被他這麼一頓數說，竟然難以辯駁，回首前塵，勒馬回顧，不禁茫然若失，過了半晌，哇的一聲，一大口鮮血噴在地下。

顯然，成吉思汗未足道也。雖然他一生縱橫天下、滅國無數、功業蓋世，然而卻並不是真正的英雄，並不是真正的可為當世欽仰並為後世追慕的大英雄。也可以說，成吉思汗這位英雄只不過是一位可悲的悲劇英雄，只不過是一位草莽；而郭靖這位草莽出身、行走江湖之間的南朝布衣，才是一位真正為民造福、愛護百姓的大英雄。書中另一處寫道（**郭靖的感悟**）：成吉思汗、花剌子模國王、大金大宋的皇帝他們都似是以天下為賭注，大家下棋。

這些帝王元帥們以天下為賭注，輸了的不但輸掉了江山，輸去了自己的性命，可還害苦了天下百姓。同時，贏了的如成吉思汗，也一樣地殺人無數，積屍成山，害苦了天下百姓。從而，他們不是什麼大英雄，而只是一些大賭徒而已。進而，他們並不是什麼英雄的賭徒，而恰恰是天下百姓飽受亂世之苦的罪魁禍首。一部武俠小說來進行這樣的歷史思辨，看起來是非分而又越界，然而正因如此，才使得這部《射鵰英雄傳》格外地沉重深刻、意義非凡。

嗚呼！愛民之心、喪國之恥、亂世之苦、英雄之思！

這種胸懷意蘊，洋溢在一部《射鵰英雄傳》中，浮沉於其字裡行間，使人讀之，為之憂思憤懣，為之慷慨悲歌，為之擊節而歎。

例如，寫郭靖、黃蓉在太湖上泛舟遊玩的一段情景、一段文字：

黃蓉道：「咱們到湖裡玩去。」……

黃蓉的衣襟頭髮在風中微微擺動，笑道：「從前范大夫載西施泛於五湖，真是聰明，老死在這裡，豈不強於做那勞什子的官麼？」郭靖不知范大夫的典故，道，「蓉兒，你講這故事給我聽。」黃蓉於是將范蠡怎麼助越王勾踐報仇復國，怎樣功成身退而與西施歸隱於太湖的故事說了，又述說伍子胥與文種卻如何分別為吳王、越王所殺。郭靖聽得發呆，出了一會神，說道：「范蠡當然聰明，但像伍子胥與文種那樣，到死還是為國盡忠，那是更加不易了。」黃蓉微笑：「不錯，這叫做『國有道，不變塞焉，強者矯；國無道，至死不變，強者矯。』」郭靖問道：「這兩句話是什麼意思？」黃蓉道：「國家政局清明，你做了大官，但不變從前的操守；國家朝政腐敗，你寧可殺身成仁，也不肯虧了氣節，這才是響噹噹的好男兒大丈夫。」

……黃蓉隨手蕩槳，唱起歌來：「放船千里凌波去，略為吳山留顧。雲屯水府，濤隨神女，九江東注。北客翩然，壯心偏感，年華將暮。念伊蒿舊隱，巢由故友，南柯夢，遽如許！」唱到後來，聲音漸轉淒切，這是一首「水龍吟」詞，抒寫水上泛舟的情懷，她唱了上半闋，歇得一歇。

郭靖見她眼中隱隱似有淚光，正要她解說歌中之意，忽然湖上飄來一陣蒼涼的歌聲，曲調和黃蓉所唱的一模一樣，正是這首「水龍吟」的下半闋：「回首妖氛未掃，問人間英雄何處，奇謀復國，可憐無用，塵昏白扇。鐵鎖橫江，錦帆衝浪，孫郎良苦。但愁敲桂棹，悲吟梁父，淚流如雨。」遠遠望去，唱歌的正是那個垂釣的漁父。歌聲激昂排宕，甚有氣概。

……三人對飲了兩杯。那漁人道：「適才小哥所歌的『水龍吟』情致鬱勃，實是絕妙好詞。小哥年紀輕輕，居然領會詞中深意，也真難得。」黃蓉聽他說話老氣橫秋，微微一笑，說道：「宋室南渡之後，詞人墨客，無一不有家國之悲。」那漁人點頭稱是。黃蓉道：「張于湖的『六洲歌頭』中言道，『聞道中原，遺老常南望，翠葆霓旌，使行人到此，忠憤氣填膺，有淚如傾』，也正是這個意思呢。」那漁人拍幾高唱「使行人到此，忠憤氣填膺，有淚如傾。」連斟三杯酒，杯杯飲乾……

這一段寫一對少年男女在湖上蕩舟遊玩，談談講講，說說笑笑、唱唱哼哼，自是真切如在目前，而其中對黃蓉的靈秀與聰慧、博學而多聞及郭靖的木訥而魯頓、少見識又勤於問的性格氣質又寫得極有分寸而且鮮明。兼而文字優美典雅、語言精煉神妙，於湖上風光、舟中風情盡現筆端，更為有趣的是，那「漁人」原是東邪黃藥師的大弟子陸乘風，與黃蓉原是一家人，所以談吐風雅，且又「對唱」一詞，自然貼切。兩人所吟之詞，則是於湖上風光頗有距離的家國之悲。妙處就在，黃蓉是有口無心，而郭靖則是儼然不知所云，看起來這乃是無心又無意的純粹的瞎唱與瞎聽，但作者卻絕非無意的閒筆。恰恰是在這有口無心及不知所云之中滲透了作者自己的家國之悲、亂世之苦及其廣闊深沉的情懷，直叫人連飲三杯之後復唱出「使行人到此，忠憤氣填膺，有淚如傾」！

總之，這一段湖上遊玩的描寫，看是悠閒自在如野鶴閑雲，且作者也似乎是有意放鬆節奏，來一段「閒筆」，然而其字裡行間，莫不洋溢著一種「忠憤填膺、有淚如傾」的意蘊。

或許，以上所述，還畢竟只是文人雅士的筆墨胸懷，固是風雅沉痛、淚傾如雨，亦未見得有小說的開頭、結尾的簡單詩句中所寫的天下百姓的亂世苦況那般明白而又意味深長——小說開頭有詩云：

小桃無主自開花，煙草茫茫晚帶鴉。
幾處敗垣圍故井，向來一一是人家。

小說結尾又有詩云：

兵火有餘燼，貧村才數家。
無人爭曉渡，殘月下寒沙！

這就是了，也許《射鵰英雄傳》的全部意蘊盡在這兩首看似簡單明瞭的詩中。而這詩這文，便有了非同一般的特異之處。

如果說，《射鵰英雄傳》乃是一部江湖英雄的《華山春秋》，那麼，這兩首開頭、結尾的詩句，便是這《華山春秋》的題辭與總綱。

《神鵰俠侶》問世間，情是何物

詞曰：

問世間，
情是何物，
直教生死相許？
天南地北雙飛客，
老翅幾回寒暑？
歡樂趣，
別離苦，
就中更有癡兒女。
君應有語，
渺萬里層雲，
千山暮雪
隻影向誰去？

這首《調寄邁陂塘》是金大詩人元好問作於金泰和五

年的一首詞。

明眼的讀者一眼就可以看出，這正是《神鵰俠侶》這部小說中的李莫愁這一女魔頭曲不離口的歌。

這首詞正是這部《神鵰俠侶》的主題歌。

這部《神鵰俠侶》是金庸唯一的「三部曲」即「射鵰三部曲」中的第二部，但這「射鵰三部曲」非但時代背景及其主要人物都不相同，且其寫作中心（主題）及其風格等等也大不一樣。如果說《射鵰英雄傳》的重心是在英雄及其俠義，那麼，這部《神鵰俠侶》的重心則在於兒女及其深情。

金庸的作品大多是通過對感情的處理與描寫，並通過這一範疇來賦予其筆下人物的鮮明生動的藝術形象。他的作品中的人物大多都是性情中人。而情之為物，掩映多姿、複雜萬狀，就增加了作者寫作及讀者閱讀的巨大熱情與興趣。如許不同的性情，不同的人物，構成了金庸作品跌宕風流的世界，從而激起了讀者無窮的迴盪與思悟。

《神鵰俠侶》可以說是金庸的性情世界的一部代表之作。

風月無情說開篇

比較一下《射鵰英雄傳》與《神鵰俠侶》這兩部小說的回目，是一件有趣味而又有意義的事情。這兩部小說都是四字回目，且又都是四十回，然而《射鵰英雄傳》中多的是「大漠風沙」、「彎弓射鵰」、「洪濤群鯊」、「荒村野店」、「軒轅台前」、「鐵掌峰頂」、「大軍西征」、「是非善惡」……這樣的回目；而《神鵰俠侶》則多「活死人墓」、「玉女心經」、「白衣少女」、「禮教大防」、「絕情幽谷」、「意亂情迷」、「洞房花燭」、「離合無常」、「情是何物」、「生死茫茫」……等這樣的回目。

《射鵰英雄傳》的最後一回是《華山論劍》，《神鵰俠侶》的最後一回名為《華山之巔》。看起來極為相近，都是述華山論劍之故事，然而實際上則完全不同。《射鵰英雄傳》一書敘及郭靖、黃蓉在華山論劍之後，又趕赴襄陽共舉義旗，而後又恰在大義滅親之際，聞成吉思汗之死訊。小說的最後寫道：

> 當晚成吉思汗崩於金帳之中，臨死之際，口裡喃喃念著：「英雄，英雄……」想是心裡一直琢磨著郭靖的那番言語。
>
> 郭靖與黃蓉向大汗遺體行過禮後，辭別拖雷，即日南歸。兩人一路上但見骷髏白骨散處長草之間，不禁感慨不已，心想兩人鴛盟雖諧，可稱無憾，但世人苦難方深，不知何日方得太平。
>
> 正是：
>
> 兵火有餘燼，貧村才數家。
>
> 無人爭曉渡，殘月下寒沙！

全書到此結束，讀罷尚有那股大漠英雄射鵰猛士之餘韻，尤見作者心憂黎民、悲天憫人之氣縈繞心間，迴盪不已。

而《神鵰俠侶》的最後一回則是襄陽大捷之後，群英趕赴華山之巔，自有一番悲喜故事，小說最後寫道：

……郭襄回過頭來，見張君寶頭上傷口中兀自汩汩流血，於是從懷中取出手帕，替他包紮。張君寶好生感激，欲待出言道謝，卻見郭襄眼中淚光瑩瑩；心下大為奇怪，不知她為什麼傷心，道謝的言辭竟說不出來。

卻聽得楊過朗聲說道：「今番良晤豪興不淺，他日江湖相逢，再當杯酒言歡。咱們就此別過。」說著袍袖一拂，攜著小龍女之手，與神鵰並肩下山。

其時明月在天，清風吹葉，樹巔烏鴉啊啊而鳴，郭襄再也忍不住，淚珠奪眶而出。正是「秋風清，秋月明；落葉聚還散，寒鴉棲復驚。相思相見知何日，此時此夜難為情。」

似這樣結束全書，與《射鵰英雄傳》相比，其意境及情調自是不大一樣，一看便知。書中最後一句話（詩）是「此時此夜難為情」，又「淚珠奪眶而出」，想必讀者亦是有感。

再說開頭。

《射鵰英雄傳》開頭的回目是《風雪驚變》。而《神鵰俠侶》的開頭則是叫《風月無情》。

《射鵰英雄傳》的開頭第一個場景是一位說話人的演說異族入侵，亂世人苦的故事且有詩為證：小桃無主自開花，煙草茫茫帶晚鴉，幾處敗垣圍破井，向來一一是人家。說兵火之後，原來的家家戶戶，都變成了斷牆殘瓦之地。然後又引出了楊鐵心、郭嘯天、丘處機一干人，以及郭靖、楊康之取名不忘「靖康之恥」之意……

而《神鵰俠侶》的開頭則是一首歐陽修的詞：「越女採蓮秋水畔，窄袖輕羅，暗露雙金釧，照影摘花花似面，芳心只共絲爭亂。雞尺溪頭風浪晚，霧重煙輕，不見來時伴，隱隱歌聲歸棹遠，離愁引著江南岸。」是寫一群十幾歲的少女在湖中無憂無慮地歌唱與嘻笑。然後又寫道：

……那道姑一聲長歎，提起左手，瞧著染滿了鮮血的手掌，喃喃自語：「那又有什麼好笑？小妮子只是瞎唱，渾不解詞中相思之苦，惘悵之意。」那道姑身後十餘丈處，一個青袍長鬚的老者也是一直悄立不動，只有當「風月無情人暗換，舊遊如夢空腸斷」那兩句傳到之時，發出一聲極輕極輕的歎息。

這一聲「極輕極輕的歎息」，只怕要與此書共始終，迴盪不已，縈繞書中字裡行間，浮於讀者眼前耳畔。

這部小說中最先出現的兩個人物是武三通及李莫愁（即那道姑）。有意思的是，這兩個人物看似冰炭不容，一位滿頭亂髮，滿臉皺紋，瘋瘋癲癲；另一位則年輕美貌，似是溫柔沉靜，實心如蛇蠍。然而這兩人卻又偏偏異曲同工，一為情而瘋，一為情而魔，盡皆墜入「情癡」的淵藪而不能自拔。

小說以這樣兩個殊途同歸的情癡人物作為小說的開篇，大有深意在焉。

兩人不約而同地來到這裡，大有關聯。只因這江南陸家莊曾住過一對在武林中大大有名的人物，即丈夫陸展元和妻子何沅君。陸展元原來正是李莫愁當年的意中之人，何沅君乃是武三通的義女兼意中人。陸展元、何沅君成親之日，這武三通與李莫愁便同時分別跟新郎新娘為難，喜宴中一位大理天龍寺的高僧出手鎮住兩人，要他們看他的面子保這對新婚夫婦十年平安。從此，武三通與李莫愁便由情入癡，而又由愛而生怨生恨，一人瘋癲，一入魔道。此時十年之期已滿，這二人又不約而同地來討還相思之債，報相思之怨。怎奈這陸展元、何沅君也不知是幸也還是不幸，同赴黃泉數年矣！

是謂「風月無情」。

風月無情人有情。然而人之情愛，每生仇怨及至變態瘋魔，貽害於己更貽害於世人。那武三通倒也罷了，李莫愁則因情成仇，喪失理性，為禍江湖人間，成為出名的「女魔頭」，亦正是此《神鵰俠侶》中的一位極特殊的重要人物，說她是此書的主人公之一也不為過。

武三通來尋仇，見陸展元、何沅君已死，至多只不過是以頭撞碑，以手扒墳，瘋言瘋語，痛哭流涕而已。而李莫愁則竟要殺死陸展元的兄弟一家滿門，並且居然連「何」與

「沅」二字都要一併遷怒。她曾在陸展元的酒宴上出來之後，手刃何老拳師一家男女老幼二十餘口，這何老拳師與她無怨無仇，且與何沅君也毫不相干，只因為姓了一個「何」字，便枉自送了全家的性命。更有甚者，她對武三通說：「我曾立過重誓，誰在我面前提起這賤人的名字，不是他死就是我亡。我曾在沅江之上連毀六十三家貨棧船行，只因他們招牌上帶了這個臭字。這件事你可曾聽到了嗎……」無疑地，這人已是失心瘋了，非但理性沒有，簡直人性盡失。在《神鵰俠侶》中，此人的故事最是使人憤懣驚訝，同時又最是可恨而又可悲。

由武三通這一情瘋與李莫愁這一情魔不約而同地來到江南陸家莊報相思失戀之仇，是否可以說因情成孽？情之為物，足可亂性，以至亂世，故而君子不為呢？

並非如此。看起來，武三通與李莫愁都是因情而至瘋至魔，實則情亦非因，真正決定他們入瘋入癡入魔入嗔的還是在於他們各自的性格修為意志與理性。世上與書中碰到類似於他們這種「愛而不得其所哉」者正有多多，但入瘋入魔的也只不過他們三數人而已。其他的人固然怨矣艾矣，感矣傷矣，只不過暗自悲傷，決不至貽患於人世。

其實，大可以為武三通與李莫愁進行一番細緻深入的心理分析。只可惜篇幅有限，這裡不能盡致，只能略述一二。

武三通之瘋，完全是壓抑而至變態。因為他所愛之人乃是他的義女，而他自己不但有妻室，且又是武林中有名人物（**原先則是大理國的名臣**）。因而這種情思意緒平常只能抑鬱於心，無法宣洩，遇到急變與挫折衝擊，便會衝突而出使人喪失理性與意志。李莫愁相反，她乃是宣洩的放任。她乃古墓派傳人，非但男女之情受到壓抑，且一切的人類情感都要受到壓抑與克制，這乃是她的門派之規。從而此人一到江湖，碰到情仇慘變，原先所壓抑的一切都成了變態且會變本加厲地放任自流，宣洩而出，以至於成為人間之禍害——其病因早在古墓之中即已種下。

如此，我們就不能不說到古墓派的事蹟與成因。因為這不僅是牽涉到李莫愁的病因，且更牽涉到書中的男、女一號主人公楊過與小龍女。這二人正都是古墓派傳人。

說來奇巧，古墓派的形成，原來牽涉到另一對使人感傷的情緣難了的故事。

這就是第一次華山論劍得了「天下武功第一」的「中神通」王重陽與另一不出名的女英雄林朝英的故事。王重陽為全真教主兼創始人，在《射鵰英雄傳》中因早逝而沒有露面，誰也不會想到他的故事——而且是涉及情愛的故事——在《神鵰俠侶》中卻出現了。這真是作者的奇書異術，妙筆生花。

王重陽少年先學文再練武，是一位縱橫江湖的英雄好漢，只因憤於金兵入侵，毀田廬、殺百姓，而大舉義旗與金兵對抗，終於戰敗，憤而出家。自稱「活死人」，住在終南山的一座古墓之中，不肯出墓門一步，意思是雖生猶死且與金人不共戴天。事隔多年，其故人好友，同袍舊部前來勸訪，但王重陽心灰意懶，又覺無面目以對江湖舊侶，始終不肯出墓。直至八年之後，他的平生勁敵林朝英女俠在墓門外百般辱罵，連激他七日七夜，終於使王重陽忍耐不住，出墓與之相鬥。豈知這林朝英哈哈一笑，說他「既出來了，就不用回去啦。」二人經此變故，終於化敵為友，攜手同闖江湖。

林朝英對王重陽甚有情意，欲委身相事，與之結為夫婦。當年二人不斷爭鬥，也是林朝英故意要和王重陽親近，只不過她心高氣傲，始終不願先行吐露情意。後來王重陽自然也明白了，但他於邦國之仇總是難以忘懷，常說：匈奴未滅，何以家為？對林朝英的深情厚意，裝癡喬呆，只作不知。林朝英則以為他瞧她不起，怨憤無已。兩人本已化敵為友，卻又因愛成仇，約好在終南山比武決勝，結果王重陽敗於林朝英，讓出「活死人墓」，而林朝英自此創出「古墓派」，王重陽則就在同一山上出家修道創立全真派。

小說中，作者這樣分析道：

王重陽與林朝英均是武學奇才，原是一對天造地設的佳偶。二人之間既無或男或女的第三者引起的情海波瀾，亦無親友師弟間的仇怨糾葛。王重陽先前尚因專心起義抗金大事，無暇顧及兒女私情，但義師毀敗，枯居石墓，林朝英前來相慰，柔情高義，感人實深，其時已無好事不諧之理，卻仍是落得情天長恨，一個出家做了黃冠，一個在石墓中鬱鬱以終。此中原由，丘處機等弟子固然不知，甚而王林兩人自己亦是難以解說，唯有歸之於「無緣」二字而已。卻不知無緣係「果」而非「因」，二人武功既高，自負益甚，每當情苗漸茁，談論武學時的爭競便伴隨而生，始終互不相下，兩人一直至死，爭競之心始終不消。林朝英創出了克制全真武功的玉女心經，而王重陽不甘服輸，又將九陰真經刻在墓中。……

如是，說無緣卻是有緣，說有緣卻是無緣，情天難補，恨海難填，人間又多一段令人悵惘感傷的故事。王、林二位生性如此，便是有情而無緣。

嗚呼：問世間，情為何物？

離合無常苦楊龍

且說《神鵰俠侶》的男女主人公楊過、小龍女。

這是兩個極為獨特的人物。兩人之間有著極為奇異的感情。而兩人的情感與人生又經歷了極為奇異的重重劫難。這些組成了一段離合無常的《神鵰俠侶》的故事。這是一個充滿悲劇意味的故事。

神鵰俠侶，看似豪邁風流，然而讀起來不免充滿了苦澀與蒼涼。楊過與小龍女，一向被認為是「金童玉女」一對璧人，天造地設人人稱羨。然而誰憐楊過青年斷臂之苦，又誰憐小龍女非情失貞之哀，更何況這些表面上的缺陷與他們所經歷的一生悲苦，重重劫難相比簡直不值一談。

《神鵰俠侶》這一部書的主要情節，可以說正是以楊過和小龍女之間的情事波折為其主要的線索。書中寫道：在古墓之中，兩人只覺得互相關懷，是師父和弟子間應有之義，既然古墓中只有他們兩人，如果不關懷不體惜對方，那麼又去關懷體惜誰呢？其實這對少年男女，早在他們自己知道之前，已在互相深深的愛戀了。直到有一天，他們自己才知道，決不能沒有了對方而再活著，對方比自己的生命更重要百倍千倍。每一對互相愛戀的男女都會這樣想。可是只有真正深情，具有至性至情，這樣的兩個男女碰到一起，互相愛上了，他們才會真正的愛惜對方，遠勝於愛惜自己。然而，正因為這真愛與真情，即將對方看得比自己更重要，便引起了出人意料，但細想來又在情理之中的種種波折與劫難。這些波折與劫難往往是無法想像的奇特而又慘酷，卻又是無法想像的深刻而真實。

自從楊過與小龍女相遇相愛但卻從不自知到自知，他們之間每每舊劫未去，新劫又至，算起來重大變故共四次，離別時間則長達十數年之久，其間慘酷的遭遇更是不堪言說。

這四次都是小龍女主動地離開楊過。

離開的原因則正是因為對楊過的真摯深切超過愛惜自己的情意與愛心。一次是因為「失貞失望」，一次是因為「禮教大防」，一次是因為「雙重誤會」，一次則是因為「救藥犧牲」。一次比一次痛苦，一次比一次更慘烈，一次比一次更長久，而又一次比一次更真摯。

第一次離別，因小龍女被喪失理智的歐陽鋒點了穴道，卻被私戀小龍女及至神魂顛倒的全真教第三代掌門弟子尹志平所乘（**這又是一個悲劇故事。尹志平行為固然可恥，然而他卻為此邪欲付出了真情以及生命。**）小龍女以為是楊過，所以坦然失身。沒料到楊過全然不知所云。依然叫她是「姑姑」，從而使得小龍女失身之餘又復灰心絕望之極。因為深愛著楊過，所以沒將這「負心人」當場擊斃，而只是傷心地遠遠離去。而楊過一來真的不知小龍女失身之事，二來又對男女之情尚處於朦朧無知的階段，所以小龍女的離去，只能是

「不知所措，眼見她白衣的背影漸漸遠去，終於在山道轉角處隱沒，不禁悲從中來，伏地大哭。左思右想，實不知如何得罪了師父，何以她神情如此特異，一時溫柔纏綿，一時卻又怨憤決絕？為什麼說要做自己的『妻子』，又不許叫她姑姑……」他數年來與小龍女寸步不離，既如母子，又若姐弟，但卻從沒有往「夫妻」與「情愛」這方面去想。小龍女不明不白地絕裾而去，只叫他肝腸欲斷，傷心之餘，幾欲在山石上一頭撞死。只是內心仍有一絲希望，希望「姑姑」突然而去又突然而來。……直至楊過從此出墓下山，追蹤「白衣少女」陸元雙，又結識身世淒苦的完顏萍之後，這才明白，「姑姑」是要永遠地去了，再不回來。而小龍女將會是他的情人與妻子。

好不容易，在大勝關「英雄大宴」上，飽歷憂患與磨難的楊過與小龍女不期而遇，這一回他終於明白了小龍女將不再是他姑姑而要做他的妻子，他也一萬個願意娶她為妻。然而，舊劫剛去，新劫又至。楊過雖已明白男女情事且已決意娶小龍女為妻，並將宣佈於天下英雄之前，不免驚世駭俗，遠甚於他以武功大敗達爾巴及霍都師兄弟。因為他所要娶的「姑姑」乃是他的「師父」，娶師為妻或娶「姑姑」為妻，皆大違「禮教大防」，為天下英雄所不齒。更何況楊過所生存的年代，正是「禮教大防」極有威權的宋代！雖是江湖人物，亦不敢違之。小龍女先還不甚懂得，後經黃蓉的一番教導——黃蓉在楊、龍的情事中屢屢扮演一種好意的悲劇製造者的角色，大值得研究——以及自己的耳聞目睹，於是——

她那晚在客店中聽了黃蓉一席話後，心想若與楊過結成夫婦，累得他終身受世人輕視唾罵，自己於心不安。但若與他長自在古墓中廝守，日子一久，他定會悶悶不樂。左思右想，長夜盤算，終於硬起心腸，悄然離去。但她對楊過實是情深愛重，如此毅然割絕，實係出於一片愛他的深意，心想若回古墓，他必來尋找，於是獨自踽踽涼涼的在曠野貧谷之中漫遊。一日獨坐用功，猛地裡情思如潮，難以克制，內息突然衝突經脈，引得舊傷復發，若非公孫谷主路過將她救起，已然命喪荒山。

公孫谷主失偶已久，眼見小龍女秀麗嬌美，實生平所難想像，不由得在救人的心意上又加上十倍般勤。其時小龍女心灰意懶，又想此後獨居，定然管不住自己，終不免重蹈覆轍，又會再去尋覓楊過，遺害於他。見公孫谷主情意纏綿，吐露求婚之意，當即忍心答允，心想此後既為人婦，與楊過這番孽緣自是一刀兩斷，兼之這幽谷外人罕至，料得此生與他萬難相見。豈知老頑童突然出來搗亂，竟將他引來谷中。

小龍女這番離去，自也是柔腸寸斷，同時又給楊過帶來了不盡的苦難與絕望傷懷，幾乎喪身絕情谷中。說起來，皆拜「禮教大防」之所賜。然而經此磨難曲折，楊、龍愛意之深亦鮮明凸現，叫人看了不知是喜是悲。

當楊過歷盡艱辛，脫出絕情谷之難之後，再與小龍女重新聚首，卻只有十八天的生命了。如若能殺了郭靖與黃蓉，倒是既可以報了父仇，又可以以此而去絕情谷中換取情花之毒的解藥，偏偏楊過感於郭靖義薄雲天、為俠之大者而激起了他的滿腔俠義之情，非但不殺相反以性命相護。後又為了排解武氏兄弟因同時愛上郭芙而引起的紛爭，謊稱黃蓉已將郭芙許婚給他，此話偏偏又給小龍女聽到：

……他每說一句，小龍女便如經受一次雷轟電擊，心中糊塗，似乎宇宙萬物於霎時間都變過了。若是換作旁人，見楊過言行與過去大不相同，定然起疑，自會待事情過後向他問個明白，但小龍女心如水晶，澄清空明，不染片塵，於人間欺詐虛假的伎倆絲毫不知。楊過對旁人油嘴滑舌，胡說八道，對她卻從不說半句戲言，因此她對楊過的言語向來無不深信。眼見武氏兄弟不敵，她自傷自憐，不禁深深歎了一口氣。當時楊過聽到歎息，脫口叫了聲「姑姑」，小龍女並不答應，掩面而去。楊過還道是李莫愁所發，自己聽錯，也不深究。

小龍女牽了汗血寶馬，獨自在荒野亂走，思前想後，不知如何是好。她年紀已過二十，但一生居於古墓，於世事半點不知，識見便與一個天真無邪的孩童無異，心想：「過兒既與郭姑娘定親，自然不能再娶我了。怪不得郭大俠夫婦一再不許他和我結親。過兒從來不跟我說，自是為了怕我傷心。唉，他待我總是很好的。」又想：「他遲遲不肯下手殺郭大俠，為父報仇，當時我一點也不懂，原來他全是為了郭姑娘之故。如此看來，他對郭姑娘也是情義深重之極了。我此時若牽寶馬給他，他說不定又要想起我的好處，日後與郭姑娘的婚事再起變故。我還是獨自一人回到古墓去罷，這花花世界只教我心亂意煩。」

若僅僅只是如此，倒也罷了。偏偏她又接著知道了她之失貞，原非楊過所致，而是為全真教的尹志平所乘：

尹志平癡癡的道：「是你？」小龍女道：「不錯，是我。你們適才說的話，句句都是真的？」尹志平點頭道：「是真的！你殺了我吧！」說罷倒轉長劍從窗中遞了出去。小龍女目發異光，心中淒苦到了極處，悲憤到了極處，只覺得便是殺一千個、殺一萬個人，自己也已不是個清白的姑娘，永不能再像從前那樣深愛楊過……

如是，小龍女第三度因為誤會楊過同時又明白失貞真相的雙重打擊之下離開楊過。這一回可以說是茫然到了極處。最後在終南山上、全真宮前受九大高手之圍，受到致命的重傷！而楊過則因受斷臂之苦，復經情人離去之哀，輾轉月餘，終於又情不自禁、抱有一絲希望地來到了終南山上，救了小龍女的性命，但卻終因來遲一步而不能使她倖免於重傷。正如書中所寫：「楊過若是早到片刻，便能救得此厄。但天道不測，世事難言，一切豈能盡如人意？人世間悲歡離合，禍福榮辱，往往便只差於釐毫之間。」

至此，楊過與小龍女才得以不顧一切地在全真觀的大殿之上，重陽祖師的畫像面前拜堂成親，了結心願。固然是值得神采飛揚、驕傲自豪，且有俯仰百世、前無古人之概。然而，這時非但楊過的情花之毒並未去盡，而小龍女則更是危在旦夕、生死在呼吸之間！

小龍女第四次離開楊過直如生死之別，達十六年之久！只因楊過不願獨生，將千辛萬苦得來的半枚丹藥拋入絕谷深澗之中。而小龍女則在得知斷腸草能治情花之毒後，為了迫使楊過好好地服藥解毒從而活在人間，她自己則跳進了深澗並訂下「十六年之約」！為的是讓楊過留有希望，並讓十六年的時光沖淡他的愛與愁。從此，生死茫茫，人世隔絕。古今愛侶，似這般遭盡劫難慘酷不堪者，只怕不多。幸而，十六年後，居然天緣巧合，這一對極盡人間苦難的少年夫妻終於在中年重逢。對此，小說作者在其《後記》中寫得甚是分明：

武俠小說的故事不免有過分的離奇和巧合。我一直希望做到，武功可以事實上不可能，人的性格總應當是可能的。楊過和小龍女一離一合，其事甚奇，似乎歸於天意和巧合，其實卻須歸因於兩人本身的性格。兩人若非鍾情如此之深，決不會一躍入谷中；小龍女若非天性淡泊，決難在谷底長時獨居；楊過如不是生具至性，也定然不會十六年如一日，至死不悔。當然，倘若谷底並非水潭而係山石，則兩人躍下後粉身碎骨，終於還是同穴而葬。世事遇合變幻，窮通成敗，雖有關機緣氣運，自有幸與不幸之別，但歸根到底，總是由各人本來性格而定。

誠哉是論。信哉是論。說到楊過的性格，我們看到，台灣學者曾昭旭在其《金庸筆下的性情世界——論〈神鵰俠侶〉中的人物形態》（載《諸子百家看金庸》一書，台灣遠景出版事業公司出版）一文中，將楊過歸於「剛猛的生命」一類，其中寫楊過道：

……我們前說郭靖是代表一純樸的先天理性，這理性是獨立完足，能自作主宰，衣被他人的。現在，我們如果將這陽剛的理性拉下來，變質為一種生命氣質的話，這就是一種陽剛的生命。但生命的本質既原是空而無自主性，則這陽剛的生命便也只能是有一種形似的獨立自主，形似的對他人之愛。實則他獨立自主只是意氣的剛猛，他的愛也只是情緒上的風流，這全不是理性與道德，全只是浮動的野氣。而楊過便是這剛氣的代表，他因此輕浮佻脫，滅裂多變，然而生命熱力姿彩，也隨處突出。使得一切受壓抑委屈，而生命中有缺陷、有傷痛、有沉鬱、有渴求的人，為之癡醉顛狂……這樣的生命，當然不如黃蓉的清暢輕柔而得生命之正（**生命本質是虛，所以其表現也當以陰柔和順為正**），也因此不易受道德理性的感召而立即欣然順受。但也不如陰柔生命一遇到創傷，便委屈退縮，而是自有其衝突果決、不甘雌伏的氣力。

這樣旺盛的生命，也是可以隱通於無限之境的。他只是不如陰柔生命之易受感召而被提攜至無限，而是要採取主動的態勢去求進取，而逼近到無限。他因此不能接受任何委屈任何管束任何領導的，他固不受氣（**不接受一切強權的欺負**），也不受理（**不接受一切道德的教訓**）……

其次……而其可能有的歸宿有二，其一便是積極地指向道德仁義的理想，貢獻出他全部的生命熱力，以建設一個合理的世界。其二便是消極地歸宿於徹底寧靜的玄境，以平息他生命的躁動不安。前者是他生命的根本成全，後者則是他生命的暫時安頓。而在書中，楊過是放棄了前者而畢竟歸宿於小龍女所代表的沖虛之境。

在同一文章中，曾先生言小龍女道：

> 我們試品味《神鵰俠侶》中小龍女的神韻吧，她清淡絕俗，幾欲透明。長居於幽深的古墓之中，直如萬古之長寂，而實無時間空間的變化。所以她是永遠不會老的（她的形貌永遠只是一個小女孩），她只是絕對的沖虛，絕對的寧靜，而即以此沖虛寧靜杳然自存。這是一種又像有，又實在沖虛無跡的存在。這是一種玄境，一種純陰之體。這使我們想起「莊子」裡同樣的象徵：「藐姑射之山有神人居焉，肌膚若冰雪，綽約若處子，不食五穀，吸風飲露，乘雲飛，御飛龍，而遊於四海之外……」

進而，該文言「楊、龍結合的本質缺憾」道：

> 現在我們要談到像楊過、小龍女這樣的結合，中間含有怎樣的困難與缺憾呢？我們前文已提到這沖虛的理想不是人生究極圓滿的理想，這剛猛的生命也不是沖和清暢的生命。因此在本質上這種結合就只是暫時的。小龍女之下凡是暫時應跡，楊過之要求平患其生命的衝動也只是一種心靈受傷時的暫時要求。到末了，小龍女還是要回歸玄境，楊過也還是要再涉人間的。所以他們的相遇，最好就是如浮雲之聚散，緣盡了，彼此揮揮手，各奔前程，則小龍女不失其應跡渡化，楊過也如其暫時

小憩。而一定要歸宿於此，而謀長久的結合，則不但處境磨難多多，內在的缺憾也是極深沉的。而楊過因種種外緣，畢竟決心歸宿於小龍女了，於是，這一份感情便顯現出悲劇性質來。

這悲劇從楊過這邊來說，便是他原可以憑自己衝至道德理境。如今限於清虛的格局而不能出頭了。而從小龍女那邊來說，則是她對楊過的許多言行表現有根本的不解。遂顯出二人的結合，有著隱隱的危機。

以上曾先生的論述雖有不少生澀難懂之處，然而論到楊過、小龍女及其相愛與結合的必然性與隱伏的危機，大體上還是清楚明白的。實際上，小說中的楊、龍相愛的種種磨難，雖是緣於外界客觀情勢，然而究其根本，乃在於心中不自覺——或下意識——的對於這種隱伏的危機的警醒。甚而，便可以說正是由於這一原因所造成。小說中的楊、龍之難，每次都是小龍女離楊過而去，表面看起來楊過不無責任，而小龍女之離去，也因為深愛楊過而願為之做出犧牲。然而在更深的一層次上，我們則又可以見到小龍女的屢次出走，未嘗不是她對這種結合的下意識的逃避。

從本性上來說，小龍女已是忘情滅欲的世外之人。而楊過則是心腸如火，風流多變的世間英雄。小龍女之愛楊過，乃是因為楊過的熱情感染並不斷追求，而楊過之愛小龍女，則是隔岸觀景自比人間女人更其動人。更何況這一對少年男女自小同居孤墓，再無外人，自是心心相印，如母子、如姐弟、如兄妹，亦貌似情侶。楊、龍之戀飽經磨劫，越發忠貞不二，生死相許，其原因或正是因為其中歷盡塵劫，反而顯得格外的滅裂多姿，這極符合楊過的理想——他曾說：「不錯，大苦大甜，遠勝於不苦不甜。我只能發癡發顛，可不能過太太平平、安安靜靜的日子。」（第一一〇三頁）——而小龍女則喜適應寧而且靜，亦即正是喜歡那種太太平平、安安靜靜的日子。從而，劫難重重使楊過非但絲毫不會覺出他與小龍女長久結合之危機，反而使他對此歷盡塵劫的情愛充滿了異常的熱情與幻想。而小龍女只能一次又一次自覺與下意識的逃避、逃避……

這就叫做：「天南地北雙飛客，老翅幾回寒暑。歡樂趣，別離苦，就中更有癡兒女？」

問世間，情為何物

小說中除了上述內容之外，還有不少表面類似而又實質不同的故事。這些故事雖各各不同，然而卻又隱隱與小說的主幹大節相遇。

小說中的絕情谷主公孫止與其元配鐵掌蓮花裘千尺的婚姻悲劇便是一例。究其原因則實質上源於裘千尺與公孫止二人的性格與人品及其意志與修為的低下。裘千尺的凶蠻與雌威管束，固然使公孫止難以久伏而不生厭恨之心，而裘千尺對於公孫止的情婦（公孫止對她未必有情，只是相對調濟耳）固然是過於狠辣，而公孫止的報復卻也未免過於陰鷙狠辣令人髮指。公孫止自從遇到小龍女之後，對小龍女之愛固癡，然而其情欲與佔有的成份畢竟遠勝於真心真情之奉獻。而自欲娶小龍女而不可得，抑制已久的情欲突然如堤防潰決，不可收拾，以他堂堂武學大豪的身分竟致出手去強奪完顏萍，已與江湖上下三濫的行徑無異。至於後來見李莫愁美貌又私欲相親，而不惜以再度殘害親生女兒為代價，如此可以說是人性喪失了。最後終於被裘千尺所誘而一同葬身於厲鬼峰上的百丈洞穴之中（此處正是裘千尺被囚之處），真可以說得上是殊途而同歸了。說到底，未必是情、性乃至欲所至也，這乃是各人個性的根本表現，在更深的一層上，亦正是人性永恆的悲劇之一幕。

小說中另有一幕悲喜劇，那就是武三通的兩個兒子武敦儒、武修文兄弟二人同時愛上了郭芙，不能自禁不能自已，以至於骨肉相殘，欲圖你死我活之一搏。幸得楊過謊言真功解救之後，忽爾發現天良之中的手足之情。並且碰上了完顏萍、耶律燕時，竟爾分別投緣，終於以大團圓結束。

這個故事一時叫人難以解說，或願為武氏兄弟慶幸，或轉而為武氏兄弟為此快速地移情別向而感到某種傷懷。實則正如小說中所寫的那樣：武氏兄弟和郭芙同在桃花島自幼一齊長大，一來島上並無別個妙齡女子，二來日久自然情深，三則郭芙雖智不達而心不惠，然而在少年眼中卻嬌豔異常、美貌無比，若要兩兄弟不對郭芙鍾情，反而不合情理。後來之所以情變，那首先是忽然聽到郭芙的絕情無義（雖是楊過謊言相騙，卻也離事實不遠）乃至氣喪心灰，其次則是海闊天空，有緣千里來相會，碰上了完顏萍與耶律燕這等或是楚楚可憐而溫柔斯文，或是明麗動人而豪爽和氣，而不似郭芙之「扭扭捏捏盡是小心眼」及「每日裡便是叫人嘔氣受罪」。這一故事便似悲似喜，如此收場。有趣的是，郭芙也幾乎同時發現了耶律齊，而終於不必再面臨武氏兄弟的艱難抉擇。

《神鵰俠侶》中最為動人的篇章自然是楊過與小龍女之間的情事滄桑。然而楊過與陸無雙、程英、完顏萍、公孫綠萼、郭芙、郭襄這些少女間的情事糾葛，或者說這些少女對楊過的情感態度及其不得其所的態勢與結局，同樣也風光旖旎而又令人傷感默然。

楊過至情至性、勇猛剛烈、風流佻達、機變多智、充滿活力而又重義爽朗，加之年輕漂亮、武功過人、體態瀟灑，對一干少女可以說具有一種天然的吸引力，更何況這位少年英俠到處留情，雖似是而非卻是風流瀟灑，以惹下情事為快樂——這也許正是人性的一種悲劇或一種特徵。從而，雖然他對小龍女情有獨鍾且決意不二，但於自覺或不自覺間，依然有著如此眾多，如此這般的故事。

同樣地，這也表現了楊過性格的不同側面，同時又藉以刻畫出如此眾多的不同性格。

楊過在陸無雙面前是「傻」（自然不是真傻）而無拘無束乃至於叫她為「媳婦兒」。這足以表現楊過輕薄的一面。而陸無雙雖非天真無邪，亦非老成凶惡，只是衷情不已，爽利外露，有情不掩，有淚自流。

楊過在程英面前則是「俠」（程英一直發現他救陸無雙，又救黃蓉母女師徒）而高義，發現楊過激情滿懷而又衝動果決。程英對楊過的情則雖時有表露，但畢竟比之陸無雙要含蓄深沉，而且豁達超邁。這與她性格的外和內剛聰明俊逸有關。

楊過之於完顏萍則是「義」而技高。正逢完顏萍報仇不得反被人侮的心灰意懶之際，楊過忽然來到，救其性命，許為知音，且教其武功、助其報仇，自然是極大地震動並銘刻在心中。只是完顏萍雖楚楚可憐，卻又是主意堅定的求實派。

楊過之於公孫綠萼是「逗」而瀟灑佻達。公孫小姐自幼長在絕情谷中，幾未與外人接觸，忽然碰到楊過這種風流瀟灑的男子，第一次誇她美貌並言笑不斷，灑脫非常，不能不芳心大動，暗許明言。最後，這位苦命而堅貞的可愛姑娘終於為其父所殘害，然也可以說是為挽救意中人而獻出了自己的生命。相比之下，楊過對這位公孫綠萼姑娘，可以說是最為無意言情的一個。

郭芙和郭襄這對姐妹對楊過的情愛，極為特別。先說郭芙：她本可與楊過自幼青梅竹馬，然而卻多半因她之驕橫而楊過之憤激，以至於聚而又分；她本已被父親許婚楊過，然而又因其母阻撓、自己不樂及楊過情已別戀且堅貞不二而告其終；她本受楊過極多的恩惠，卻因性格不投、氣質不對而如同仇敵，並有斷臂侮罵之舉動。看起來，郭芙之於楊過，或楊過之於郭芙是天生的性格不合、氣味不投、冰炭不容。然而，他們人到中年時，小說中忽然揭開了郭芙這一人物的內心、甚至不為自己所知更不為他人所知的隱密：

> 二十年來，她一直不明白自己的心事，每一念及楊過，總是將他當作了對頭，實則內心深處，對他的眷戀關注，固非言語所能形容，可是不但楊過絲毫沒明白她的心事，連她自己也不明白。
>
> 此刻障在心頭的恨惡之意一去，她才突然體會到，原來自己對他的關心竟是如此深切。「他衝入敵陣去救齊哥時，我到底是更為誰擔心多一些啊？我實在說不上

來。」便在這千軍萬馬廝殺相撲的戰陣之中，郭芙陡然間明白了自己的心事：「他在襄妹生日那天送了她這三份大禮，我為什麼要恨之切骨？他揭露霍都的陰謀毒計，使齊哥得任丐幫之主，我為什麼反而暗暗生氣？郭芙啊郭芙，你是在妒忌自己的親妹子！他對襄妹這般溫柔體貼，但從沒半分如此待我。」

想到此處，不由得恚怒又生，憤憤的向楊過和郭襄各瞪一眼，但驀地驚覺：「為什麼我還在乎這些；我是有夫之婦，齊哥又待我如此恩愛！」不知不覺幽幽歎了口長氣。雖然她這一生什麼都不缺少了，但內心深處，實有一股說不出的遺憾。她從來要什麼便有什麼，但真正要得最熱切的，卻無法得到。因此她這一生之中，常常自己也不明白：為什麼脾氣這般暴躁？為什麼人人都高興的時候，自己卻會沒來由的生氣著惱？

這一段真是妙絕驚人之筆！使人不能不目瞪口呆！全書最想不到的便是這一段！然而全書最為精彩深刻、動人心弦的只怕也正是這一段。從而我們對楊過及郭芙的性格與內心的隱密便有了更深一層的瞭解和理解。從而我們對《神鵰俠侶》這部小說亦因此有了更深一層的瞭解與理解。

至於郭襄，書中涉及雖少，直至最後幾章才出現，與楊過幾成隔代之人。然而她卻是這部小說最為光彩照人的人物形象之一。她對楊過芳心可可的複雜情愫，亦正是全書最動人的篇章。她號為「小東邪」，實則是黃藥師、郭靖、黃蓉之兼美。出現於書中之時，雖則年僅十六，然而明麗俊逸，超邁不群之氣，獨具慧眼，暗許芳心之情，卻使人永久難忘。甚而，使人不禁產生這樣的設想：也許郭襄才真正是楊過的佳偶。

然而，誰知道呢?!情之為物，直如生死之謎，渾然而不可盡解。

上述的人物，也許都可以算成是愛情悲劇中的人物，也可以說是悲劇式的愛情中的人物。她們性格各異，美貌不同，然而她們的命運卻大有近似之處。又或者，面對這一干美麗聰慧或質樸渾含的少女，楊過因情所獨鍾以致不能眷顧，這對楊過來說才是真正的悲劇?!

或許是，或許不是。

問世間，情為何物，直教生死相許……

也許小說中已給予了象徵性的回答。小說的第十七回《絕情幽谷》中的情花與情果便是「情之為物」的象徵與標本吧：細看花樹，見枝葉上生滿小刺，花瓣的顏色卻是嬌豔無比，似芙蓉而更香，如山茶而增豔。這「美而多刺」也許正是「情之為物」的第一種特徵。

其次，則正如公孫綠萼所言：「我爹爹說道，情之為物，本是如此，入口甘甜，回味苦澀，而且遍身是刺，你就算小心萬分，也不免為其所傷。多半因為這花兒有這幾般特色，人們才給它取上這個名兒。」——「入口甘甜，回味苦澀」只怕是第二個特徵。其三，書中寫道：

兩人緩步走到山陽，此處陽光照耀，地氣和暖，情花開放得早，這時已結了果實。但見果子或青或紅，有的青紅相雜，還生著茸茸細毛，就如毛蟲一般。楊過道：「那情花何等美麗，結的果實卻這麼難看。」女郎道：「情花的果實是吃不得的，有的酸，有的辣，有的更加臭氣難聞，中人欲嘔。」楊過一笑，道：「難道就沒有甜如蜜糖的麼？」

那女郎向他望了一眼，說道：「有是有的，只是從果子的外皮上卻瞧不出來，有些長得極醜陋的，味道倒甜。可是難看的又未必一定甜，只有親口試了才知。十個果子九個苦，因此大家從來不去吃它。」

這「花豔果醜、十果九苦，嘗之才知」自是「情之為物」的第三個特徵了。最後，欲解情花（刺）之毒，可以以毒攻毒，以斷腸草解之。因為這斷腸草正是生長在情花樹之下。亦即「欲解情花毒，須服斷腸草」便該是「情之為物」的最後「結論」性的特徵了。

也許，以上的這一切都算不上是對「情之為物」或「情為何物」的解釋與回答，而只不過僅僅是一種象徵而已。甚而，連象徵也說不上，只是一種奇想與隱喻。對與不對，尚待各人獨自去品評。而難題在於，一個人不可能嘗盡情果，因而他所嘗出的情之滋味未必便是情花、情果，亦即「情之為物」或「情為何物」的真正正確的答案。

也許，這根本就是一個回答不出的問題。也許，這根本是個無須回答的問題。只能去品味、去感受、去體會、去了悟，或者去學習、去探索、去思考、去尋找……又或者去讀理論書比如《人性論》及《愛情心理學》，或去讀小說——如《神鵰俠侶》。

七／

《倚天屠龍記》從英雄神曲到人性傳奇

《射鵰英雄傳》、《神鵰俠侶》、《倚天屠龍記》合稱為「射鵰三部曲。」

不少的讀者都有這樣一個疑問：作為「射鵰三部曲」最後一部的《倚天屠龍記》，似乎與前兩部並無多大關係，可以說是完全獨立的另一部小說，又何以一定要說是「射鵰三部曲」中的一部呢？

一來，這部書中的故事發生於前兩部書中故事的近百年之後，可以說已是時代久遠、人事皆非。

二來是這部書中的主要人物與前兩部書中人物並無什麼了不得的關係，不像《神鵰俠侶》中的大俠楊過乃是前一部書中人物楊鐵心及楊康之後人，是大俠郭靖的義侄；且《射鵰英雄傳》中的許多人物如郭靖、黃蓉、東邪、西毒、南帝（改為南僧）、北丐、裘千仞、周伯通……等等，在《神鵰俠侶》一書中都還存在並且構成《神鵰俠侶》的重要情節及人物關係網絡。而相比之下，在《倚天屠龍記》中，則完全沒有這樣的傳承關係。

唯獨有一位郭襄在《倚天屠龍記》的第一回中晃了一晃又神龍見首不見尾了。而在小說《神鵰俠侶》中最末一回出現的一個十多歲的少林小廝張君寶，可以說是個完全不被人注意的，是一位可有可無的人物。固然，這一張君寶便是《倚天屠龍記》中的一代武學大宗師、武當派的開山鼻祖、小說主人公張無忌的師爺張三丰，在這部小說中，他已是百歲有餘矣！

按說這也算不上有什麼了不得的人物關係。正如《飛狐外傳》中就有《書劍恩仇錄》中的人物如「紅花會」群雄等等，但《飛狐外傳》卻並不是《書劍恩仇錄》的「後傳」或「外傳」。何以《倚天屠龍記》是「射鵰三部曲」中的一部呢？

還有第三，這三部曲的前兩部之中不僅時代相接、人物相因相繼，且其書名中都有一個「鵰」字，而其小說中亦都有鵰的出現——固然「神鵰」之鵰非「射鵰」之鵰——而在《倚天屠龍記》中卻並沒有將「鵰」列入書名，小說裡亦沒有鵰影。

如此，便有人猜想：是否因為《射鵰英雄傳》及《神鵰俠侶》的名聲與影響太大，且讀者觀眾又極欲瞭解小說中英雄大俠後人的生活故事。從而迫使金庸先生起了做第三部的念頭，以慰讀者的相思之苦？又或者是金庸先生原本想寫郭襄與楊過及郭、楊兩家後人的故事，但卻又中途變了主意？又或者……

當然，會有人問到《倚天屠龍記》究竟算不算「射鵰三部曲」之一，我認為這是一個無關緊要的問題。即便不算，也無損於這部小說的價值及其獨立意義；如果算是，當然亦無不可，或會增加它的意義與價值。

其實，要說這三部曲之成立，不僅是可以的，而且還有一定的充足理由。只不過，這三部曲的名稱最好不叫做「射鵰三部曲」，而叫做「英雄三部曲」。——第一部《射鵰英雄傳》是寫郭靖等英雄生於大漠，集於華山，生於江湖，功在社稷的故事；而其第二部分《神鵰俠侶》則是寫神鵰俠楊過等英雄成長的經歷，同樣生於江湖而功於社稷，生於苦難而成於華山之巔；第三部《倚天屠龍記》中的張無忌等英雄人物亦同樣是可以「屠龍」，並且「倚天」，行俠於江湖、救民於水火的俠之大者。俠之大者，正是這「英雄三部曲」最為相似之處。

明眼人都或許會看到，在此「英雄三部曲」的最後一部《倚天屠龍記》完成之後，金庸筆下的人物固然還有俠與非俠，義與不義之分別，然而卻已沒有了那種「為國為民，俠之大者」的純粹的英雄風範。《天龍八部》中的蕭峰與段譽等人亦可稱得上是大俠，卻已不再是如此「英雄三部曲」中的主人公那樣是一些理想的英雄，而是著重在其英雄人物的悲劇命運及其不幸的人生。從而，我們不難證明，若論純粹的英雄、純粹的為國為民的「俠之大者」，則非此「英雄三部曲」的三位主人公莫屬。

進而，我們既可以將之稱為「英雄三部曲」，而稱之為「射鵰三部曲」亦無不可了。射鵰的固是英雄、攜鵰的亦是英雄，而不射鵰亦不攜鵰的張無忌同樣也是英雄。英雄何必盡射鵰？因此，論及血緣關係，這三部小說自是最為接近，稱之為「射鵰三部曲」或者「英雄三部曲」的真正原因亦正在此：三部小說塑造的都是真正為國為民的大俠客大英雄。

當然，他們並不是同一模式的英雄，而恰恰是三種不同的英雄。或者說是英雄的三種不同的典型模式：郭靖是一種，楊過是一種，張無忌則又是一種。

而這，則亦正是金庸寫此三部曲，亦是此三部小說成為「三部曲」的最好的理由了。

且看金庸在其小說《倚天屠龍記》一書的「後記」中所言：

《倚天屠龍記》是「射鵰三部曲」的第三部。

這三部書的男主角性格完全不同。郭靖誠樸質實，楊過深情狂放，張無忌的個性比較複雜，也比較軟弱。他較少英雄氣概，個性中固然頗有優點，缺點也很多，或許，和我們普通人更加相似些。楊過是絕對生動性的。郭靖在大關節上把持得很定，小事要黃蓉來推動一下。張無忌的一生卻總是受到別人的影響，被環境所支配，無法解脫束縛。在愛情上，楊過對小龍女之死靡他，視社會規範如無物。郭靖在黃蓉與華箏公主之間搖擺，純粹是出於道德價值，在愛情上絕不猶疑。張無忌卻始終拖泥帶水，對於周芷若、趙敏、殷離、小昭這四個姑娘，似乎他對趙敏愛得最深，最後對周芷若也這般說了，但在他內心深處，到底愛哪一個姑娘更加多些？恐怕他自己也不知道。作者也不知道。既然他的個性已寫成了這個樣子，一切發展全得憑他的性格而定，作者已無法干預了。

像張無忌這樣的人，任他武功再高，終究是不能做政治上的大領袖。當然，他自己根本不想做，就算勉強做了，最後也必定失敗。

……張無忌不是好領袖，但可以做我們的好朋友。

也許問題正在這裡。上述張無忌與郭靖、楊過三人性格上的不同，實際上並不是同一層面上的不同，而是在性質上的根本不同。即，郭靖實際上是一位正格的人物，是一位理念的英雄，他是大巧若拙這一人格理想的化身，從而《射鵰英雄傳》較少有人間氣息，多半是「英雄神曲」般的故事。而楊過的性格中帶了三分風流血氣，看似已近人間，然而一來他的愛人本是天上小龍女下凡，二來他自己於深山大海中練武也漸漸脫離了煙火之氣而成了神話般的神鵰俠，算起來也是理念英雄，只不過是改邪歸正的大英雄罷啦，而《神鵰俠侶》便也成了半部天上半部人間的小說。

相比之下，張無忌的經歷雖然或許比之郭靖與楊過更加傳奇、更加曲折，然而就其形象本身而言，他已經人間化了。他既不是一位先天理性、大巧若拙的化身，也不是一位由邪入正，改邪歸正的典型，而是一個具體的、活生生的、性格複雜的大活人。而《倚天屠龍記》中的故事，雖看上去依然是神兮兮的傳奇色彩濃厚，然而它的氣味已是人間煙火氣。

總之，或許有人認為「射鵰三部曲」中以《射鵰英雄傳》最為正宗，因而最好；或許另一些人則會認為《神鵰俠侶》比《射鵰英雄傳》寫得更為奇絕深沉，風光宜人，因而最妙；而或許亦會有人更愛看《倚天屠龍記》……不管如何，我們應該承認這三部小說各有千秋。而其各有千秋的真正原因乃在於作者在不斷地求新求變，而不是將一個故事拖長，將一千成型的人物不斷地敷衍鋪展。這就比我們許多「系列小說」或「三部曲」之類要高明得多了。

倚天與屠龍

書名既為《倚天屠龍記》，那麼我們就不能不說一說這「倚天」與「屠龍」。「倚天」是指一把寶劍，即倚天劍。「屠龍」則是一把寶刀，即屠龍刀。這屠龍刀與倚天劍自然是這部《倚天屠龍記》一書中極為重要的道具。它的命運、命名、出現和運用，表現了作者極具匠心。它們的意義，決不是一把刀、一柄劍而已。

這部小說的第一、第二兩回「天涯思君不可忘」、「武當山頂松柏長」是追述數十年前往事及張君寶上武當山變成張三手及開創武當派的經過，只能算是書本的楔子或引言。也就是說，這部小說的正文是從第三回開始的，而這一回的回目就是叫《寶刀百煉生玄光》——正文開始，屠龍刀就出現。

然而這屠龍寶刀似是不祥之物，它一出現就沾滿了血腥氣，大家都想得到它，因而明槍暗奪，引起一派血雨腥風，連不想奪刀的武當三俠俞岱岩也因機緣巧合救了人一命，卻想不到因此而莫名其妙地遭了橫禍以至終身殘廢。可以說這把屠龍刀到哪兒，哪兒就會有紛爭與屠殺，似為大大的不祥。

當然並非寶刀之不祥，而是人心之不祥。即使屠龍刀僅僅是一把利器寶刀，也照樣會有人將它明搶暗奪，欲據為己有，這實際上是江湖綠林間的家常便飯，更何況，伴隨著這寶刀的還有幾句這樣的話：「武林至尊，寶刀屠龍，號令天下，莫敢不從！倚天不出，誰與爭鋒？」這幾句話便是屠龍刀惹起軒然大波、腥風血雨的根本原因了。只可笑的是，這幾句話究竟是什麼意思，竟是誰也解釋不清楚，誰也不明白其中的關竅與奧秘。

仔細地想起來，這屠龍刀的出現以及由之而引起的故事，至少有以下五方面的意義。

首先是延續前書：即這屠龍刀是郭靖與黃蓉所鑄。只要明白了內情的人，自然是要想一想《射鵰英雄傳》、《神鵰俠侶》這些前傳，而前傳與後傳的連接，便是這把刀了。這一道具就是連續的關鍵。

其次，非刀之不祥而見人心之可悲，一是貪，二是搶，三則是糊塗。大家都貪這利器，尤其是「武林至尊」這句話，於是大家紛紛明奪強搶，機關算盡，到頭來絕大多數人都只不過是枉自送命而已。妙的是這些人至死也並沒有明白「武林至尊」是什麼意思。做鬼也是糊塗鬼，這屠龍刀真可以說是人性可惡又可悲的一面鏡子。第三回中，小說正文一開始便照出了人性的原型，如書中寫道：

俞岱岩道：「現在你已脫臉，在下身有要事，不能相陪，咱們便此別過。」那老者撐起身來，說道：「你……怎地……不搶這把寶刀？」俞岱岩一笑，道：「寶刀縱好，又不是我的，我怎能橫加搶奪？」那老者心下大奇，不能相信道：「你……你到底有何詭計，要怎樣炮製我？」俞岱岩道：「我跟你無怨無仇，炮製你幹麼？我今夜路過此處，見你中毒受傷，因此出手相救。」那老者搖了搖頭，厲聲道：「我命在你手，要殺便殺。若想用什麼毒辣手段加害，我便是死了，也必化成厲鬼，放你不過。」……俞岱岩脾氣再好，這時也忍不住了，長眉一挑，說道：「你道我是誰？武當門下豈能幹害人之事？這是一粒解毒丹藥，只是你身中劇毒，這丹藥也未必能夠解救，但至少可延你三日之命。你還是將這把刀送去給海沙派換得他們的本門解藥救命罷。」

那老者陡然間站起身來，厲聲道：「誰想要我的屠龍刀，那是萬萬不能。」俞岱岩道：「你性命也沒有了，空有寶刀何用？」那老者顫聲道：「我寧可不要性命，屠龍刀總是我的。」說著將刀牢牢抱著，臉頰貼著刀鋒，當真是說不出的愛惜，一面卻將那粒「天心解毒丹」吞入了肚中。

「我寧願不要性命，屠龍刀總是我的。」這大概可以算是一句名言了。正因如此，也就再沒了人與人之間的信任，沒有了理智，甚至為貪而送命卻還執迷不悟。這老兒叫德成，外號海東青，自不是什麼好人，不僅無德，而且也難成。這人在《倚天屠龍記》這部書中簡直算不上一號人物，只怕百分之九十九的讀者都不會記得這個名字。然而，這個人的故事，卻足見金庸小說無閒筆，不經意處，刻畫出了人性悲哀而可笑的面影。書中為搶奪屠龍刀而流血送命的故事甚多，這裡自無需一一列舉。

以上兩點，只不過是順手牽羊地寫了出來，在金庸這等大家筆下寫來，說不上有什麼機心，只有隨意為之而已。

要說這屠龍刀在小說中的作用，更大些的還是第三點，即交代了全書故事及主人公的遭遇與命運的因由。前面說到，武當三俠俞岱岩適逢其會，救了一個人的性命（**最終還是沒救了**），卻將自己的半條性命給丟了，以至於身體殘廢、武功盡失。從而就引起了武當諸俠查訪俞岱岩受傷原因的事，引起了武當五俠張翠山下山查訪，碰到殷素素，一同來到天鷹教「揚刀立威」的小島王盤山，並且被金毛獅王謝遜所擄而至南極「冰火島」，從此張翠山與殷素素結為夫婦，生下書中的主人公張無忌，而在這「冰火島」十年未歸大陸。算起來每一件事都是與這屠龍刀相關。

若不是屠龍刀，張翠山也不會下山結識邪教女子殷素素；若不是這屠龍刀，謝遜也不會出現，不會將他們擄至南極冰火島；當然若不是這樣特殊的環境與命運，張翠山這位名門子弟與殷素素這位異教妖女也不會結為夫婦，不會生下張無忌，也不會與謝遜結為異姓兄弟，更談不上謝遜成了張無忌的義父。算起來，張翠山夫婦身亡、謝遜被找、被抓、被救……以及張無忌一生的悲苦與奇遇，都與這屠龍刀有關，都是由這一柄屠龍刀所引起的。從而，這柄屠龍刀在這部小說中的作用（**結構方面的作用**）就可想而知了。

其四，這柄引起武林紛爭以至傷害了無數人性命，幾乎是天下群豪為之牽動的屠龍刀，最後終於落到了張無忌的手中。張無忌憑此指揮群雄抗擊蒙元官兵，保護了少林寺及群雄的性命而大獲全勝。看來，這「武林至尊，寶刀屠龍，號令天下，莫敢不從」這幾句話在這裡算是應了景。直到小說的結尾，才似乎解開了這個寶刀屠龍及其作用的秘密。然而不然，直到最後一回中，才由張無忌解開了真正的秘密。書中寫道：

張無忌從懷中取出一束薄薄的黃紙，正是原來藏於屠龍刀中的「武穆遺書」，翻到「兵困牛頭山」那一節，遞了過去，徐達雙手接過，細細讀了一遍，不禁又驚又佩，歎道：「武穆用兵如神，實非後人所及。若是岳武穆今日尚在世間，率領中原豪傑，何愁不把韃子逐回漠北。」說著恭恭敬敬將遺書交回。

張無忌卻不接過，說道：「『武林至尊，寶刀屠龍，號令天下，莫敢不從』，這十六個字的真義，我今日方知。所謂『武林至尊』，不在寶刀本身，而在刀中所藏遺書。以此兵法臨敵，定能戰必勝，攻必克，最終自是『號令天下，莫敢不從』了。否則單憑一柄寶刀，又豈真能號令天下？徐大哥，這部兵書轉贈於你，望你克承岳武穆遺志，還我河山，直搗黃龍。」

徐達大吃一驚，忙道：「屬下何德何能，敢受教主如此厚賜？」張無忌道：「徐大哥不必推辭，我為天下蒼生而授此兵書於你。」徐達捧著兵書，雙手顫抖。張無忌道：「武林傳言之中，尚有兩句言道：『倚天不出，誰與爭鋒？』倚天劍眼下斷為兩截，但他日終能接上。劍中所藏，乃是一部厲害之極的武功秘笈。我體會這幾句話的真意，兵書是驅趕韃子之用，但若有人一旦手掌大權，竟然作威作福，以暴易暴，世間百姓受其荼毒，那麼終有一位英雄手執倚天長劍，來取暴君首級。統領百萬雄兵之人縱然權傾天下，也未必便能當倚天劍之一擊。徐大哥，這番話請你記下了。」

徐達汗流浹背，不敢再辭，說道：「屬下謹遵教主令旨。」將「武穆遺書」供在桌上，對著恭恭敬敬地磕了四個頭，又拜謝張無忌贈書之德。

此後徐達果然用兵如神，連敗元軍，最後統兵北伐，直將蒙古人趕至塞外，威震漠北，建立一代功業。

原來如此。這屠龍刀之謎總算是解開了。同時倚天劍之謎也隨即解開了。顯然，之所以要設置這麼一個大謎，固然是講故事留懸念的一種結構安排上的需要，然而我們也能看到，「武林至尊，寶刀屠龍，號令天下，莫敢不從，倚天不出，誰與爭鋒？」這六句話及其中所包含的大秘密。進而，「倚天不出，誰與爭鋒」這兩句還包含了一個小秘密，即要將倚天劍與屠龍刀鋒刃相擊，才能取得其中的兵書與秘笈，此「誰與爭鋒」的一個小隱喻也。

其實，不僅與故事的結構相關，而且直接與小說的內容及主題相關。從表面上看來，這部小說是江湖群雄爭奪屠龍刀與倚天劍的故事，即搶寶的故事；更進一層，便是中原兒女抗擊異族統治者蒙元官兵的故事（**此應了寶刀屠龍之語意**）及江湖豪傑的小恩小怨和大仇大恨相交織的故事。在這一層次上，這部《倚天屠龍記》便超越了一般武俠小說群雄奪寶這樣一種簡單而淺薄的故事模式，從而形成了金庸風格，亦即「筆下江湖，意上江山」或「既表情仇，又關世運」。

再進一層，上述張無忌對那六句話的解釋，可以說正是中國古代的歷史觀與英雄觀的總結與基本模式。即持兵書以驅異族而登王位，同時，王若無道，便以倚天擊（**暗殺**）

之。中國古人只怕從來就不可能考慮到什麼政治體制改革或民主與法治的問題。所盼者，君有道；所懼者，君無道；所夢者，英雄去暗殺無道昏君。中國的歷史是一部殺戮的歷史，改朝換代，乃至於本族與異族來統治，都是換湯不換藥，其實差不多。這其實是一種可悲的政治理想。

其五，屠龍刀與倚天劍在這部書中，一直與張無忌大有關係。然而他最後偏又拱手送人。按說兵書也好，秘笈也罷，都應該為他所得才是，一來是他得到而且大家也一致認可了的；二來他是明教教主，隱隱然便是中原群雄之首，這「號令天下，莫敢不從」的話，自然就要落在他身上；三來，他正是本書的主人公。

可是，他卻偏偏將它送給了徐達。表面上看來，徐達是歷史人物，正是他用兵如神，輔佐朱元璋驅除了韃虜，光復了中華，建立了明朝。他得兵書是歷史必然與真實。其實，這正是本書的一大奧妙之所在，即書中所寫的主人公張無忌，雖英雄蓋世、武功卓絕，而又身居明教教主，隱為中原群雄之首，然而他卻不是一位合格的政治領袖！他不是一位好的政治領袖，他也從來不想做一個政治領袖，從來不想有朝一日身登大寶。

從而，這部《倚天屠龍記》的意思，就必須再換一個角度去閱讀，去品味。

英雄與凡人

這部《倚天屠龍記》看起來仍是寫大英雄大豪傑的傳奇之書，然而其中落筆之處、光源所在卻並非似神似魔的英雄或梟雄，而是凡俗而深刻的普通人性。

書中寫得最為成功的人物，除了張無忌之外，便要數張三丰，這張三丰是武當真人，開山祖師，武學修為深不可測，足可震鑠古今，且年逾百歲，是一代宗師。若是在《射鵰英雄傳》中，自然要比東邪、西毒、南帝、北丐及裘千仞、周伯通之流更高一籌，然而在這部《倚天屠龍記》中，張三丰這一形象，既無那種超然的仙氣，又無那種飄忽的神性。他的形象成功的奧秘不在它，而在於一真字。即張真人不僅真有其人，而且在小說中也是一位真實的人。

張三丰文武兼備，自悟拳理及道家沖虛圓通之道，創出了輝映後世、照耀千古的武當一派武功，是一位承先啟後、繼往開來的大宗師，一個中國武學史上不二的奇人。然而這位奇人在《倚天屠龍記》一書中卻是極其平易近人，和藹可親，真實凡俗，直叫人看不出有何奇處。他在正文中第一次出現，是在他的九十壽辰時，書中寫道：

> 宋遠橋望了紅燭，陪笑道：「師父，三弟和五弟定是遇下了什麼不平之事，因而出手干預。師父常教訓我們要積德行善，今日你老人家千秋大喜，兩個師弟幹一

件俠義之事，那才是最好不可的壽儀啊。」張三丰一摸長鬚，笑道：「嗯嗯，我八十生日那天，你救了一個投井寡婦的性命，那好得很啊。只是每隔十年才做一件好事，未免叫天下人等得心焦。」五個弟子一齊笑了起來。張三丰生性詼諧，師徒之間也常說笑話。

這一段，便將一位武學大宗師可敬而又可親的性格活畫了出來。不似其他小說中的人物那般離奇怪誕，雖可敬可歎，然不可親。

再看張三丰一百歲時，見到失蹤十年的心愛弟子張翠山時的情景：

> 一聲清嘯，衣袖略振，兩扇板門便呀的一聲開了。張三丰第一眼見到的不是旁人，竟是十年來思念不已的張翠山。
>
> 他一搓眼睛，還道是看錯了。張翠山已撲在他懷裡，聲音嗚咽，連叫「師父！」心情激蕩之下竟然忘了跪拜。宋遠橋等五人齊聲歡叫：「師父大喜，五弟回來了！」
>
> 張三丰活了百歲，修煉了八十幾年，胸懷空明，早已不縈萬物，但和這七個弟子情若父子，陡然間見到張翠山，忍不住緊緊摟著他，歡喜得流下淚來。
>
> 眾兄弟服侍師父梳洗漱沐，換過衣巾。張翠山不敢便稟告煩惱之事，只說些冰火島的奇情異物。張三丰聽他說已經娶妻，更是歡喜，道：「你媳婦呢？快叫她來

見我。」

張翠山雙膝跪地，說道：「師父，弟子大膽，娶妻之時，沒能稟告你老人家。」張三丰捋鬚笑道：「你在冰火島上十年不能回來，難道便等上十年，待稟明了我再娶麼？笑話，笑話！快起來，不用告罪，張三丰哪有這等迂腐不通的弟子。」張翠山長跪不起道：「可是弟子的媳婦來歷不正。她……她是天鷹教殷教主的女兒。」

張三丰仍是捋鬚一笑：「那有什麼干係？只要媳婦兒人品不錯；也就是了，便算她人品不好；到得咱們山上，難道不能潛移默化於她麼？天鷹教又怎樣了？翠山，為人第一不可胸襟太窄，千萬別自居名門正派，把旁人都瞧得小了。這正邪二字，原本難分。正派弟子若是心術不正，便是邪徒，邪派中人只要一心向善，便是正人君子。」張翠山大喜，想不到自己擔了十年的心事，師父只輕輕兩句話便揭了過去，當下滿臉笑容，站了起來。

張三丰又遭：「你那岳父殷教主我跟他神交已久，很佩服他的武功了得，是個慷慨磊落的奇男子。他雖性子偏激，行事乖僻些，可不是卑鄙小人。咱們很可交交這個朋友。」宋遠橋等均想：「師父對五弟果然厚愛，愛屋及烏，連他岳父這等大魔頭，居然也肯下交。」正說到此處，一名道僮進來報導：「天鷹教殷教主派人送禮來給張五師叔！」

張三丰笑道：「岳父送贊禮來啦，翠山，你去迎接賓客罷！」張翠山應道：「是！」

這一段看似平常，其實是極其精彩的篇章，有心人讀來，真可以迴腸盪氣、悠然神往。張三丰百歲修為，幾可得道成仙，然而卻還對弟子情若父子，五徒歸來，在一干徒兒當中「首先看見張翠山」隨後竟是「一搓眼睛，還道是看錯了」。這等微妙的心理，直把一個充滿愛心的慈祥師父寫得入微入理。而後流下淚來，更是使人熱淚盈眶。尤為精妙的是，張翠山不告而娶，兼而又娶了邪門之女這兩件大事，竟被張三丰的幾句話輕輕地便揭了過去。這一方面固然如宋遠橋等人所想的那樣，張三丰對張翠山果然厚愛進而愛屋及烏，從而使得對張三丰的情感描寫又深了一層。進而，另一方面，更深一層次的是張三丰廣闊超然的偉大胸襟、大師胸懷與見識。

所謂正邪，在大師的眼中自有另一番卓然高絕的領會與解釋。只可惜他的七個弟子竟然無一人能真正領會到張三丰這等大師的胸襟與見識的偉大與可貴，還道僅僅只是愛屋及烏而已。甚而連不告而娶殷素素，成婚十年的張翠山，他雖然如此做了，但卻並沒有真正的大胸懷與高見識，只不過「迫於情勢、情難自已」罷了，否則，就不會「擔了十年心事」。由此一段，作者於不著意間，將一代宗師張三丰的超然胸懷與見識寫了出來，果真是平易可親卻又光彩照人。

在張翠山為兄弟之義自刎而死、張無忌身受重傷之際，張三丰自是悲痛萬分。書中寫道：

張三丰歎了口氣，並不回答，臉上老淚縱橫，雙手抱著無忌，望著張翠山的屍身，說道：「翠山，翠山，你拜我為師，臨去時重托於我，可是我連你的獨生愛子也保不住，我活到一百歲有什麼用？武當派名震天下又有什麼用？我還不如死了的好！」

眾弟子盡皆大驚，各人從師以來，始終見他逍遙自在，從未聽他說過如此消沉哀痛之言。

這真是「大師有淚不輕彈，只因未到傷心處！」這樣一位修為百年的道家武學的大宗師，竟然會為一條小小生命如此哀痛心傷，已是感人至深。而張三丰進而以武林宗師，古今一人的身分，為救無忌的性命，親自帶著孩子上少林寺去「求藝」而救人，這更是一種凡人所未能及的大胸襟、大壯舉，而其因由，卻又正是凡人所有的愛徒之情、愛子之心。書中寫道：

……兩人到了一葦亭，少林寺已然在望，只見兩名少年僧人談笑著走來。張三丰打個問訊，說道：「相煩通報，便說武當山張三丰求見方丈大師。」

那兩名僧人聽到張三丰的名字，吃了一驚，凝目向他打量，但見他身形高大異常，鬚髮如銀，臉上紅潤光滑，笑瞇瞇的甚是可親，一件青布袍卻是汙穢不堪。要知張三丰任性自在，不修邊幅；壯年之時，江湖上背地裡稱他為「邋遢道人」，也有人稱為「張邋遢」的，直到後來武功日高，威名日盛，才無人敢如此稱呼。那兩個僧人心想：「張三丰是武當派的大宗師，武當派跟我們少林寺向來不和，難道是生事打架來了嗎？」只見他攜著一個面青肌瘦的十一二歲少年，兩人都是貌不驚人，不見有什麼威勢。一名僧人問道：「你便真是武當山的張……張真人麼？」張三丰笑道：「貨真價實，不敢假冒。」

另一名僧人聽他說話全無一派宗師的莊嚴氣概，更加不信，問道：「你真不是玩笑麼？」張三丰笑遭：「張三丰有什麼了不起？冒他的牌子有什麼好處？」兩名僧人將信將疑，飛步回寺通報。

這是真正的張三丰。從外到內，從衣著到言表「全無一派大宗師的莊嚴氣概」。那兩位少林僧心目中「大宗師」是什麼模樣且不必追究，然其見到真人卻不信真人，這是兩名僧人的淺陋庸俗之處。同時則恰恰是金庸小說的絕妙之處。張三丰的形象、性格、氣度全然躍然紙上，盡在眼前矣。

然而更神妙的，或許還是小說第二十回中的張三丰被偷襲致傷這一段：

……張三丰見空相伏地久久不起，哭泣甚哀，便伸手相扶，說道：「空相師兄，少林武當本是一家，此仇非報不可……」他剛說到這個「可」字，冷不防砰的一聲，空相雙掌一齊擊在他小腹上，這一下變故突如其來，張三丰武學之深，雖已到了從心所欲，無不如意的最高境界，但哪能料到這位身負血仇，遠來報訊的少林高僧，竟會對自己忽施襲擊？在一瞬間，他還道空相悲傷過度，以致心智迷糊，昏亂之中將自己當做了敵人，但隨即知道不對，小腹上所中掌力，竟是少林派外門神功「金剛般若掌」，但覺空相盡竭全身之勁，將掌力不絕地催送過來，臉白如紙，嘴角卻帶獰笑。

張無忌、俞岱岩、明月三人驀地見此變故，也都驚得呆了。俞岱岩苦在身子殘廢，不能上前助師父一臂之力。張無忌年輕識淺，在這一剎那間還沒領會到空相竟是意欲立斃太師父於掌底。兩人只驚呼了一聲，便見張三丰左掌揮出，啪的一聲輕響，擊在空相的天靈蓋上，這一掌其軟如綿，其堅勝鐵，空相登時腦骨粉碎，如一堆濕泥般癱了下來，一聲也沒哼出，便即斃命。

俞岱岩忙道：「師父，你……」只說了一個「你」字，便即住口。只見張三丰閉目坐下，片刻之間，頭頂冒出絲絲白氣，猛地裡口一張，噴出幾口鮮血。

以上一段，之所以說它精妙，正因為他將張三丰當做凡人來寫。在一般的武俠小說中，似張三丰這等大宗師的武學修為與見識，一來不會如此輕易受騙；二來不會被成功的偷襲；三來不會受此重傷。試想《射鵰英雄傳》中的東邪、西毒、南帝、北丐乃至於周伯通等人若不是武功相若（**如西毒偷襲北丐**）怎能如此輕易地受騙以至於受傷？而這裡的張三丰偏偏如此，這原因只有一條，那就是作者是將他當作一個真實的武學宗師（**一位人而**

不是神）來寫的。

是人，所以才會受騙乃至於受傷。這樣只表明張三丰宅心仁厚，不僅沒有害人之心，也沒有防人之心。若是他久歷江湖，學得了「防人之心不可無」的教訓，從而處處機心處處防範，那麼他是否能修為精進而成一代宗師就難說了，無論是人品上的宗師還是武功上的宗師都是如此。所以這一受騙和受傷是非受不可。而受騙兼而受傷之後，一不至死，二能斃敵，這又足以說明他之內功精深，武學卓絕幾乎是深不可測。因此，這一段受騙與受傷的描寫，非但對張三丰的人品與武功毫無損害，相反，則是照樣乃至更突出了他人品的高卓與武功的深厚。總之，小說把張三丰這一人物形象真正地人化了而不是神化了，將他寫活了而不是寫花了。是將英雄與凡人寫在了一處，從而越是平凡處便越是英雄處，越是大英雄便越是（看起來）最平凡。

小說《倚天屠龍記》把張三丰寫活了，而且把武當七子寫活了：宋遠橋之端莊有禮不免有點虛飾與做作，俞蓮舟沉默寡言而又極重情義，俞岱岩性情剛烈而又穩重，張松溪足智多謀，張翠山瀟灑卻不免有點嫩，殷梨亭心腸軟性格柔弱，莫聲谷少年老成卻又耿直可愛……這些都是凡人的性格，也都是英雄的性格，這七位武當弟子，都是能獨當一面的大英雄，而兄弟之間的深情厚意如手與足，卻又與凡人無異，而這正是這部書的感人處。

《倚天屠龍記》寫得最有神采的，除了張三丰，便是謝遜。這大約是因為這兩個人是張無忌成人後兩位最親的親人之故吧。如果說張三丰寫得隨和詼諧、平易近人、大氣凜然，風度自成，為正派人中之首領；則謝遜則偏激豪邁、如神如魔、至情至性，另樹高幟，為邪派人中之代表。

謝遜首次出現在玉盤山小島上，活脫脫一個大魔頭，且其形象亦不愧稱為金毛獅王。一聲長吼，居然使一干英雄豪傑喪失記憶與理性，其武功之高，直是如天神一般無二。而其所作所為偏頗激烈，殺人害命，渾不在意，又似是一個十足的大魔王。總之，無論如何，這是一個十足的傳奇中的人物，看起來沒有多少真正的人性與人味，只是一個神魔共體的異人，往好處說是異人，往壞處說則是一個大怪物！更何況他還經常發瘋發癲，罵地咒天，驚世駭俗，完全不可理喻！

然而，在南極冰火島上，張無忌的第一聲啼哭，竟使得這位如神如魔、又瘋又顛的異人怪物金毛獅王完全恢復了人性，只不過依然是至情至性的性情中人罷了！他之所以會如此，那是因為他受了極大的欺騙，至親至愛的老父妻兒竟然喪命於自己敬之愛之的師父之手，如此血海深仇以及無情欺騙，使他這位至情至性的漢子喪失了理智和人性，而墜入魔道，一心一意地圖報殺父殺妻殺子之仇，從而成為江湖上人人欲誅的罪魁禍首。

自從他聽到張無忌啼哭的那一刻起，自從他與張翠山結為兄弟那一刻起，自從他真正地恢復至情至性的真面目的那一刻起，這位人物便變得格外的可憐可敬可愛可親了。

謝遜與張無忌之間的父子之愛，既是小說重要的情節，同時又是最為感人的篇章。謝遜如不是想念張無忌，自不會冒著與整個武林對敵的危險（**因為武林中人都要找他報仇**）而毅然地隨紫衫龍王回歸中土，他之所以隨紫衫龍王同來且居於靈蛇島上，那也是想讓紫衫龍王黛綺絲幫助他打聽張無忌的下落。同樣地，當謝遜被成昆擄去，關入少林寺中，張無忌居然在新婚儀式上，不惜毀了與周芷若的婚姻（當然他內心裡深愛著趙敏也是原因之一），而且同樣地冒著得罪少林寺以及天下武林同道的危險，決意要將義父謝遜救了出來。這樣的父子之情自是驚世駭俗，乃至於驚天動地，自必感人至深而又能感天動地。最後的結果出乎意料之外：先是謝遜報了大仇，廢了成昆的武功，然後卻是自己散去了自己全身的武功，並且以此向天下英雄甘心謝罪：

> 謝遜朗聲道：「我謝遜作惡多端，原沒想能活到今日，天下英雄中，有哪一位的親人師友曾為謝某所害，便請來取了謝某的性命去。無忌，你不得阻止，更不得事後報復，免增你義父的罪孽。」張無忌含淚答應。
>
> 群雄中雖有不少與他怨仇極深，但見他報復自己全家血仇，只是廢去成昆的武功，而他自己武功也已毀了；若再上前刺他一劍，打他一拳，實不是英雄好漢的行徑……
>
> 武林豪士於生死看得甚輕，卻決計不能受辱，所謂「士可殺而不可辱」，這二人每人一口唾沫吐在他臉上，實是最大的侮辱，謝遜卻安然忍受，可知他於過去所作罪孽，當真痛悔到了極點。人群中一個又一個地出來。有的打謝遜兩記耳光，有的踢他一腳，更有人破口痛罵，謝遜始終低頭忍受，既不退避，更不惡言相報……

謝遜於冰火島上聽到張無忌的啼哭之時，就已從一個魔鬼變成了一個充滿愛心與慈腸的人，一個真正的人。而如今痛悔自己的罪孽，散去自己的武功，坦然受辱，極度懺悔，則又使得身無武功的他，再度成為一個人所不及的大英雄、大豪傑。

最後，謝遜出家為僧，雖同樣是有些出乎意料之外，然而仔細思之，卻又覺得這正是他最好的結局，也正是小說精妙的處理。

謝遜出家為僧，卻是真正的人性復歸。

功業與性情

相比之下，本書的主人公張無忌確實是一個真正的性情中人。他之輕功業而重情義，正像作者在本書「後記」中所說的那樣：「張無忌不是好領袖，但可以做我們的好朋友。」在金庸的小說中，真正能成為我們「好朋友」的並不太多。「射鵰三部曲」中的郭靖雖誠樸厚道但過於木訥認真，固不能輕易地成為我們的朋友，而楊過則雖是風流佻達卻又容易偏激任性，亦難以與之友好平等地相處，而這《倚天屠龍記》中的張無忌卻與我們普通平常的人天生有緣。

在金庸前此的小說中，一向是正邪分明、胡漢分明的。《射鵰》中的郭靖就是一個正邪不兩立的漢子，以至於同並不大惡的岳父東邪黃藥師始終氣味不相投，而與西毒歐陽鋒則可以說是天生的仇敵。他雖生長於大漠，與成吉思汗情若父子，與拖雷結拜安答（兄弟），與華箏公主有婚姻之約，然而那是在蒙古人不與大宋為仇為敵的時候，一旦蒙古滅金而要攻宋的時候，郭靖便深明大義，義無反顧地脫離蒙古而回歸大宋，不但視榮華富貴為糞土而寧可成為大宋危邦之一布衣；甚而送了母親的性命，反倒堅定了他抗擊蒙古以盡為國為民「精忠報國」的大俠之義。《神鵰》中的楊過，雖然從小流落江湖，帶有三分流氣，容易偏頗激烈，乃至得罪全真教，甚而公然向那「禮教大防」宣戰，固然是位至情至性的漢子，然而最後仍是在苦難與行俠中取得了成果，與郭靖攜手回師受萬民擁戴。

而張無忌則始終在「正邪」之間，甚而「邪」多正少，這或許是因為他的父親固是名門正派的高徒，而母親卻是異教邪門的妖女，再加上有謝遜這一魔頭作為義父，其邪多正少自是可想而知了。他練成九陰真經神功之後，竟又習乾坤大挪移的異功，再習波斯邪門武功，加之謝遜早年教他的七傷拳之類，可見他的武功也是在正邪之間，而不似郭靖那一味剛猛純粹的降龍十八掌。更有甚者，他在「排難解紛當六強」之後，居然就做了當時天下武林第一「邪教」明教的教主，成了一干邪魔教的「魔頭」……

自然地，這時的金庸小說的境界早已深化超然；「邪未必邪，正未必正」這一道理，成為了金庸寫作的妙訣，成了他探討人性及人物性格的深層次的路標。

這一道理一般的武林中人並不懂得，因而正邪之間的爭鬥如火如荼、勢不兩立，以致於根本不顧外族入主中原，根本談不上同仇敵愾。這道理只武當真人、武學大宗師張三丰這樣胸懷廣闊、見識高妙的人才懂得，因而他能諒解張翠山娶了殷素素，甚而誇獎殷天正是一位光明磊落的奇男子；然而張三丰一旦真正面對著邪教之徒常遇春時，一則勸他棄了明教投入武當門下；二則千叮嚀萬囑咐他叫張無忌不可入了明教！可見張三丰的言與行之間至少還有一些差異，而於正邪之分總還是心有芥蒂的。然而張無忌則不然，他一開始固是不願加入明教，這一多半是出於對張三丰的叮囑的遵從。而後來卻迫於形勢做了明教教主，這倒並非他於正邪之別有什麼更高明的見解，而出於他對明教的本能的好感：他的母親、外祖父、舅舅及義父都是明教中人；二是他看明教一干教徒並非像傳言的那般邪惡卑鄙；三是他本性隨和，慣於牽就，迫於形勢不得不做教主；四是隱隱地覺出了「正未必正，邪未必邪」的道理。而歸根結底，則是因為他是一位性情中人，一位古代中國的人文主義者。

其次，於胡漢之別，即蒙古之朝異族入侵這一件事，他雖在大節上是要「驅除韃虜」，然而卻又矛盾重重地愛上了蒙古公主趙敏（敏敏特莫爾）。他與趙敏之間的愛情波折，極少是因為蒙漢之仇。即使他時不時地說要殺掉趙敏，那也並不是因為「民族恨」，而是或因為趙敏的手下將無忌的殷六叔打傷致殘，而趙敏則又欺上門來以假藥騙之，或是因為他誤以為趙敏殺了表妹殷離，盜走了屠龍刀與倚天劍。

即便是這樣，他也始終並沒有捨得真的殺了趙敏，並不是他沒有機會，而是因為實在「下不了手」。究其原因則是內心深處的無法否認無法排遣的愛情。

幸而趙敏對無忌也是愛到極點，非但絲毫也無加害之意，相反拋棄了一切而隨之。這在趙敏或許是其民族性格使然，蒙古女子總是敢愛敢恨、痛快決絕。而在張無忌則是同樣需要超越「禮教大防」以及「胡漢之別」等等界線！儘管周芷若幾次對張無忌欺騙有加，但中原豪傑從名門正派到明教眾徒，都依然希望張無忌與周芷若成婚，而不要娶異族妖女——正如以前大家罵殷素素為異教妖女一樣——在中原人眼中，異便是妖，而同便是正人。可見什麼正邪之別、蒙漢之仇在這些人的心目中只不過是一種同與異的觀念在作怪，而不是出於什麼真正的民族仇恨或大義。而張無忌則不然，他甚至很少考慮到趙敏的民族及其出身，而只是愛上了趙敏這個人。所以說，他是一個愛情至上的至情至性者，是一位人文主義的古代英雄人物。

其三，關於張無忌的「四女同舟何所望」這是一個值得細究的現象。小說中的趙敏、周芷若、小昭、殷離這四位姑娘都愛上了張無忌，這並不稀奇。正如《神鵰俠侶》中的陸無雙、程英、公孫綠萼，乃至郭芙、郭襄都愛過楊過，然而稀奇的是，張無忌竟也愛著這四位姑娘，並集中地表現在二十九回《四女同舟何所望》的那一個夢中：

> 張無忌惕然心驚，只嚇得面青唇白。原來他適才間剛做了一個好夢，夢見自己娶了趙敏，又娶了周芷若。殷離的相貌也變美了，和小昭一起也都嫁了自己。在白天從來不敢轉的念頭，在睡夢中忽然都成為事實，只覺得四個姑娘人人都好，自己都捨不得和他們分離。他安慰殷離之時，腦海中依稀還存留著夢中帶來的溫馨甜意。

張無忌的這個夢，只怕要受到一些人的譴責，一個男子，如何能同時愛上四位女子並想娶她們為妻？即便是在夢中也是情無可原，更何況這四個女子中可以說沒有一個是真正的好人：趙敏乃蒙古郡主異族妖人自不必說，殷離亦是邪氣深重，練什麼「千蛛萬毒手」，且出身邪教，殺死父親的愛妾、逼得母親自殺以至於父親要殺她；小昭心計深沉，對張無忌雖是一往情深，但卻是波斯明教聖處女黛綺絲的罪女（聖處女不能結婚更不能生兒育女），誰也摸不清她的底細；周芷若雖是幼年舊識，且又出身名門正派，看似良配，然而卻野心勃勃，欺騙於他……

當然，如若換一副眼光，則會看到這四位少女確實各有各的可愛之處。但無論如何張無忌同時愛上她們並想同娶四美，總不是可以贊成之事，或有以道德斥之也有其人。甚而連作者本人也是這樣，雖不以什麼道德斥之，卻以性格名之，說張無忌始終「拖泥帶水」。並說「他內心深處，到底愛哪一個姑娘更加多些？恐怕他自己也不知道」。

其實，這一問題要分成兩個層次，其一是「到底愛哪個姑娘多些」其實他自己最終是知道了的，而且毅然地做出了決斷與選擇，他對周芷若如是說，「芷若，我對你一向敬重；對殷家表妹心生感激，對小昭是意存憐惜，但對趙姑娘卻是……卻是銘心刻骨地相愛」。並且表示「我今日尋她不見，恨不得，自己死了才好。要是從此不能見她，我性命也活不久長。小昭離我而去，我自是十分傷心。我表妹逝世，我更是難過。你……你後來這樣，我既痛心，又深感惋惜。然而，芷若，我不能瞞你，要是我這一生再不能見到趙姑娘，我是寧可死了的好。這樣的心意，我以前對旁人從未有過。」——這種表態已經十分清楚明白，而且，毅然決然了。

其次，關於「四女同舟何所望」之夢想確實固然有其性格的「拖泥帶水」的原因，然而更主要的卻是在一種特定情境中的正常的心理狀態，甚至可以說是一種普遍的心理狀態。既無涉於道德（因為是夢），又無法以其性格來控制（還是因為是夢）。這是一種青年男子在人生情境中的普遍而又正常的心理現象，只不過張無忌表現了出來，而其他人則未必會如此而已，其中道理，讀過《愛情心理學》的讀者，尤其是經歷過青春人生的讀者自會明白，故不必多言，何況最終他自己及其天命均已做出了「唯一不二」的選擇。

其四，說到張無忌的性格，他倒真是比較特殊。按說任何一位成為蓋世英雄的人，都必然是剛毅果決、勇猛精進、主動進取、意志堅定的人物，且武俠小說中——在金庸的小說中也是如此——的主人公既為大俠，自必在武功、人品及性格上皆有過人之處。張無忌的武功人品自是高超絕世的，然而其性格卻太過平常，頗為優柔寡斷。說他隨和那只是對他的稱讚，說他「愚鈍」卻又不合實際。我們只能說他確實是缺少果決剛毅，太過拖泥帶水，如書中所寫的那樣。

當日他與周芷若、趙敏、殷離、小昭四人同時乘船出海之時，確是不止一次想起「這四位姑娘個個對我情深意重，我如何自處才好？不論我和哪一個成親，定會大傷其餘三人之心。到底在我內心深處，我最愛哪一個呢？」他始終彷徨難決，便只得逃避，一時想：「韃子尚未逐出，河山未得光復，匈奴未滅，何以家為？盡想這些兒女私情做什麼？」一時又想：「我身為明教教主，一言一動，與本教及武林興衰均有關連。我自信一生品行無虧，但若耽於女色，莫要惹得天下英雄恥笑，壞了本教的名聲。」過一時又想：「我媽媽臨終之時一再叮囑於我，美麗的女子最會騙人，要我這一生千萬小心提防，媽媽的遺言豈可不謹放心頭？」

其實他多方辯解，不過是自欺而已，當真專心致志地愛了哪一個姑娘，未必便有礙光復大業，更未必會壞了明教的名聲，只是他覺得這個很好，那個也好，於是便不敢多想，後來小昭去了波斯，殷離逝世，又認定殷離是趙敏所害，那麼順理成章，自是要與周芷若成婚，不料變生不測，大起波折，其後真相逐步揭露，周、趙二女原來善惡顛倒，幸好自己並未與周芷若成婚鑄成大錯，趙敏更公然與父兄決裂，則此事已不為難。恰趙敏突然又不告而別，加之周芷若這一「逼問」，才使得他「逼」出了自己內心最深處的愛意鍾情及其決斷來。

此人的性格，正如小說中所寫：他武功雖強，性格其實相當優柔寡斷，萬事之來，往往順其自然，當不得已處，雅不願拂逆旁人之意，寧可捨己從人。習「乾坤大挪移心法」是從小昭所請；做明教教主既是迫於形勢，亦是殷天正、殷野王等動之以情；與周芷若訂婚是奉謝遜之命；不與周芷若成婚拜堂又是為趙敏所迫，亦為了相救謝遜；當日金花婆婆與殷離若非以武力強脅，而是婉言求他同去靈蛇島，他多半便就去了。

其五，張無忌性格的核心因素是他的仁慈與誠實。這在書中極明顯的表現便是他之不會騙人而又極易上當受騙。僅是張無忌的「上當受騙記」就可以專門地寫一篇文章。

他回到大陸（**實際上只不過在大陸邊緣的海上船艙內**）的第一件事便是因不懂江湖險惡人心機巧，而說出了「義父沒有死」以至於送了父母的命，亦使義父遭受磨難。按說自此以後便應懂得該騙人時「不妨一騙」，然而當他用尋常的藥丸騙得崑崙派掌門人何太沖送他出山時，終於忍不住將實情告訴了他，以至於若不是楊逍及時出現，他和楊不悔就要雙雙送命。

大約不會騙人、不願騙人的人總不免要上當受騙，張無忌回大陸不久就因受一乞丐之騙而被人擄去，而且因之身受重傷，險些丟命。而他的母親殷素素臨死之前千萬叮囑他「長大之後，要提防女人騙你，越是好看的女人，越會騙人」，然而，他母親生命的教訓並沒有真正地教會他提防受騙。相反，張無忌的江湖閱歷及其短暫的人生旅途，差不多可以說是一段不斷上當受騙的歷史。

先是受朱九真、朱長齡之騙而將義父的消息洩漏於世，幾乎危及了義父與自己的生命；後來又分別受趙敏、周芷若乃至殷離與小昭之騙而或不自知或不在意甚而甘願受騙，幸而這四位少女都對他情深意重，總不至於使他有性命之憂，否則他肯定不會是這四位少女任何一位的對手。

在靈蛇島上，陳友諒欺騙謝遜目盲卻沒有能騙過金花婆婆及趙敏的慧眼，然而竟將張無忌騙得顛倒是非，不明真相。

直至小說的最後，他還受了朱元璋的一場欺騙，乃至於將明教教主之位讓與楊逍，帶著趙敏悄然遠隱！當時他哪裡知道，這一切全是朱元璋一手策劃和安排，要激得張無忌心灰意懶，自行引退，而張無忌果然如其所料。

張無忌可以說是一位大英雄，因為他宅心仁厚，俠義忠勇，豪氣干雲，且具慈悲心腸。然而他卻又是一位平凡的好人，他不會騙人，卻總是容易受騙上當，經驗與教訓實在太多太多，然而直到最後他仍是無法汲取經驗與教訓，從而變上一變。

最後，總而言之，張無忌是一位真正的性情中人，是一位真正的輕功業而重情義的人文主義者。他沒有政治抱負，也沒有政治才能，沒有政治野心，更沒有政治家所必備的詐與忍。或許正是因為他沒有那種抱負與野心，他才不去像練習九陰真經那樣去練習江湖與江山中的機變術。或許，他在南極冰火島上生長至十歲，在至親至愛而毫無艱險更無欺騙的世外仙境中生長成人，就已經決定了他只能是一位心地仁慈寬厚，性格溫和隨意，重視情義心性而輕視功業宏圖的人。

《倚天屠龍記》一書中，倚天劍與屠龍刀使得張無忌父母義父都遭受種種無以言表的磨難乃至身死，而他自己則亦是歷險重重。終於得到了寶刀寶劍，解開了個中之謎，然而他卻又將之拱手讓人：半是心甘情願，半是上當受騙。最後只落得悄然歸隱，卻與有情人成其眷屬。

張無忌的人生是幸還是不幸，真叫人一時不知從何說起。

《連城訣》拔劍四顧心茫然

據金庸在其《連城訣》這部長篇小說的「後記」中說，這部小說是根據他家一位長工的親身經歷發展出來的。

「他是江蘇丹陽人，家裡開一家小豆腐店，父母替他跟鄰居一個美貌的姑娘對了親。家裡積蓄了幾年，就要給他完婚了。

「這年十二月，一家財主叫他去磨做年糕的米粉。這家財主又開當鋪，又開醬園，家裡有座大花園……只為要趕時候，磨米粉的工夫往往做到晚上十點、十一點鐘。這天他收了工已經很晚了，正要回家，財主家裡許多人叫了起來：『有賊！』有人叫他到花園裡去幫同捉賊。他一奔進花園，就給人幾棍子打倒，說他是『賊骨頭』，好幾個人用棍子打得他遍體鱗傷，還打斷了幾根肋骨，他的半邊駝就是這樣造成的。

「他頭上吃了幾棍，昏暈了過去，醒轉來時，身邊有許多金銀首飾，說是從他身上搜出來的。又有人在他竹籮的米粉底下搜出了一些金銀和銅錢，於是將他送進知縣衙門。賊贓俱在，他也分辯不來，給打了幾十板，收進了監牢。本來就算做賊，也不是什麼大不了的罪名，但他給關了兩年多才放出來。在這段時間中，他父親、母親都氣死了，他的未婚妻給財主少爺娶了去做繼室。他從牢裡出來之後，知道這一切都是那財主少爺陷害。有一天在街上撞到，他取出一直藏在身邊的尖刀，在那財主少爺身上刺了幾刀。他也不逃走，任由差役拉了去。

「那財主少爺只是受了重傷，卻沒有死。但財主家不斷賄賂縣官、師父和獄卒，想將他在獄中害死，以免他出來後再尋仇……」

幸而碰到作者的祖父查文清（字滄珊）去做知縣，重審獄犯，才救了他出來，自此以後這個人取名和生，留在了查家做長工。

這是一個十分悲慘的故事，實在令人憤懣而又氣苦，任誰聽了都會產生滿腹不平之氣。於是，金庸繼續寫道：「這件事一直藏在我心裡。《連城訣》是在這件真事上發展出來的，紀念在我幼小時對我很親切的一位老人。和生到底姓什麼，我始終不知道，和生也不是他的真名。他當然不會武功，我只記得他常常一兩天不說一句話。」

不難看到，《連城訣》這部小說的主人公狄雲就是以這位名叫和生的不會武功的老人為原型的。他所蒙受的冤屈及其成因與那和生老人也差不多毫無二致。

不過，切莫上當。以為《連城訣》這部小說便真的是「和生的故事」的翻版或改編。實際上，《連城訣》及其主人公狄雲的故事已經發展成了一個完全獨立而又奇異的世界，與金庸所說的和生的故事關係其實並不太大。

在金庸武俠小說的主人公中，《連城訣》中的狄雲要算相當奇特的一位。即他是一位道道地地的老實鄉下人。唯其老實，他的師父才收他為徒。他學武功既非為了報仇，也不是為了行俠，甚至連走江湖的念頭只怕都不多。而且出身農家，既非名門弟子，又非武林世家，因而與武林江湖無涉。這就與金庸其他的小說主人公大為不同。連《白馬嘯西風》中的生長在天山草原上的漢族姑娘李文秀，雖不思學武，但還因有父仇在身不由自己。《射鵰英雄傳》中的郭靖雖生長在蒙古，從小也是渾渾噩噩，但一來是名門之後，二來是身負血海深仇。《俠客行》中的「狗雜種」流落在外成為小叫化，但因為誤吃烙餅吃出了一枚江湖上人人必欲得之的玄鐵令，便從此改變了命運，且到小說的最後，我們依然隱隱地會發現他原來極可能是江南名俠石清、閔柔的次子，因此「狗雜種」生於深山而長於江湖可以說是命中註定的。

《連誠訣》中的狄雲則完全不同。一直生長在湘西沅陵南郊的麻溪鋪鄉下，於江湖綠林一無牽連更無仇怨。小說的第一章寫《鄉下人進城》，對於他及他師父的女兒戚芳而言，是道道地地的「鄉下人進城」。來到荊州城他的大師伯萬震山家之後，他的命運竟因此而變得面目全非了。

他後來一段遭遇倒與那和生的遭遇相一致，他師伯的兒子萬圭看上了他的師妹戚芳（他與師妹兩小無猜、青梅竹馬且兩心相悅），因而設計陷害狄雲並將之打入死獄。真可謂禍從天降。任狄雲這鄉下小子想破了腦袋，也不會明白這一切全是出於他師兄萬圭的一手安排，而原因則不過是因他的師妹長得美貌如花。到此為止，《連城訣》還不像一部武俠小說。因為武俠小說中的江湖上人向不與官府打交道，尤少通過官府來陷害他人的，而荊州名門萬震山卻是不止一次的這麼幹（太行山黑道好手呂通之弟呂威就是因為萬震山向官府報訊而壞在鷹爪手裡，死於非命）。

實際上，這一切只不過是一個引子。

《連城訣》的故事是另外一些故事。

狄雲的故事的開始，只不過是一個毫無機心的鄉下人被城裡人欺負凌辱的故事，進而，亦只不過是老實的老百姓被給人收買了的官府冤枉在獄的故事。即便是受到城裡不良少年的欺負，也談不上對整個城裡人的痛恨或者仇視；甚而，在被抓進牢獄陷於死囚之中，尚望著官府的明鏡高懸……

所有的這一切還並沒有改變狄雲的信念，當然也沒有改變他的身分：他雖然拜師學武，但算不上是一位江湖中人。直到他在牢獄中待了三年以上，聽到師妹兼情人終於真的嫁給了萬圭，並為之悲憤絕望以至於上吊自殺，被丁典救醒，這才死裡逃生、起死回生。

而這一次起死回生才開始改變了他的真正身分和信念，他開始練習江湖中人人盼望的高深內功「神照經」，同時也開始認識到了江湖中的人心險惡，這才算是真正地開始了他的江湖生涯。

在牢獄中開始他真正的江湖生涯，這也算是相當奇絕的了。而隨著他江湖生涯的開始，他的信念也就慢慢地隨之而改變。那位天真純樸、厚道忠誠、毫無機心的鄉下農人狄雲，漸漸地被江湖中種種往事與現狀改變著。這才真正地開始了《連城訣》的正文。

《連城訣》是一個關於人性與人世的寓言般的故事。

也許一切都應該從丁典說起。丁典是狄雲真正的老師。他不僅是傳授他武功的師父，教了狄雲「神照經」；同時也是狄雲身入江湖的真正導師。

丁典幫助狄雲剖明了幾件事，一是關於狄雲蒙冤的猜測，幾與真事相差無幾（讀者到這時也方才明白），這使得狄雲開始真正地明白「人心險惡」的意思。二是丁典向狄雲說明了狄雲的師父及兩位師伯與其師祖之間的慘絕人寰、滅絕人性的一幕（對此狄雲似信非信，尤其是關於他師父「鐵鎖橫江」戚長發的綽號的解釋，與狄雲的印象簡直南轅北轍）。三是丁典自己的親身經歷，情仇交織悲慘不堪。可以說這是給狄雲上的最為生動的一課。只可惜狄雲並不完全能領會其中的意義。四是丁典臨死之前終於揭開了《連城訣》的秘密：其中並非一套高深的武功，而是一個巨大的寶藏。按照《連城訣》的「劍訣」（實際上是些密碼般的數字）可以找到這個大寶藏。

對於丁典所教給的這一切，初入江湖的狄雲自然是不能完全領會。他至多只能勉強及格而已。而《連城訣》這部書的其他所有的情節，都只不過是丁典所教授的這一切的提綱的擴充與發展，同時又是對狄雲的連續不斷的考試或考驗。

貪婪與人性

狄雲蒙冤是因為落入了萬圭等師兄弟設計好的圈套之中。從而狄雲成了一位套中人。這的確已經是悲慘不堪的事情了。然而，這與他落入的另一個更大的圈套而更不自知相比，可以說根本上算不了什麼。前者只不過是一點小把戲而已。狄雲入獄雖然尚不明何以如此，但他畢竟還自己知道自己是受了陷害與冤枉。而狄雲無辜地落入師父戚長發的圈套之中而長久地不自知、不相信——他甚至不願意相信——這一件事足以使狄雲由生入死。

「鐵鎖橫江」戚長發是這部書中刻畫得最為深刻而又鮮明的人物之一。「鐵鎖橫江」本是「叫人上也上不得，下也下不得」的意思，是一個極為厲害的人物。然而這一人物在狄雲的眼中居然是一位「不識字的老實巴交的鄉下人」。這並非出於狄雲的蒙昧，而是因為狄雲落入了戚長發的圈套，善良純樸的狄雲又怎知自己的師父也會哄騙自己？

戚長發原本不僅讀書識字，且武功機智都是使人害怕的一位極厲害的角色。但對自己唯一的徒弟狄雲、唯一的女兒戚芳卻瞞得滴水不漏，裝扮成一位鄉下的糟老頭子，將「唐詩劍法」念作「躺屍劍法」；將「俯聽聞驚風，連山若波濤」念作什麼「忽聽噴驚風，連山石布逃」；「落日照大旗，馬鳴風蕭蕭」念作「落泥招大姐，馬命風小小」；「孤鴻海上來，池潢不敢顧」念作「哥翁喊上來，是橫不敢過」……結果狄雲與戚芳的武功與見識自是可想而知。倘若並非如此，狄雲進城還會如此輕易地落入萬圭等人的圈套而不知嗎？

說到底，是戚長發的圈套引起了狄雲落入另外一個小圈套。直到狄雲在江湖上經歷了幾番生死奇遇，武功見識都已卓然成家之後，再看到二位師伯的鬥劍時，才忽然地明白（**其實未必真明白**）：

突然之間，心裡感到一陣陣的刺痛：「師父故意走錯路子，故意教我些次等劍法。他自己的本事高得多，卻故意教我學些中看不中用的劍招。他……他……「言師伯的武功和師父應該差不多，可是他教了我三招劍法，就比師父的高明得多……」

「言師伯卻又為什麼教我這三招劍法？他不會存著好心的。是了，他是要引起萬師伯的疑心，要萬師伯和我師父鬥將起來。」

「萬師伯也是這樣，他自己的本事和他的眾弟子完全不同。……卻為什麼連自己的兒子也要欺騙？唉，他不能單教自己的兒子，卻不教別的弟子。這一來，西洋鏡立刻就拆穿了。」

狄雲終於看出了這一點。但他還沒有明白為什麼這三位師兄弟要這麼做。實際上，這三位師兄弟（**狄雲的師叔伯**）當年合夥謀害其師梅念笙，其中原因，自然是為了「連城訣」中的大寶藏。

中國有句俗話，叫做「人為財死，鳥為食亡」。人性貪婪，自古而然，江湖上人更是明目張膽巧取豪奪，不惜坑蒙拐騙，而如「連城訣」中這幾位這樣費盡心機地要獲得寶藏財富，雖似離奇可悲，但卻也是江湖中的常事。只是狄雲此刻雖武功見識都已臻上乘，但其天性純厚，尚不能相信，也不願意相信，人性貪婪而至於會喪失人性與天良。直至本書的最後，戚長發被狄雲所救，但又絲毫不謝，相反，則騙得狄雲轉頭，刺了狄雲一匕首，這時：

狄雲搖搖頭，退開幾步，心道：「師父要殺我，原來為了這尊黃金大佛？」霎時之間，他什麼都明白了：戚長發為了財富，能殺死自己的師父，殺死師兄，懷疑親生女兒，為什麼不能殺徒弟？他心中響起了丁典的話：「他外號叫作『鐵鎖橫江』，什麼事情做不出？」他又退開一步，說道：「師父，我不要分你的黃金大佛，你獨個兒發財去吧」。他真不能明白：一個人世上什麼親人都不要，不要師父、師兄弟、徒弟，連親生女兒也不顧，有了價值連城的大寶藏；又有什麼快活？

戚長發不相信自己的耳朵了，心想：「世上哪有人見到這許多黃金珠寶而不起意？狄雲這小子定是另有詭計。」他這時已沉不住氣，大聲道：「你搗什麼鬼？這是一座黃金大佛，佛像肚中都是珠寶，你為什麼不要，你要使什麼詭計？」

無獨有偶，不僅戚長發是這樣，萬震山、言達平何嘗不都是這樣？相比之下，萬圭這小子的貪（色）比起他父輩的貪（財）來，實在是小巫見大巫。

唯一可與之相比的，或許只有荊州知府凌退思：他為了查找這一寶藏，不僅不思父女之情，不顧及女兒的情事、心事、人生事，相反利用女兒的情事企圖達到自己貪婪的目的，終於害死了女兒，亦最終害死了女兒的情人。丁典的故事在《連城訣》一書之中絕非插筆，而實是大有關聯。對於人性的貪婪，《連城訣》可以說揭露無遺，少有比這部書更離奇，亦少有比這部書更深刻的了。

究竟什麼才是價值連城？是金銀財寶？是人倫之善？是兒女之情？在書中，各人作出了各人的選擇。《連城訣》最後寫道：

> 一搶奪，便不免鬥毆。於是有人打勝了，有人流血，有人死了。
>
> 這些人越鬥越厲害，有人突然間撲到金佛上，抱住了佛像狂咬，有的人用頭猛撞。
>
> 狄雲覺得很奇怪：「為什麼會這樣？就算是財迷心竅，也不該這麼發瘋？」不錯，他們個個都發了瘋，紅了眼亂打、亂咬、亂撕。狄雲見到鈴劍雙俠中的汪嘯風在其中，見到「落花流水」的花鐵幹也在其中。他們一般地都變成了野獸。在亂咬，亂搶，將珠寶塞到嘴裡。
>
> 狄雲驀地明白了：「這些珠寶上餵有極厲害的毒藥。當年藏寶的皇帝怕魏兵搶劫，因此在珠寶上塗了毒藥。」他想去救師父，但已來不及了。

狄雲沒有參加搶劫，因而他旁觀者清。更進一層，則是因為他不貪，所以就沒有中毒。佛教云人性三毒為「貪、嗔、癡」。貪乃是「三毒」之首。可見那金銀財寶就算當年那藏寶的皇帝沒有塗上劇毒，它同樣也是毒的啊（又焉知那寶上之毒不正是人性之貪這一大毒？）然而，世人誰又能做到見財不貪、見寶不搶？就算再毒百倍，就算明知其毒，也是要去搶、去奪、去咬、去撕，去機關算盡、去喪心病狂……

嗟乎人性之貪，其毒如此。

俠義與忠貞

江湖上有無真俠義？人世間是否有忠貞？這乃是小說《連城訣》在揭示人性貪毒之餘的第二、第三主題。

在小說中，我們看到在搶寶的行列中，不僅有戚長發等江湖黑道，且有凌退思等官府中人，還有鈴劍雙俠中的汪嘯風、「落花流水」的花鐵幹在內。而這兩個人物原是江湖俠道中人。

也許，江湖上俠義是有的。但這需要有一定的前提，那就是不損害自己。更不用說，俠義總是有一定的極限。

小說中的丁典可以說是一位正派俠義中人了。但他之行俠也有前提，且在書中殺人害命也還不見得與俠義有多少相關。而至於書中的江南四奇落花流水中的花鐵幹，則寫得更是驚心動魄、精彩別致而入木三分。花鐵幹原是江湖俠道中人，且大名鼎鼎。平生為善甚於作惡。可以說是一位正人君子。然而，在碰到外界殘酷考驗一旦超越了人性所能承擔的極限，則俠非俠、義無義了。

《連城訣》中寫得極深刻的人物及最精彩的場面，莫過於在《落花流水》那一章中寫花鐵幹投降這一節。

血刀僧高舉血刀，對著花鐵幹大叫：「有種沒有？過來鬥上三百回合。」

花鐵幹見到水岱在雪地裡痛得滾來滾去的慘狀，只嚇得心膽俱裂，哪敢上前相鬥，挺著短槍護在身前，一步步地倒退，槍上紅纓不住抖動，顯得內心害怕已極。血刀僧一聲猛喝，衝上兩步。花鐵幹急退兩步手臂發抖，竟將短槍掉在地下，急速拾起又退了兩步。

血刀僧連鬥三位高手，三次死裡逃生，實已累得精疲力盡，倘若和花鐵幹再鬥，只怕一招也支持不住。花鐵幹的武功本就不亞於血刀僧，此刻上前拚鬥，血刀僧非死在他槍下不可，只是他失手刺死劉乘風後，心神沮喪，銳氣大挫，再見到陸天抒斷頭、水岱斷腿，嚇得膽也破了，已無絲毫鬥志。

血刀僧見到他如此害怕的模樣，得意非凡，叫道：「嘿嘿，我有妙計七十二條，今日只用三條，已殺了你江南三個老傢伙，還有六十九條，一條條都要用在你身上。」

花鐵幹多歷江湖風波，血刀僧這些炎炎大言，原本騙他不到，但這時成了驚弓之鳥，只覺敵人的一言一動之中，無不充滿了極凶狠極可怖之意，聽他說還有六十九條毒計，一一要用在自己身上，喃喃地道：「六十九條，六十九條！」雙手更抖得厲害了。

……水岱雙腿齊膝斬斷，躺在雪地中奄奄一息，眼見花鐵幹嚇成這個模樣，更是悲憤。他雖然重傷，卻已瞧出血刀僧內力垂盡，已是強弩之末，鼓足力氣叫道：「花二哥，跟他拚啊。惡僧真氣耗竭，你殺他易如反掌，易……」

……血刀僧獰笑道：「這姓花的馬上就會向我跪下求饒，我便饒了他性命，讓他到江湖上去宣揚，水姑娘給我如何剝光了衣衫。哈哈，妙極，很好！花鐵幹，你要投降？可以，可以，我可以饒你性命！血刀老祖生平從不殺害降人。」

花鐵幹聽了這幾句話，鬥志更加淡了，他一心一意只想脫困逃生，跪下求饒雖是羞恥，但總比給人在身上一刀一刀地宰割更好得多。他全沒想到，若是奮力求戰，立時便可將敵人殺了，卻只覺得眼前這血刀僧可怖可畏之極。只聽血刀僧道：「你放心，不用害怕，待會你認輸投降，我便饒了你的性命，決不會割你一刀，儘管放心好了。」這幾句安慰的言語，花鐵幹聽在耳裡說不出的舒服受用……他這幾句話似有不可抗拒的力道，花鐵幹手一鬆短槍拋在雪地之中。他兵刃一失，那是全心全意地降服了。

嗚呼！這一降服，固使花鐵幹的一世之英名毀於一旦，且使得人們對世上的英雄俠士的熱情敬仰，不免冷落了三分，平添了三分失望、三分疑慮與三分感傷。其實花鐵幹雖然為人陰狠，但一生行俠仗義，並沒有做過什麼奸惡之事，否則怎能和陸、劉、水三俠相交數十年，情若兄弟？只是今日一槍誤殺了義弟劉乘風，心神大受激蕩，加之又見陸、水斷頭斷腿之慘，於生死存亡之際，平生豪氣霎時間消失得無影無蹤，再受血刀僧大加折辱之後，數十年壓制在心底的種種卑鄙齷齪念頭，突然間都冒了出來，幾個時辰之間，竟如變了一個人一般。金庸先生在寫花鐵幹這一人物之時，對人性的奧秘實是揭得極深，於俠義二字與人性的極限亦劃得十分清楚。

花鐵幹在投降之後，簡直是變了一個人，這只不過是他的更深層次的「自我」或「原我」的一種深刻暴露而已。以後所做所為可想而知。更加使人拍案叫絕的是，這位內心深處如此怯懦卑鄙齷齪不堪的花鐵幹，在雪谷雪化之後，竟居然又恢復了他道貌岸然的面具，恢復了他「江南四奇」碩果僅存的大俠身分，並且平添了他「手刃血刀僧」的虛假的英雄事蹟，相反倒使忠貞的水笙陷入絕頂困境之中而遭受眾人的懷疑與冤枉誤會……這就是俠，這就是世人對「俠」的認識麼？恐怕是的。

在親身經歷、耳聞目睹了這一切之後，狄雲又算是上了一課，只是他恐怕更為糊塗：血刀僧固然為惡多端且卑鄙無恥，但他乃是真小人、名惡棍；而花鐵幹呢？花鐵幹這副嘴臉與他俠義的名號與面具又該如何解釋？

失去了對俠義的信念，這對狄雲來說也許算不了什麼。他原本就沒有仗義行俠、鋤強扶弱、濟困解危，沒有要到江湖上幹一番事業這種雄心壯志。他學武或不學武，武功高或武功低，依然都是一位忠誠純厚的鄉下人，而不是一位江湖俠客義士。這與《飛狐外傳》中的胡斐大不相同。

相反，他念茲在茲的痛苦，在於其師妹兼情人戚芳對他的誤會及對他的背叛。以及由之而產生的一系列由忠貞而來的痛苦，以及對忠貞的信念的疑慮與失望。

狄雲被抓進牢獄，這在他倒並沒有什麼。書中寫道：「如此忽忽過了數月，冬盡春來，屈指在獄中將近一年。狄雲慢慢慣了，心中的怨憤、身上的痛楚，倒也漸漸麻木了。」如此過得三年，他的麻木就更是可想而知。但這時他內心深處，依然對師妹的情愛充滿了溫馨的回憶與隱隱的期望。三年之後，當他在獄中聽得師妹與萬圭成婚的消息，這才真的如雷貫耳、悲痛萬分，以至於絕望而自殺：「他並不悲哀，也不再感到憤恨。人世已無可戀之處，這是最爽快的解脫痛苦的法子。」他如果真的就這樣死了，倒也罷了。但丁典偏偏又救活了他。

他如果就此對師妹絕望，或師妹真正地對他絕情倒也罷了。但就在瞭解到丁典與凌霜華的固然悲慘但卻令人羡慕的至死不渝的愛情之後，在看到「鈴劍雙俠」在江邊的伉儷英姿之後，他內心的希望與期盼又時時地點點滴滴地復甦，或原本就並沒有消失。而如絲如縷的情思，如絲如縷的記憶，如絲如縷的小說情節，偏偏又似有似無、似隱似現地昭示出：他與師妹的情緣尚未真正的了結。到最後，小說中陡起波瀾，使狄雲與戚芳都明白了拆散他倆的原來正是萬圭父子一手造成，且戚芳的絕情完全是出於對狄雲的誤會，最後險遭萬圭的殺害……如此，戚芳與狄雲這一對患難的情侶，應該是可以得以善終了吧。然而卻又偏偏並不。在狄雲將萬圭父子打傷砌進夾牆之後，欲與戚芳一道逃走，誰知戚芳卻又偷偷地一個人前來想將丈夫萬圭放出，沒想到被她放出的丈夫卻心狠手辣地給了她致命的一刀：

戚芳緩緩睜開眼來，臉上露出一絲苦笑，說道：「師哥……我……對不起你。」狄雲道：「你別說話。我……來救你。」將「空心菜」輕輕放在一邊，右手抱住了戚芳身子，左手抓起短刀的刀柄，想要拔了出來，但一瞥之下，見那口刀深深插入她小腹，刀子一拔出，勢必立時送了她的性命，便不敢就拔，又急得無計可施，連問：「怎麼辦？怎麼辦？是……是誰害你的？」戚芳苦笑道：「師哥，人家說：一夜夫妻……唉，別說了，我…你別怪我。我忍心不下，來放出了我丈夫……他……他……」

狄雲咬牙道：「他……他……他反而刺了你一刀，是不是？」

戚芳苦笑著點了點頭。

狄雲心中痛如刀絞，眼見戚芳命在頃刻，萬圭這一刀刺得她如此厲害，無論如何是救不活了。在他內心，更有一條妒忌的毒蛇在隱隱地咬齧。「你……你究竟是愛你丈夫，寧可自己死了，也要救他。」

戚芳道：「師哥，你答允我，好好照顧空心菜，當是你……你自己的女兒一般。」

狄雲黯然不語，點了點頭，咬牙道：「這賊子……到哪裡去啦！」

戚芳眼神散亂，聲音含混，輕輕地道：「那山洞裡，兩隻大蝴蝶飛了進去，梁山伯、祝英台，師哥，你瞧，你瞧！一隻是你，一隻是我。咱們倆……這樣飛來飛去，永遠也不分離，你說好不好？」聲音漸低，呼吸慢慢微弱了下去。

戚芳死了。直到她死，狄雲也依然不明白戚芳之於她丈夫是愛還是恨？那萬圭陷害了狄雲、欺騙了戚芳，並且最終還是殺死了戚芳，這是戚芳自己找的麼？……戚芳死了，終於沒有回答，她愛不愛自己的既成事實又相處多年的丈夫，只是在臨終之際，把愛的幻想與夢留給了狄雲：兩隻蝴蝶，梁山伯、祝英台，飛來飛去永不分離……究竟什麼是愛？什麼是忠貞？什麼是情？什麼是人性？所有的這一切，只怕要狄雲與所有的讀者慢慢地去品味思索。而《連城訣》留給我們的則只是無窮無盡的憂思悵惘與感傷。愛與忠貞的感傷。情與人性的感傷。心與人世的感傷。

丁典與凌霜華倒是心心相印至死不渝，可是那也是歷盡波折死而後已，正如神話、傳說中的梁山伯、祝英台的故事一般，已成為了永遠的懷念和懷念中的永恆的夢想。

相反，現實中的狄雲與戚芳的遭遇經歷，卻又活生生地昭示了人性、人情、人心是如此地複雜多變，難以說清道明。而書中的另一對情人，即「鈴劍雙俠」汪嘯風與水笙則同樣也是以悲劇告終。水笙與汪嘯風青梅竹馬，自少而長兩心相悅、兩情相愛，兩人亦如金童玉女形影不離；以至於江湖上人世中無不羨慕之至。然而當水笙被「淫僧」血刀僧抓住之後，即便是際遇離奇，以至於水笙得保清白之軀與忠貞之心，但汪嘯風則又如何呢：

……汪嘯風不答，臉上肌肉抽動。顯然，適才那兩個人的說話，便如毒蛇般在咬齧他的心。這半年他在雪谷之外，每日每夜總是想著：「表妹落入了這兩個淫僧手中，哪裡還能保得清白？但只要她性命無礙，也就謝天謝地了。」可是人心苦不足，這時候見了水笙，卻又盼她守身如玉。聽到那二人的話，心想：「江湖上人人均知此事，汪嘯風堂堂丈夫，豈能惹人恥笑？」但見到她這般楚楚可憐的模樣，心腸卻又軟了，歎了口氣，搖了搖頭，道：「表妹，咱們走吧。」

水笙道：「你信不信這些人的話？」汪嘯風道：「旁人的閒言閒語，理它作甚？」水笙咬著唇皮，道：「那麼，你是相信的了？」汪嘯風低頭默然，過了好一會，才道：「好吧，我不信便是。」水笙道：「你心中卻早信了那些含血噴人的髒話。」頓了一頓，又道：「以後你不用再見我，就當我這次在雪谷中死了就是啦。」汪嘯風道：「那也不必如此。」

水笙心中悲苦，淚水急湧，心想旁人冤枉我，誣衊我，全可置之不理，可是竟連表哥也瞧得我如此下賤。她只想及早離開雪谷，離開這許許多多的人，逃到一個誰也不認識她的地方去，永遠不再和這些人相見。

水笙的遭遇，與狄雲可以說異曲同工，令人感傷氣苦。難怪最後，這二人要殊途同歸，先後回到那寂寞無人的藏邊大雪谷中。

拔劍四顧心茫然

《連城訣》一書的結尾大是值得玩味。書中的最後一段如是寫道：

狄雲在丁典和凌姑娘墳前種了幾百棵菊花。他沒雇人幫忙，全是自己動手。他是莊稼人，鋤地種植的事本是內行。只不過他從前很少種花，種的是辣椒、黄瓜、冬瓜、白菜、茄子、空心菜……

他離了荊州城，抱了空心菜，匹馬走上了征途。他不願再在江湖上廝混，他要找一個人跡不到的荒僻之地將空心菜養大成人。

他回到了藏邊的雪谷。鵝毛般的大雪又開始飄下，來到了昔日的山洞前。

突然之間，遠遠望見山沿前站著一個少女。

那是水笙！

她滿臉歡笑，向他飛奔過來，叫道：「我等了你這麼久！我知道你終於會回來的。」（全書完）

這似是一個光明的尾巴。與其說是「有情人終成眷屬」，更不如說是「苦命人終成了眷屬」。他們相逢已有隔世之感，然而似乎應該為之高興歡呼才是。

然而，當我們掩卷思之，這兩個人之所以會不約而同、殊途同歸，固是因為狄雲為江湖上的真俠士，而水笙則是人世中的忠貞女，然而正是因此，則更使人感到可悲可歎，無限悵惘之至。因為江湖上、人世中根本就容不得這樣的真俠士與忠貞女。人世中與江湖上自有其人世與江湖的基本法則，這一法則可決不是理想的規約，亦不是實事求是。這二人之所以會在這裡相遇，那是因為他們或是不容於人世江湖，或是再不願意在江湖人世中廝混。不管是被迫還是自覺，他們的歸宿都是對人世與江湖的逃避。而之所以逃避，無疑又是對江湖人世的灰心與絕望。

拔劍四顧心茫然！

當我們經歷了書中的狄雲所經歷的那一切，當我們受了那麼多無妄之災及人為的冤屈陷害，並且發現人性的貪婪以至瘋狂，發現俠士的卑鄙與怯懦，發現情人情事的如此的複雜而不可捉摸……發現原先的希望和信念在不知不覺間被江湖與人世的汙濁與殘酷將之全部埋沒，從而發現江湖人世中再無絲毫可以留戀之處，再無絲毫的真誠、豪邁、單純、誠摯之處，而有的只不過是凶狠、貪婪、欺詐、殘酷、卑鄙、怯懦……除了逃避，豈有他哉?!更何況狄雲原本就不是江湖中人，而是一位鄉下的莊稼人。他誤入江湖幾歷情仇磨難和生死之劫，雖學得一身高深武藝，見識也算得上有些不凡，但那又有什麼意義與價值？

《連城訣》的結尾很似《碧血劍》的結尾。如果說袁承志是「空負安邦志，遂吟去國行」，即對歷史王朝及其興衰更替的絕望，亦即對社會江山的絕望；那麼，狄雲的絕望，則是對江湖人生的絕望，甚至是對文化和人性的絕望。

悲哉痛哉，妙哉絕哉！江山江湖人性人世。《連城訣》與《碧血劍》。狄雲與袁承志。只是海外與深山，當真便有桃花源麼？

你也不知，我也不知。狄雲與袁承志希望知道，其實恐怕也不知。

九／

《白馬嘯西風》天鈴鳥依然在歌唱

《白馬嘯西風》是金庸的一部中篇武俠小說。平心而論，與金庸的那些鴻篇巨制相比較，這部中篇算不得佳作。無論是其規模與氣勢的宏偉，還是其情節結構的緊湊與精妙；無論是其故事懸念的曲折深幽，還是其人物性格的豐滿鮮明；無論是其主題意蘊的深厚與豐富，還是其敘事語言的簡潔純熟……這部《白馬嘯西風》都算不上是金庸小說中的上乘之作。

然而，我們不難看到這樣一個事實，在金庸筆下，任何一篇作品，在其自己作品之中也許算不上什麼，但與其他作家的作品相比，卻仍然可入上上之選。金庸武俠小說創作的奇妙之處，不僅僅在於他創作出諸如《天龍八部》、《鹿鼎記》、《射鵰英雄傳》、《笑傲江湖》以及《俠客行》等等這些絕對一等一的傑作，而且也在於他創作出的相對較次一級的作品依然可以與其他的名家名著相比肩。

武俠行話，是謂「名家一伸手，便知有沒有」。

練武的名家，內功深厚常能飛花摘葉而照樣傷人立死。寫小說的名家也同樣如此。其內功深厚者，即便是隨意揮灑，不經心之作，亦大為可觀。《白馬嘯西風》便是金庸金大俠的這樣一部隨意為之的不經心之作。

小說家的所謂「內功」也者，說穿了，無非便是對世界與人生的深切體驗與感悟，是對人性與歷史的獨特識見與思索。

如若我們把《白馬嘯西風》僅僅當作一部武俠小說來讀，如若我們僅僅是要在武俠小說中尋求緊張刺激、曲折與懸念、傳奇與神話，那麼，乍看起來，這部《白馬嘯西風》的確是難以使人滿足。它雖然也還好看，但畢竟不是那麼夠味，不是那麼緊張、那樣刺激、那麼曲折和奇絕。總之一句話是不夠熱鬧。

如果我們按照常規的武俠小說的招式與套路來要求這部小說，我們甚至會懷疑這是不是一部武俠小說——書中既無了不得的武，更少真正的俠，而其中若干江湖人物，也只不過像是戲劇中的跑龍套的，將正主兒引上場來便無其他的作用。

書中的主人公李文秀只是一位落難回疆的漢族少女，原本不會武功，而即便是後來機緣湊巧，使她學得一身武藝，但她也決不想到要持此闖蕩江湖並揚名立萬，其心耿耿，雖亦不忘父母大仇，至少不希望自己被仇人所殺，而她之學武的真正目的，乃是想憑此奪得情郎並就此過上最凡俗的牧人生活。以這樣的一位人物作為作品的主人公，你要說該小說並非武俠小說，自無不可。更何況，書中所寫的故事，雖開頭結尾影影綽綽地出現了江湖人物持功奪寶，弄得神秘緊張、以死相搏，然而小說正文的大部分內容則出乎意料的是些世俗民情、小兒小女、喝酒跳舞、講古放牧的故事。所有的這一切，在欲求緊張熱鬧、刺激曲折的讀者看來，自是平平無奇，淡而無味。

然而，如若我們並不貪其武功熱鬧，亦不癡其俠義緊張，也就不會嗔其淡而無味、平凡無奇了。如若我們換一種角度、換一個層次，再來讀這部《白馬嘯西風》，就不難發現這部小說別有洞天，另有妙處。

這部小說的妙處，不在其武，而在其情；不在其俠，而在其孽；不在其善，而在其美；不在其事，而在其人；不在其熱鬧，而在其淡雅；不在其轟動，而在其感傷；不在其曲折，而在其深沉……可以說是平淡無奇卻大有韻致。

這部小說的主幹並不在於武人故事，而在於主人公李文秀的兒女情懷。故曰不在於其武而在於其情。李文秀隨著父母（即白馬李三與金銀小劍三娘子）被呂梁三傑等六十餘人追殺，自甘涼道直至回疆，白馬李三及金銀小劍上官虹先後死去，留下李文秀孤身一人漂泊回疆哈薩克草原，被一孤居於此的漢人收養，從此慢慢地習慣了回疆的生活，也喜愛上了哈薩克牧人的簡陋卻歡樂的生活。尤其與哈薩克第一勇士蘇魯克之子蘇普年齡相若，兩小無猜，青梅竹馬而暗生情愫，自此李文秀在一片情網之中嬉戲掙扎、歡樂煎熬，是為《白馬嘯西風》這部小說的故事主幹。

值得注意的是，該小說的開頭與結尾，或是殘忍或是陰森，說穿了依然是情事纏綿所致。作品一開頭，白馬李三與金銀小劍三娘子上官虹夫婦帶著女兒李文秀被「呂梁三傑」拚命圍追堵截，欲殺之而心甘，表面上看僅是為了一幅高昌古國迷宮寶藏圖。江湖人物見財起意，奪寶殺人乃屬常見。然而，更深的一層實際上還是因為「呂梁三傑」中的老二史仲俊與白馬李三的妻子上官虹的情孽牽連所致，因而對李三妒恨兼有，必欲殺之而後快。書中如是寫道：

史仲俊和白馬李三的妻子上官虹原是同門師兄妹，兩人自幼一起學藝。史仲俊心中一直愛著這個嬌小溫柔的小師妹，師父也有意從中撮合，因此同門的師兄弟們早把他們當作是一對未婚夫婦。豈知上官虹無意中和白馬李三相遇，竟爾一見鍾情，家中不許他倆的婚事，上官虹便跟著他跑了。史仲俊傷心之餘，大病了一場，性情也從此變了。他對師妹始終餘情不斷，也一直未娶親。

沒想到一別十年，這三位情仇冤家竟又相會在甘涼道上，為一張寶圖而動起手來。史仲俊妒恨交進，出手尤狠，李三背上的那支致使他終於斃命的長箭，便是史仲俊射的。李三死了，史仲俊情癡於師妹上官虹，終於為上官虹所矇騙，雙雙死於金銀雙劍之下。這才使得李文秀隻身逃脫，這才有了這部《白馬嘯西風》的故事。可以說，情孽牽連，乃是這部小說的緣起以及推動小說故事進展的動力。

再如小說結尾處，在高昌古國迷宮中裝神弄鬼，殺馬傷人的華輝（亦即哈薩克人瓦耳拉齊）亦何嘗又不是因為情場失意而致如此偏狹歹毒！這才有了故事的如此結局。

書中扮作「計爺爺」並將李文秀養大的馬家駿也是為情而死：

馬家駿沒回答她的問話就死了，可是李文秀心中卻已明白得很。馬家駿非常非常的怕他師父，可是非但不立即逃回中原，反而跟著她來到迷宮；只要他始終扮作老人，瓦耳拉齊永遠不會認出他來，可是他終於出手，去和自己最懼怕的人動手。那全是為了她！

這十年之中，他始終如爺爺般愛護自己，其實他是個壯年人。世界上親祖父對自己的孫女，也有這般好嗎？或許有，或許沒有，她不知道。

李文秀或許確實不大知道——因為她把她的感情全部都投注在蘇普身上——甚至，連馬家駿自己也未必知道，他如此身不由己地往死路上走，那正是情不自禁之故。而這情，顯非祖父對孫女之情，何況馬家駿並非祖父，甚至連李文秀的父輩也算不上。他們實際上是同門師兄妹，是年齡相差略大的一對男女。馬家駿情不自禁地犧牲了自己而保全了情愛之人李文秀的一命。而李文秀之所以拚命，之所以不聽師父華輝（瓦耳拉齊）的話及時退出，則正如她自己所言：

> 李文秀輕輕的道：「師父，你得不到心愛的人，就將她殺死。我得不到心愛的人，卻不忍心讓他給人殺了。」

如此，推動小說情節發展的動力，亦即使李文秀不惜一切地衝進迷宮的動力，乃是情之一字，便得到了明證。李文秀與瓦耳拉齊對待得不到的情人的態度及其人品高下，亦自分明矣。有趣的是，馬家駿是為了李文秀而來，李文秀是為了蘇普而來；蘇普則是為了阿曼而來——阿曼被瓦耳拉齊抓進迷宮。而瓦耳拉齊之所以抓阿曼，則又正因為阿曼的媽媽雅麗仙當年正是瓦耳拉齊的心上人！——迷宮固是物質的迷宮，然亦正是人類情感的迷宮。小說線索如此紛紜複雜，曲折奇幻，揭穿了，無非一情字而已。

有為情殺人的，為情拚命的，為情而送命的，小說之中，卻也有因情而救命的——只是被救者並不知道，然而小說家卻是十分精妙深刻地寫出來：

瓦耳拉齊道：「我要你永遠在這裡陪我，永遠不離開我……」

他一面說，右手慢慢的提起，拇指和食指之間握著兩枚毒針，心道：「這兩枚毒針在你身上輕輕一刺，你就永遠在迷宮裡陪著我，也不會離開我了。」輕聲道：「阿秀，你又美麗又溫柔，真是個好女孩，你永遠在我身邊陪著。我一生寂寞孤單得很，誰也不來理我……阿秀，你真乖，真是個好孩子……」

兩枚毒針慢慢向李文秀移近，黑暗之中，她什麼也看不見。

瓦耳拉齊心想：「我手上半點力氣也沒有了，得慢慢的刺她，出手快了，她只要一推，我就再也刺她不到了。」毒針一寸一寸的向著她的面頰移遷，相距只有兩尺，只有一尺了」……

李文秀絲毫不知道毒針離開自己已不過七八寸了，說道：「師父，阿曼的媽媽，很美麗嗎？」

瓦耳拉齊心頭一震，說道：「阿曼的媽媽……雅麗仙……」突然間全身的力氣消失得無影無蹤，提起的右手垂了下來，他一生之中，再也沒有力氣將右手提起來了。

危乎險哉！冥冥之中，似乎確有天意。在千鈞一髮，人命攸關的一剎那間，李文秀無心有意地提到了瓦耳拉齊的生死情仇心上人雅麗仙，這才救了自己的一命，並使瓦耳拉齊就此咽下了最後一口氣。

情之為物，精奇至斯，金庸寫來，似是毫不在意。然而仔細品來，則如此正是大家手筆。

如此可以說，《白馬嘯西風》乃緣情而作，非為武卻為情，並非虛言。進而，《白馬嘯西風》亦非為俠立傳，卻是為「孽」而寫書。此「孽」非它，正是情之一字的背面。是為情孽。

「有情皆孽」原是佛家之說。所謂「若離於愛者，無憂亦無怖」正是佛經所云。或許因為金庸讀佛信佛之故吧，在他書中，我們經常可以看到「無人不冤，有情皆孽」的情形。《白馬嘯西風》更是如此。然而，值得指出的是，金庸寫書，言情皆孽，絕非食古不化，生搬硬套，演繹佛家經典，從而以文載道。相反，金庸筆下所展示的，則恰恰正是美麗生動、奇妙豐富的人間世界與世俗人生。金庸筆下的情孽世界亦是千變萬化、無比生動的人性的悲歡。深刻而又生動，悲哀而又美麗動人，簡要而又豐富深厚，這正是金庸小說的一貫妙處，非凡人所能及也。

凡人寫情，大不了郎才女貌，美女英雄，或一見鍾情而又歷盡磨難終至兩廂情願而成其鴛夢；或長相廝守卻因外力而不能合歡。如此這般，不過爾爾。不與他人重複已為難得，不與自己重複則更是難上加難。金庸寫情，雖說到底大致可以歸為「有情皆孽」四字，即幾乎都是以悲劇結束，然而具體而言，則有三點難得：一是自成一家即不與他人重複；二是自成一體而不與自己的其他作品重複；三是同一部書中的不同的人事亦不互相重複。有此三者，使金庸小說自居一格並成傑作自不必說。說金庸非但為武俠小說的宗師，而且也是小說言情的聖手亦絕不為過。

即以《白馬嘯西風》而言，亦可窺見金庸言情之一斑。這部小說的開頭、主幹、結尾分別為三個故事，三個內容大致相同的故事，即：史仲俊之於上官虹，瓦耳拉齊之於雅麗仙，李文秀之於蘇普，都是愛而不得其所愛。三人都是情場失意，從而組成本書的一個共同主題，即「你心裡真正喜歡的，常常得不到。別人硬要給你的，就算好得不得了，我不喜歡，終究是不喜歡」。換句話說，便是「如果你深深愛著的人，卻深深的愛上了別人，有什麼法子？」

有什麼法子？

史仲俊、瓦耳拉齊、李文秀這三個人做出了不同的選擇。

如前所述，史仲俊為之大病一場，從此改變了性情，加入了強盜隊伍，從而成為「呂梁三傑」之一。於十年之後與白馬李三夫婦重逢，他的實際選擇是：殺其夫而愛其妻。書中寫道：

……這時李三終於喪身大漠之中，史仲俊騎馬馳來，只見上官虹孤零零的站在一片大平野上，不由得隱隱有些內疚：「我們殺了她丈夫。從今而後，這一生中我要好好待她。」大漠上西風吹動她衣帶，就跟十年以前，在師父練武場上看到她時一模一樣。上官虹的兵刃是一對匕首，一把金柄，一把銀柄，江湖上有個外號，叫作「金銀小劍三娘子」。這時她手中卻不拿兵刃，臉上露著淡淡的微笑。

史仲俊心中驀地升起了指望，胸口發熱，蒼白的臉上湧起了一陣紅潮。他將梅花槍往馬鞍一擱，翻身下馬，叫道：「師妹！」

上官虹道：「李三死啦！」史仲俊點了點頭，說道：「師妹，我們分別了十年，我……我天天在想你。」上官虹微笑道：「真的嗎？你又在騙人。」史仲俊一顆心怦怦亂跳，這個笑靨，這般嬌嗔，跟十年前那個小姑娘沒半點分別。他柔聲道：「師妹，以後你跟著我，永遠不叫你受半點委曲。」上官虹眼中忽然閃出奇異的光芒，叫道：「師哥，你待我真好！」張開雙臂，往他懷中撲去。

史仲俊大喜，伸開手將她緊緊的摟住了。霍元龍和陳達海相視一笑，心想：「老二害了十年相思病，今日終於得償心願。」

史仲俊鼻中只聞到一陣淡淡的幽香，心裡迷迷糊糊的，又感到上官虹的雙手也還抱著自己，真不相信這是真的。突然之間，小腹部上感到二陣劇痛，像什麼利器插了進來。他大叫一聲，運勁雙臂，要將上官虹推開，那知她雙臂緊抱著他死命不放，終於兩人一起倒在地下。

這樣一對不成情反成仇的師兄妹死在了一處，真叫人不知說些什麼才是。在上官虹，是決心一死殉夫，且兼報殺夫之仇；然而加害於非但不想殺她相反愛得發癡的師兄史仲俊，卻似乎是太過分了些。而在史仲俊，如此凶狠妒恨地對待情敵李三，必欲殺之而後快，可謂不仁；而殺死李三卻愛著並不愛他的師妹上官虹，可謂不智；更何況殺死師妹的情人與丈夫又可謂不義……但是，他對上官虹，無論是過去還是現在，則依然是純情一片，癡心未改，以至於盲目地送掉了自己的性命。

也許，愛正是這般盲目。癡心之愛，尤其使人喪失理性而陷於盲目之境。如此，史仲俊是喜是悲，是慰是恨，乃至於是善是惡，是正是邪，便有些難說了。這是一種選擇。他是否後悔這種選擇，則是讓他再復生再抉擇也說不清楚的。因情而成孽，以愛而致死，有心無心，有意無意，總是使人迷惘與悲哀。

與之不同，瓦耳拉齊在得不到雅麗仙的愛時，即想殺掉雅麗仙所愛的車爾庫，——這一點與史仲俊大致相似——以至於被車爾庫擊敗之後，更為族人所不齒，從而身敗名裂，被驅逐出族，隻身流落中原，從此心懷深仇大眼，性格變態幾成情魔。在中原學得一身武藝兼施毒之技——毒才能說明他的本性——之後竟潛回本族部落，毒死情人雅麗仙，甚而要想毒死整個的族人！乃至於他的徒兒馬家駿都看不過去，為了保命射了他三支毒針，以至於他在深山洞穴裡十二年而不得康復，幸遇李文秀才解得毒針之厄。然而這人最後不但實際上殺了徒弟馬家駿，甚至連李文秀也要殺死。由此可見，他之所愛，非但已經毫無理性，甚至也幾乎沒有了人性了。情深至斯，情毒亦至斯。孽深至斯，孽障亦至斯！由情而生恨，由愛而生怨，至使他真正地由人變成了魔，變成了十足的魔頭惡鬼，他之所愛，或許尚有令人同情之處；他之所歷，或許仍有讓人憐憫之處；然而他之所欲及他之所為卻是萬難寬恕與諒解的了。尤其是他連李文秀也要殺，足見他情已成孽，人已變魔，而人情盡失了。

本書的主人公李文秀的選擇則又與史仲俊與瓦耳拉齊不同。實際上，是與瓦耳拉齊恰恰相反。然而這種選擇，其實並不完全是出自於本心及其主動，大半是出於一種無奈的自制，另一半則是出於一種真愛及其超越。其間充滿了一種「無可奈何花落去」的淡淡悲哀，和一種無法言明亦無需言明的深深感傷。

這是一個艱難的心路歷程，同時也是一種令人感傷的人生經歷。正是這種令人感傷的人生經歷及其悲哀莫名的心路歷程組成了這部《白馬嘯西風》的主幹及其韻致。

李文秀與蘇普本是青梅竹馬暗生情愫。以至於蘇瞀見惡狼撲向李文秀之際，不惜捨生殺狼並且將狼皮送給了李文秀——按照哈薩克的規矩，一個男子將自己第一次重要獵物送給一個姑娘，便意味著定情——然而不幸的是，蘇普的媽媽與哥哥都是被漢人強盜陳達海等所殺死（**陳等亦正是李文秀的殺父仇人**），以至於英勇而又魯莽的蘇魯克將所有的漢人都恨上了，認為「漢人無好人」。當他得知兒子為漢人女兒殺狼並將狼皮送給了漢人姑娘時，不禁將蘇普一頓毒打。這時的李文秀年齡雖幼，有關兒女情事也似乎無師自通或半通半不通，同時也隱隱約約地意識到自己的情事陷入了一種難以解脫的絕境之中，這時，她想道：

「如果我要了這張狼皮，蘇普會給他爹爹打死的。只有哈薩克的女孩子，他們自己族裡的女孩子才能要了這張大狼皮。哈薩克那許多女孩子中那一個最美麗？我很喜歡這張狼皮，是蘇普打死的狼，他為了救我才不顧自己性命去打死的狼。蘇普送給了我。可是……可是他爹爹要打死他的……」

這是一種兩難之境。其結果，是李文秀將這張狼皮偷偷地放到了哈薩克最美麗的女孩子阿曼家的門口——說起來，蘇普與阿曼的相愛正是深愛蘇普的李文秀一手促成——從而救了蘇普的命（或許，**蘇普的父親未必真的會將蘇普打死，然而對於蘇普與李文秀之間的交往，蘇魯克是絕對不會允許的**），但卻葬送了自己的戀情。這真是令人感傷的一幕。不僅如此，當蘇普來找她訊問此事的時候，她竟說「我從此不要見你」，並躲在門板之後掩面哭泣。也許我們可以說這時的李文秀尚並不真正地懂得愛情，也許，這便是真正的無私與純真的愛情：甘願為自己的愛人犧牲一切。從而，蘇普再也沒有見到過李文秀，而是自然而然地愛上了本族的美女阿曼。

乍看起來，李文秀與蘇普之間的情愫之所以不能健康發展，乃是出於蘇魯克的干預，出於蘇魯克對「漢人」根深蒂固的偏見。因為蘇魯克的妻子與大兒子都是漢人強盜所殺。而殺人者竟然又正是李文秀的殺父仇人。這真是一個難解難分的生死結。然而，事實的發展卻有些出人意料之外，如果是僅僅限於蘇魯克的固執偏見而致使兩小無猜的情人終於不成眷屬，固然也令人感到遺憾與憤慨（**蘇魯克太過固執與愚頓**），抑或，這一對情人或許能通過其他的途徑，歷經磨難而終於結為伉儷。

但是，出人意料——更進一步地看又在情理之中——的是蘇普對李文秀的感情並非像李文秀對蘇普的感情那樣向著愛情方面發展，而是停留在「兩小無猜」的階段。蘇普真正的愛情乃是對美麗的阿曼忠貞的依戀。蘇普心中的李文秀，固然是永遠值得紀念與記憶的兒時良伴，但卻並非至死不變的男女戀情。這才是使人無法排遣的感傷與悲哀呢！書中寫道：

……李文秀道：「要是那墳墓上也裂開了一條大縫，你會不會跳進去？」

蘇普笑道：「那是故事中說的，不會真的是這樣。」李文秀道：「如果那小姑娘很是想念你，日日夜夜的盼望你去陪她，因此墳上真的裂開了一條大縫，你肯跳進墳去，永遠陪她麼？」蘇普歎了口氣道：「不，那個小姑娘只是我小時的好朋友。這一生一世，我是要陪阿曼的。」說著伸出手去，和阿曼雙手相握。

李文秀不再問了。這幾句話她本來不想問的，她其實早已知道了答案，可是忍不住還是要問。現下聽到答案，徒然增添了傷心。

忽然間，遠處有一隻天鈴鳥輕輕的唱起來，唱得那麼宛轉動聽，那麼淒涼哀怨。……天鈴鳥不斷地在唱歌。在寒冷的冬天夜晚，天鈴鳥本來不唱歌的，不知牠有什麼傷心的事。忍不住要傾吐？

蘇魯克、車爾庫、駱駝他們的鼾聲，可比天鈴鳥的歌聲響得多。

在小說的開始，李文秀第一次聽到天鈴鳥的歌唱時，計爺爺告訴她：有些哈薩克人說，這是草原上一個最美麗、最會唱歌的少女死了之後變的：「她的情郎不愛她了，她傷心死的。」李文秀那時迷惘地問道：「她最美麗，又最會唱歌，為什麼不愛她了？」那時，李文秀根本想不通這個道理，也許大多數讀者也無法想通。直至李文秀長大，她才明白其中的辛酸與哀怨。直至看到《白馬嘯西風》也許不少的讀者才會想到，即便是最美麗又最會唱歌的李文秀也會遇到這樣的悲劇，她深愛的情郎卻深深地愛著別的人。

李文秀居然與那天鈴鳥的命運相似。

李文秀的愛變成了絕望的愛，變成了感傷的愛。在無望的感傷之中，李文秀也曾想到學好武功將蘇普奪為己有。然而當這種機會來臨，她卻不願意將蘇普的戀人阿曼真正地變成奴隸，從而再一次失去了他，永遠地失去了他。照理李文秀應該躲避，應該遠離，但李文秀在阿曼與蘇普於迷宮中遭難時，居然又挺身而出，將阿曼救回，將蘇普等人救出……

如前所述，這一切都是為了愛。

一切都只是為了愛。

從而，我們從史仲俊、瓦耳拉齊及李文秀的不同選擇中，看到了愛的不同的運算式。看到了情之成孽之後人品的高下，性格的良莠，看到了人性的畸變與扭曲，同時也看到了人情的感傷與昇華。

即便是為情人而死，在《白馬嘯西風》中也是各有性格、各有因由而又各有意蘊與境界的。史仲俊的為上官虹而死乃是出乎意料迫於無奈，馬家駿的為李文秀而死是情不自禁身不由己；一個是知道癡愛而決未想到死，而另一個是明知要死但卻並未真正明白自己為了什麼而死，並不十分明白自己對李文秀是一種什麼樣的感情。蘇普見阿曼失蹤而衝進迷宮，固然是出於生死不渝的愛情，但同時也足見其性格中的粗豪與魯莽；而李文秀為蘇普再度進入迷宮並且判斷迷宮中的怪物是人不是鬼，乃是出於一種感傷之後的超越，一種無望的愛的本性，一種人性與理智的昇華。

由此，我們已看到了小說《白馬嘯西風》的武之內的情、俠之內的孽，以及事之內的人性、淡之內的深沉韻致。

金庸的武俠小說，其言武及言俠常常是一種手段而非目的本身，常常是一種形式而非主題及內蘊。這部《白馬嘯西風》便比之其他的小說更為清楚地體現了這一點。練武與言俠在這裡只是一種引子，造成一種契機，而對於小說本身而言，它甚而至於只是一個商標而已。其真貨乃是感人生情愛之傷懷，言情孽糾纏的人生之悲劇。

從而，這部小說的敘事語言在金庸的小說中也就顯得極為獨特。它不完全是金庸一貫的那種以敘事為主體的爐火純青的筆法，而是深藏著感傷情懷的美文語言及語調。讀過其他的金庸作品，再來讀這部小說，便會自然而然地感到它的獨異之處。以上我們所引的一些段落已可以略見一斑。為了更明確地說明這一點，我們且再來看幾段小說中的文字。

……時日一天一天的過去，三個孩子給草原上的風吹得高了，給天山腳下的冰雪凍得長大了，會走路的花更加嫋娜美麗，殺狼的小孩子變成了英俊的青年，那草原上的天鈴鳥呢，也是唱得更加嬌柔動聽了。只是她唱得很少，只有夜半無人的時候，獨自在蘇普殺過灰狼的小丘上唱一支歌兒。她沒有一天忘記過這個兒時的遊伴，常常望到他和阿曼並騎出遊，有時，也聽到他倆互相對答，唱著情致纏綿的歌兒。

這些歌中的含意，李文秀小時候並不懂得，這時候卻嫌懂得太多了。如果她仍舊不懂，豈不是少了許多傷心？少了許多不眠的長夜？可是不明白的事情，一旦明白之後，永遠不能再回到從前幼小時那樣迷惘的心境了。

再看小說結尾的語言：

……白馬帶著她一步步的回到中原。白馬已經老了，只能慢慢的走，但終於是能回到中原的。江南有楊柳，桃花，有燕子、金魚……漢人中有英俊勇武的少年，倜儻瀟灑的少年……但這個美麗的姑娘就像古高昌國人那樣固執：「那都是很好很好的，可是我偏不喜歡。」

小說以這樣的句子作為結尾，在形式上可以說是戛然而止，然而在意蘊上卻餘味無窮。之所以有「那都是很好很好的，可是我偏不喜歡」這一句，正是因為有了「我自己所喜歡的，卻又偏偏永遠也不能得到」。

李文秀如此，史仲俊是如此，瓦耳拉齊是如此，馬家駿是如此……幾乎大部分人都是如此。也可以說大部分人的人生都是如此。

那些追求迷宮財富的強盜們甚至也會如此，因為迷宮中並無他們所料想和希望的那樣堆滿了的金銀財寶，而只不過是一些漢人的物品、雕像與文字碑。這些漢人的物品是唐朝的皇帝強行贈送給高昌國君民的，但偏偏高昌國人卻道：「野雞不能學雞飛，小鼠不能學貓叫，你們中華漢人的東西再好，我們高昌野人也是不喜歡」。

歷史與人生常常如此不遂人願，甚而人生不如意者十之八九。

如之奈何？

且看《白馬嘯西風》。

《鴛鴦刀》
趣中有趣，曲裡藏曲

都知道金庸將其十四部主要作品名稱的首字編成了一副對聯，叫做「飛雪連天射白鹿，笑書神俠倚碧鴛」。其中的「鴛」便是金庸的中篇武俠小說《鴛鴦刀》。

金庸作品廣為人知，其中大部分只怕大家已是滾瓜爛熟，熟極而流了。唯獨這《鴛鴦刀》卻不甚有名。其中最主要的原因想來只怕還是因為它是中篇而非長篇的緣故——在金庸全部十五部作品之中，相對較不出名的恰恰是三部中短篇小說，即《越女劍》、《白馬嘯西風》和這部《鴛鴦刀》。所以，遠景事業公司出版的「金庸作品集」中只收入十二部長篇小說，而曾將這三部中篇小說予以開革。於是這幾部中篇小說便越發不能出書頭地了。

進一步言，中篇武俠小說之不出名，決非因為出版家不喜歡出版它，更主要的原因，只怕還是因為中篇武俠小說遠不若長篇武俠小說那樣過癮。換句話說，以中篇的篇幅來寫武俠小說，遠不如長篇小說那樣讓人痛快。中篇武俠小說固是難寫，且更為難精。

即便是金庸這樣的絕頂高手，要想在三招兩式之中就讓人心神迷醉，只怕也是極其不易。更何況金庸先生本人乃是一位大家，有大氣魄、大胸臆、大境界、大手筆，只怕不免也要大篇幅來與之相配。而似《越女劍》、《白馬嘯西風》、《鴛鴦刀》這等的小巧騰挪的動作，金大俠也難以施展其一身內外兼修的功夫。

實際上，即便是在這幾部難寫更難精的中篇小說中，金大俠也依然出手不凡、各盡其妙。以《白馬嘯西風》敘情之纏綿悱惻幽惋感傷，而《越女劍》寫事則疏朗俊逸清新怡人，這裡且不多說。

這部《鴛鴦刀》總共不過三萬七八千字，是《越女劍》字數的一倍，又是《白馬嘯西風》字數的一半。可以說是中篇裡的中篇。比之金庸先生本人的長篇大作，雖不免略為遜色一籌，但比之其他高手的招式功力，只怕還是要高上一招強上半式。

如題所示，這部作品的妙處，正在這「趣」與「曲」二字之中。

江湖諧趣圖

金庸先生常道，他之所以要寫武俠小說，其原因及其目的首先在於「娛樂自己，兼而娛樂他人」。至於金大俠於遊戲之中顯出了其道行的高深，內功到處照樣飛花摘葉，傷人立死，那是更高層次的話題，我們在別處自要討論。而這娛樂與遊戲二詞，其實也不可輕視。且不說即便是純粹的娛樂或遊戲非但並無不可，而是多多益善。而真正能夠娛樂自己又能娛樂他人的作家作品又有多少？

其實難得。

《鴛鴦刀》的妙處，首先是一個趣字。這部小說，可以說是一部「江湖諧趣圖」。小說劈頭蓋腦第一句便是：「四個勁裝結束的漢子並肩而立，攔在當路！」其勢是何等的緊張驚人！如小說所言：若是黑道上山寨的強人，不會只有四個；如是剪徑的小賊，見了這麼聲勢浩大的鏢隊，遠避之唯恐不及，哪裡敢這麼大模大樣地攔在當路？只怕是武林高手，持強挾藝而來劫鏢無疑了。且越是貌不驚人、滿不在乎的人物，越是武功了得。是謂「真人不露相，露相不真人」……如此等等。

又誰知，這四位勁裝結束、擋在當道、滿不在乎似是胸有成竹並大言炎炎自稱是「太嶽四俠」──「咱大哥是煙霞神龍逍遙子，二哥是雙掌開碑常長風，三哥是流星趕月花劍影，區區在下是八步趕蟾、賽專諸、踏雪無痕、獨腳水上飛、雙刺蓋七省蓋一鳴」──並將押鏢前來的陝西西安府威信鏢局的總鏢頭、「鐵鞭鎮八方」周威信嚇得半死並不顧面子「有事各西東」地逃走……的四個寶貝原來竟是個個武功稀鬆平常，見識亦是差勁的渾人。

看到此處，不能不使人哈哈大笑，忍俊不禁。

金庸能寫人生百態，而寫「渾人」乃是他的一絕。《射鵰英雄傳》中的「老頑童」周伯通，《笑傲江湖》中的「桃谷六仙」……等等這一干渾人，只怕要青史留名、永垂史冊了。在這《鴛鴦刀》中，金大俠牛刀小試，自是格外地得心應手。

這四個大言炎炎卻又稀裡糊塗的「太嶽四俠」固是渾得可喜可愛，似是幾個全然不懂道上規矩的初出道的雛兒。然而又誰知道這「太嶽四俠」今日欲攔路搶劫碰上的居然都是硬手，且又都是些不可理喻的渾人。

在被威信鏢局的鏢師打敗之後，「太嶽四挾」依然攔在當路，碰到的第二批人則是「拳不離手、罵不離口」、床頭吵嘴床尾和、和了又吵、吵了又打的一對寶貝夫妻林玉龍與任飛燕。第三撥碰上的是一位自得其樂、口中吟詩、說癡不癡、說傻不傻的書生，偏偏求到了「太嶽四俠」的門上，團團一揖，說道：「在下江湖飄泊，道經貴地，阮囊羞澀，床頭金盡，只有求懇太嶽四俠相助幾十兩紋銀。四俠義薄雲天，樂善好施，在下這裡先謝過了。」這書生向攔路搶劫者求援已是稀奇，而這「太嶽四俠」居然又改行濟困扶危，只可惜搜遍四人全身，總共也只不過只有幾兩碎銀子。正是「偷雞不成，反蝕一把米」，叫人哭笑不得。好不容易再等到第四撥行路客，見是一位美貌少女：

馬上乘客見四人踩在地下拉扯繩索，一怔，勒馬問道：「你們在幹什麼？」蓋一鳴道：「安絆馬索兒……」話一出口，知道不妥，回首一瞧，只見馬上乘客是個美貌少女，這一瞧之下，先放下了一大半心。那少女問道：「安絆馬索幹麼？」蓋一鳴站直身子，拍了拍手上的塵土，說道：「絆你的馬兒啊！好，你既已知道，這絆馬索也不用了。你乖乖下馬，將馬兒留下，你好好去吧。咱們太嶽四俠決不能欺侮單身女子，自壞名頭。那少女嫣然笑道：「你們要留下我馬兒，還不是欺侮我嗎？」蓋一鳴結結巴巴的道：「這個嘛……自有道理。」逍遙子道：「我們不欺侮你，只欺侮你的坐騎。一頭畜牲，算得什麼？」他見這馬身軀高大，毛光如油，極是神駿，兼之金勒銀鈴，單是這副鞍具，所值便已不菲，不由得越看越愛。

蓋一鳴道：「不錯，我們太嶽四俠，是江湖上鐵錚錚的好漢，決不能難為婦孺之輩。你只須留下坐騎，我們不碰你一根毫毛。想我八步趕蟾、賽專諸、踏雪無痕……」那少女伸手掩住雙耳忙道：「別說，別說。你們不知道我是誰，我也不知道你們是誰，是不是？」蓋一鳴奇道：「是啊，不知道那便如何？」那少女微笑道：「咱們既然互不相識，若有得罪，爹爹便不能怪我。呔！好大膽的毛賊，四個兒一齊上吧！」

原來這少女正是晉陽大俠蕭半和的獨生愛女蕭中慧，學得一身武藝正愁著沒有架可打，好不容易偷偷地跑出家門，想奪那藏有一個大秘密、得之者無敵於天下的鴛鴦刀。碰上了這個機會，豈能放過而光說不練？

其結果可想而知，「太嶽四俠」華蓋當頭，非敗不可。

再說那「鐵鞭鎮八方」周威信周總鏢頭。他可以算得上這部《鴛鴦刀》中的一位主角，因為那天下聞名人人欲得因而事關重大而勢必惹事生非的鴛鴦刀正背在他的背上。原來川陝總督劉于義劉大人得到這一對鴛鴦刀，想要敬獻給皇上，於是就叫周總鏢頭押往北京。他一生經歷過不少大風大浪，風頭出過，釘板滾過，英雄充過，狗熊做過，砍過別人的腦袋，就差自己的腦袋沒給別人砍下來過，算得是見多識廣的老江湖了，但從未像這一次走鏢這樣又驚又喜、心神不寧。

然而誰能料到這位「見多識廣的老江湖」，原來竟也有些似是而非。論武藝說高不高說低不低，論謀略說多不多說少不少，他說話做事口頭心頭的妙訣非它，而正是「江湖上有言道」這六真言。碰到「太嶽四俠」中的老大一副漫不在乎的病夫模樣，便想起了「江湖上有言道：『真人不露相，露相不真人。』」於是如臨大敵「不由深自躊躇起采，不由自主的伸手摸了一摸背上的包袱」（其中藏著鴛鴦刀）。

又因江湖上有言道：「小心天下去得，莽撞寸步難行。」於是抱定主意「能夠不動手最好」。——江湖上有言道：「善者不來，來者不善。」——江湖上有言道：「忍得一時之氣，可免百日之災。」——江湖上有言道：「寧可不識字，不可不識人——江湖上有言道：「容情不動手，動手不容情。」——江湖上有言道：「只要人手多，牌樓抬過河。」——江湖上有言道：「相打一蓬風，有事各西東。」——江湖上有言道：「晴天不肯走，等到雨淋頭。」——江湖上有言道：「若要精，聽一聽，站得遠，望得清。」——江湖上有言道：「做賊的心虛，放屁的臉紅。」……

總而言之，言而總之，這位陝西西安府威信鏢局的總鏢頭、「鐵鞭鎮八方」周威信，這位久歷江湖見多識廣的周威信的一言一行莫不受這六字真言即所謂「江湖上有言道」所支配制約。這六字真言可以說是他混跡江湖的唯一大法寶，時時祭起，只不過時靈時不靈。這些妙訣固是俗雅不同，層出不窮，然而周總鏢頭的一招一式都要照本宜科，不免叫人看出他的渾來。

周威信即便不是一個「渾人」，至少也做了不少的渾事。這同樣叫人出乎意料而又在情理之中，每每啼笑皆非不知從何說起。他自從保了鴛鴦刀這支鏢後，雖然想做到外鬆內緊、外張內弛，然而卻沒想到其內太緊了，「怎想得到自己牢牢守住的大秘密，只因為白天裡盡是想著，腦中除了『鴛鴦刀』之外沒有再轉其他念頭，日有所思，夜有所夢，在睡夢中竟說了出來。」以至於同行的鏢師人人皆知，唯獨他一個人以為這是「絕密」。

非但如此，在小說的一開始，他見到「太嶽四俠」要他將「寶貝」留下（「太嶽四俠」只不過是想劫點東西送給蕭半和大俠做為進見之禮，原是什麼都可以的，更不知周威信身上背了鴛鴦刀。更不必說，這四位特殊的大俠是否知道鴛鴦刀的大名及其秘密尚在兩可之間），他便「不由自主地伸手去摸一摸背上的包袱」。而碰到林玉龍、任飛燕夫婦則更是讓人噴飯：

……林玉龍向妻子喝道：「你住口，讓我來問他。」任飛燕道：「幹麼要我住口？你閉嘴，我來問。」兩人你一言，我一語，爭吵了起來。（**按，這乃是這對夫婦的家常便飯**）周威信被兩柄單刀架在頸中，生怕任誰一個脾氣大了，隨手一按，自己的腦袋和身子不免各走各路。江湖上有言道：「你走你的陽關道，我走我的獨木橋。」又想：「江湖上有言道：『光棍不吃眼前虧，伸手不打笑臉人』。」（**按：周大鏢頭又祭起了他的法寶六字真言矣。**）當下滿臉堆笑，說道：「兩位不用心急，先放我起來，再慢慢說不遲。」林玉龍喝道：「幹麼要放你？」任飛燕見他右手反轉，牢牢按住背上的包袱，似乎其中藏著十分貴重之物，（按：周威信這老江湖又犯渾了。）喝道：「那是什麼？」

周威信自從在總督大人手中接過了這對鴛鴦刀之後，心中片刻也沒有忘記過「鴛鴦刀」三字，只因心無旁騖，竟在睡夢之中也不住口的叫了出來，這時鋼刀架頸，情勢危急，任飛燕又問得緊迫，實無思索餘地，不自禁衝口而出：「鴛鴦刀。」

這真叫處處點題。如此，這《鴛鴦刀》中的江湖人物當真是有趣得緊。以至於在鏢師護送鴛鴦刀，而群雄必欲得之而後快的無比凶險的過程之中，因為有了這些人、這些事，倒真是趣中有趣、妙趣橫生。

這就是一幅熱鬧好玩的「江湖諧趣圖」了。

自然，這幅「江湖諧趣圖」的成功，首先在於由這一干形貌性格皆為特異的渾人與趣事組成。其次，則在於作者生動活潑、風趣橫生、幽默誇張的敘事筆法。

如寫「太嶽四俠」中的「流星趕月花劍影」的相貌道：「第三個中等身材，白淨面皮，若不是一副牙齒凸出了八分，一個鼻頭低陷了半寸，倒算得上是一位相貌英俊的人物。」

又如寫周威信：「他當然極想見識見識寶刀的模樣，倘若僥倖得知了刀中秘密，『鐵鞭鎮八方』變成了『鐵鞭蓋天下』，自然更是妙不可言。但總督大人的封印誰敢拆破？周大鏢頭數來數去，自己總數也不過一個腦袋而已。」又寫道：「尋常黑道上的人物，他鐵鞭鎮八方也未必便放在心上，八方鎮不上了，鎮他媽的一方半方也還將就著對付，但『得了鴛鴦刀，無敵於天下』這兩句話要引起多少武林高手眼紅？於是他明保鹽鏢，暗藏寶刀。縱然鏢銀有甚閃失，只要寶刀抵京，仍無大礙，一做上官，周大老爺公堂上一坐，招財進寶，十萬兩銀子怕賠不起？再說，大老爺只有伸手要銀子，哪有賠銀子的？」——於風趣幽默的敘事語言之中，將周威信的性格、心理揭示得深刻透徹。趣筆原正是妙筆。

再看太嶽四俠中老大逍遙子——被周威信認為是「莫測高深」的人——的武功：

> ……逍遙子見勢頭不妙，提起旱煙管上首夾攻。他這煙管是精鐵所鑄，使的是判官筆招數，居然出手點穴打穴，只是所認穴道不大準確；未免失之尺寸，謬以萬里。
>
> 那少女瞧得暗暗好笑，賣個破綻，讓他煙管微微點中了自己的左腿，只感微微生疼，喝道：「癆病鬼，你點的是什麼穴？」逍遙子道：「這是『中瀆穴』，點之腿膝麻痹，四肢軟癱，還不給我束手待縛？」那少女笑道：「中瀆穴不在這裡，偏左了兩寸。」逍遙子一怔：「偏左了，不會吧？」伸出煙管，又待來點。那少女一刀砍下，將他煙管打落，隨即雙刀交於右手，左手一把抓住他的衣領，足尖在馬腹上輕輕一點，那馬一聲長嘶，直竄出林；逍遙子給她拿住了後頸，全身麻痹，四肢軟癱，只有束手待縛。太嶽四俠中剩下三俠大呼：「風緊；風緊！」沒命價撒腿追來。
>
> 那馬瞬息間奔出里許。逍遙子給她提著，雙足在地下拖動，擦得鮮血淋漓，說

道：「你抓住我的風池穴，那是足少陽和陽維脈之會，我自然是無法動彈，那也不足為奇，非戰之罪，雖敗猶榮。」那少女格格一笑，勒馬止步將他擲在地下，說道：「你自身的穴道倒說得對！」突然冷笑一聲，伸刀架在他頸中，喝道：「你對姑娘無禮，不能不殺！」逍遙子歎了口氣道：「好吧！不過你最好從我天柱穴中下刀，一刀氣絕，免得多受痛苦！」那少女忍不住笑，心想這癆病鬼臨死還在鑽研穴道，我再嚇他一嚇，瞧是如何，於是將刀刃抵在他頭頂「天柱」和「風池」兩穴之間，說道：「便在這裡了。」逍遙子大叫：「不，不，姑娘錯了，還要上去一寸二分……」

須知這刀槍打鬥、動輒便有性命危險，奈何這「太嶽四俠」中的老大竟是這麼一個渾人，只有這麼一身稀鬆差勁的武功，卻是一味地嘴硬而又要鑽研什麼穴道之學，看起來不能不叫人笑掉了大牙。

這樣的文字，讀來哪有什麼緊張氛圍，所有的緊張的危險都被這渾人渾語渾事渾情沖得稀稀落落，似是而非，令人捧腹。這雖與人物性格與情狀有極大的關係，其實也是作者的敘事方法及其語言所致，真稱得上是遊戲筆墨，舉重若輕。

謎底俠士曲

如果小說《鴛鴦刀》僅僅只是一味的風趣逗樂，寫的全是一班諧趣人事，風趣倒是風趣了，久讀卻難免生厭。如果這部《鴛鴦刀》中的人物，全是「太嶽四俠」及周威信這樣角色，好看倒是好看，只不免將武俠小說變成了渾人小說了。

好在《鴛鴦刀》並非一味如此。小說中人物，除一開頭出現的「太嶽四俠」、周威信、林玉龍、任飛燕等幾個渾人以外，便一改筆墨，寫起了蕭中慧、袁冠南、卓天雄等幾個人物。其中卓天雄是朝廷鷹爪，其人格不免低下，且假扮瞎子，搞得毫無江湖經驗的蕭中慧大上其當，甚至也使「久曆江湖」的周威信也擔足了心事，與之稀裡糊塗的大打了一場，方才知道原來是「大水沖了龍王廟，自家人不識自家人」。這卓天雄乃是大內七大高手之首，其武功見識自是非凡，可以說是反面角色之首。

蕭中慧與袁冠南，一是純真爛漫偏要充當俠士角色，不免有點似是而非，自不量力，擔驚受窘叫人覺得有趣；而袁冠南則是自持其功力高強，一味裝癡作傻又故示閒逸，也叫人覺得可喜。然而這樣的人物實乃人中龍鳳，後輩英雄，決非什麼渾人。至於書中最後出場的真正的小說主人公晉陽大俠蕭半和就更是豪氣干雲，義薄雲天，英雄俠氣兼而有之了。

小說是寫周威信奉川陝總督之命押送鴛鴦刀赴京敬獻，一路之上雖是目標明確，然而小說卻是寫得處處出人意料。這可也真說得上是曲盡其妙了。

什麼「太嶽四俠」，什麼「玉龍飛燕」，這幾個渾人原來都是與這鴛鴦刀毫無關係，並且也無心搶奪。一是為了「劫禮」，一則是為了要「救子」，無巧不巧碰上了周威信以至於演出了一幕幕生動有趣的活劇，妙趣橫生好看煞人。其實正主兒乃是蕭中慧、袁冠南以及卓天雄。這卓天雄原是皇上派來保護鴛鴦刀的，卻首先同鏢師們大打了一架，結果則出人意料。而蕭中慧與袁冠南則是有心而來、有備而來，但卻各有不自量力、恃強輕敵的過失。按說這鴛鴦刀有卓天雄這位高手護送是決不至被這兩人搶了去，偏偏卻又無巧不巧，事情大大地出乎意料之外。袁冠南的武功比之卓天雄自然不及，但憑手上的毛筆墨汁及口中的胡說八道，竟將卓天雄騙過，將鴛鴦刀搶了來。卓天雄自然不久就會醒悟，追了上來。按說這回蕭中慧、袁冠南以及林玉龍、任飛燕等要遭難了，因為合這幾人之力也並不是卓天雄的對手，卻誰料，事情再一次出乎意料之外。

林玉龍、任飛燕這一對「拳不離手，罵不離口」的寶貝夫妻，卻學了一套精妙無比的「夫妻刀法」——這「夫妻刀法」與「鴛鴦刀」自是相配，這又是妙中之妙——雖然他們自己無法相互配合而不吵不罵，但危急之中教給了蕭中慧、袁冠南，這一對年輕男女竟是威力陡生，打敗了卓天雄。至此，這「鴛鴦刀」碰上了「夫妻刀法」再又碰上了蕭中慧、袁冠南這一對「人中龍鳳、情中鴛鴦」，才真正地表現出了小說的妙中生妙、曲中藏曲、緣法機巧的高明之處。彷佛這「夫妻刀法」原本就是為「鴛鴦刀」所創，而這鴛鴦刀及「夫妻刀法」一竟又似專為蕭中慧與袁冠南這一對青年愛侶所準備。如此人事之巧，直奪天工。真虧了作者能想出來。

然而精妙處還在後頭。小說寫到了蕭半和的府上，蕭半和本已將蕭中慧許配給前來獻刀祝壽的袁冠南，這對愛侶終於成得正果。誰料袁冠南忽然發現蕭中慧的大娘袁媽媽居然正是自己的生身母親，這就意味著事情要糟，即袁冠南與蕭中慧居然成了兄妹，如何成婚？如何相愛？眼見著這「夫妻刀法」、「鴛鴦刀」及「男歡女愛」三者相協的理想境界就要破滅，卓天雄竟又帶了鏢師及官兵前來，並首先抓住了乍聞情事陡變而絕望輕生的蕭中慧。更使人想不到的是，這晉陽大俠蕭半和竟然又是什麼「反賊蕭義」。這樣，眼看著一場悲劇不可避免，而且將悲慘異常，叫人憂憤不堪設想。

又誰知，經過一場拚鬥，蕭半和及其親朋好友逃得了性命，入了中條山中。此後，謎底才一個又一個地揭開：蕭半和正是蕭義，原來竟是一位太監。本欲自願當太監以便乘機刺殺滿清皇帝，誰料入宮多時竟無法得手。後逢「鴛鴦刀」出現，皇帝將其持有者袁英雄和楊伯沖殺死並將其夫人打入天牢。蕭義這才想到替死人報仇不如救活人要緊，將袁、楊二位夫人從天牢裡救出，並假扮夫妻。只可惜將袁公子半途失落（**按指袁冠南**），而只將楊中慧（**按指蕭中慧**）養到十八歲。這袁冠南、楊中慧非但不是什麼親兄妹，相反倒正是鴛鴦刀的持有者的後代，恰似前緣已定，要讓袁、楊二人喜結鴛鴦，得鴛鴦刀，學「夫妻刀法」。

小說至此，已是大團圓的結局，這是武俠小說的慣常結局，然而想到大俠蕭義——蕭半和的畢生經歷，卻不免令人神傷又極端感佩。書中寫道：

……蕭半和一拍大腿，說道：「老蕭是太監，羨慕大明三寶太監鄭和遠征異域，宣場我中華德威，因此上將名字改為『半和』，意思說盼望有鄭和的一半英雄，嘿嘿，那只是老蕭的癡心妄想。這些年來倒也太平無事，哪知鴛鴦刀出世，老蕭一心要奪回寶刀，以慰袁、楊二位英靈，沒再小心掩飾行藏，終於給清廷識破了真相。」……

小說中蕭半和的這一段長篇的介紹，不僅將《鴛鴦刀》這部小說的情節故事的前因後果交代得明明白白，更主要的是將蕭義——蕭半和這一出場不多的大俠士、大英雄的形象也極為鮮明地凸現出來了。這位蕭義士蕭半和，豈止是「半和」之英雄，簡直是義薄雲天，俠之大者。從而，這部小說終於又深進到一個令人熱血沸騰、熱淚盈眶的感人境界。

「太嶽四俠」為了「進見之禮」而攔路搶劫，沒想到險些將命也丟了。幸而碰上了蕭中慧（即楊中慧）解了他們的窘迫。誰知到了蕭府，非但發現了這給他們解圍的少女正是此間的掌珠，而且又逢袁、蕭訂婚，林玉龍、任飛燕夫妻以一套完整的「夫妻刀法」為禮。這可難住了「太嶽四俠」，要知說到送禮，實是他們最為頭疼犯忌之事。任飛燕有意開他們的玩笑，讓「太嶽四俠」到那污泥河邊去捉什麼碧血金蟾。「太嶽四俠」聞之大喜，自然信以為真。結果妙在歪打正著，碧血金蟾雖沒捉到，卻將「腿上受了傷，口中哼哼唧唧，行路一跛一拐」的卓天雄一網捕來，不僅將那真正的鴛鴦刀物歸舊主，而且又使元兇伏誅。這個大禮可謂奇功一件，重了去了！

我們要說的是，這「太嶽四俠」在《鴛鴦刀》中本是不重要的插斜打諢的角色，但作者筆下，竟是開頭有他們，結尾還有他們。且他們開頭攔路打劫不斷出乖露醜，而最後誠心送禮居然建立奇功大德。可見小說「曲中之妙」首尾呼應、法度謹嚴之至。

小說中還有一個謎，即「得了鴛鴦刀，無敵於天下」這個謎，也是直到小說的最後才得以解開，書中寫道：

……袁夫人將鴛鴦刀拿在手中，歎道：「滿清皇帝聽說這雙刀之中，有一個能無敵於天下的大秘密，這果然不錯，可是他們便知道了這個秘密，又能依著行麼？各位請看！」眾人湊近看時，只見鴛刀的刀刃上刻著「仁者」兩字，鴦刀上刻著「無敵」兩字。

「仁者無敵」！這便是無敵於天下的大秘密。

這個謎自始至終懸在書中，然而揭開了卻是如此簡單，簡單不值一哂。似乎作者對讀者開了一個大大的玩笑——在做著所有的玩笑中要算這個玩笑最大了——說起來真叫人哭笑不得。只能感歎金庸才情之妙，曲筆之精。

然而，掩卷之後復思之，這「仁者無敵」四字，何嘗是什麼簡單的玩笑？它既不是什麼玩笑，更是絕不簡單！

要真正地弄清弄懂其中的奧妙，只怕要一生一世的光陰。

《天龍八部》無人不冤，有情皆孽

我們說過，金庸的《天龍八部》是一部奇書，一部傑作，而且是傑作中的傑作，即一部絕世之作。在金庸的小說中，唯有《鹿鼎記》一書可與之相比，堪稱雙璧或雙絕。值得注意的是，這兩部書也正是金庸小說中最長的兩部小說，各有五十回。金庸其他的小說多半只有四十回（如「射鵰三部曲」及《笑傲江湖》等）或不到四十回。這真是金庸自己所說的「長篇比短篇好些。」的一個絕妙的說明；長篇幅的比短篇幅的偏偏竟也要好些。

在金庸的小說中，《天龍八部》的寫作時間最長，從一九六三年開始在《明報》及新加坡《南洋商報》同時連載，前後歷時四年，這才載完，才寫完。這部作品比《鹿鼎記》的寫作時間還長一年。因為篇幅巨大，寫作、連載的時間極長，所以這部小說的結構之複雜龐大而又似鬆散，人物眾多而關係錯綜，其主題的曲折而又多變……等等，就有些在所難免。

這是一部好看卻又難說的作品。

你甚至難以回答諸如「天龍八部」是什麼意思，以及其象徵誰人？《天龍八部》這部小說寫的究竟是什麼？乃至這部小說的主人公究竟是誰？……等等，這些看似極其簡單的問題，卻並不那麼容易回答。

小說的修訂本中，有《釋名》一篇，說是「楔子」，實際上是說明。其中寫道：

這部小說以「天龍八部」為名，寫的是北宋時雲南大理國的故事。大理國是佛教國家，皇帝都崇敬佛教，往往放棄皇位，出家為僧，是我國歷史上一個十分奇特的現象。據歷史記載，大理國的皇帝中，聖德帝、孝穗帝、保定帝、宣仁帝、正廉帝、神宗等都避位為僧。《射鵰英雄傳》所寫的南帝段皇爺，就是大理國的皇帝，《天龍八部》的年代在《射鵰英雄傳》之前。本書故事發生於北宋哲宗元佑、紹聖年間，西元一〇九四年前後。

天龍八部這八種神道精怪，各有奇特個性和神通，雖是人間之外的眾生，卻也有塵世的歡喜和悲苦。這部小說裡沒有神道精怪，只是借用這個佛經名詞，以象徵一些現世人物，就像《水滸》中有母夜叉孫二娘、摩雲金翅歐鵬。

看起來這一段話，將上述的幾個問題都給回答了。即這部小說是寫大理國君臣故事，其主人公是大理國段正淳、段譽及段正明等皇室諸人，「天龍八部」則顯然是與之有關的一些人物的象徵。

其實也不儘然。這部小說固然是寫了大理國的故事，然而只占其三分之一的篇幅。此外還寫到了與之同時的遼、西夏、北宋、吐蕃、金人乃至慕容復拚命企圖復國的「大燕」等等。所以小說算不上是純粹寫大理國的故事。進而，它的主人公也決不只是大理國的段正淳、段譽父子；還有契丹人蕭遠山、喬峰（蕭峰）父子，有生長在中原但一心恢復大燕國的慕容博、慕容復父子，和地屬北宋的少林寺中玄慈、虛竹父子……等等。再次，我們知道，「天龍八部」都是「非人」，即是指形貌似人而實際不是人的眾生，包括八種神道怪物，即一天、二龍，三夜叉；四乾達婆，五阿修羅，六迦嘍羅，七緊那羅，八摩呼羅迦，因為以「天」及「龍」為首，所以稱為「天龍八部」。

然而這「天龍八部」究竟象徵著哪些人物呢？

我們只能隱隱地猜想到：「天」即天神似是指段正淳的妻子、段譽的媽媽刀白鳳（因為她「不樂本座」）；「龍」似是指靈鷲童姥（因為她住靈鷲山且又是童身姥齒）；而「夜叉」似是指「修羅刀」秦紅棉；「乾達婆」似是指王夫人（愛養花）；「阿修羅」是指俏藥叉甘寶寶（男極醜而女極美）；「迦嘍羅」似是指「無惡不做」葉二娘（每天吃一小童）；「緊那羅」似指阮星竹（善於歌舞）；「摩呼邏迦」似是指康敏（人身而蛇頭）……至於是與不是，實在極為難說。

上述猜測，都不過是些捕風捉影而已，並無確切的證據。進而，就算一一考證落實，那麼她們可並不是同一故事（比如大理國的故事）中的人物，亦不能證明作者的有關言論的正確。

作者關於本書「寫什麼」的話都不能作數，那麼還有誰的話能作數呢？換句話說：這部小說既然不只是大理國的故事，那麼究竟是寫了什麼故事呢？這部小說究竟有沒有主人公，它的主人公又究竟是誰呢？

段譽、蕭峰、虛竹

初看起來，這部（天龍八部）實在是人物眾多，頭緒紛繁，場面闊大，背景複雜，實在讓人摸不著頭腦，看起來似乎一切無從談起。因為連小說的主人公都不清楚。還怎麼談這部小說？

實際上，這部小說還是有明確的主人公的，只不過不是一人，而是三人。是結拜為兄弟的三人，即段譽、蕭峰、虛竹這三個人。

首先讓我們看這部書的結構及其內容。小說的第一卷至第二卷的上半部是寫大理段譽的，即以下回目：

一、青衫磊落險峰行
二、玉璧月華明
三、馬疾香幽

四、崖高人遠
五、微步縠紋生
六、誰家弟子誰家院
七、無計悔多情
八、虎嘯龍吟
九、換巢鸞鳳
十、劍氣碧煙橫
十一、向來癡
十二、從此醉
十三、水榭聽香，指點群豪戲
十四、劇飲乾杯男兒事

到了第十四回《劇飲乾杯男兒事》這一回，男主角便不再只是段譽一人，而是出現了丐幫幫主喬峰（即蕭峰）。他倆在江南酒樓相遇，有趣的是都以為對方是慕容復——當時「北喬峰、南慕容」名震武林——後來知道真相從而結拜為弟兄。此後的回目，則是主寫喬峰（蕭峰）其人其事：

十五、杏子林中，商略平生義
十六、昔時因
十七、今日意

十八、胡漢恩仇，須傾英雄淚
十九、雖萬千人吾往矣
二十、悄立雁門，絕壁無餘字
二十一、千里茫茫若夢
二十二、雙眸燦燦如星
二十三、塞上牛羊空許約
二十四、燭畔鬢雲有舊盟
二十五、莽蒼踏雪行
二十六、赤手屠熊搏虎
二十七、金戈蕩寇鏖兵
二十八、草木殘生顱鑄鐵

以上回目都是主寫喬峰——蕭峰其人。直至二十八回《草木殘生顱鑄鐵》開始插入游坦之（鐵頭人）其人以及星宿老怪丁春秋及其師兄聰辯先生（聾啞老人）蘇星河，即第二十九回《蟲豸凝寒掌作冰》及三十回《揮灑縛豪英》等，以引出該小說的第三位主人公虛竹——虛竹子。

小說的第四卷即全是寫虛竹的故事。即：

三十一、輸贏成敗，又爭由人算
三十二、且自逍遙沒誰管

三十三、奈天昏地暗，斗轉星移
三十四、風驟緊，縹緲峰頭雲亂
三十五、紅顏彈指老，剎那芳華
三十六、夢裡真真語真幻
三十七、同一笑，到頭萬事俱空
三十八、糊塗醉，情長計短
三十九、解不了，名韁係嗔貪
四十、卻試問，幾時把癡心斷

以上第四卷專寫虛竹的傳奇故事。當中也插入一些其他的人事，暫且不必一一細說。

第五卷，則是寫蕭峰、虛竹、段譽這三位主人公第一次會齊，大戰少林寺，且各明前緣，了斷恩怨。此後三人攜手北上西夏國，結果出乎意料地虛竹被招為駙馬；再敘段譽南下救父終未能使父親及其一干情人（包括段譽之母）脫難，又得知生身之父原是「四大惡人」之首段延慶。最後幾回又寫蕭峰為了不使遼王侵宋，一代絕世英雄終於身死，全天下為之傾淚！所以這部小說的第五卷可以說是「大結局」之卷，三位主人公各自平分秋色。在這一卷中，所有一切恩怨仇恨、情緣姻孽，盡皆一一了斷。而其最後之結果，又無一不使人為之極度驚訝且復極度之茫然、茫茫然。

以上我們從內容上及外在結構上（指作品的敘事形式結構）說明了段譽、蕭峰、虛竹這三者乃是該小說的重點敘述對象，即其小說的主人公。此外，我們還可以從小說的內在結構（指小說人物之間關聯式結構）中看出這三位主人公在小說中的舉足輕重的意義。

小說《天龍八部》除了敘述段譽、蕭峰、虛竹這三位主人公及其故事之外，還敘述了其他的種種人事。我們要指出的是，這些「其他的人事」看似各自獨立、互不相干，但卻無不與這三位主人公直接或間接地有某種關係，至少與其中的一位有直接或間接的牽連。從而段譽、蕭峰、虛竹三人不僅是小說《天龍八部》的主人公及敘事中心，同時也是小說中其他人事的結構的樞紐。

諸如以下種種。

除段譽、蕭峰、虛竹三人以外，《天龍八部》中的重要人物當推慕容復及「姑蘇慕容家」一干英雄豪傑。他們的故事相對獨立，然而卻又與段譽及蕭峰有莫大的牽連。慕容復的姑媽乃是段譽之父段正淳的情人，而傾慕慕容復不已的王夫人的女兒王語嫣則又是段譽癡心相戀的對象。段譽自見到王語嫣之後，情難自己，只要有機會便跟隨其後。從而造成了哪裡有慕容復，哪裡就必有王語嫣；而哪裡有王語嫣，則哪裡多半就有段譽，從而慕容復、王語嫣、段譽這組人成了拆不開的「穩固的情三角」。且不說王語嫣的媽媽王夫人乃是虛竹的師叔李秋水的女兒（亦即其師父無崖子的女兒），而慕容復與蕭峰之間更是關係非常：一是江湖上傳言「北喬峰，南慕容」將這二人已緊緊地聯繫在一起；二是慕容復之父慕容博則正是蕭峰的殺母毀家、血海深恨不共戴天的大仇家中的罪魁禍首。

除慕容復之外，小說中的重要人物還有游坦之。這位不幸的少年後來歷經苦難甚而為禍武林，其源在蕭峰大戰聚賢莊，並打死了莊主游驥與游駒兄弟，而這二人則正是游坦之的父親與叔父。游坦之與蕭峰自是不共戴天。而奇妙的是游坦之深愛的姑娘卻又是段譽之妹妹阿紫，而這阿紫則又是深愛喬峰。從而喬峰、阿紫、游坦之又形成了又一個「鐵三角」，情孽牽連，令人深感悲慘淒側。

再說「四大惡人」。這也是書中活躍的人物。而其首惡段延慶非但是段正明、段正淳兄弟的死敵（段延慶才是正宗的「延慶太子」，因叛亂而逃亡在外，以至失去王位，從而癡心恢復王位），同時竟又是段譽的生身之父！其中「無惡不作」的葉二娘不但是少林寺掌門玄慈方丈的情人，且竟又是虛竹的生身之母！「南海鱷神」岳老三本極想收段譽為徒，然而陰錯陽差地成了段譽的徒弟。

再說「函谷八友」、聰辯先生、星宿老怪丁春秋及其「星宿派」、靈鷲山縹緲峰天山童姥及其「靈鷲宮」一派……等等這些人、這些派看似毫無關係，其實恰恰是同一門派即「逍遙派」。而這正是虛竹的第二師門。虛竹誤打誤撞地成了該派的掌門人，成了無崖子的關門弟子、天山童姥與李秋水的師侄，即成了蘇星河與丁春秋的師弟，也就是「函谷八友」的師叔。進而成了繼天山童姥之後的靈鷲宮主人。說起來，段譽也可以算是該派的半個門徒，他的「凌波微步」正是學自該派無崖子、李秋水的靜修之地。

再說西藏佛教聖僧鳩摩智，這也是書中的一個活躍的人物，他與慕容博交厚，大上其當而不自覺，然而卻為之成了大理天龍寺的大敵，為了「六脈神劍」的劍譜，不惜將段譽擄往中原。段譽與王語嫣結識就是拜這位藏僧所賜。而這位藏僧說他會少林寺七十三般絕藝，自不免有些似是而非，自欺欺人，然而他的真實內功中藏有逍遙派的小無相功，則是不假。而這小無相功則正是虛竹這一門派的功夫；鳩摩智何以會此功夫？書中未說，但從中至少可以看出他與虛竹一派隱約有些淵緣。

其他至於中原武林三山五嶽的豪傑以及大遼王室、西夏宮廷、大理帝親；大宋運命乃至金國始祖……等等一應人物及其故事亦無不一一與段、蕭、虛竹這三人有關。此處不再細說。

且再說段譽、蕭峰、虛竹這三位主人公。

先說這三人的「國籍」。這三人分別屬於三個不同的國籍，即段譽為大理國王子；蕭峰為大遼國南院大王；虛竹則算得上是道道地地的大宋子民，卻又是西夏國的駙馬兼為「靈鷲宮」主人。小說選這三個不同國籍之人作為小說的主人公，自有深意在焉。一是這三個人雖然是武林三兄弟，卻能牽得動當時天下之大勢；他們至少能請得動大理、大遼、西夏這三國之兵力，從而決定天下之運命，而這也正是金庸慣常喜愛的大眼界、大場面與大氣勢，一個武俠小說竟寫到當時的天下大勢（其實應再加上吐蕃）。二是這部《天龍八部》已開始超越了漢民族的較正統而又狹隘的民族主義立場，而達到了一種國際主義的大胸懷與大主題，比作者此前的《射鵰英雄傳》已是又進了一大步，而比之更早期的《書劍恩仇錄》及《飛狐外傳》等等則更是進步多多，超越多多。

當然，說到底，大理、大遼、西夏、吐蕃及大宋，其實都是中國的一部分，且更主要的是，各民族人民的苦難根源及其仇敵其實是共同的，那就是霸權主義及其製造的戰亂。因而，《天龍八部》又是一部以國際主義與和平主義為主題的書。

再說這三人的身分。

說這部小說是什麼「國際主義」與「和平主義」云云，自然多少帶點幽默的性質，因為這並不是一部歷史小說，而是一部武俠小說。因而考察這三人的身分是件有意義的事。除了分別為大理王子、大遼南院大王、西夏駙馬之外，這三人又都還有其他的身分。

段譽開始行走江湖之際乃是以一介書生為其身分的，後因機緣巧合才學得凌波微步及「北冥神功」（別人以為這是「化功大法」）與「六脈神劍」。其實他因自幼熟讀佛經，不喜武功，因而他真正的功夫只是一門靈活多變、逃命救命時的凌波微步而已。「北冥神功」就只有半通半不通，只有等人家送上門來才行，而且還不會運功貯存以至於險些釀成殺身之禍。他的「六脈神劍」則是莫名其妙叫人哭笑不得，因為時靈時不靈。所以他的真正身分還算不上武林中人，而只是王子兼書生。

相比之下，虛竹的身分要複雜一些，他先是少林寺的一個普通的小和尚，機緣湊巧，做了無崖子的關門弟子，得到他畢生的功力（少林內功從此不復存在）從而成為逍遙派的掌門人。後來又兼而為江湖中人人聞之喪膽的「靈鷲宮」的主人，得到無崖子畢生的內功之後又復得到天山童姥的全部武功秘訣，可是他卻寧願做少林寺的小和尚而不願做靈鴛宮高貴的主人。因而他也算不上是真正的武林中人，只是一位「想做和尚而不得」的逍遙派掌門人而已。

這三個人中，只有蕭峰可以算得是真正的武林中人或江湖中人，他的身分也最為奇異。先為少林寺旁農夫喬三槐之子、少林寺神僧玄苦之徒；後來成為丐幫幫主。一身武功可謂驚天動地，蓋世一人。「北喬峰、南慕容」聲震武林，如日在中天。可是他隨即便成了江湖上人人不齒的番狗，是武林中人的公敵，進而成為大遼國的南院大王。

如此，王子書生、小和尚大掌門、蓋世一人的武林公敵，這三個人可以說身分完全不相同。一方面使小說寫得更加曲折而多層次、多角度地觀察人生與人世；另一方面則又通過不同的身分、不同的遭遇寫出三人不同的性格與命運。

這三人既不同國籍，又不同身分、不同經歷，他們偶爾相逢，便傾蓋如故，成為金蘭之交，結下手足之情。這一方面使人感到意外之至，而另一方面則使人感到這三人又確實有深刻的共通之處，儘管其表面上的性格各不相同，甚而天差地遠。

這三人的性格中，段譽是癡情，虛竹是迂腐，蕭峰是豪邁粗放、天生武勇、英雄本色。

段譽之癡情可謂一絕，幾近仙魔而人間少有。先是「癡」於理，後是「癡」於情，癡於理則不學武功，專心學佛，卻又要行走江湖到處強行出頭要與人說理，這在一蠻三分理、強者有理的江湖之中只能是到處碰壁，徒增笑料而已。而他之癡於情，即對王語嫣的癡情癡戀，真可以說是驚天地而泣鬼神，同時又不免使人感到二分可鄙，三分可敬，倒有五分可笑。

如果說段譽是癡得可愛，那麼虛竹則是迂得可愛。大約因從小就在少林寺出家當和尚的緣故，所以下意識中，自己無論如何便已成了天造地設的出家人。所以雖經機緣突變而完全失去了少林功夫而獲一身逍遙派內力，卻仍不肯真的就做該派的掌門人。與天山童姥這一殺人不眨眼的魔頭一起，居然勸她連飛禽走獸也不要殺生。至於他自己那是寧死也不肯「從權」地吃些雞肉類。進而連破了殺戒、酒戒、葷戒，乃至淫戒之後，還是一心一意地不想做靈鷲宮主人而想做少林寺的小和尚，因而言必說「出家人……」其實他早已不是什麼小和尚、出家人了。故而他這樣說便是連誑戒也在無意之中給破了。虛竹之迂，直是不可理喻。

至於蕭峰的豪邁粗放、勇武過人、肝膽照人，其大英雄、大豪傑的男兒本色，不僅在這部《天龍八部》中是最為光彩照人的形象，而且在金庸的武俠小說世界的所有主人公中，蕭峰可以說是最為令人心折、光彩照人的一位大英雄。他的英雄本色不須任何外在的諸如抗異族或行俠義等等功業行為的裝飾，而是天生的豪邁武勇，英雄氣壯。正如他的武功雖說是從師學藝，然亦早已青出於藍而勝於藍，彷彿是天生武勇、神功驚人。

筆者推許他為金庸筆下的第一英雄。

看他「雖萬千人吾往矣」，又看到他「燕雲十八飛騎，奔騰如虎風煙舉」，乃至看到他「教單於折箭，六軍辟易，奮英雄怒」等等真正是血脈賁張，心神俱醉！

這三位主人公一癡一迂一豪邁武勇，一書生一和尚一江湖豪傑，之所以會一見傾心義結生死，其緣由只不過「至性至情」四字而已，癡是至情，迂是至性，豪邁英雄男兒本色更是至情兼而至性。如此結義之兄弟，與當年劉、關、張桃園結義，絲毫也不遜色，反倒更是令人神往，只可惜三位都是古人且兼是書中人。

出人意料的是，這三人之間的關係。除因至情至性男兒本色因而氣味相投結為金蘭生死之交這一層關係之外，這三人之間可以說又是一種不共戴天的仇敵關係。這種關係正是

《天龍八部》的異常悲苦之處：虛竹的生身之父玄慈方丈恰恰是蕭峰殺母傷父之仇的帶頭人；虛竹之生母葉二娘則又是段延慶的結義兄妹，同列「四大惡人」之中，而段延慶則既為段正淳的仇敵卻又恰恰是段譽的生身之父；蕭峰受康敏之騙，以為段正淳是其殺父仇人，因而找其報仇，卻打死了段正淳的女兒（段譽之妹）阿朱，而阿朱則正是對蕭峰生死相許且蕭峰在世間唯一摯愛的情人。固然，玄慈帶頭偷襲蕭遠山乃是出於慕容博之欺騙與挑撥；而蕭峰找段正淳報仇則也是因為康敏的欺騙與嫁禍；蕭峰打死阿朱則是阿朱自己化妝成父親段正淳而代父身死以了卻恩仇。小說的最後，實際上又正是蕭峰之父蕭遠山逼死了虛竹父母玄慈方丈與葉二娘二人，從而使得虛竹此生第一次知道自己有父有母卻又只能相聚片刻便即生死相隔！所以說，這三人之間的關係，恩怨糾葛、冤孽牽連，真讓人難以說清，而只能感到命運與上蒼的瞎眼不公！

最後；總之，這三人身分不同，遭遇不同，然而卻命運相同。他們生活在同一個悲慘的人世間，生活在同一片深淵般的冤孽裡，生活在父輩情仇的陰影之中，恩怨情仇，說不清，道不明，報不了，擺不脫。只有悲苦，只有茫然，只有遺憾，永留心間。

無人不冤，有情皆孽

段譽、蕭峰、虛竹無疑是《天龍八部》的主人公及其結構的總樞紐。他們的故事，固然是小說的主要情節及中心內容。然而小說的內容及其意義卻遠不只這些。小說中的各種人事都有其獨立的意義，而聯結這些內容與意義的，不僅不只是小說的故事結構，也不只是小說中的人事關聯式結構，而是隱藏於小說敘事結構及其人物關聯式結構之中的主題。

所有的故事，所有的人物，所有的場景，其實都通向一個共同的主題，這就是「無人不冤，有情皆孽」。從而，我們應該領會到，小說以《天龍八部》名之，其「天龍八部」絕非只是指上述我們所猜想的八個女子，也不只是指任何其他的八個人，而是指小說中的所有的人，亦即小說中所有的人其實都是「人非人」，他們的人生都是非人的人生，因為他們共同相處的世界正是一個非人的世界。

美籍華人學者，著名文學批評家陳世驤先生曾經說過以下的話：

……間有以天龍八部稍鬆散，而人物個性及情節太神奇為詞者，然亦喜笑之批評，少酸腐蹙眉者。弟亦笑語之曰：「然實一悲天憫人之作也……蓋讀武俠小說者亦易養成一種泛泛的習慣，可說讀流了，如聽京戲者之聽流了，此習慣一成，所求者狹而有限，則所得者亦狹而有限，此為讀一般的書聽一般的戲則可，但金庸小說非一般者也。讀天龍八部必須不流讀，牢記住楔子一章，就可見『冤孽與超度』都發揮盡致。書中的人物情節，可謂無人不冤，有情皆孽，要寫到盡致非把常人常情都寫成離奇不可；書中的世界是朗朗世界到處藏著魍魎與鬼蜮，隨時予以驚奇的揭發與諷刺，要供出這樣一個可憐芸芸眾生的世界，如何能不教結構鬆散？這樣的人物和世界，背後籠罩著佛法的無邊大超脫，時而透露出來。而在每逢動人處，我們會感到希臘悲劇理論中所謂恐怖與憐憫，再說句更陳腐的話，所謂『離奇與鬆散』，大概可叫做『形式與內容的統一』罷。」話說到此，還是職業病難免，終於掉了兩句文學批評的書袋。但因是喜樂中談說可喜的話題，結果未至夫子煞風景。青年朋友（這個物理系高材生）也聰明，居然回答我說：「對的，是如您所說，天龍八部不能隨買隨看隨忘，要從頭全部再看才行。」

誠哉是論。確哉是論。陳世驤先生不愧為是一位大文學批評家。他的這段話，可以說正是點中了《天龍八部》的文眼與主題。並且指示了我們閱讀的方法與途徑。

《天龍八部》中所有的人物都生活在同一個非人的世界上，生活在同一張生活之網中，生活在「非人」及「非我」的痛苦冤孽裡。

之所以在這一世界中「無人不冤，有情皆孽」，那是基於以下的種種原因。

首先，是歷史的冤孽陰影與遺傳。

如前所述，《天龍八部》的情節結構之所以如此龐大複雜而又曲折多變，那是因為它敘述的不只是一個人以及一代人的故事，而是敘述了許多人及許多代的故事。或者說，小說中所敘述的一干人、一代人的故事每每都要上溯到上代乃至上幾代去。從而使這部小說變得格外複雜而又曲折。換句話說，這部小說中的主要人物及一干重要人物幾乎無一不是生活在歷史的陰影裡，生活在父輩的冤孽與仇恨中。

段譽初涉江湖即碰上了可人的少女鐘靈，繼而碰上了少女木婉清，最後又碰上了使之如癡如顛的少女王語嫣。這幾段故事看起來都是段譽的故事，鐘靈雖少不更事，然芳心可可，有意於段譽，木婉清則更是恪守「第一個看見我臉的人，我不殺他就要嫁他為妻」的誓言，且兼鍾情已深，情難自禁。卻誰料段譽不是旁人，而正是自己同父異母的哥哥！這一變化，直欲使木婉清肝腸寸斷。說穿了，原是段譽之父段正淳做的孽。段正淳自命風流，到處留情，至使一干情人之間互為生死仇敵，又至使親兄妹間互不相識以至相戀，乃至險而亂倫成姦。揭開秘密之後，亦自必從此毀了鐘靈、木婉清兩位姑娘的青春愛情及一生的幸福。

同樣，王語嫣也是段正淳情人之女，亦正又是段譽的同父之妹妹，這更是使段譽如五雷轟頂，直覺生不如死之至！小說的最後，雖然柳暗花明、峰迴路轉，即段譽之母刀白鳳終於對段譽說出其生身之父並不是段正淳，而是「四大惡人」之首的段延慶，這一方面使得段譽不必再因兄妹不成婚而苦惱萬狀，然另一面卻又讓段譽得知了自己的生身之父，原來是江湖中人人不齒，自己一貫視為仇敵，且多次陷自己一家於危境的「惡貫滿盈」段延慶！所有的這一切，都是不由他自己能做出任何的選擇。他一生註定要生活在這陰影裡。

蕭峰一生的命運，也全是由父輩的冤孽所決定，完全不由自主，橫豎都是痛苦不堪。他本來是丐幫上下人人擁戴，中原武林中個個傾慕的「北喬峰」喬幫主，然而誰料在杏子林中，居然有人揭露出他竟不是中原子民，而是「大遼番狗」亦即中原武林的民族仇敵。僅僅因為這一點，他便由丐幫幫主，變成了丐幫及中原武林之敵。而他的生身父母的無辜受害卻又與他所敬愛的丐幫前主有關，以至於他的養父喬三槐，他的恩師玄慈大師都因之慘死。從此以後，他的所作所為，一切都已是「命中註定」的了。而至最後，得知自己的生父蕭遠山並沒有死，但卻又知道，自己的養父喬三槐及恩師玄慈大師竟然都是生身之父蕭遠山所殺，進而蕭遠山又逼死了義弟虛竹的父母玄慈與葉二娘。所有的這一切，都只能讓他痛苦而又茫然，卻同樣是永遠也不能擺脫。

在三位主人公中，最苦的其實還是虛竹。段譽至少父母雙全且從小受到雙親疼愛；蕭峰雖母亡父隱，但卻從小受到養父養母及恩師等人的疼愛。而虛竹卻從小就生長在少林寺中，與生父玄慈方丈咫尺天涯互不知道，這一方面是因為玄慈與葉二娘的結合乃是為禪家所不允，為武林所不齒的天生冤孽，另一面則又是因為蕭遠山為了報復玄慈，竟將虛竹從其母親手中搶走卻又丟在少林寺中，逼得其母成為瘋狂的殺人魔王「無惡不做」葉二娘。而待到有一天他知道了自己的父母是誰時，卻又是他與父母永別之日。其慘無比，可謂人間之最。而這些彷彿也是命中註定。

除此之外，段延慶念念在奪回失去的王位以至無所不用其極，而成為「惡貫滿盈」的四大惡人之首，究其原因則正是因為他生為延慶太子卻又遭逢叛亂以至從此一生多舛！他之惡也，固然可恨可詛咒，然他之慘遇，亦復可憐而又可悲。

同樣，書中的「南慕容」慕容復，以其創出的「似彼之道，還施彼身」的武功名重武林，兼而風流瀟灑，直如人間龍鳳，然而格於祖傳之訓，一生要為「恢復大燕」而奮鬥，乃至於既不能報答表妹癡心衷腸之熱戀，甚而連自殺的權力都沒有！書中有一段精彩的文章：

……那宮女道：「待婢子先問慕容公子，蕭大俠還請稍候，得罪，得罪。」接連說了許多抱歉的言語，才向慕容復問道：「請問公子！公子生平在什麼地方最是快樂逍遙？」

這問題慕容復曾聽她問過四五十人，但問到自己時，突然間張口結舌答不上來。他一生營營役役，不斷為興復燕國而奔走，可說從未有過什麼快樂之時。別人瞧他年少英俊，武功高強，名滿天下，江湖上對之無不敬畏，自必志得意滿，但他內心，實在是從來沒有感到真正快樂過。他呆了一呆，說道：「要我覺得真正快樂，那是將來，不是過去。」

那宮女還道慕容復與宗贊王子等人是一般的說法，要等招為駙馬，與公主成親，那才真正的喜樂，卻不知慕容復所說的快樂，卻是將來身登大寶，成為大燕的中興之主。她微微一笑，又問：「公子生平最愛之人叫什麼名字？」慕容復一怔，沉吟片刻，歎了口氣，說道：「我沒有什麼最愛之人。」……

如此，慕容復因為家傳祖訓，要復興亡國，因而成為實際上的不幸之人。而最為不幸的是，他身處不幸之中而毫不自知。

同樣，聚賢莊莊主的兒子游坦之也是因為父仇而身陷江湖，一生屢經奇遇卻絲毫無補於他苦難的人生，只是徒然招致天下武林人士之不齒。他癡愛之人卻原來又愛著他的殺父仇人蕭峰而對他無情無義之至。

少女阿朱代父身死，雖出於雙重的誤會，一則是康敏的欺騙，二則是自願的化妝，然而究其原因，卻仍然要歸結到其父段正淳到處留情遺下無數孽障，以至於使阿朱與蕭峰這一對鍾情摯愛的戀人成為生死之隔。更為悲慘的是，阿朱又正是死於情人的掌下！

其次，前代仇怨憤恨，化為現世的業報冤孽，且冤冤相報，仇仇相連，輾轉反覆，了無盡頭，不僅禍及他人，自己亦在「網」中。

說到底，這一非人的世界正是人們自己所造成的。生活及人生之所以成為一張「魔網」，一半是由於上代的恩仇情孽，而另一半則是出自此一代的輾轉報復。這張「魔網」正是以上代遺傳的恩仇情孽為「經」，以這一代的輾轉報復為「緯」，從而縱橫交錯、錯綜複雜，乃至於無法理清誰是罪魁誰是禍首，又誰是冤頭誰是債主；甚而，說不清誰是善，誰又是惡；誰是正，誰又是邪……

按說，「四大惡人」該是罪魁禍首，邪惡的「冤頭債主」了。然而，段延慶、葉二娘固然是作惡多端、無惡不做及至惡貫滿盈，確實是魔鬼而非人類，但是，段延慶為何成為「惡貫滿盈」的？他也有深仇大恨，而且為之身殘體廢受盡人間苦難。葉二娘之所以每天要害死一個小孩，那起因還是因為人家將她的兒子搶了去！世間有「四大惡人」這種非人性非人類的惡魔存在，當然要變成鬼域與魍魎世界。然而推根究源，他們卻並非罪魁禍首、債主冤頭。

即以葉二娘來說，她之瘋狂是由於蕭遠山將他的兒子搶走，而蕭遠山之所以要搶她的兒子，則正是要報殺妻奪子之仇，而他的仇人則又正是葉二娘的情人玄慈方丈！再加之蕭遠山的兒子蕭峰與玄慈、葉二娘的兒子虛竹竟又結拜為兄弟金蘭！……這其間的恩恩怨怨，又有誰能說得清楚？可是，人卻是生活在這一茫然而無頭緒的生活之網中，生活在這一輾轉報復，卻既報復和傷害了他人而又實際上報復和傷害了自己的「非人的世界」之中。

人人都是受害者。

又幾乎人人都是作惡者。

人人都身不由己地受到扭曲，而其扭曲之力至少一部分是出於自己。如此輾轉連環，環環相加，以至於根本就無頭無緒。

當然，推根究源，或能找出喬峰與虛竹的苦難冤頭，那就是一心興復大燕的慕容博。一切都出於慕容博的一個陰謀及其精心的安排，即欺騙了玄慈說蕭遠山將帶人來搶奪少林寺的武功秘笈，而實則蕭遠山乃是帶著不會武功的嬌妻遊山玩水回娘家。玄慈不知就裡，帶領一干中原豪傑於雁門關外埋伏偷襲，殺死了蕭遠山不會武功的妻子及隨從，使蕭遠山憤而哀傷，跳崖自殺，從而埋下了深深的禍根。

蕭遠山妻子之死、玄慈情人之瘋，以及兩人兒子的失蹤等等種種禍根，其源都在慕容博！然而，這只是表面上的原因罷了。一是因為玄慈與葉二娘的關係本就是不能見人、不容於世的冤孽，所以玄慈與葉二娘之死至少有一半是由於贖罪懺悔以及再無面目立於武林人世。二則蕭遠山之殺喬三槐、殺玄苦，以及喬峰逼死趙錢孫、譚公譚婆，使單正一家家毀人亡……這就使得他們自己早已成了新的罪魁與新的冤頭。對游坦之等無辜的少年而言，蕭峰之罪責難逃。而蕭峰之所以如此，則又是受游驥、游駒等中原豪傑之逼迫。《天龍八部》的世界，是一個復仇雪恨的世界，而這一復仇雪恨的世界雖叫人快意恩仇，然而卻又因冤冤相報冤冤相連輾轉連環而變成了一個無窮無盡的「非人」的世界。其間充滿了因仇恨而致的報復，復又因報復增加了新的仇恨！

再說，這還只是小說的一半內容。喬峰與虛竹二人的命運悲劇或直接或間接地與慕容博當年的陰謀策劃有些關係。但小說中的段譽以及逍遙派、段延慶……等等冤孽內容卻與慕容博可以說毫無關係。

段譽之苦，完全在於情孽。而種下這一情孽的，則一是他的父親段正淳，二是他的母親刀白鳳；三是他的生身之父段延慶。而逍遙派中無崖子、李秋水、天山童姥三人之間情孽牽連禍害於世，究其原因，則只不過情之「孽」爾。李秋水為了獨佔無崖子的愛情而害天山童姥在先，天山童姥殘害世人在後，而李秋水與無崖子雖兩情依依並生下一女嫁與姑蘇王家，但無崖子衷心所愛竟然又並不是李秋水而是李秋水的妹妹！

再次，上代恩仇及歷史陰影，與此現世報復冤冤相連，造成了一個非人的令人恐懼而又必然地扭曲人性的魍魎世界。然而這一世界的存在，畢竟還只是人性扭曲變態成魔成鬼成獸的「外因」。而「外因是變化的條件，內因是變化的根據」，即「外因只有通過內因才能發生作用」，那麼，這一魑魅與鬼域世界形成的真正內因是什麼呢？扭曲人性的內因正是人性自身，亦即人性中所固有的貪與嗔與癡。

慕容博之所以要欺騙玄慈並讓他帶人伏擊蕭遠山夫婦，從而造成此後數十年中原武林的巨大慘禍，其目的只不過想挑起大遼與大宋兩國的紛爭，以便他從中坐收漁人之利借機實現興復大燕的圖謀。慕容博、慕容復父子之所以如此，根本原因只不過是一貪字與一癡字。因為他的貪圖極度的榮華富貴，癡心妄想要光復大燕，從而不顧天下百姓的生死，相反卻要不斷地挑起武林的奇禍。

同樣地，丁春秋之為武林所不齒，究其原因亦不過只是貪。其所貪者倒並非帝王之位及極權極勢，而是逍遙一派的掌門大位。但其原因（貪）及其結果（禍害他人）則與慕容氏毫無二致。

段延慶一心要奪回王位，這倒也並沒有什麼，些微的貪念，想挽回自己失去的王位，或許倒還多少是有些值得人同情的。然而，此種貪念而致不擇手段、轉化為滿腔的嗔怒，以至於失去人性，成為「四大惡人」之首「惡貫滿盈」，便變成了天下人的公敵了。

同樣，葉二娘的愛情悲劇本是令人同情，玄慈身為少林方丈而仍要破戒偷情，或為佛門與武林所不齒，而葉二娘確實無辜而極值得同情的。她喪子之痛更是使全天下父母同悲，甚至會有人責備蕭遠山的報仇行徑雖情有可原，然多少已禍及無辜而過份了些。然而，葉二娘卻由癡而轉為嗔——而且是大嗔——變成了一個殺人不眨眼，每天都要偷搶及殺掉一名無辜的兒童，從而成為「無惡不作」的「四大惡人」之一。便使人由同情轉而至於痛恨了。

那逍遙派的天山童姥與李秋水這一對同門師姊妹，因為同時愛上了同門師兄弟無崖子，因而李秋水趁天山童姥練功之際，將她陷害得永遠只能是童身而不能長大，以至於這一對同門姊妹變成了生死仇敵，輾轉報復，以至於同歸於盡。李秋水固然是嗔，而天山童姥則更是大嗔，她所統率的「靈鷲宮」在武林之中雖無什麼大惡，然而對三十六洞洞主、七十二島島主的種種惡毒行徑及其種種令人髮指的酷刑，推根究源，都只不過是由嗔而來。

那無崖子呢，正如小說中所寫：

……過了一會，李秋水又輕輕說道：「師哥，你聰明絕頂，卻又癡得絕頂，為什麼愛上了你自己手雕的玉像，卻不愛那會說、會笑、會動、會愛你的師妹？你心中把這玉像當成了我小妹子，是不是？我喝這玉像的醋，跟你鬧翻了，出去找許多俊秀的少年郎君來，在你面前跟他們調情，於是你就此一怒而去，再也不回來了。師哥，其實你不用生氣，那些美少年一個個都給我殺了，沉在湖底，你可知道麼？」

她提起那幅畫像又看了一會，說道：「師哥，這幅畫你在什麼時候畫的？你只道畫的是我，因此叫你徒弟拿了畫兒到無量山來找我。可是你不知不覺之間，卻畫成了我的小妹子，你自己也不知道罷？你一直以為畫中人是我。師哥，你心中真正愛的是我的小妹子，你這般癡情地瞧著那玉像，為什麼？為什麼？現下我終於懂了。」

虛竹心道：「我佛說道，人生於世難免癡嗔貪三毒。師伯、師父、師叔都是大大了不起的人物，可是糾纏在這三毒之中，儘管武功卓絕，心中的煩惱痛苦，卻也和一般的凡夫俗子無異。」

何止是「和一般的凡夫俗子無異」，而正是他們武功見識都超過了常人，因而癡與嗔也超過了常人，痛苦也超過了常人，失去理性時的為惡為歹也大大地超過了常人。

在《天龍八部》之中幾乎人人都不免糾纏於這「三毒」之中。一些人貪而兼癡，一些人癡而兼嗔，一些人嗔而兼貪。游坦之、全冠清、白世鏡、趙錢孫……這一些人品武功、性格經歷都絲毫也沒有共同之處，然而糾纏於這貪、嗔、癡的「三毒」之中，從而都一樣做出了種種大異常人的舉動，做出了種種出人意料的或可笑可悲或可恨可惡的事來。

小說中，與段正淳交往的一切女子如刀白鳳、秦紅棉、甘寶寶、王夫人、阮星竹、康敏，乃至他們的女兒木婉清、阿紫……等等，也都由情而入癡，由癡而生嗔，變成了半瘋半狂、失去理性的痛苦生靈。

其中的康敏可以說是最突出的一個例子。她愛段正淳，段正淳也像愛其他的情人一樣愛她，然而她因為得不到段正淳的「獨一份」的愛便設計要將段正淳害死，這倒也罷了。而她之殺死丈夫馬大元，獻身白世鏡、全冠清等，這一切都是為了要陷害蕭峰，其原因則是因為蕭峰「從沒看過她一眼！」——

馬夫人惡恨恨的道：「你難道沒生眼珠子麼？憑他是多出名的英雄好漢都要從頭至腳的向我細細打量。有些德高望重之人，就算不敢向我正視，乘旁人不覺，總還是向我偷偷的瞧上幾眼。只有你，只有你……哼，百花會中一千多個男人就只你自始至終沒瞧我。你是丐幫的大頭腦，天下聞名的英雄好漢。洛陽百花會中，男子漢以你居首，女子自然我為第一。你竟不向我好好的瞧上幾眼，我再自負美貌，又有什麼用？那一千多人便再為我神魂顛倒，我心裡又怎能舒服？

看到這裡，足以使人怵目驚心了。一嗔而至於此，也算是天下少有了吧。偏偏被金庸寫在了書中，而這部《天龍八部》則所敘述的基本上就是這類奇異的人事。《天龍八部》之所以使人感到格外的「離奇」而又格外地感到真實而又深刻，則正在於將人性中貪、嗔、癡三毒及其所引起的非理性的心理與行為都闡幽發微，集中到了一處，加以放大、顯微，使人感到朗朗世界之中所隱伏的如此驚人駭世的魍魎魑魅，原來正是藏在每一個人的心中。

在一定的程度上看，這些人都已失去了理性，都已經瘋了。《天龍八部》所寫，則正是一個「瘋狂的世界」。

大悲大憫，破孽化癡

我們看到，《天龍八部》這一部小說中，並沒有誰是真正的「惡人」，也沒有真正的「善人」——少林寺的玄慈方丈，該是何等的大義剛正令人肅然起敬，並被多少人愛戴而推許為「武林第一人」？而「四大惡人」中的葉二娘該是何等的令人切齒痛恨，可惡可殺？然而玄慈與葉二娘偏偏卻是一對鍾情的人！這不僅揭出了善中藏惡，惡中亦有善，而更是善惡泯絕，或者善惡一體。

把所有的人都擺在了同一水準上進行了選擇與比較，把所有的人的病況及其病因都給揭出。讓人們看到：人性本無善惡，各人且自為之。這就使《天龍八部》寫人及人性的見識與境界遠遠地超出了一般的武俠小說，乃至於超出了一般的文學作品。

如前所述，這部小說揭出了一個「無人不冤、有情皆孽」的痛苦的、非人的世界，進而又揭出了之所以「無人不冤」，之所以「有情皆孽」，除了種種歷史的（文化與遺傳等等）、現實關係中的原因之外，更主要的原因還是人本身，即人性本身的貪毒、嗔毒、癡毒氾濫成災，膨脹成毒，了無節制，以至於幾乎每一個人都是半瘋半狂、半人半魔的「非人」。有情而不癡，更不嗔，又怎會成孽？更不會皆孽。有欲有求而不貪，更不癡不嗔，又怎會「無人不冤」？

我們應該能看到，這是一部極深刻的悲劇，關於人世之悲歡及人生之際遇，尤其是人性之選擇，書中都極深刻、極奇特、極沉重地作出了精彩紛呈的描繪。然而更加難能可貴的是，其作者不僅有一副探幽發微的深刻慧眼，更具備一種大悲大憫的慈心。大智大慧、大悲大憫，這是一種極高的藝術境界，同時又是一種極高的哲學與人生的境界。他人之所以不能摹仿金庸的著作，之所以不能望其項背，不僅在其缺少慧眼，同時也在其缺少真正的悲憫之心。

小說的第四十三回的回目是《王霸雄圖，血海深恨，盡歸塵土》，寫蕭遠山這一為報其血海深恨而奮鬥了一生的人，終於同其不共戴天的大仇人慕容博二人「兩手相握、陰陽相濟」了。而慕容博這一為了復興大燕則什麼事都可以幹，更不必說去死去獻身的人也終於「放下屠刀，立地成佛」，與蕭遠山一同歸於佛門。這是一段極精彩的文字。如寫蕭遠山的心理道：

……蕭遠山少年時豪氣干雲，學成一身出神入化的武功，一心一意為國效勞，樹立功名，做一個名標青史的人物。他與妻子自幼便青梅竹馬，兩相愛悅，成婚後不久誕下一個麟兒，更是襟懷爽朗，意氣風發，但覺天地間無事不可為。不料雁門關外，奇變陡生，墮谷不死之餘，整個人全變了樣子，什麼功名事業，名位財寶，在他眼中皆為塵土，日思夜想，只是如何手刃仇人，以泄大恨。他本是個豪邁誠樸、無所縈懷的塞外大漢，心中一充滿仇恨，性子竟然越來越乖戾，再在少林寺中潛居數十年，晝伏夜出，勤練武功，一年之中難得與旁人說一兩句話，性情更是大變。

突然之間，數十年來恨之切齒的大仇人，一個個死在自己前面，按理說該當十分快意，但內心中卻實是說不出的寂寞淒涼，只覺在這世上再也沒什麼事情可幹，活著也是白活。他斜眼向倚在柱上的慕容博瞧去，只見他臉色平和，嘴角邊微帶笑容，倒是死去之後，比活著還更加快樂。蕭遠山內心反而隱隱有點羨慕他的福氣，但覺一了百了，人死之後，什麼都是一筆勾銷。頃刻之間，心下一片蕭索：「仇人都死光了，我的仇全報了。我卻到哪裡去？回大遼嗎？去幹什麼？去雁門關外隱居麼？去幹什麼？帶了峰兒浪跡天涯、四海漂流麼？為了什麼？」

進而，小說中寫道：

漸漸聽得蕭遠山和慕容博二人呼吸由低而響，愈來愈是粗重，跟著蕭遠山臉色漸紅，到後來便如要滴出血來。慕容博的臉色卻越來越青，碧油油的甚是怕人。

旁觀眾人均知，一個是陽氣過旺，虛火上沖，另一個卻是陰氣大盛，風寒內塞。玄生、玄滅、道清等身上均帶得有治傷妙藥，只是不知那一種方才對症。

突然間只聽得那老僧喝道：「咄！四手互握，內息相應，以陰濟陽，以陽化陰。王霸雄圖，血海深恨，盡歸塵土，消於無形！」

蕭遠山和慕容博的四手本來交互握住，聽那老僧一喝，不由得手掌一緊，各人體內的內息向對方湧了過去，融會貫通，以有餘補不足，兩人臉色漸漸分別消紅退青，變得蒼白；又過一會，兩人同時睜開眼來，相對一笑。

蕭峰和慕容復各見父親睜眼微笑歡慰不可名狀。只見蕭遠山和慕容博二人攜手站起，一齊在那老僧面前跪下。那老僧道：「你二人由生到死、由死到生的走了一遍，心中可還有什麼放不下？倘若適才就這麼死了，還有什麼興復大燕、報復妻仇的念頭？」

蕭遠山道；「弟子空在少林寺做了三十年和尚，那全是假的，沒半點佛門弟子的慈心，懇請師父收錄。」那老僧道：「你的殺妻之仇，不想報了？」蕭遠山道：「弟子生平殺人，無慮百數，倘若被我所殺之人的眷屬皆來向我報仇索命，弟子雖死百次，亦自不足。」。

那老僧轉向慕容博道：「你呢？」慕容博微微一笑，說道：「庶民如塵土，帝王亦如塵土。大燕不復國是空，復國亦空。」那老僧哈哈大笑，道：「大徹大悟，善哉，善哉！」慕容博道：「求師父收為弟子，更加開導。」那老僧道：「你們想出家為僧，須求少林寺中大師們剃度。我有幾句話，不妨說給你們聽聽。」當即端坐說法。

這一段文字，可以說處處出乎意料，而又處處合情合理，同時又處處透露禪機。那老僧是少林寺的一位打雜的無名老僧，然而卻不啻是一位「真佛」，武功之高、法門之妙、化人之奇，無不令人歎為觀止。他那一喝，也就是佛門口的「當頭棒喝」了！小說中的一干重要人物基本上都在現場，看那整個過程，同樣聽了那「一喝」，然而有人是大徹大悟，有人是恍然大悟，有人是若有所悟，自必也有人仍然執迷不悟。那也是正常的、沒有法子的事情。

小說《天龍八部》似這種當頭棒喝、破孽化癡的文字；處處可見。第五卷尤多。小說的第四十五回至四十六回，寫到西藏聖僧鳩摩智（**此人在書中自居高僧，雖無大**

惡，卻也不免到處為非作歹）因錯練少林寺七十二絕技，貪多務得又癡於功名，遂至走火入魔，凶險萬狀，幸而巧被練了「北冥神功」的段譽將他的內力全部吸去使他失去了武功，但卻保全了性命。書中寫道：

……鳩摩智歎道：「老衲雖在佛門，爭強好勝之心卻比常人猶盛，今日之果，實已種因於三十年前。唉，貪、嗔、癡三毒，無一得免，卻又自居為高僧，貢高自慢，無慚無愧，唉，命終之後身入無間地獄，萬劫不得超生。」

段譽心下正自惶恐，不知王語嫣是否生氣，聽了鳩摩智這幾句心灰意懶的話，同情之心頓生，問道：「大師何出此言？大師適才身子不愉，此刻已大好了嗎？」

鳩摩智半晌不語，又暗一運氣，確知數十年的艱辛修為已然廢於一旦。他原是個大智大意之人，佛學修為亦是十分睿深，只因練了武功，好勝之心日盛，向佛之心日淡；致有今日之事。他坐在污泥之中，猛然省起：「如來教導佛子，第一要去貪、去愛、去取、去纏，方有解脫之望。我卻無一能去，名韁利鎖，將我緊緊繫住。今日武功盡失，焉知不是釋尊點化，叫我改邪歸正，得以清淨解脫？」他回顧數十年來的所作所為，額頭汗水涔涔而下，又是慚愧，又是傷心。

這位鳩摩智因禍得福，失去了武功內力，同時也就失去了名韁利鎖的貪癡之心，恍然大悟，便覺昨日之非。因而傷心、因而慚愧，實則是可喜可賀。

小說中的段譽之父段正淳秉性風流，用情不專，一生惹下了不少的風流情孽，一干女子或癡或嗔。除康敏之外，這一干女子，都死在了他的面前（被慕容復所殺）：

……段正淳縱起身來，拔下了樑上的長劍。這劍鋒上沾染著阮星竹、秦紅棉、甘寶寶、王夫人四個女子的鮮血，每一個都曾和他有過白頭之約、肌膚之親。段正淳雖然秉性風流、用情不專，但當和每一個女子熱戀之際，卻也是一片至誠，恨不得將自己的心掏出來，將肉割下來給了對方。眼看四個女子屍橫就地，王夫人的頭擱在秦紅棉的腿上，甘寶寶的身子橫架在阮星竹的小腹，四個女子生前個個曾為自己嘗盡相思之苦，心傷腸斷，歡少憂多，到頭來又為自己而死於非命。當阮星竹為慕容復所殺之時，段正淳已決心殉情，此刻更無他念，心想譽兒已長大成人，文武雙全，大理國不愁無英主明君，我更有什麼放不下心的？回頭向段夫人道：「夫人，我對你不起。在我心中，這些女子和你一樣，個個是我心肝寶貝，我愛她們是真，愛你也是一樣的真誠！」

段夫人叫道：「淳哥，你……不可……」合身向他撲將過去。

段正淳與他夫人刀白鳳都死了，是殉情而死。段正淳此人為情而生，而又殉情而死，要說他執迷不悟，或許也是，不過他秉性風流，如此選擇，而且真誠摯愛，有始有終，如此殉情而死，未必不是一種最合適的、最幸福的死法。生死同心而能視死如歸，段正淳也可以算是一個情場上的聖手大丈夫了吧，諸多怨孽，自他一死，也總算是一種了斷。

也有人真正地執迷不悟的，小說的最後一段恰恰是寫一個癡心而妄想的人：

段譽和王語嫣吃了一驚，兩人手挽著手，隱身樹後，向聲音來處看去，只見慕容復坐在一座土墳之上，頭戴高高的紙冠，神色儼然。

七八名鄉下小兒跪在墳前，亂七八糟的嚷道：「願吾皇萬歲，萬歲，萬萬歲！」一面亂叫，一面跪拜，有的則伸出手來，叫道：「給我糖，給我糕餅！」

慕容復道：「眾愛卿平身，朕既興復大燕，身登大寶，人人皆有封賞。」墳邊垂直站著一個女子，卻是阿碧，她身穿淺綠衣衫，明豔的臉上頗有悽楚憔悴之色，只見她從一隻籃中取出糖果糕餅，分給眾小兒，說道：「大家很乖，明天再來玩，又有糖果糕餅吃！」語音嗚咽，一滴滴淚水落入了竹籃之中。

眾小兒拍手歡呼而去，都道：「明天又來！」

王語嫣知道表哥神智已亂，富貴夢越做越深，不禁淒然。

他瘋了。

是的，慕容復瘋了。我們看到他坐在墳頭上裝皇帝這無疑是瘋了，然而在前此小說中他的所作所為的一切又何嘗不都是瘋了？

小說中絕大多數人絕大多數事何嘗不又都是瘋了？

這是一個瘋了的世界，這小說便是一個關於瘋了的世界的種種故事呵。

小說中人，大多數不過是些可悲可惡可怕又可憐的瘋子。

也許，在《天龍八部》這部小說之中，只有三個主要人物沒有發瘋——儘管他們也有過發瘋發癡發迂的階段及故事——那就是段譽、虛竹、喬峰。

我們說過，段譽、虛竹和喬峰這三兄弟都是人間的希望與亮色之所在，他們至性至情、愛心博大而又出自本性；他們武藝高強，英雄無敵卻並不持此傲世欺人。

段譽固癡，然而不嗔不貪，全然出於人間的至愛之情。其愛情之心難能可貴恐非世間所能有，境界之高亦為人所不及。同時，更重要的，他雖癡情，然而又是半個佛門弟子，自小讀熟佛經，又是半個道家子弟，學得凌波微步，因而自必有破孽化癡之法之道之悟。段譽以佛之慈心道之逍遙君臨一方，必是一方蒼生之福，從而能建立一塊真正溫暖幸福、四季如春的人間樂土。

虛竹雖迂，亦與段譽一般是至性至情的人，為「夢姑」破戒卻從此情之所鍾耿耿難忘，同時又自幼出身少林，中途又得道家逍遙派的渾厚內力，當他逍遙派的掌門，自必會得「快樂逍遙」之真訣，同時念念不忘佛之慈悲，因而亦能將他的「靈鷲宮」創造成一片西方極樂的淨土。

這三人之中，唯有喬峰（即蕭峰）粗放豪邁並未讀多少聖賢佛道之書，因而不入佛門，亦不入道流，然卻是英雄本色、俠之大者，為天下英雄共仰者。最後，他身為遼國大王，亦為大宋江湖人士之仇敵，完全可以服從大遼皇帝耶律洪基之命，率兵將南下攻宋，未必能就此滅了大宋，然而報仇雪恨卻自是勢不可擋。然而他卻並不如此，相反以一己之生死武勇，強逼得大遼皇帝宣誓回師以保遼宋邊土得以平安。小說的這一章，可以說是全書最為精彩動人的段落，回目叫做《教單於折箭，六軍辟易，奮英雄怒》，小說寫道：

……蕭峰大聲遭：「陛下，蕭峰是契丹人，今日威迫陛下，成為契丹的大罪人，此後有何面目立於天地之間？」拾起地下的兩截斷箭，內功運處，雙臂一回，噗的一聲插入了自己的心口。

耶律洪基「啊」的一聲驚呼，縱馬上前幾步，但隨即又勒馬停步。虛竹和段譽只嚇得魂飛魄散，雙雙搶近，齊叫：「大哥，大哥！」卻見兩截斷箭插正了心臟，蕭峰雙目緊閉，已然氣絕。

虛竹忙撕開他胸口的衣衫，欲待搶救，但箭中心臟，再難挽救，只見他胸口肌膚上刺著一個青鬱鬱的狼頭張口露齒，神情極是猙獰。虛竹和段譽放聲大哭，拜倒於地。

丐幫中群丐一齊擁上來，團團拜伏。吳長風捶胸叫道：「喬幫主，你雖是契丹人，卻比我們這些不成器的漢人英雄萬倍！」

中原豪傑一個個困擾，許多人低聲議論：「喬幫主果真是契丹人嗎？那麼他為什麼反而來幫助大宋？看來契丹人中也有英雄豪傑。」

「他自幼在咱們漢人中間長大，學到了漢人大仁大義。」

「兩國罷兵，他成了排難解紛的大功臣，卻用不著自尋短見啊！」

「他雖於大宋有功，在遼國卻成了叛國助敵的賣國賊。他這是畏罪自殺。」

「什麼畏不畏的？喬幫主這樣的大英雄，天下還有什麼事要畏懼？」

耶律洪基見蕭峰自盡，心下一片茫然，尋思：「他到底於我大遼有功還是有過？他苦苦勸我不可伐宋，到底是為了宋人還是為了契丹？他和我結義為兄弟，始終對我忠心耿耿，今日自盡於雁門關前，自然決不是貪圖南朝的功名富貴，那……那卻又為了什麼？」他搖了搖頭，微微苦笑，拉轉馬頭，從遼軍陣中穿了過去。

誰能回答蕭峰為什麼要死？

誰又能識得大英雄？

誰識得蕭峰？誰識得人間大俠、英雄本色、至性至情？誰又識得英雄犧牲，人性昇華，照亮人間希望與安樂？……

耶律洪基不知道。吳長風不知道。阿紫不知道。中原群雄、丐幫弟子、大理臣將、大遼兵士都不知道。

英雄不在於姓「喬」還是姓「蕭」，又豈在「大遼」還在「大宋」？為大遼、大宋兩國軍民蒼生祈福又豈在遼或大宋獲取富貴功名？大仁大義為天下眾多的「兄弟」平安喜樂卻得罪了自己結義兄弟耶律洪基，這正是大英雄大豪傑自立於天地之間，捨身取義的豪邁壯舉，同時又是人性的真正昇華。

蕭峰死了，卻永遠活著。蕭峰死了，卻雖死猶生，永不失為天下第一大英雄。蕭峰的胸口雖然刻著一個青鬱鬱的狼頭，然而他卻是一個真正的人，他是人性及人性希望的化身與象徵。相比之下，那些胸口沒有刻出狼頭的人，卻恰恰在心裡裝著「狼性」，為貪、為嗔、為癡而不禁吃人而或被人吃，從而使得朗朗乾坤、清平世界變成了一個豺狼橫行、群魔亂舞、非人非鬼的渾沌天地。這也許正是此《天龍八部》的真正來由，而蕭峰之死則是這部《天龍八部》的破孽化癡的真正主題、真正體系、真正悲憫與希望吧？

「北喬峰，南慕容」……中原武林還傳言這樣的口號麼？

蕭峰死了，他永遠地活著，活在我們的心間，永遠激動著千餘年後的讀者。慕容雖生，卻已坐在墳頭雖生猶死，他永遠地失去了靈魂，失去了理智，失去了人性，也失去了真正有光彩的生命。

《天龍八部》這部小說，是一部有關人心、人性、人生與人世深刻的寓言。其「大悲大憫、破孽化癡」的意義正在這裡。同時，我們不能看出——這部小說或者寓言受到佛家思想的深刻影響極為明顯。即如小說的題目「天龍八部」也是來源於佛經，其意在「人與非人」。

可以說，這部《天龍八部》浸透了佛家的哲學思想與美學思想。它的內容來自人性——或對人性的認識——中的貪、嗔、癡的種種病態的深刻揭示；它的意義來自對這種貪、嗔、癡的「人性之毒」及由此而造成的「人生之苦」與「人世之災」的揭發與破解；它的境界來自於對這種人生、人世、人心與人性的大悲憫與大超越。

然而，這裡至少有幾點要提請注意：

一是這部《天龍八部》只是人性、人生與人世的寓言，而不是有關社會與歷史的寓言。即，這部小說是從一個特殊的角度來認識人性、人生及人世的，從而它不太可能對人類社會世界及其歷史做出一種完整的深刻的概括，雖然小說中也涉及到諸如亂世紛爭等這樣的時代背景，以及人際關係的不同層次等這樣的文化背景與各自不同的政治、經濟，心理的背景，然而在小說中，這些背景都只是作為小說的「寓言」的背景，而沒有其現實的深刻的意義。簡單地說，人世痛苦的原因及人類社會歷史發展及其原因、人生的悲劇與人性的悲劇，並不是一部《天龍八部》所能盡括，讀者亦自可有自己不同的見解與思想。

二是《天龍八部》只是一種寓言，其中便不免有一些人物與事件是作者的理想觀念的產物，為了演繹某種觀念，自是不免要有所編造。雖一部《天龍八部》編造得大致精美並且深刻，但總不免有些人為的痕跡。這不僅是說它的一些人物性格如蕭遠山、慕容博等等為之而模糊或乾巴，亦不僅是說它的一些情節如灰衣僧的出現及其說法自不免有些突兀，其結局不免有些生硬……而主要是說，「破孽化癡」未必就是一切，而「大悲大憫」亦不一定就真正地解決問題。說穿了，這只不過是一種寓言，一種哲學理想，一種藝術境界罷了。當然，大悲大憫、破孽化癡自也並非不可。

三是關於「三毒」之說即所謂「貪、嗔、癡」三者，是否人性之毒或人心之毒？又或者在何種程度上是毒又在何種程度上卻未必是毒；這毒的度在哪裡？這些都是令人值得深思的問題。

這不僅是一個佛學（宗教）的問題，更是一個哲學與人生的重大課題。

這涉及到對人性與人心的認識與評價，同時也涉及到對人世與人生的認識與評價，事關重大，不可不慎。不可不深思之。

總之，《天龍八部》乃是一部關於人生人世人心人性的大寓言。它所寫不僅是古之人古之事，同時又是虛擬之人與虛擬之事，其間的世界既有朗朗之乾坤而又有魍魎之暗影，更有奇峰險壑、曲徑通幽……一時只怕難以窮其究竟。因而要想對它做出簡單而又中肯的評價，自是一件極難之事。我們所能肯定的或許只有一點：那就是這《天龍八部》是一座大山寶谷，來參觀遊覽、探幽覓奇、尋寶搜珍的諸君究竟能獲得些什麼以及能獲得多少，這實在只有看各人的修為與見識、思想與才能了。

《笑傲江湖》
達非兼濟天下，窮難獨善其身

在金庸的武俠小說中，真實而廣闊的歷史背景往往是必不可少的因素，而將江湖與江山、綠林與廟堂結合在一起，將鬥場（比武、技擊）與戰場、官場與情場結合在一起，將真實歷史人物的虛假故事與虛構的傳奇人物的真實人性結合在一起……可以說正是金氏小說的特點與標誌。

在金庸的十五部小說中，只有極少數作品不出現真實歷史人物，明確的歷史朝代背景或官府中人的。比如《俠客行》、《白馬嘯西風》、《連城訣》等，其中《連城訣》中還有一個江陵知府凌退思。

此外，就只有這部《笑傲江湖》了。看起來，這裡沒有真實的歷史人物，沒有明確的時代背景，使你根本無法明白這個故事發生在哪朝哪代；而書名為《笑傲江湖》，書中人物與故事又都是些純粹的武林人物及江湖上事，似乎只有這一部小說才是真正的、純粹的、十足十的武俠小說了。

然而不然。

看起來，它是一部純粹的武俠小說，實際上，它卻又是一部更加純粹的政治歷史或歷史政治的寓言。正如作者在這部書的「後記」中所說：

這部小說並非有意的影射文革，而是通過書中的一些人物，企圖刻畫中國三千多年來政治生活中的若干普通現象。影射性的小說並無多大意義，政治情況很快就會改變，只有刻畫人性，才有較長期的價值。不顧一切的奪取權力，是古今中外政治生活的基本情況，過去幾千年是這樣，今後幾千年，恐怕仍會是這樣。任我行、東方不敗、岳不群、左冷禪這些人，在我設想時主要不是武林高手，而是政治人物。林平之、向問天、方證大師、沖虛道人、定閑師太、莫大先生、余滄海等人也是政治人物。這種形形色色的人物，每一時代中都有，每個朝代中都有，大概在別的國家中也有……因為想寫的是一些普遍性格是政治生活中的常見現象，所以本書沒有歷史背景。這表示，類似的情景可以發生在任何朝代。

我們看到，這部《笑傲江湖》果真是一部奇書，而且是一部傑作。

首先，這部小說並非影射之作——小說的創作年代，正值大陸的「文化大革命」奪權鬥爭如火如荼之際，而作者則又每天都要為《明報》書寫冷靜客觀而又情緒激烈的社評，按說此時的小說，尤其是寫政治寓言小說，其影射的現象在所難免。但從這部小說中，我們並不能看出來「這是某某人」或「那是某某事件」。這在政治寓言小說中可以說是極為難得的。

其次，這部小說並未將政治人物及其政治事件寫得簡單化、概念化與公式化。它只有一種廣義而又極為深刻的寓言。它的政治人物及其言行舉止、所作所為，都只是一些普遍現象及普遍人性的必然而又獨特的反映和表現。這對於小說，尤其是政治小說或寓言小說的創作，可以說是極為困難的。歷史與傳奇，江湖風波與政治鬥爭這兩者之間的差異是極其明顯的，甚而可以說是南轅北轍、天差地遠的。然而這部小說卻在這二者之間——通過描寫和刻畫永恆的人性及其在特定情境中的必然表現——架起了一座堅實而卻隱蔽的橋樑。

最後，也許是最重要的一點，那就是，你即使是已經領會到這部小說是一部政治鬥爭的寓言小說，然而依舊可以將它看成是一部極為精彩、純粹、熱鬧、緊張的武俠傳奇故事。亦即，你可以看其熱鬧（它有熱鬧可看），亦可以看其門道（它更有門道可看）；你可以是純粹的消遣為目的地看而覺得它好看，同時亦可以抱著一種嚴肅的研究態度去看它而覺得它耐看。只怕有不少的讀者並未知覺它是——或不承認它是——一部政治鬥爭的寓言小說也同樣會覺得它熱鬧而又深沉，好看而又大有文章。

辟邪劍法與獨孤九劍

我們說過，武俠小說最基本的特徵之一就是它要寫武。金庸的小說也不例外，只不過，金庸小說的獨特而精妙之處，則在其武非武，即寫武術招式及名稱決不止是寫一種純粹或真實的技擊之術，而是技進乎藝，進而藝進乎道。一些武術招式或名稱，在金庸的筆下，變得妙用非常、高深莫測。

這部小說中金庸又創出了兩路高明而獨特的劍法，即一是「辟邪劍法」，一是「獨孤劍法」。看起來，這兩路劍法只不過是兩個空洞的名目而已，像金庸筆下的「唐詩劍法」等之類一樣，僅僅只是好看或好聽而已，並無實際的妙用，更找不到真實的出典。但在這裡，「辟邪劍法」與「獨孤劍法」卻大不相同，尤其是「辟邪劍法」，它的作用在書中可以說極大。

這辟邪劍法是福建省福州城福威鏢局的老闆林震南家的祖傳劍法。

小說的第一回《滅門》，就是寫川西青城派松風觀觀主余滄海，帶領一干門徒不遠千里來到福州將「福威鏢局」殘酷「滅門」。究其原因，便是因為這「辟邪劍法」。看起來，余滄海及其青城派與福威鏢局及林震南非但無遠恨，無近仇，相反林震南為了套交情不斷地對余滄海進行討好巴結，而何以余滄海竟要對福威鏢局進行如此殘酷的毀滅性攻擊呢？這就是，「匹夫無罪，懷璧其罪」。因為林家有一套祖傳的神妙劍法即「辟邪劍法」，其祖林圖遠就靠此劍法打遍天下，名動武林，從而手創了「福威鏢局」並使之福而又威。為了尋找辟邪劍法的劍譜，余滄海竟下如此辣手，將福威鏢局從江湖除名，將林家弄得家破人亡。

一定有人會想到，「辟邪劍法」既然如此之厲害，何以林震南、林平之父子的武功又如此稀鬆平常，是這父子二人並未得其精要，或果真是像林震南所說的那樣「江湖上的事，名頭占了兩成，功夫占了兩成，餘下的六成，卻要靠黑白兩道的朋友的賞臉了」，從而重視交情而忽視了功夫？……

這其中的奧秘，可以說是全書結構的總綱要。原來林震南父子的所謂「辟邪劍法」整個兒就是似是而非，難怪他們的武功稀鬆平常，如此不堪一擊。而真正的「辟邪劍法」則牽涉到整個書中的情節及大多數主要人物！

往近處說，小說中的余滄海的明槍，嵩山派的暗奪，塞北明駝木高峰與華山掌門岳不群爭收林平之為徒，小說主人公令狐冲的蒙冤……都是因為這「辟邪劍法」。看起來，這個故事極似江湖上尋常的奪笈或搶寶。為了一部武功秘笈，牽動當時的整個武林，黑白兩道、邪徒群雄爭而奪之乃至機心百出，血雨腥風……這樣的故事在一般的武俠小說中決非少見。然而金庸的這部《笑傲江湖》卻絕非如此，如果把這僅僅看成是搶奪武林秘笈的故事，那就真是似是而非了。

往遠處說，華山派的氣、劍二宗的分野及其相互間的大動干戈、自相殘殺；以及日月教與五嶽劍派之間的正邪之勢不共戴天之仇，都是起源於這部「辟邪劍法」——只不過，這個「辟邪劍法」原並不是叫「辟邪劍法」而叫做《葵花寶典》，被視為武學中至高無上的秘笈。

再往後來，日月教的教主東方不敗因為練了這《葵花寶典》（辟邪劍法）而成為武功天下第一人，而亦正是因為這武功又送了自己的命；林震南的兒子林平之因為練了真正的辟邪劍法而報殺父毀家辱己之仇；左冷禪則因習而不得其真傳，在爭奪「五嶽派」併派後的總掌門的決鬥中敗給了岳不群，而華山掌門、林平之的師父兼岳父岳不群則正因為練了這辟邪劍法而出乎意料地做上了「五嶽派」的總掌門……最後，所有這些習練過辟邪劍法的人卻又都無一得以善終。

從而，可以說，整個兒一部《笑傲江湖》在其故事情節及結構上來說，都是由這辟邪劍法給串起來的，幾乎無一不與這部辟邪劍法有關。連令狐冲也因之蒙冤，而任我行則憑此獲勝，重登日月教教主之位。

這辟邪劍法或《葵花寶典》可以說是一件不祥之物，道道地地的邪門武功。雖厲害非常甚而舉世無雙，然而卻陰毒邪門、鬼氣森林。或者，反過來說，正因為它鬼氣神秘、陰毒邪門，才使得這門武功厲害非常、舉世無雙。

其奧妙就在於它乃是一位幾百年前的宦官——太監所創，它的練功法門的第一關便是「欲練神功、揮刀自宮」，即首先要把自己變成不陽不陰、不男不女的怪物才能夠練此邪門的功夫。這一門功夫，是道道地地的「非人」或「非人性」的功夫。

華山氣宗之祖岳肅與華山劍宗之祖蔡子峰二人本是好好的師兄弟，只因到福建莆田少林寺下院去偷看了《葵花寶典》，而兩人所看的又恰恰是各占一半，於是就分為氣、劍兩宗，從此不和且爭鬥不休。少林寺下院的主持紅葉禪師派其得意弟子渡元禪師前去勸岳、蔡二位不可修習此笈功夫，卻又恰恰因為得到了二人所得的「合壁」，從此渡元禪師變成了林圖遠（即福威鏢局的創始人，林震南之祖父）。而魔教（日月教）得知華山岳、蔡二人得了寶典，便派了十長老攻華山，與五嶽劍振兩敗俱傷，卻終於得了（葵花寶典）的殘笈，並終於使後來的日月教主東方不敗成為武功天下第一人。

我們要說的是，這辟邪劍法（《葵花寶典》）之所以是這部《笑傲江湖》的關鍵之所在，並不是因為它僅僅是小說情節與故事敘述的中心因由，也不僅是因為這門武功是一門非人性的邪門功夫；而是因為它源於宮廷，創自太監，同時又成為爭奪江湖霸主、妄圖「千秋萬載，一統江湖」的爭權奪勢的政治鬥爭的工具。

明搶暗奪的目的是為了學成此功爭霸江湖，「揮刀自宮」的目的也是為了爭奪權勢成為武林霸主。所以說這部辟邪劍譜或《葵花寶典》的真正邪門毒惡之處，並不在於它使人「懷璧其罪」，沾染無數的生命鮮血、引起江湖上無限的紛爭，也不在於它揮刀自宮改變人性，而在於它來自宮廷並成為爭權奪勢的工具。成為政治鬥爭的引線與象徵。

與辟邪劍法相對的武功便是風清揚傳給令狐冲的「獨孤劍法」，或叫「獨孤九劍」。這是一種神龍見首不見尾的劍法，江湖上雖有人知道其名，卻很少有人見過其劍，更少有人得其真傳。這是一種神妙無比的劍術，金庸在寫到風清揚傳劍之時，講述的高深武學道理，其實則包含了精深無比的哲學與禪機：

……風清揚道：「五嶽劍派中各有無數蠢材，以為將師父傳下來的劍招學得精熟，自然而然便成高手，哼哼，熟讀唐詩三百首，不會作詩也會吟！熟讀了人家的詩句，做幾首打油詩是可以的，但若不能自出機抒，能成大詩人麼？」……

風清揚道：「活學活使，只是第一步。要做到出手無招，那才真是踏入了高手的境界。你說『各招渾成，敵人便無法可破』這句話只對了一小半。不是『渾成』而是根本無招。你的劍招使得再渾成，只要有跡可循，敵人便有隙可乘。但如你根本並無招式，敵人如何來破你的招式？」

令狐冲一顆心怦怦亂跳，手心發熱，喃喃的道：「根本無招，如何可破？根本無招，如何可破？」陡然之間，眼前出現了一個生平從所未見，連做夢也想不到的新天地。

……風清揚道：「你倒也不可妄自菲薄。獨孤大俠是絕頂聰明之人，學他的劍法，要旨在一個『悟』字，決不在死記硬記。等到通曉這九劍的劍意，則所施而無不可，便是將全部變化盡數忘記，也不相干，臨敵之際，更是忘記得越乾淨徹底，越不受原來劍法的拘束。你資質甚好，正是學練這套劍法的材料。何況當今之世，真有什麼了不起的英雄人物，嘿嘿，只怕也未必，以後自己好好用功，我可要去了。」

令狐冲學會了這獨孤求敗所創、風清揚所傳的「獨孤九劍」，果然無往而不利。只是在小說之中，岳靈珊等人竟將這江湖上人少見的神妙劍法「獨孤九劍」當成了「辟邪劍法」，反添了令狐冲無數的麻煩，坐實了他的冤屈——他被懷疑盜走了「辟邪劍譜」，而偏偏風清揚又叮囑他不可向外洩漏他傳劍之事，至使令狐冲有口難言，充滿苦澀——逼得他無可奈何。

其次，這套「獨孤九劍」好像正是為令孤冲所專門準備的武功。風清揚之所以傳這套劍法給他，正是因為他不但資質聰明，正是練這套劍法的材料，而更主要的原因乃是因為他的人品正與這套劍法相適：

……風清揚雙目炯炯，瞪視著令狐冲森然問道：「要是對付正人君子，那便怎樣？」令狐冲道：「就算他真是正人君子；倘若想要殺我，我也不能甘心就戳，到了不得已的時候，卑鄙無恥的手段，也只好用上這麼一點半點了。」風清揚大喜，朗聲道：「好，好！你說這話，便不是假冒為善的偽君子。大丈夫行事，愛怎樣便怎樣，行雲流水，任意所之，什麼武林規矩，門派教條，全都是放他媽的狗臭屁！」

令狐冲微微一笑，風清揚這幾句話當真是說到了他心坎中去，聽來說不出的痛快，可是平素師父諄諄叮囑寧可性命不要，也決計不可違犯門規，不守武林規矩，以致敗壞了華山派的清譽，太師叔這番話是不能公然附和的；何況「假冒為善的偽君子」云云，似乎是在譏刺師父那「君子劍」的外號，當下只微微一笑，並不接口。

這也就是說，風清揚是觀其人而傳其劍的。這「獨孤九劍」的神妙之處正在於身心合一、人劍合一，活學活用、行雲流水、任意為之。這既是一種劍之道，同時又是一種人之道。既是一種武學，又是一種人生哲學。

最後，至關重要的一點，還在於這套劍法，實可稱得上是一套隱士劍法。創此劍法的人獨孤求敗，即從名稱可以看到他求一敗而不可得，因而是何等的孤獨！進而，他既然想求敗，不僅說明了他的劍術之高明了得，更說明瞭他對劍術與武學的超邁的熱愛與癡情，他人學劍皆為求勝，而求敗者必是真愛此道者。另外，這位獨孤求敗，在金庸的另一部小說，即《神鵰俠侶》中曾經出現過，楊過其人不僅見到了他的隱修之所，見到了他所用的各式各樣的劍，而且還在獨孤求敗所遺下的一隻老鵰的幫助下，練成了一身舉世無雙的武功。這楊過後來也與其妻小龍女一起做了隱士。而在《笑傲江湖》中，這一劍法的傳人風清揚則亦是一位心灰意懶、意氣蕭索的隱士。在傳完令狐冲的劍法之後，竟至連他的這位得意門徒也不想再見了。並且甚而交代令狐冲不可將他及他傳劍之事告訴任何人，果然，從此以後便音訊杳然，真正是神龍見首不見尾。

如果說辟邪劍法是邪門劍法，是太監劍法，是宮廷劍法；而獨孤九劍是隱士劍法，那麼，這兩種劍法的象徵意義也就可以說是一目了然了。

「笑傲江湖」與「一統江湖」

這部小說的書名來源於一支古曲之名，即《笑傲江湖曲》，其中間有一大段琴曲乃是根據晉時人稽康的名曲《廣陵散》所改編的。

《廣陵散》或《笑傲江湖曲》是一首古雅高致的隱士之曲。

晉時人稽康，史稱「文辭壯麗，好言老莊而尚奇任俠」。名列「竹林七賢」之一，因與魏宗室有姻親關係，不願投靠當時掌權之司馬氏。其實則主要乃是因為他風姿俊逸、博學多通、善鼓琴、工書畫、好老莊導氣養性之術，提出要「越名教而任自然」之說，政治上剛腸疾惡鋒芒畢露，為人如行雲流水，任意為之，當然不能見容於朝廷，不適於政治。而只能做他的「竹林之賢」，只能做他的隱士——他是一位極著名的隱士，一位極著名的追求個性解放的人文主義者！有意思的是，即便是隱士，也做不到底，因鐘會所妒，讒於司馬昭。司馬昭下令將他殺了，嵇康臨刑時撫琴一曲，正是這《廣陵散》，並言：「《廣陵散》從此絕矣！」

不料日月教長老曲洋，因愛音樂至於癡，發其奇想，對嵇康的「《廣陵散》從此絕矣」這句話頗不服氣，便去挖掘西漢東漢兩朝皇帝和大臣的墳墓，一連掘了二十九座古墓；終於在蔡邕的墓中，覓到了《廣陵散》的曲譜。進而將它改編成了琴簫合奏《笑傲江湖曲》，並因之與衡山派的劉正風結成生死之交。

小說中的衡山派大俠劉正風，正因為想與曲洋長老長期地研習演奏《笑傲江湖曲》，而因為曲洋係日月教長老，亦即五嶽劍派這等名門正派的生死仇敵，故如在衡山派中就不能與曲洋交往，所以就想出了一個「金盆洗手」的主意；想從此退出武林，而專心於音樂藝術，與曲洋長期交往。沒想到他的這一行為不見容於「五嶽盟主」左冷禪，以至於好好一個「金盆洗手」的儀式及美夢，變成了一個家破人亡的慘劇。而劉正風與曲洋雙雙殞命，幸而將此《笑傲江湖曲》傳給了令狐冲，請他代覓傳人。

令狐冲幸而不幸地又碰上了會撫琴會吹簫的日月教的公主任盈盈，從此陷入了「萬劫不復」之境。而小說的最後一回，竟然又峰迴路轉，柳暗花明地出現了令狐冲與任盈盈終結連理，而且在新婚之宴上合奏了這曲《笑傲江湖曲》。

因而，這部《笑傲江湖曲》——亦即隱士之曲——可以說是這部小說的一種隱隱約約的主旋律。

而這部小說的副旋律則是日月教教徒們在參見教主時所齊聲吶喊的口號：「千秋萬載，一統江湖」。

從而，《笑傲江湖》的主要旋律及內容，可以說正是由《笑傲江湖曲》與「一統江湖」的口號交織而成。

正如我們按照「辟邪劍法」與「獨狐九劍」的線索，可以從情節上把握這部小說一樣，我們亦可以從《笑傲江湖曲》與「一統江湖」這一口號二者的線索來把握與探究《笑傲江湖》這一小說的內容及其主題。

乍看起來，《笑傲江湖》這部小說的情節極其複雜，小說中至少涉及了以下幾方面的矛盾：

一是以「五嶽劍派」為代表的正派武林同以日月教為代表的邪教之間的矛盾。簡言之，可謂正邪之鬥。

二是「五嶽劍派」內部的併派與不併派之間的矛盾，尤其是嵩山派掌門左冷禪與華山派掌門岳不群之間的矛盾，簡言之，可謂併派之爭。

三是以岳不群為代表的華山氣宗與以封不平等人為代表的華山派劍宗之間的矛盾，簡言之，可謂氣、劍之爭。

四是林平之與青城派松風觀主余滄海之間的殺父毀家之仇。

五是以任我行、向問天為代表的老教主與以東方不敗、楊連亭為代表的當權派（**現任教主**）之間的日月教內部的紛爭，簡言之可謂奪權之爭。

六是令狐冲（**主角**）身處江湖各種矛盾漩渦的中心，身不由己地捲入，乃至想退出而不可得，以及他與岳靈珊、任盈盈、尼姑儀琳三位少女之間的愛情糾葛……在令狐冲這一物身上，集中地體現了「笑傲江湖」與「一統江湖」的爭鬥，簡言之，可謂進退之爭。

看起來，以上這些情節線索似乎互不相干，而又重疊糾纏，極為複雜難解，甚至難以複述。然而，其真正的主線則只有一條，即是進取與歸隱之間的對立，又可以說是「笑傲江湖」與「一統江湖」的對立與矛盾。

在前面的一節中，我們曾經提到，以上矛盾的各方看似毫無關係，但卻被一部由太監所創的武學秘笈《葵花寶典》（又名辟邪劍譜）給牽連到了一起，幾乎每一派、每一人都或直接或間接，或自覺或不自覺，或自願或不自願，或有意或無意且無辜地被捲入了「辟邪劍譜」的紛爭之中。在前文中，我們曾經說到，這辟邪劍譜乃是一種「邪門劍法」又稱「宮廷劍術」或「宮廷邪術」，凡得此者及欲得此者，都沾染了不祥之氣及不幸之運，然而大家仍自覺或不自覺地欲得之而後快，它成了「政治鬥爭的工具與象徵」。

話這樣說固然也無不可。然而明眼之人一定會見到，是非善惡幸與不幸、祥與不祥在人而不在物。「邪」與「正」是人而不是物。從而說「辟邪劍法」是一種「邪門劍術」或「不祥之物」其實是唯人自招。

實際上，真正陰毒邪門、可怕而不祥的絕不是什麼《葵花寶典》或辟邪劍譜，而是江湖中許多人要爭霸武林妄圖「一統江湖」的野心！

正邪之爭也好，併派之議也好，氣、劍之爭也罷，乃至日月教內奪權造反及林平之的殺父毀家之仇，令狐冲的種種遭遇與不幸……所有的這一切全皆起源於「一統江湖」之爭。

首先，我們看到，日月教內的「奪權與造反」之爭，看起來任我行被囚在西湖湖底數十年，因而大是值得同情，然而他之取代東方不敗，實則不過是以惡易惡、以暴易暴而已。東方不敗固然邪門可惡，而任我行也決非善類，乃至為邪為惡比之東方不敗有過之而無不及。東方不敗自修煉《葵花寶典》之後，以至於變成一個陰陽怪物，將教中的一切大權交於其男寵楊連亭，看起來實是倒行逆施，然而至少有一個好處，那就是只不過讓教眾們空洞地喊一喊「千秋萬載，一統江湖」的口號、祝辭罷了，還不至於真的要想「一統江湖」以至為禍武林造成血雨腥風。而任我行上台伊始，固然對教眾大呼「千秋萬載，一統江湖」之口號不以為然，然而身居此位之後，則潛移默化，竟真的策劃了種種陰謀，種種行動欲成「一統江湖」之霸業。其為禍之烈，更勝東方不敗多多。

邪派固是邪，日月教為禍武林使江湖中人人聞之生懼而又不齒，確實是惡而非善、邪而非正。然而，就「一統江湖」的野心而言，東方不敗是讓人喊了出來，任我行則是做了出來並宣佈了出來，因而其惡且邪，但畢竟是一些「不隱不諱的真惡人」，比起所謂正派武林中的那些隱而諱之的野心家和偽君子，只怕還要好上那麼一點半點。至少，日月教的直言不諱會使人產生提防之心，對抗之志，而且可以號召武林同仇敵愾。而正派武林中的野心家相比之下則要可怕得多。

比如左冷禪，這位嵩山派的大掌門兼而為五嶽劍盟的盟主，其建立霸權之心在干涉劉正風金盆洗手之時便已初露端倪。只是那時的嵩山派尚打著正義的旗號，因為劉正風確實是誤交匪人而又死不悔改。因而劉正風全家死滅，固然使每一讀者為之心驚為之流淚為之憤慨，但卻找不到什麼合理的言辭來有力地斥責左冷禪。而後來左冷禪派人暗奪辟邪劍法，派人截擊追殺恆山派，而又派勞德諾充當間諜並在華山派臥底多年，收買泰山派的掌門人師叔並答應讓他們取而代之……等等這些所作所為，不僅蠻橫無理，簡直是慘無人道乃至滅絕人倫、喪心病狂了。這與日月教的種種倒行逆施可以說完全是異曲同工。其作惡非但一點兒也不少，實際上，是有過之而無不及。

進而，左冷禪雖可鄙可惡，妄圖建立霸權而為非作歹、禍害同道，然而與華山掌門岳不群相比，那又差了一個級別。左冷禪雖陰摯惡毒，然而其所作所為其目的不難猜到，甚而可以說昭然若揭，大多還是屬於陽謀之類，全不似君子劍岳不群這等不動聲色、運籌幃幄的陰謀野心家及其偽君子具有極大的欺騙性、煽動性與號召力，左冷禪不能不終因棋差一著、技遜一籌而敗於他的手下，而連久歷江湖、可謂見多識深的少林寺方證大師及武當山沖虛道長這樣的人都大半上其當，把他推許為正義的象徵及武林之福祉。其他的人則可想而知了。

至於泰山派的內訌、華山派的氣宗與劍宗之爭，封不平等人前來與岳不群較量，其目的意圖，並非什麼正義，亦絕不是什麼光大門派，甚至也不是為了氣或劍誰先誰後。說穿了，只不過是為了爭權奪勢，搶奪掌門人之位，如此而已。這些爭奪權位與任我行、左冷禪、岳不群這幾人的一統江湖的雄心壯志來說，只不過是小打小鬧而已。而其行為方式亦只不過等而下之，殊不足道。泰山派玉字輩長老，與華山劍宗的封不平等人想搶奪本派的掌門之位，其所倚者，只不過是左盟主的勢力而已。他們即便當上了本派的掌門，那也只不過是依附霸主的兒皇帝。

余滄海的目的正與任我行、左冷禪、岳不群等人相同。他也有「一統江湖」之志。只不過，他的手下既無數萬教眾，亦無五嶽連理之可倚，而其武功見識比之上述之人來說又是差了一截，不說別的，僅就搶奪「辟邪劍譜」一事而言，余滄海是始作俑者，然而如此明火執仗又鬼鬼祟祟，並非謀定而動以及志在必得。從而既給人落下了殘忍凶惡、為禍武林的罵名，而又並沒有得到辟邪劍譜，僅此一事，就足見余滄海之不足道。然而，就其野心與陰鷙而言，那是與其他人一樣的。

江湖上有這些人存在，自是無有寧日，雖然談不上奪權之心人皆有之——至多只能說「大部分人有之」或「一部分人有之」——而保位之意總可以說（掌權者）人人有之了。從而，這部小說中的整個江湖世界，便成了一個爭權奪位的政治鬥爭的縮影或者說是寓言世界。

從而，那些並不想「一統江湖」的各派掌門人，也無一不被捲入這場錯綜複雜的爭奪江湖盟主的鬥爭之中。因而，似衡山派的掌門人「瀟湘夜雨」莫大先生、恆山派的掌門定閑師太、少林寺方丈方證大師、武當派掌門沖虛道長……這一干身居要位的江湖中人，也就一個個地成了這種爭權奪位的政治鬥爭的不自覺的參加者，也就成了政治人物，而並非平常意義上的江湖人物。

他們是「一統江湖」的反對者，因為他們本身並無「一統江湖」的野心。然而他們又是「一統江湖」的參與者，因為他們並無「笑傲江湖」的歸隱之意，他們身居一門之長的高位，要保住這一權位以及這一權位所代表的一切，都必須被迫捲入這種政治鬥爭，就必須時刻準備應付種種複雜的局面，就必須具備政治鬥爭的種種機心與素質。恆山女掌門人定閑師太之所以要心細如髮，將各門各派的武功、人物乃至三、四流的人物及其武功都一一研究並記在心中，那便是一種政治鬥爭的素質，是一種知己知彼的方略。而她遇難身危之際，竟將掌門大任交給一位並非佛門，也不是女性，而且名聲不大好的令狐冲，這種匪夷所思的舉動，看起來大反常規而不可理喻，實則是一種極高妙的政治鬥爭的策略。實際上是一種保全恆山一脈獨立於江湖的一種萬全之策。當然也是一種不得已而為之的權宜之計。

同樣，莫大先生藏頭露尾，做出一副落魄而又卑瑣的模樣，一方面固是生性使然，另一方面更是出於一種政治鬥爭的需要和考慮。他無力與嵩山派左冷禪相抗，也無力與岳不群相抗，既無力於挽狂瀾於既倒，但卻又不甘心承認自己的無力及等待著被滅派或曰並派，所以就只好藏頭露尾等待時機，另一面則明查暗訪尋找救星。

至於方證大師與沖虛道長二人，既代表了武林中真正的正道勢力，同時又代表了他們各自的利益，因而他們對令狐沖的種種考察、種種幫助、種種安排無一不是出於政治鬥爭的考慮。不然，以堂堂的武當山掌門人的身分又何以要扮成一個糟老頭子去考查令狐沖這位江湖新秀的武功？又何以在令狐沖正式執掌恆山掌門這一多少有些尷尬與不倫不類的時刻與方證大師雙雙攜手前來祝賀？當年岳不群接任華山掌門人之時，這二位也只不過是派人送禮，並不親臨，只不過致電祝賀而已。說穿了，這些都是政治鬥爭的需要。

我們說過，令狐沖本不是一個政治人物，既不當權，而又並無當權的野心，甚而對「一統江湖」之類的野心與口號有一種徹頭徹尾由衷的厭惡。然而他卻又被捲入了這場奇妙而複雜的鬥爭漩渦，不自覺地在這漩渦中浮沉掙扎，以至於最後居然變成了這場鬥爭的中心及關鍵人物：他向哪一邊，哪一邊便會獲得勝利。這是因為三種原因：

一是他武功奇高。獨孤九劍神妙無比，居然可以與沖虛道長抗衡並隱隱然有略勝一籌之勢，而且他因禍得福所獲得的一身奇異的內功亦自深厚莫測，可以說正邪雙修，擋之必敗。

二是因為他社會關係複雜——他是華山派氣宗的首徒，卻又是劍宗大師風清揚的嫡系傳人，以至於與劍宗高手封不平比劍時使人產生「劍宗氣功好，氣宗（令狐冲）劍術高」之慨歎；他是華山派這一名門正派的門徒，卻又因習練了任我行的吸星大法而與江湖中人人聞之喪膽的任我行、向問天之流稱兄道弟、關係非淺；他是華山派正宗的棄徒，卻又不願加入日月神教或稱魔教；他與任盈盈有情絲糾葛而得到日月教眾三山五嶽的各路英雄豪傑的愛戴推崇，卻又於恆山一派有救命救派之恩，從而恆山掌門人定閑師太臨終之時將掌門之位相托……按照馬克思主義的「人是社會關係在各方面的總和」這一理論，在令狐冲這一人身上，確實存在著有關武林中各派勢力氣運消長的力量。

其三，最重要的一點，恐怕還是由於他這人武功雖高，人品其實也相當好，雖被華山岳不群所棄並周知武林各派，然而少林寺方證大師以授其「易筋經」的功夫為條件要將他收歸門下為先，任我行更是極力地將他拉入日月教並多次許以高位，恆山掌門死前更是以掌門大任相托……這位令狐冲卻並無那種爭權奪位之心，更無「一統江湖」之志，相反，對這些只有說不出的厭惡和憤恨。從而連岳不群也暗悔將他除名開革，當作了自己野心與陰謀的犧牲品。當然岳不群的暗悔絕非道德良心的懺悔，而是終於看出了令狐冲身上潛伏以及牽涉到的力量。因此，令狐冲不僅變成了岳不群與任我行這兩位力圖爭霸武林且最有勢力的霸主爭奪的對象，更變成了恆山定閑師太、衡山莫大掌門等這些五嶽劍派中不想併派而被左冷禪吞併的人爭取的物件及希望之所在，進而變成了受到少林寺方證大師、武當山沖虛道長這樣的大人物的青睞乃至竭力拉攏的對象。

按說，令狐冲有許多機緣許多次機會獲得異乎平常的極大的成功：或是當日月教的副教主，或是當五嶽劍派的總掌門。然而前者他是不忿於日月教的一統江湖的口號與任我行的野心，加之不願意背棄恆山掌門的重托與重任；而五嶽劍派的總掌門，可以說他是讓給了他內心摯愛的岳靈珊，從而間接地讓給了岳不群。前者他對日月教的神情，倒似是大義凜然，而他後來假敗給岳靈珊，則按照正道來說便是以一己私情為重而全然不考慮天下武林的大勢與氣運（**這些方證大師與沖虛道長都在此之前對他剖析得明明白白**）。

令狐冲就是這麼一個人：他既是「獨孤九劍」這一隱士之劍的傳人；同時亦是《笑傲江湖曲》這一隱士之曲的傳人；更主要的，他內心及本性都有著這麼一種笑傲江湖的氣質與一份嚮往。所以他對於「一統江湖」的大業可以說是毫無興趣，甚而厭煩之至。

他之所以會如此，一方面是他見到——讀者也見到——江湖上的正邪之分其實並不像人們所傳說的那樣分明，相反嵩山派逼殺恆山派的種種手段其卑鄙殘酷可以說比之日月教有過之而無不及，至於各派內部的紛爭，無論是氣、劍二宗之爭，五派並派與否之爭，日月教奪權之爭，泰山派奪掌門之位之爭……看起來並沒有什麼正義與邪惡之別，而是統統地令令狐冲——也令讀者——感到無比的厭惡。

另一點，也許對於令狐冲來說更為感到可怕而受不了的江湖上處處機心、陰謀遍佈、爾虞我詐、爭權奪位、動輒得咎。而這些江湖門派之長，如五嶽派中恆山掌門人定閑師太慈詳平和；泰山掌門天門道長威嚴厚重；嵩山掌門陰摯深刻；華山岳不群高深莫測；衡山掌門莫大先生外表委瑣平庸似是個市井小人，但其實個個都是深沉多智、機心非常的人物，以至於使令狐冲生出「我令狐冲草包一個，和他們可差得遠了」之感慨。

更不必說少林寺方證大師、武當山冲虛道長在其僧衣道袍掩蓋之下的政治家的雄才大略。更其不必說余滄海、東方不敗、左冷禪、岳不群這些試圖爭霸江湖的人物的種種可懼可畏之處：余滄海殘忍凶惡、左冷禪霸道強橫、東方不敗神秘莫測直如鬼魑、任我行肆無忌憚、岳不群的虛偽狡詐……這些都是令狐冲所不習慣、所受不了的。與他的笑傲江湖、行雲流水、毫無機心、任意為之的性格大大的不相符合、不相適應。小說中幾乎每個大人物的言行舉止莫不包含機心、深刻及遠，這才使令狐冲對之一一敬而遠之。

令狐冲之愛岳靈珊及被任盈盈所愛，看起來都只不過是兒女之情，非關大事，幸與不幸、成與不成都只是個人的愛情線因果有關的事，然而在小說中，岳不群危難之時居然在劍招之中透示出要將他重列門牆並許以婚姻之意，而任我行則更是在少林寺大殿之中、群雄面前將令狐冲稱為愛婿……看起來都是岳父與師父許以婚姻，並且是為女兒的愛情婚姻著想，其實這二人異曲同工，無一不是為其大業與大勢著想，他們所許，無一不是政治婚姻。

所有的這一切，都不能不使令狐冲感到極度的茫然，同時又感到極度的失望以至於恐懼。想笑傲江湖而不能得，不想一統江湖卻又不能不被深深捲入，這真是人在江湖，身不由己。

令狐冲命運何其可悲！

人在江湖身不由己

中國的儒家對個人的人生提出了一個響亮的理想口號，叫做「達則兼濟天下，窮則獨善其身」。這是千百年來人們都已經熟悉並為之傾倒的。

這確實是一個理想的人生模式。

然而，正因為它們是理想的模式，因而不免與現實難合，甚而與現實的政治生活與鬥爭恰恰相反。

那就是，在現實的政治生活及鬥爭之中，往往是達而不能兼濟天下，窮更不能獨善其身；進而是：達而並非為了兼濟天下，想窮而獨善其身卻又不可能。

小說《笑傲江湖》便充分地說明了這一點，是所謂「人在江湖，身不由己」。至於什麼「兼濟天下，獨善其身」都只不過是一種自欺欺人的說辭，或乾脆說是一種自我陶醉的美夢罷了。

在《笑傲江湖》之中，每一個爭權奪位的政治鬥爭的參加者，雖有氣劍之分、併派與不併之分，乃至於有正邪之分……然則實際上並無本質的區別：封不平未必比岳不群好些；岳不群未必比左冷禪更君子，而左冷禪未必比東方不敗、任我行這些「邪魔外道」更加正義或正派……——正義即或可謂兼濟天下，只不過是正道中人的一種說辭，一種口號，一種自欺欺人的招牌與幌子，它們的目的其實都是一樣。那就是爭權奪位，在於「千秋萬載，一統江湖」。

這些人為了爭權奪位，無所不用其極，人性的卑污齷齪極為集中、明顯、深刻而又令人心寒恐懼地顯現了出來。無論是當權派也罷，是造反派也罷，乃至就是改革派，它們的口號與它們的實際手段其實並不一致。它們的目的與初衷即便很好，但也會在實際的鬥爭中逐漸地潛移默化，甚至同流合污。小說中的任我行的形象及其遭遇便是一例。按說他被篡權而又被關押在西湖底的鐵牢之中受盡磨難，大是值得同情。對於東方不敗這一當權派而言，他是奪權者或是造反派，而對於東方不敗的種種倒行逆施、胡作非為以及演戲般的種種言不由衷的口號與儀式，他都是不以為然且感到可笑可悲，他又是一位改革派了。其實呢，他很快地適應了東方不敗的種種儀式，在當權之後，改革也免了，為了「一統江湖」，他做得比東方不敗更是有過之而無不及。

再如左冷禪與岳不群，他們看是正派與正義的代表、與邪教勢不兩立，看似是天下蒼生及武林同道的希望之所在，然而他們的所作所為，卻無不令人齒冷心寒，毫無正義與正直的正派中人的理想可言，而只有陰謀陷害殘忍凶惡，為一己之私卑鄙無恥，與東方不敗、任我行等毫無二致。

進而莫大、定閑師太、方證大師、沖虛道長……這些正人君子雖無大惡，但為了實際的利益與厲害，也自不免常常從權，常常顧不上什麼道義，同樣地什麼都做得出來，同樣地無所不用其極。

在這樣的政治格局中，達而兼濟天下這一理想不能不被扭曲，甚至毀滅。

同樣地，「窮則獨善其身」也是做不到的。

小說的開頭，福州「福威鏢局」的老闆林震南就是一例。在江湖中，林震南可以算是一位安分守己的鏢局老闆了吧，他對他的兒子說：「……江湖上的事，名頭占了兩成，功夫占了兩成，餘下的六成，卻要靠黑白兩道的朋友賞臉了。你想，福威鏢局的鏢師行走十省，倘若每一趟都得跟人家廝殺較量，那有這許多性命去拚？就算每一趟都打勝仗，常言道：『殺敵一千，自傷八百。』鏢師若不幸傷亡，單是給家屬撫恤金，所收的鏢銀便不夠使，咱們的家當還有什麼剩的？所以嘛，咱們吃鏢行飯的第一須得人頭熟，手面寬，這『交情』二字，倒比真刀真槍的功夫還要緊些。」進而，書中更明確地寫道：

……林震南又噴了一口煙，說道：「你爹爹手底下的武功，自是勝不過你曾祖父，也未必及得上你爺爺。然而這份經營鏢局子的本事，卻可說是強爺勝祖了。從福建往南到廣東，往北到浙江、江蘇，這四省的基業，是你曾祖闖出來的，山東、河北、兩湖、江西和廣西六省的天下，卻是你爹爹手裡創的。那有什麼秘訣，說穿了，也不過是『多交朋友，少結冤家』八個字而已。福威，福威『福』字在上，『威』字在下，那是說福氣比威風要緊，福氣便從多交朋友，少結冤家這八個字而來，倘若改做了『威福』，那可就變成做威做福了，哈哈，哈哈！」

林震南有這種想法，兼濟天下自是談不上的，獨善其身料來總是可以的。然而卻沒想到小說一開頭（正當他說這一番話時）便大禍臨頭，而且是滅頂之災。如前所說，正是「匹夫無罪，懷璧其罪」。林震南不練什麼辟邪劍法，以為靠著「多交朋友，少結冤家」這八字方針可保身家福祉，然而江湖上一向是無法無天，強者為尊，林震南家藏寶笈卻不練之，自然是難以「獨善其身」，相反卻要使整個家族及其鏢局都遭滅頂之災。

林平之這位少鏢頭雖談不上有多少德行，有多少兼濟天下的好處，然而畢竟也不是什麼壞人，偶爾扶弱濟困的事也幹上一幹。本來靠著祖蔭，按說是頗可以獨善的。然而卻被無情殘酷的余滄海弄得家破人亡，從而捲入江湖上無盡的仇殺之中。他本無什麼「一統江湖」之志，但卻被一干欲圖「一統江湖」的梟雄所利用，一直充當著這些人的工具。先是木高峰，再是岳不群，繼而左冷禪，這些人對他看似好意而有恩，但實際上卻是各懷鬼胎。從而使得林平之這一頗令人同情的身負血海深仇的少年公子，也逐漸變得陰鷙而又殘毒，隱隱然又是一個新的偽君子岳不群。以至於世間唯一對他具有真情實意、深情厚意的岳靈珊竟反而命喪他手。他之報仇本是值得同情之事，然而他這位復仇之神實際上早已變成了報仇之鬼，變成了一個怪物，變成了一個喪心病狂失去人性的魔頭。

林震南、林平之父子的遭遇或許還沒有什麼代表性。那麼，衡山派的劉正風追求藝術上的自由，重視莫逆於心、至情至性的友誼，想要金盆洗手，從此退出武林。這本是對人毫無損害的一件事。然而沒想到同樣不容於武林，不容於正道，從而也弄得家破人亡，身遭慘死。

再說杭州西湖孤山梅莊的梅莊四友黃鐘公、黑白子、禿筆翁、丹青生四人分別因酷愛琴、棋、書、畫——這四人的名字及其所愛具有極大的象徵性——因而隱姓埋名，欲享受琴棋書畫的樂趣，卻無法做到，卒以身殉，因為權力鬥爭（政治）的哪一方都不能允許。小說中的梅莊四友的老大黃鐘公臨死之前說了一番話：

……黃鐘公轉過身來，靠牆而立，說道：「我四弟兄身入日月神教，本意是在江湖上行俠仗義，好好做一番事業，但任教主性子暴躁，威福自用，我四弟兄早萌退志。東方教主接任之後，寵信奸佞，鋤除教中的老兄弟。我四人更是心灰意懶。討此差事，一來得以遠離黑木崖，不必與人勾心鬥角，二來閒居西湖，琴書遣懷，十二年來清福也已享得夠了，人生於世，憂多樂少，本就如此……」說到這裡，輕哼一聲，身子慢慢地軟垂下去。

黃鐘公自殺了。這一番話可以說是「窮而不得獨善其身」以及「達而不得兼濟天下」的最好揭露。同時也是對江湖中爭權奪位的政治鬥爭的骯髒內幕以及欲作隱士而不能得其善終的苦衷的深深感歎。

林震南、林平之、劉正風、梅莊四友等這些人欲獨善其身而不可得，固是人在江湖身不由己的悲劇。歷史上的嵇康等人的悲劇其實與此互通，早已說明了權力鬥爭的根本性質及其厲害之處。同樣地，小說中東方不敗、任我行、左冷禪、岳不群、余滄海，尤其是天門道人、定閑師太、莫大先生、方證大師、沖虛道長……等等這些人也是「人在江湖，身不由己」的悲劇人物。正如作者在這部書的「後記」中所說：「那些熱衷於政治和權力的人，受到心中權力欲的驅策，身不由己去做許許多多違背自己良心的事，其實卻是很可憐的。」

試想，左冷禪、岳不群、東方不敗、任我行等這些人，不都是做了自己內心的權力欲的奴隸，從而害人害己，不得善終麼？小說中的這些人物基本上都沒有什麼好的下場。這一方面固然是一種「多行不義必自斃」的古老的理想主義觀念的產物。而另一方面，這些人物的悲劇性質確實也寫在了書中，同樣是「人在江湖，身不由己」的，同樣是爭權奪位的政治鬥爭的犧牲。一旦捲入這種政治鬥爭的漩渦，則是想獨善而不能，想兼濟也是顧不上，只有一往無前地爭強鬥勝，結果則是葬送了他人，也葬送了自己。

莫大先生的一曲《瀟湘夜雨》之所以會搞得如此慘惻哀傷，一方面固然是他「境界不高，不免俗氣」因而一味地哀傷而不能達到那種哀而不傷的藝術境界，而另一方面，只怕正是對江湖中爭權奪位、身不由己這種悲劇生涯的深深寫照吧，這一支樂曲其實也是可以做為《笑傲江湖》的一支重要插曲。

無疑地，小說《笑傲江湖》是一個徹頭徹尾的大悲劇。無論正邪，無論「一統江湖」還是「笑傲江湖」都無一不是以悲劇結局。

這部小說是政治大悲劇，尤其是中國式政治大悲劇的一個深刻的寓言。

它的深刻之處，便在於對一種政治體制的悲劇與人性中權勢欲的悲劇的雙重揭示。在這種體制中，人性受到極度的扭曲，人性中卑污之處受到極度的膨脹，從而使得人在江湖身不由己。

正是：達非兼濟天下，窮難獨善其身！

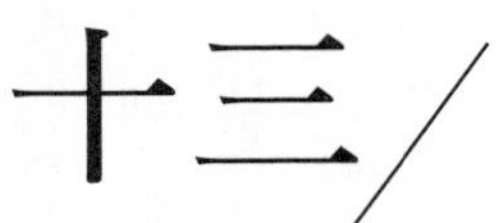

《越女劍》
歷史情懷與人性悲歌

《越女劍》是金庸作品中最短的一篇武俠小說。一萬九千餘字，說中不中，說短不短。可稱之為較長的短篇，亦可稱之為較短的中篇。

金庸先生將其作品的第一個字作成一幅對聯，叫做「飛雪連天射白鹿，笑書神俠倚碧鴛」，其中並沒有「越」字。金庸說是因為它不甚重要，所以時常略去不提。當然一幅對聯一共只能收入十四部書名首字，總是要多出一部來的。或許恰因為《越女劍》最短，所以就當然「落選」了吧。

在我們的印象之中，金庸的小說是越長越好，相比之下，短些的大約要差那麼一點。雖說是「行家一伸手，便知有沒有」，但畢竟金庸是一位傑出的長篇小說作家，又或者，武俠小說本身恐亦更適合以長篇小說的形式來表現。故短至不到兩萬字的《越女劍》讀到的總以為不大過癮，而許多人則很少讀到。可以說，《越女劍》是金庸小說中最不出名的一篇小說。

書名對聯之中獨獨沒有它便是證明。然而，最不出名的未必就是最不好的。正如最短的亦不見得就是最不好的。

與金庸其他所有作品不同的是，《越女劍》這篇小說不是一部完全出於虛構的小說，在嚴格的意義上來說，只能算得上是一篇故事新編。因為「越女劍」不僅傳說甚多，古典文學作品中有所記載，且較為正宗的歷史著作中也有記載。最早、亦最權威的記載是東漢趙曄的《吳越春秋》。該書如是寫道：

其時越王又問相國范蠡曰：「孤有報復之謀，水戰則乘舟，陸戰則乘輿。輿舟之利，頓於兵弩。今子為寡人謀事，莫不謬者乎？」范蠡對曰：「臣聞古聖人，莫不習戰用兵。然行陣、隊伍、軍鼓之事，吉凶決在其工。今聞越有處女，出於南林，國人稱善。願王請之，立可見。」越王仍使使聘之，問以劍戟之術。

處女將北見於王，道逢一翁，自稱曰「袁公」，問於處女曰：「吾聞子善劍，願一見之。」女曰：「妾不敢多所隱，唯公試之。」於是袁公即杖棘煙竹，竹枝上頡橋，末墮地，女即接末。袁公則飛上樹，變為白猿，遂別去。

見越王。越王問曰：「夫劍之道如之何？」女曰：「妾生深林之中，長於無人之野，無道不習，不達諸侯，竊好擊劍之道，誦之不休。妾非受於人也，而忽自有之。」越王曰：「其道如何？」女曰：「其道甚微而易，其意甚幽而深。道有門戶，亦有陰陽。開門閉戶，陰衰陽興。凡乎戰之道，內實精神外示安儀。見之似好婦，奪之似懼虎。布形候氣，氣神俱往。杳之若日，偏如騰兔，追形逐影，光若彷彿，呼吸往來，不及法禁，縱橫逆順，直復不聞。斯道者，一人當百，百人當萬。王欲試之，其驗即見。」越王即如女號，號曰「越女」。乃命五板之隊學習之教軍士，當世莫勝越女之劍。

上書「越女劍」大意在《藝文類聚》及在《劍俠傳》中亦有近似大略的記載。歷史演義小說《東周列國志演義》第八十一回中，對此則有大意近似，稍詳，而文字更淺白的記述：

老翁即挽林內之竹，如摘腐草，欲以刺處女。竹折，末墮於地。處女即接取竹末，還刺老翁。老翁忽飛上樹，化為白猿，長嘯一聲而去。使者異之。

處女見越王。越王賜坐，問以擊刺之道。處女曰：「內實精神，外示安逸。見之如婦，奪之似虎。布形候氣，與神俱往。捷若騰兔，追形還影，縱橫往來，目不及瞬。得吾道者，一人當百，百人當萬。大王不信，願得試之。」越王命勇士百人，攢戟以刺處女。處女連接其戟而投之，越王乃服，使之教習軍士。軍士受其教者三千人。歲餘，處女辭歸南林。越王再使人請之，已不在矣。

按說，上述所記，越女論劍，其道艱深，幾通神矣。而今之拳擊劍道，亦未必有出其右者。是謂「內動外靜，後發先至；全神貫注，反應迅捷；變化多端，出敵不意」。三千年前便有如此精明的說劍者，真可謂是神人也。確實，在古書中，越處女（越女在《劍俠傳》中又被稱之為「趙處女」）差不多學於神人，不光是神龍見首不見尾，且能文能武，不光會擊劍，而且更會說劍之道。

然而，金庸小說《越女劍》與上述記載已大不相同。

出乎人們意料之外的是，小說《越女劍》中，越女阿青並沒有及早出場。小說開頭所寫乃是一場驚心動魄的吳越劍士在越國宮中鬥劍。結果，吳國劍士大獲全勝，不禁趾高氣揚。其時，越稱吳臣，然越王勾踐在有幸生還之後，決心臥薪嚐膽，勵精圖治，立意要報仇雪恨。又誰知這場鬥劍，越國劍士竟一一腦漿飛濺，個個難逃一死，除吳兵鋒利、吳士氣壯之外，兼有吳國劍士還深習孫子兵法形成劍陣。當此形勢之下，越王報仇之念，幾乎已是不必提起的了。而吳國來越的八劍士則加倍驕狂，橫行越國京都，大有不可一世之勢。大呼「我劍利兮敵喪膽，我劍捷兮敵無首」。

小說一半以上的篇幅，竟在造勢。直到小說的下半部分，越女阿青這才趕著十幾頭山羊，迤迤然從長街東端走來。在范蠡的眼中，「這少女一張瓜子臉，睫長眼大，皮膚白晰，容貌甚是秀麗。身材苗條，弱質纖纖」。如此美麗纖弱的少女，任誰也不會想到竟是身懷絕技之人，乃越女劍的始祖。

當是時，書中如此寫道：

……一名吳士興猶未盡，長劍一揮，將一頭山羊從頭至臀，剖為兩半，便如是劃定了線仔細切開一般，連鼻子也是一分為二，兩片羊身分倒左右，劍術之精，實是駭人聽聞。七名吳士大聲喝彩。范蠡心中也忍不住叫一聲「好劍法」。

這仍是在造勢。一是極度烘托吳士劍術之精乃至駭人聽聞的地步，二是更為重要地寫吳士張狂之態已是勢不可擋，同時又喪失理性使得人人義憤；這便是越女阿青出手懲惡的最好的原因：越女阿青所養之羊原是連賣都捨之不得，更何況如此慘遭屠戮？而結果則是，阿青憑手中竹棍一舉擊敗了張狂不可一世且又確實有驚人藝業的吳國八劍士。出人意料之筆，使人不禁為之歡呼。

與上述《吳越春秋》及《東周列國志演義》等書所記不同。小說《越女劍》中的越女阿青並不是一位神女，而是一位道道地地的天真純樸的牧羊姑娘。書中寫道：

……范蠡走上幾步，問道：「姑娘尊姓？」那少女道：「你說什麼？」范蠡道：「姑娘姓什麼？」那少女道：「我叫阿青，你叫什麼？」……

眾衛士見她天真爛漫，既直呼范蠡之名，又當街抱住了他，無不好笑都轉過了頭，不敢笑出聲來。

按說，「越女劍」既精且妙，而古書所記載的「越女說劍」亦更是頭頭是道、精彩紛呈。金庸筆下的越女偏不如此，非但不會說出武學至理，連最起碼的人情世故也是半點不通。這就見出了金庸的獨異之處。

金庸能捨卻「越女說劍」這一場精彩絕妙之戲，而使小說按照人們始料未及的思路發展，足見金庸別有懷抱。寫越女如此天真純樸，爛漫可喜，一方面顯得更真——按《吳越春秋》所記，該女既然是「妾生深林之中，長於無人之野」，又何能如此文辭通達、言表精粹？——山林美女，美質天成，不通人情不知世故，非但在情理之中，而且越加可愛。

其二，非如此寫，則不能寫出范蠡的特異性格，人稱「范瘋子」的范蠡，生為越國大夫，竟與如此無知無禮的少女挽手並肩行走於大街之上，並且「要阿青將羊群趕入花園之中」，羊群自然是毫不客氣地將花園中的牡丹、芍藥、芝蘭、玫瑰種種名花異卉大口咬嚼「而范蠡卻笑哈哈的瞧著」！更有甚者，為了尋訪阿青的師父，范蠡居然每天一早便陪她牧羊，不許衛士跟隨，直到天黑才回來。如此行為品質、性格氣度，大是非凡。正如他的知交好友文種所言「他行事與眾不同，原非俗人所能明白」。從而，范蠡的粗放豪邁、瀟灑脫俗的性格與氣質便在小說中被凸現了出來。

或許，金庸將越女阿青寫成一個天真純樸的少女，更有他的深意在，亦即美質天然，且靈性自然，而非教育之故也。越女神劍，來自天然，學於自然。這一向是中國智慧的至高至大的境界。古人庾信的《宇文盛墓誌》中有聯曰：「授圖黃石，不無師表之心；學劍白猿，遂得風雲之志」。於是，《越女劍》中的阿青的師父，便是一位老白猿（**古今向有**

「袁公乃猿公」之說）。這樣，既平添了小說的傳奇妙趣，同時或許也更接近更高層次的真實——中國最早的武術操「五禽戲」不就是來自對自然生物的摹仿與妙悟麼。

也許，我們應該看到的最後一點是，《越女劍》將阿青寫得天真純樸、不通世務，從而大大地增強了這一人物及其故事的自立性，因此不至於落入簡單的「愛國主義」的模式之中。這位阿青，她出手懲治吳國劍士非為他故，是因為這些劍士無故地傷害了她的羊；她之所以要與越國的劍士對劍——小說中並沒有寫越女教越國劍士學劍——那是因為范蠡這位她心目中的「好人」叫她這樣做。於是她就這樣做了。小說中如此寫道：

到第四天上，范蠡再要找她去會鬥越國劍士時，阿青已失了蹤影，尋到她家裡，只餘下一間空屋、十幾頭山羊。范蠡派遣數百名部屬在會稽城內外、荒山野嶺中去找尋，再也覓不到這個小姑娘的蹤跡。

八十名越國劍士沒學到阿青的一招劍法，但他們已親眼見到了神劍的影子。每個人都知道了，世間確有這樣神奇的劍法。八十人將一絲一忽勉強捉摸到劍法影子傳授給了旁人，單是這一絲一忽的神劍影子，越國武士的劍法便已無敵於天下。

只是與越國劍士對擊過三招兩式，從而使越國劍士勉強捕捉到一絲一忽「越女劍」的影子，便使越國武士的劍法當世無敵，可見真正的「越女劍」該是何等神妙？這正是小說中的「不寫之寫」。比之《吳越春秋》等書所寫越女教軍士學劍「歲餘」，方才使之無敵天下這種說法，在小說中顯然更為令人心折從而浮想聯翩。越女劍真是妙不可言。雖然小說中直接寫到越女劍及與之有關的不過千餘字，然而整篇小說卻全都在越女及其神妙劍法的光彩之中。

《越女劍》固然寫到了越王臥薪嚐膽的史事，且於從容雅致的敘述之中抒發了深深的歷史的感喟與情懷。然而《越女劍》真正寫得至精至妙的卻並不只是劍而已矣，與劍或劍法以及復仇主題互相輝映的情。不僅是家國歷史之仇，而且有男女人性之愁。正如古龍的一部著名的武俠小說所寫，真正是「多情劍客無情劍」。劍雖無情，人卻有情。

《越女劍》不僅寫了歷史情懷，還寫了人性的悲歌。小說的最後，寫到越國終於攻佔吳宮，逼死吳王，報了大仇，舉國上下固該一片歡騰，然而對於范蠡與西施這對歷盡磨難的愛侶來說固是良人重見之喜，但其中滋味卻也並非止於一味的歡欣。更使人傷感的是，越女阿青卻又出現於吳宮之中。她並不是來報吳王滅越之仇，而是要來殺死西施——在她的心目中，西施已成了她的情敵——她與范蠡相處數日，居然不知不覺地愛上了這位脫俗豪邁的大丈夫。

對此，書中有一段電影詩般的描寫：

他說的是西施；不像湘妃。

他抬頭向著北方，眼光飄過了一條波浪洶洶的大江，這美麗的女郎是在姑蘇城中吳王宮裡，她這時候在做什麼？是在陪伴吳王嗎？是在想著我嗎？

阿青道：「范蠡！你的鬍子很奇怪，給我摸一摸行不行？」

范蠡想：她是哭泣呢？還是在笑？

阿青道：「范蠡你的鬍子中有兩根是白色的，真有趣，像是我羊兒的毛一樣。」

范蠡想：分手的那天，她伏在我肩上哭泣，淚水濕透了我半邊衣衫，這件衫子我永遠不洗，她的淚痕之中又加上了我的眼淚。

阿青說：「范蠡，我想拔你一根鬍子來玩，好不好？我輕輕的拔，不會弄痛你的。」

范蠡想：她說最愛坐了船在江裡湖裡慢慢的順水漂流，等我將她奪回來之後，我大夫也不做了，便是整天和她坐了船，在江裡湖裡漂遊，這麼漂遊一輩子。

突然之間，頦下微微一痛，阿青已拔下一根鬍子，只聽得她在格格嬌笑，驀地裡笑聲中斷，聽她又喝道：「你又來了！」

綠影閃動阿青已激射而出，只見一團綠影、一團白影已迅捷無倫的纏鬥在一起。

此時，只怕所有的讀者都不會想到，這位天真爛漫、少不更事的阿青竟然是愛上了長了兩根白鬍子的范蠡。范蠡也根本想不到這一點，因為她只是一個少女，更何況范蠡的心中已被西施所佔有。甚至，連阿青自己也不會明白，她的心中已深深地愛上了眼前的這位好人。

小說的妙處便正是在這裡。這裡亦給小說的結尾處阿青要殺了西施埋了伏筆。到這時，她大致已明白了她的愛。當然，她終沒有殺西施。因為她同樣也被西施的美麗所征服。她再度迅捷之極地消失了，如同她神龍見首不見尾地來到一樣。然而，她的人消失了，再也不可能找到了，但她所留下的越女劍法——即便是它的影忽之痕——卻永遠地被人們記憶傳誦與學習著。她的劍法為越國帶來了決定性的勝利，帶來了舉國的歡騰之聲，想必有心的人們也不會忘了她。尤其，她人雖消失，但她的朦朧如霧、美麗如晴而又感傷如風的愛情故事，及其愛而不得其所愛的感傷、及其人性的悲歌，同樣也隨金庸的《越女劍》永遠地留在了人間，讓人們感懷，讓人們品味、讓人們體悟。

家國之仇與一己情愛孰重孰輕？這個問題也許是一個極難的考題。我們知道有不少人會不加思索地選擇了答案。然而對於一位人文主義者，對於一位現代人，或許會覺得頗費躊躇。

對於文藝家，也許他不必做出太多太直接的簡單選擇，而只需要寫出這種選擇的難以兩全的艱難及迫不得已而後的無限美麗的感傷。這一主題在金庸的作品之中至少出現過數次，我們記得的他的第一部武俠小說《書劍恩仇錄》中的主人公陳家洛便曾面臨過這種極其痛苦的選擇，並且終於以極大的悲劇而告終。相比之下《越女劍》中的范蠡與西施的愛之悲歡，以及越女阿青對范蠡的愛之感傷與惆悵，與吳王金戈越王劍的復仇主題相較，這篇小說寫得更加淡雅也更加深邃，更加簡約也更加傷感。不注意時或許尚感覺不到，一旦感悟，便會為其中不盡的人性悲歌而悄然落淚。

西施眼中閃出無比快樂的光芒，忽然之間，微微皺起了眉頭，伸手捧著心口。阿青這一棒雖然沒有戳中她，但棒端發出的勁氣已刺傷了她的心口。

兩千年來人們知道，「西子捧心」是人間最美麗的形象。

然而誰又曾想到，這最為美麗的形象的形成，隱略了多少少女情愛的感傷？人們可曾想到，在這形象的背後，有多少越女阿青無法排遣、無法消除的悵恨？又有誰知道，這一美麗形象原是由人性的悲歌所塑成？人們都記著西施，又有誰記著了越女？人們都記著了越女劍，又有誰記著了越女情？

嗚呼！《越女劍》，越女情！

最後，還有幾句「題外」話。金庸先生在為「三十三劍客圖」所作的小品文之一《趙處女》一文中這樣寫道：

……江蘇與浙江到宋朝時已漸漸成為中國的經濟與文化中心，蘇州、杭州成為出產文人和美女的地方。但在春秋戰國時期，吳人和越人卻是勇決剽悍的象徵。那樣的輕視生死，追求生命中最後一剎那的光采，和現代一般中國人的性格相去是這麼遙遠，和現代蘇浙人士的機智柔和更是兩個極端。在那時候，吳人越人血管中所流動的是原始的、狂野的熱血。

吳越的文化是外來的。伍子胥、文種、范蠡都來自西方的楚國，勾踐的另一個重要謀士計然來自北方的晉國。只有西施本色的美麗，才原來就屬於浣紗溪那清澈的溪水。所以教導越人劍法的那個處女，雖然住在紹興以南的南林，《劍俠傳》中卻說她來自趙國，稱她為「趙處女」。

但一般書籍中都稱她為「越女」。

看得出來，金庸是主張該處女是「越女」的，因而為之寫作《越女劍》。同時，作為浙江海寧人，越人，作為自古多「慷慨悲歌之士」且稱之為「報仇雪恨之鄉」的古吳越人的後裔，金庸先生的《越女劍》是否還寄託著懷古之幽情，追記那「勇決剽悍」及「那樣的輕視生死，追求生命中最後一剎那的光采」的祖先的生命強力呢？……

好在，這與我們所讀的《越女劍》這篇小說並無直接的關係。至少關係不是太大吧。

十四／

《俠客行》敘事迷宮與寓言世界

《俠客行》是一部文學傑作。

這部奇絕深刻的小說傑作，不僅是金庸小說中的最好的作品之一，也不僅僅是武俠小說世界中的卓爾不群的奇葩，而是足可與世界上任何形式的文學傑作——當然包括了純文學或雅文學——相比較而毫無遜色。

《俠客行》自然是一部極為好看的、引人入勝的小說。然而它的真正的文學、藝術及其哲學與文化價值，則正藏蘊於這好看之中。正所謂雅俗共賞，值得再三讀之，依舊會意味無窮。

說它好看，無非是指這部小說內容奇絕、情節曲折、懸念迭出、起伏跌宕而又結構巧妙、文字精美。要做到這一點固非易事，然而卻也並不十分難為，一般的武俠小說大多能夠如此，否則便不能暢銷於世。

一部小說，成為傑作，難就難在，好看之外，還要有耐看的品位意蘊；於酣暢淋漓的消遣與娛樂之外，尚需別有牽繫人心之處，尚需內容真實而豐潤、充沛而摯實，尚需意境高尚而深沉、切理而幽遠。

《俠客行》則完全當得上述考評。

《俠客行》，這是一部奇而至真、幻而彌深、俗極而雅的佳作。這是一座精心結構的敘事的迷宮；是一個渾然天成的寓言的世界。

初讀《俠客行》，在一氣讀完之後，自會覺出這是一部奇書，而此奇書之中，自然是一些奇事、奇境、奇理、奇情與奇人。一部小說當得一個奇字已是不易，更可貴的是這奇的背後卻別有深沉幽遠的境界與洞天。這奇似乎就變得不奇了。又或者說，奇仍是奇，只是在明辨途徑之後往往使人恍然大悟、豁然貫通。

閒話少說，還是讓我們看書。此書一氣呵成又絲絲入扣，為解述方便勢不免要將這部「不知從何說起」的奇書分做幾個標題來說。

奇事

整個兒一部《俠客行》就像一座迷宮。其中有的是一系列的謎。甚而謎前是謎、謎後是謎，謎中還是謎，且這些謎組合起來又是一些更大的謎。

或正是由於這些謎的敘事與解說才將一個個或智或愚、或靈或頑、或敏或癡的讀者一一迷住。通過這些謎的設置、探索、猜想，乃至最後的明辨而獲得一種閱讀的快感，以至於大呼「好看」！顯然，不到小說的最後，這些謎不會最後完全解開。即便到了小說的最後，還依然有「我是誰」這一問。而小說的情節發展正就是這些謎的形成與破譯的過程。

奇事便是謎。

要說奇事，小說《俠客行》可以說事事皆奇，從頭到尾，無事不奇。

諸如小說一開頭，寫金刀寨出動數百人齊集侯監集小鎮來找一個賣燒餅的老人尋什麼玄鐵令，而這位賣燒餅的老人居然身負武功，正是武林之中的人。而那玄鐵令不過小小一塊玄鐵而已，竟使得武林中人人欲得之而後快，因為此玄鐵令主人摩天居士謝煙客早年揚言江湖說是誰得此玄鐵令者可以請他為之做一件事，不論如何困難都會銳身赴難在所不辭。因而金刀寨眾強人、江南劍俠石清夫婦、藏邊雪山派眾子弟都想尋覓，乃至不惜強奪與死拚。結果，卻出乎意料地被一個根本無心於此，全然不知玄鐵令為何物的非江湖中人的小叫化在一個燒餅中吃了出來……如此等等，這些人事都可以說無一件不是出人意表離奇古怪。

但在《俠客行》一書中，這些事與小說中主要情節的奇事相比，都幾乎算不了什麼。只能算是小奇，甚而並不奇怪。比如叫化子從燒餅中吃出玄鐵令來看似離奇，但一旦知道這玄鐵令乃是假扮賣燒餅的老人吳道通在眾強人來臨之際，急中生智，鋌而走險地將它藏在了麵粉之中做成燒餅燒熟，然後被強人打落在臭水溝邊，這才被餓不擇食的小叫化拾得，吃了出來，這事可以說是一點兒也不奇怪。

奇也罷不奇也罷，這些事情終於引出了一件大大的奇事，以至於使這位拾得玄鐵令的小叫化受盡冤屈與苦楚，禍福雙至，整個兒令人——尤其是他自己——莫名其妙，滿腹苦衷竟無人訴說。這就是小叫化的際遇生平及一番人世歷險，可以算得上是奇中之奇的奇事了。說穿了，便是小叫化的經歷之奇與他的身世之謎。

小叫化子無意之中拾得玄鐵令，謝煙客為了然諾，怕他人乘機，使壞搗鬼，只得將之帶到自己所居的摩天崖上。一路上謝煙客機心百出，想要小叫化求他辦一件事以便了結此玄鐵令的心願然諾。小叫化渾渾沌沌，不知人世凶險與人心叵測，只是不敢求人，一路上也不知道經歷了多少險關與難題，居然於無心無意之間一一通過。到了摩天崖上更是面臨險關而不自覺，一步一步走向死亡的邊緣。

這還算不了什麼。到了小說的第四章，則更是奇變陡生，小叫化練「炎炎功」正練得陰陽交攻、龍虎不能交會而至接近走火入魔之際，「長樂幫」一干香主竟然冒死相救，以為他是「長樂幫」走失半年之久的幫主石破天。

此後，奇事便一件接著一件地發生了。這少年小叫化本來無名無姓，只道他媽媽叫他是「狗雜種」——此事本已離奇之至，且至終依然如故——不想竟被人認為是長樂幫主石破天。

如果僅是長樂幫一干幫眾誤會了倒也有情可原，大家仍然明白這不過是誤會而已。然而，丁不三的孫女丁璫原是石破天的情人，居然也將這少年當成了石破天；而雪山派眾師兄弟也自然地將這少年當成了逃徒石中玉——猜想這石破天只不過是石中玉的一個化名而已——甚而，連石中玉的父母石清、閔柔二俠久歷江湖，竟也將這少年當成了石中玉或石破天。至此，已沒有人懷疑這位叫「狗雜種」而真名不詳的小叫化少年就是長樂幫主石破天，亦即石清、閔柔之子，雪山派逃徒石中玉了。

更有甚者，在這少年身上，居然肩上有丁璫咬出的傷疤、腿上有雪山派師叔祖劍劃出的傷疤，股上有幼年時仇家暗器射出的傷疤……人證物證應有盡有，叫這少年百口莫辯。此事如此離奇，恐大部分讀者亦已無法不信了。而石破天（應叫「狗雜種」）的心中氣苦，根本就無人可訴說。誰也不會相信他不是石破天或者說是石中玉。

偏偏他並不真的是石破天或石中玉，而是「狗雜種」。如果他真的是石破天或石中玉，那也就不算奇事了。直到小說的最後，當真的石破天（石中玉）出現之時，大家才明白，這位少年只是貌似石中玉而已，並不真的是石中玉。而前此所有的一切，包括凶險、冤屈、誤解、痛恨、憂慮、惆悵……等等竟然都是錯了。包括這少年與丁璫同拜天地時的喜悅與焦慮，包括「終於找到了父母」的幸運、感傷和一絲兒懷疑，包括與長樂幫的糾葛及雪山派的難以化解的仇怨……都迎刃而解。在此之前，他只不過是因機緣巧合以及貝海石居心不良的一手安排，從而充當了石中玉的替身而已。

說穿了，也許毫不離奇，之所以會有這些事情發生，其原因只不過是因為小叫化與石中玉長得相像而已。他或許正就是石中玉的親兄弟——石清、閔柔夫婦早年被仇家搶走並以為被仇家所殺而實際上依然活在世上的小兒子石中堅。而關於兩個面貌相似甚或同胞兄弟因為相似而演出的人間喜劇，在其他的小說作品之中也不知有多少，在莎士比亞的戲劇中，在其他不同時代不同類型的文學作品中，這種故事雖非太多，卻也並不是絕無僅有。

那麼，金庸的這部《俠客行》在這一點上，算不得什麼獨創，甚至有「抄襲」或至少是摹仿之嫌了？

不然。兄弟相似的喜劇即便很多，也絲毫並不影響《俠客行》的藝術價值。《俠客行》並不是隨著這兩位面貌相似的人同時露面而告結束。甚至這幕喜劇（抑或悲喜劇）也並不因此而落幕。它的意義並不在於這兩兄弟或兩少年的面貌相似本身——金庸不過借此來作文章——而在於其他。

首先，在兩少年見面之前，並不真是所有的人都誤會了，並不是所有的人都誤以為這小叫化便是石中玉。至少有一個人早已知道而沒有誤會，非但沒有誤會，相反正是他製造和利用了這個誤會。這個人就是長樂幫中實際的主持人、軍師貝海石。正是他帶人將小叫化從摩天崖搶下，亦正是他利用自己的醫術神技將石中玉身上的疤痕一一照抄在小叫化的身上，從而製造了一個天衣無縫的假石破天。

可以說，種種誤會都源於此，是貝海石製造了這個彌天的謊言。而他之所以要如此，則正是因為江湖上聞之喪膽的俠客島的「賞善罰惡」使者又要出現於江湖，貝海石及其長樂幫雖非無惡不作，但卻無善可賞，且還有惡可罰，因而急於要找到一個替罪羊。有意味的是，逃走的真正的石破天，原本就是貝海石尋到的替罪羊，而石破天逃之夭夭之後，小叫化便成了替罪羊的替罪羊了。江湖上人心險惡，竟至於斯。然而仔細思之，此類事件雖則奇幻莫測而又機緣湊巧，然而卻非鮮見。在漫長的中國社會與政治歷史之中，這類故事決不在少數。貝海石亦非絕無僅有。從而，在這一層次之上，《俠客行》的意義及其象徵性便值得三思。

其次，小叫化被當成石破天，從而自摩天崖被搶下從此流落江湖，除了貝海石居心險惡明知故犯地假裝不識之外，至少還有一個半人不把他當成石破天或石中玉。這便是白阿繡與閔柔。

先說阿繡。小叫化被丁璫捆成一個大粽子拋入了阿繡的船艙，然後又無巧不巧地救了阿繡祖孫兩命，來到了紫煙島上之後，書中寫道：

史婆婆不答，雙眼盯住了石破天，目不轉睛的瞧著他。

突然之間，她目光中流露出十分凶悍憎惡的神色，雙手發顫，便似要撲將上去，一口將他咬死一般。石破天害怕起來，不由自主的倒退了一步道：「老太太，你……你……」史婆婆厲聲道：「阿繡，你再瞧瞧他，像是不像？」

阿繡一雙大眼在石破天臉上轉了一轉，眼色卻甚是柔和，說道：「奶奶，相貌是有些像的，然而……然而決計不是。只要他……他有這位大哥一成的忠誠厚道……他也就決計不會……不會……」

史婆婆眼色中的凶光慢慢消失，哼了一聲，道：「雖然不是他，可是相貌這麼像，我也決計不教。」

石破天登時恍然：「是了，她又疑心我是那個石破天了。這個石幫主得罪的人真多，一下竟有這麼多的人恨他。日後若能遇上，我得好好勸他一勸。」只聽史婆婆道：「你是不是也姓石？」石破天搖頭道：「不是！人家都說我是長樂幫的什麼石幫主，其實我一點也不是，半點也不是。唉，說來說去，誰也不信！」說著長長歎了口氣，十分煩惱。

阿繡低聲道：「我相信你不是。」

石破天大喜，叫道：「你當真相信我不是他？那……那好極了。只有你一個人，才不相信。」阿繡道：「你是好人，他……他是壞人。你們倆人全然不同。」

石破天情不自禁的拉著她手，連聲道：「多謝你！多謝你！」這些日子來人人都當他是石幫主，令他無從辯白，這時便如一個滿腹含冤的犯人忽然得到昭雪，對這位明鏡高懸的青天大老爺自是感激涕零，說得幾句「多謝你」，忍不住流下淚來，滴滴眼淚，都落在阿繡的纖纖素手之上。阿繡羞紅了臉，卻不忍將手從他掌中抽回。

這位阿繡便是雪山派白自在的孫女，「氣寒西北」白萬劍的女兒，亦即遭受石中玉強姦未遂羞憤自殺而又幸而未死的白小姐了。史婆婆便是她的奶奶，白自在的夫人。按說，她是遭受石中玉惡行的正主兒，對石中玉自是深惡痛絕。然而她居然能十分肯定眼前這位少年決計不是石中玉。她之所憑，無非除看到相貌有些相似之外，尚能看到這位少年的忠誠厚道的品質與石中玉儼然南轅北轍。

這件事說起來簡單，其實做起來極難。

小叫化還是那個小叫化，照樣依然是那麼忠誠厚道，但碰到了多少江湖人士卻都無法認識到這一點，其中包括長樂幫諸人，雪山派諸人、丁瑺、石清、閔柔……等一干老於江湖、閱人多多而又聰明靈慧之人。然而這些人都幾無例外地將他當成了石中玉或石破天。

沒有誰能「透過現象看本質」。

沒有誰能像阿繡那樣不光看到他與石中玉長相相似，同時又看到品性不同！眾人都被兩個人的相似（只是相似而已卻絕非完全相同）的面相所迷惑，誰也不想到這二人品行的懸殊。至於其他的人，則亦恐怕是謬誤被重複三遍也便成了真理了，即便有一絲半忽兒的疑慮，但人人皆云，物證（依然表像）俱在，也就只能人云亦云了。

人世間多少悲劇便是這樣形成的。有意也罷，無心也罷，只看表相，人云亦云，乃是人類的致命劣根性。從而，我們便應該深切地體會，上述引文之中，何以小叫化「說得幾句『多謝你』，忍不住流下淚來」。並且自此而後愛定了阿繡，這並非只因為阿繡美麗溫柔、聰慧端莊，更因為阿繡乃是世上唯一不相信他是石中玉的人，是他唯一的知己。

除了阿繡之外，尚有「半個人」便是閔柔，之所以說閔柔只能算半個，那是因為閔柔在石清懷疑這少年不是他們的兒子石中玉時，閔柔卻道：「我認定他是我的兒子。……懷疑是有的，但不知怎麼，我相信他……他是我們的孩兒。什麼道理，我卻說不上來。」也許是母子天性吧。只是，石清懷疑他不是石中玉是對的，而閔柔認定他是自己的兒子也是對的。只不過是，他們從來也沒有想過，這不是長子石中玉，而是「死了」的石中堅，如此而已。令人感傷唏噓。尤其金庸筆墨於至細微處亦有關照，且寫得不動聲色卻又意味深長。

再次，小叫化如果是石中玉的親弟弟石中堅的話——之所以「如果」，那是因為書中直至最後也未明言肯定，其中秘密只能依據情理推測——則兩人面貌如此相似、性格品質又如此天差地遠，這其間不僅使人看得真幻莫測，眼花繚亂，並且亦大有深意在焉。一是破除了至今仍流行在世的「血統論」的愚見，恢復了一娘生九子、九子各不同的人間真實，說明人生成長部分取決於自主選擇。同時，偏偏流入苦難的石中堅反倒天性純樸忠誠厚道，而榮華富貴嬌生慣養的石中玉則天性狡獪而又怯懦，荒淫無恥貪生怕死自私自利不可救藥。在這一對相似又相反的兄弟的故事中，或許我們能感悟到人性的奧秘及人生的真義。

奇境

奇境在此解作奇地，那便是俠客島。

說起來，此小說的種種奇事，均皆起因於這一奇地俠客島。俠客島有「賞善罰惡」兩位使者，每隔十年，便要以兩枚銅牌——即一為「賞善」、一為「罰惡」——為柬，邀武林各幫幫主及各派掌門於十二月八日前往該島赴「臘八之宴」。接銅牌者必按期到達，不接銅牌者則要被斬盡殺絕。三十年來三次被邀至俠客島的武林群豪，包括藝蓋當世的少林寺妙諦方丈及武當派愚茶道長在內皆一一有去無回。從而令江湖中人聞風喪膽、驚恐萬狀、潛逃被戮、拒受遭鏟、使奸被滅，一派腥風血雨，風聲鶴唳。

正因如此，時屆十年一屆的俠客島邀宴之期將至，長樂幫中貝海石等人便未雨綢繆，製造了「真假石破天」這幕長長的悲喜劇。說到底是因為這俠客島實在是太神秘了，也太可怕——神秘與可怕正好又相輔相成——太要人命了。如若沒有俠客島之事，貝海石等當然就不會如此處心積慮、挖空心思地陷害他人。從而不至於使得小叫化蒙冤不白滿腹苦衷倍受欺凌驚嚇。

妙就妙在，直至本書的第十一章（即該書的下半部分），俠客島的「賞善罰惡」二使才出現在書中，從而將我們一步一步地帶入奇境俠客島。隨著這兩位特使的出現，許多以前撲朔迷離、難以索解的離奇事件，都慢慢地解得開、理得清了。包括小叫化何以一直被長樂幫當成石破天幫主這件奇中之奇的大冤屈也慢慢地明瞭起來。從而使得人們更加熱切地希望瞭解這人人聞之喪膽而又莫名其妙的俠客島究竟是怎麼回事。

俠客島之謎，可以說是小說《俠客行》的謎底之謎。

出乎所有人的意料之外，江湖上人人聞而喪膽，視之為萬劫不復的絕地俠客島，原來與人們的想像或猜測截然相反。原來人們認為武林浩劫之罪魁禍首的「萬惡之源」的俠客島固有其不凡之處（這不凡之處之一是所謂「臘八之粥」；之二是《俠客行》詩中武學；之三則是遠離陸地從無人知而知者則又樂不思蜀），但卻毫無風險可言。邀各門各派掌門幫主來此赴宴，原來亦正是出於一種雖非盡善但卻絕對不惡的好意。

這真是作者給所有的讀者開了一個大大的玩笑。

人們對此俠客島的種種猜測，竟又全然是出於誤會二字。而且這誤會比之人們對把小叫化當做了石中玉的誤會更深、更甚也更悲更慘。然而，當我們讀完此書，我們又會想到，金庸創造此俠客島奇境，只怕不僅僅是出於一種玩笑或是娛樂。其中真義，須待靜靜了悟、慢慢評說。

之所以人們對俠客島會產生如此天差地遠的誤會，之所以金庸能創造出俠客島這樣一片奇境，說到底是基於人性及其心理的普遍法則，以及對此普遍法則的獨特的透視與表現。

首先，人們對俠客島的瞭解太少了，因而俠客島可謂神秘莫測。人人只聞其名，略知其事（「賞善罰惡」），而依照其殺人罰惡的表像把俠客島想像成一個萬劫不復之地，把俠客島二使當做了無惡不做的罪魁禍首。神秘的原因是無知，神秘的結果則是恐懼。而俠客島的神秘則又正是人們的無知與恐懼相結合的產物，是人們的無知與恐懼混合而成的一種想像與心理反映，再加上人云亦云。

人們對俠客島的瞭解，只不過是它的兩位特使送柬與殺人。但任誰也沒有想到事情的真相。直到最後，如書中所寫：

龍島主微笑道：「我兄弟分遣下屬在江湖上打聽訊息，並非膽敢刺探朋友們的隱私，只是得悉有這麼一會子事，便記了下來。凡是給俠客島剿滅了的幫會，都是罪大惡極，天所不容之徒。我們雖不敢說替天行道，然而是非善惡，卻也分得清清楚楚。在下與木兄弟均想，我們既住在這俠客島上，所作所為，總須對得住這『俠客』兩字才是。我們只恨俠客島能力有限，不能盡誅普天下的惡徒。各位請仔細想一想，有哪一個名門正派或是行俠仗義的幫會，是因為不接邀請銅牌而給俠客島誅滅了的？」

隔了半晌，無人置答。

這就是說，事實確實是如此，或至少是接近如此。至於人們對俠客島的誤會，則一是只看見（多半還是聽見）他們殺人，而從不去想他們乃是殺「可殺之人」。二是，更進一層，如河北通州聶家拳師聶立人，在與之交好的自自在看來——即表面上看來——並無罪惡可言，然而實際上卻是暗地裡無惡不做之徒。似這等明善暗惡的偽君子在江湖上及人世間均有多多，一旦被殺，人們仍是不明所以。不知其可殺之由，從而加深了人們對殺人者的誤會。而這種只看表相的誤解，則正是人性的弱點，從而加強了人們的恐懼與誤會。

其三，正是這些江湖上的人物雖幾乎每日都是在爭勝打鬥中生活；每天都在與死神打交道，因而雖不能說是貪生怕死，亦不能說完全是恃強凌弱，但畢竟面對著過於強大的俠客島使者則總是恐懼非常的，說到底，這是弱者對強者的恐懼，亦是生者對死亡的恐懼。當然，這也是無知者對神秘力量的恐懼。

其四，這些人即使是知道俠客島使者做的是「賞善罰惡」的事業，也依然會地感到神秘與恐懼。因為在這個弱肉強食，沒有任何安全感的江湖世道中，在這個強者為尊的不平等的人生世界裡，混跡於其中的大多數人都會自覺或不自覺地感到自己也有「惡」的一面。說到底，江湖之善與惡，又有誰能真正清楚公平地稱量？

其次，俠客島之所以格外的神秘，從而變為一片鮮為人知而又人人聞之喪膽的奇境，還有個極其重要的原因，那就是歷次被邀到俠客島赴「臘八之宴」的人竟然無一返回大陸家園，從而大陸上誰也不知道俠客島上的事實真相，如此俠客島便更加因鮮為人知而神秘莫測。而這些歷次被邀的江湖武林高手之所以無一返回，並非出於任何外力的壓迫與強逼，而是百分之百地出於自願。也許，來俠客島赴宴或許多半都是出於被強迫，然而留在俠客島不回大陸家園卻是自己決定的。這些人無一不被俠客島上的絕世武學《俠客行》所吸引。凡學武之人，莫不對絕世武學朝思暮想，若要有這樣的機會，得以參研絕世武學，那便可想而知地會出現大家樂此不疲且樂不思蜀的情況。須知這些被邀來的客人，無一不是江湖門派之長，皆不僅學會一門之武功，且多半都有一定的創見與靈性，因而具備了「為伊消得人憔悴，衣帶漸寬終不悔」的境界與精神氣質。

說到底，乃是出於人性的普遍的本質——貪或者癡。一這些人非貪即癡，非癡即貪，甚或大部分人恐怕是貪而兼癡、又癡又貪。佛教「三毒」其中兩毒在這裡顯現，只怕離其第三毒即嗔亦已不遠了吧。當然，對武學的這種貪與癡，在並不損他人的情形之下，無需作任何指責，這裡所言無非是說出一種事實而已。不同的人完全可以有不同的評價。你或許可以說這些人是「熱愛真理」可也。

再次，俠客島之謎的產生及其消解，乃是對筆下江湖人物的不同個性，以及在此不同個性品質之下的普遍的人性的深刻的曝光。或者說，俠客島之謎的意義，正在於人們對俠客島無限神秘、無限恐懼的危機之中，使得我們看到極為精彩的人世的深刻表演。長樂幫的苦心積慮尋找替罪羊，飛魚幫的畏死躲避以至風聲鶴唳，雪山派人之間爭敗比武，上清觀派道士的義氣與狹隘，黑白雙劍的絕望與英勇，摩天居士內心的震驚……各使奇招，各走奇徑，亦各顯奇態，各按其性，匯成一台精彩絕倫然而又可悲可歎的人性表演。這些，也許正是金庸先生製造俠客島之謎，乃至是寫作《俠客行》的本意之一吧。

奇學

奇學是指俠客島上的二十四座洞窟之中的李白古風《俠客行》中所包蘊的奇功絕學，這一套功夫究竟如何破解探究，也成了一個謎。

這可以說這是一個謎中之謎。

因為俠客島上的龍、木二位島主之所以要滯留俠客島，並且每隔十年廣邀高手前來參研的便是這首《俠客行》。而這些被邀來的高手，一沾即癡，有來無回的原因，亦正在於這套《俠客行》的奇學實在是魅力非凡。

說來驚人，這套《俠客行》的武功，歷四十年之久（從龍、木二島主發現開始），集數百人之力，居然無一人真正解得。更為驚人的是，數十年來在數百位傑出的武林高手之中，居然沒有任何二人的見解是完全相同的。幾乎各人有各人的看法，各人有各人的見解，各人有各人的收穫，只是誰也不敢說自己是真正地悟到了正道，自己得到的是真知灼見。

然而，這正是這套武功的高妙之處。哪有什麼絕世武功是能輕易得到的？再進一層，在形而上的層次而言，這正是一種寓言。

即一個關於追求真理的寓言。

亦即，人類關於真理以及科學等等的探尋，本來就沒有一條固定明確甚而唯一不二的道路可走，只不過如西方哲學家波普爾所言，所有的科學與真理的發現與探尋的過程，只不過是一些「猜想」及其對某種猜想的「反駁」的過程，所有的意見，都不過是一種「猜想」或者「反駁」，誰也不能、也不可能掌握終極真理。以至於科學與真理的發展道路，便是這樣不斷的「猜想與反駁」，以至無邊無際，無終無了，永無止境。

小說的結尾再一次大大地出乎於人們的意料之外，即這一套《俠客行》的絕世武學，明明來自李白的古風長詩，並且配以圖畫與注解，以至大家紛爭迭起而無法統一，這理當是有文化的人幹的勾當，但結果卻被小叫化這位沒文化、一個字也不識的少年所破解。而其奧秘，則正在於他不識字。書中寫道：

這些劍形或橫或直，或撇或捺，在識字之人眼中，只是一個字中的一筆，但石破天既不識字，見到的卻是一把把長長短短的劍，有的劍尖朝上，有的向下，有的斜起欲飛，有的橫掠欲墮，石破天一把劍一把劍的瞧將下來，瞧到第十二柄劍時，突然間右肩「巨骨穴」間一熱，有一股熱氣蠢蠢欲動，再看第十三柄劍時，熱氣順著經脈，到了「五里穴」中，再看第十四柄劍時，熱氣跟著到了「曲池穴」中。熱氣越來越盛，從丹田中不斷湧將上來。石破天暗自奇怪：「我自從練了木偶身上的經脈圖之後，內力大盛，但從不像今日這般勁急，肚子裡好似火燒一般，只怕是那臘八粥的毒性發作了。」他不由得有些害怕，再看石壁上所繪劍形，內力便自行按著經脈運行，腹中熱氣緩緩散之於周身穴道，當下自第一柄劍從頭看起，順著劍形而觀，心內存想，內力流動不息，如川之行。從第一柄劍看到第二十四柄劍時，內力也自「迎香穴」而至「商陽穴」運行了一周……

當下尋到了圖中筆法的源頭，依勢練了起來。這圖形的筆法與世上書畫大不相同，筆劃順逆頗異常法，好在他從來沒有學過寫字，自不知不論寫字畫圖，每一筆都該自上而下、自左而右，雖然勾挑是自下而上，曲撇是自右至左，然均係斜行而非直筆。這圖形中卻是自下而上、自右向左的直筆甚多，與書畫筆意往往截然相反，拗拙非凡。他可絲毫不以為怪，照樣習練。換作一個學寫過幾十天字的蒙童，便決計不會順著如此的筆路存想了。

……

他幼時獨居荒山，每逢春日，常在山溪中捉了許多蝌蚪，養在峰上積水而成的小池中看牠們生腳脫尾，變成青蛙，跳出池塘，閣閣之聲吵得滿山皆響，解除了不少寂寞。此時便如重逢兒時的遊伴，欣喜之下，細看一條條蝌蚪的情狀。只見無數蝌蚪或上竄，或下躍，姿態各不相同，甚是有趣。他看了良久，陡覺背心「至陽穴」上內息一跳，心想：「原來這些蝌蚪看似亂鑽亂游，其實還似和內息有關。」……忽聽得身旁一個冷冷的聲音說道：「石幫主注目『太玄經』，原來是位精通蝌蚪文的大方家。」石破天轉過頭來見木島主一雙照耀如電的目光正瞧著自己，不由得臉上一熱，忙道：「小人一個字也不識，只是瞧著這些小蝌蚪十分好玩，便多看了一會。」木島主點頭道：「這就是了。這部『大玄經』以古蝌蚪文寫成，我本來正自奇怪，石幫主年紀輕輕，居然有些奇才，識得這種古奧文字。」

如此等等。石破天（應叫小叫化）時時處處歪打正著。上文那位木島主對石幫主「注目『太玄經』」及「不識蝌蚪文」顯然是態度輕蔑，大有冷嘲之意，不屑一顧的了。然而任他想破腦袋也不會明白，這一壁所謂「太玄經」者，其破解之秘，原正是在於蝌蚪而不在其「文」。

小叫化不識一字居然全部破解《俠客行》的全部武學奧秘。這看起來是不可思議，至少是過於奇巧之事。然而，仔細思之，又會覺得其中大有深意在焉。

自然地，這一過程及其結果又是一個寓言。又是一個謎。誰也不會去想《俠客行》怎麼會包含一套武功，誰也不會去想一套武學為什麼一定要繪在了這首《俠客行》中，誰也不會想，這位繪製此書此圖的前輩為什麼要故意地將不必由文字而來的武學之圖深藏在一片文字與圖畫之中，以至於識字會圖之人相互之間紛爭不息，無數聰明才智之士皓首窮經而不能索解。

這不是大開玩笑，而且是「惡性」的玩笑麼？

我們可以設想，這一奇想乃金庸編製與創造。寫此奇學及其破解奇法，決非僅僅在於遊戲與消遣大家一通。其間，又包含了一種極深極大的寓意。即有如佛學之中的所謂「所知障」——佛學的「八正道」的第一條乃是「正見」，即「斬無明」，亦即求得真知識。然而另一方面，求知過多過甚過死便會形成所謂「所知障」，亦即「成見」是也。人生在世，求知學習經歷體驗，接受和積累各種各樣的知識與見解。這些知識與見解在一般的範疇內對人們當然大有益處，然而如若「固執己見」亦即「所知而成障」，便會適得其反。因而如要得到最後的真理，勢必需要拋棄所有的成見，因為這些成見都會成為通向真理的障礙。這就是佛家所謂的「所知障」。其中哲學及語言學的深奧道理，至今仍為哲學家們熱衷探討的話題。

小說《俠客行》中的小叫化，之所以能夠破解《俠客行》的武學奧秘，其根本原因乃在於他既有武學根基、深奧內功，但同時又因一字不識而不存在「所知障」之類的任何成見。所以他所能選擇的路子只能是看圖不識字的路子，而這竟然恰恰是最為正確的路子。而那些識文識字、知識淵博而又聰明伶俐的武林高手，正因「所知成障」，這才即便「皓首」，也不可能「窮經」的，正如書中的龍木二位島主。

因而，小叫化之破解《俠客行》奇學，決不只是一般的歪打正著，亦不僅是一般創造性的誤解，不是一般大巧若拙、大智若愚、踏破鐵鞋無覓處、有心栽花花不發……以及福至心靈，茅塞頓開等等的寫照。而實是一個極深刻的有關人類真理與知識追求的哲學寓言：最簡單、最明白的東西常常是最本質的東西。

從而，《俠客行》之謎，是這部小說中的最深刻的一個謎。

聯繫到書中人們把小叫化當成石中玉的誤解、人們對俠客島的誤解……這些無不是所知障在作怪。

奇人

武俠小說自然有奇事與奇人。《俠客行》亦自不例外。書中奇人甚多如自大成狂的白自在，殺人不眨眼的謝煙客，號稱殺人「一日不過三」的丁不三及他的兄弟「一日不過四」丁不四，乃至貝海石、石清、閔柔、史小翠、梅芳姑……等等，這些人可以說無一不是奇人。至於俠客島上的龍、木二島主及「賞善罰惡」二使則更是奇妙莫測之人。

然而，最奇的奇人還是本書的主人公。

他不僅是《俠客行》中第一奇人，只怕也是金庸小說中的第一奇人。

本書的主人公奇就奇在，你甚至無法稱呼他。每個人不論或智或愚、或好或歹，至少該有一個名字。然而本書的主人公，則真正是叫人無以名之。他的第一個名字是「狗雜種」，這實際上顯然不是一個人名，非但是不好聽而已。其後，他又有許多的名字：石破天（長樂幫主時用）、石中玉（雪山派及石清夫婦誤用）、白癡（丁不三用）、大粽子（丁不四專用）、史億刀（史小翠、白阿繡用）……這些都是他的名字。但卻又沒有一個名字是真正屬於他。他的最可能的名字是石中堅，即石清、閔柔之次子，石中玉之胞弟，但卻自始自終無人稱之。而且隨著梅芳姑之死，這位主人公只怕永遠不能肯定他是不是叫石中堅，是不是石清、閔柔之次子，因為直至本書末章末句，他猶在一片迷茫之中：「我爹爹是誰？我媽媽是誰？我自己又是誰？」我們在本文中多以「小叫化」名之，實則「小叫化」並不是一個人名，且他雖流落入間江湖身常匱乏但卻並不乞討——因為他不求人。所以，稱他是「小叫化」自然也是不妥。

自然，稱他為第一奇人，不僅僅是因為他沒有名字而已。

為了方便起見，我們且稱他為石破天吧——石破天這個名字原是石中玉為當長樂幫幫主而捏造的一個名字，而該書主人公則恰好又成了他的替罪羊，作為他的替身接了「賞善罰惡令」，從而成了長樂幫的真正幫主。從而石破天這個名字應該隨著長樂幫幫主之位而轉交給他。實際上，小說中一直將他寫做石破天。——他也確實是一位「石破天驚」或「投石衝破水底天」的奇絕人物。

他之奇奇在他是金庸小說中——也可以說是江湖上、人世中——最為不幸的人物：沒有誰比連「我是誰」都不知道的人更不幸了吧。他所知道的唯一親人叫他是「狗雜種」，且對他從無和緩顏色。流浪江湖之後則又屢屢為他人所誤解，成為他人「套中人」，成為他人替身亦甘願為他人作嫁。唯有阿繡一人信他，親他，愛他。其中悲苦，可想而知。然而，同時，又可以說他是書中福緣最厚之人，且只說三件事：跟隨謝煙客數年且明明練了必死之功而不死，此其一也；在一片誤解、仇恨、蔑視、輕賤之中能得阿繡這樣一位美麗聰慧的少女為知己情人，此其二也；在俠客島上，武學窟中，唯他一人不識一字，然恰恰是他破解了《俠客行》中的絕世武學從而成為未來武林第一人，此其三也。

至於其中其他一些逢凶化吉以及歪打正著之福緣，就更不待說了。諸如大家對玄鐵令欲求之而不得，而他，則不求而得；又比如他必死之時，被貝海石相救在先，被丁璫餵下「玄冰碧火酒」在次，再被展飛堂主在其膻中要穴猛擊一掌在後……以至於終於逢凶化吉；又比如他於無意之中，學得謝煙客的炎炎功、大悲老人的少林伏魔功、雪山劍法、丁璫所授擒拿法、石清夫婦所授的上清觀劍法、丁不四所授的諸般拳法掌法、史婆婆所授的金烏刀法……卻又一門也不精，但又恰恰因此而無所知之障，終於成為一代武學的集大成者。……石破天之遭遇之奇，顯然非常人所能及。

然而最奇的是他的個性品質。他的最突出的痛經毒打方才磨煉出的個性便是不求人。換句話說，便是苦樂隨緣，或得失隨緣，或無所求亦無所欲。無欲自然則剛，這更是生於江湖之間、人世之上的英雄豪傑及凡夫俗子所不能做到的。

除非他是佛。

不錯，石破天看起來是無知無識、不通世務之至，然而卻是苦樂隨緣，一派赤子心腸而永不改其性格品質，無意中達到了佛的境界，亦即達到了佛中之俠的至高至大的理想境界，從而成為金庸筆下第一奇人。

他之境界初時將謝煙客當成「好人」，居然使得這位魔頭無可奈何，後來他與阿繡相遇，找到了唯一知己，但當阿繡與史婆婆不辭而別——實際上是「辭」了，阿繡在地上寫了許多字，只是石破天不識而已——他也只是「初時只覺好生寂寞，但他從小孤單慣了的，只過得大半個時辰，便已泰然。……這時不再有人沒來由的向他糾纏，心中倒有一陣輕鬆快慰之感，只是想到史婆婆和阿繡，卻又有些戀戀不捨，將柴刀插在腰間，走到江邊，開始他的新的人生際遇。

在俠客島上，他練成了《俠客行》中的一句中的武功，這乃是其他人如癡如醉、求之不得的事，而在於他，則完全不是這樣：

他每學完一幅圖譜，心神寧靜下來，便去催白自在回去。但白自在對石壁上武學所知漸多，越來越是沉迷，一見石破天過來催請，便即破口大罵，說他擾亂心神，耽誤了鑽研功夫，到後來更是揮拳便打，不許他近身說話。

石破天無奈，去和范一飛、高三娘子等商量，不料這些人也一般的如癡如狂，全心都沉浸在石壁武學之中，拉著他相告，這一句的訣竅在何處，那一句的注釋又怎麼。

石破天惕然心驚：「龍、木二島主邀請武林高人前來參研武學，本是任由他們自歸，但三十年來竟沒一人離島，足見這石壁上的武學迷人極深。幸好我武功既低，又不識字，決不會像他們那樣留戀不去。」因此范一飛他們一番好意，要將石壁上的文字解給他聽；他卻只聽得幾句便即走開，再也不敢回頭，把聽到的話趕快忘一記，想也不敢去想。

其實石破天之所以不似其他人那樣癡迷，絕非他「不識字」而已，更主要的乃是他得失隨緣，從而不貪不癡。世人難免的所謂佛家三毒，在他的天性之中本就無有。

看起來，《俠客行》一書中的石破天屢屢逢凶化吉，似是他福緣深厚、歪打正著所至，然而，就其「內因」而言，我們似更應該看到他的這種苦樂隨緣、得失無心、不貪不癡、忠誠厚道的赤子心腸，及其天性之中的至善至俠、幾入佛境的理想品質。他的成就，絕非一味的福緣深厚，更非表面上的歪打正著。

從而，《俠客行》一書，其中實際上又包含了石破夫這一奇人的「俠客之行」，即其成長奧秘與其品質與境界。倘若僅僅是羨慕石破天逢凶化吉、歪打正著這些表面的「福緣」，而不見其赤膽衷腸，便不免落入了下乘，可以說並沒有真正地理解了石破天，並沒有真正地讀懂了《俠客行》。

因為，一位真正俠客的成長經歷，及其品質個性形成，才是這部小說真正最深刻的主題，及其謎底之謎與謎中之謎。

奇書

現在，我們終於可以得出結論，說這部小說委實是一部奇書了。如我們本文題目所示，這部奇書是一座敘事的迷宮及一個豐富的寓言世界。

其中奇事、奇境、奇學、奇人——實際上還有奇情，限於篇幅，這裡不再多談——都是這一敘事迷宮的一個有機的組成部分，且都有寓意在焉，並組成一個豐富而又深沉的寓言世界。真可謂謎中有謎、謎底有謎、謎面有謎，謎外還有謎。

於是，這部小說便既好看又耐看，雅俗共賞，卓爾不凡，故曰傑作。

這部《俠客行》將「俠客島之行」（**故事的背景及主幹**）及「《俠客行》武學」（**故事的動因及歸結**）與「俠客之行」即一位俠客奇人的成長過程及其品質（**故事的主題及其內蘊**）如此密切而有機地統一在一起。將「事」（**即俠客島之行**）、「藝」（即《俠客行》武學與人（**即俠客之行**）編織得渾然一體，真正是天衣無縫。

無疑地，只有將奇事、奇境、奇情及奇人等等統一起來、結合起來看，我們才能夠對這部小說有一個更完整、更清楚、更深刻、更真切的認識與把握。

當然，要真正地把握《俠客行》又談何容易？唯一的法門，只怕是看一遍，再看一遍，再看……

十五／

《鹿鼎記》非武非俠，亦史亦奇

《鹿鼎記》是金庸的最後一部武俠小說，它開始寫作雖比《越女劍》要早上兩個月，但它結束卻要比《越女劍》晚兩年。

同時，這也是金庸最長的一部武俠小說，比《雪山飛狐》這部小長篇整整多出十倍的篇幅。

金庸說他的小說「長篇比中篇短篇好些，後期的比前期的好些」，這話不錯。這句話可以簡化成：越長越好，越晚越好。而這部《鹿鼎記》既是最長又是最晚，因而既是封刀之作，又是他的「蓋頂」之作。如前所述，這是一部傑出的作品，同時又是絕頂的作品。您若不信，且讓我們往下看。

非武非俠，亦史亦奇

這部《鹿鼎記》，妙就妙在它「四不像」。

金庸先生於一九八一年六月二十二日為《鹿鼎記》寫了一篇「後記」，其中說道：

……這部小說在報上刊載時，不斷有讀者寫信來問：「《鹿鼎記》是不是別人代寫的？」因為他們發覺，這與我過去的作品有很大不同。其實這當然完全是我自己寫的。很感謝讀者們對我的寵愛和縱容，當他們不喜歡我某一部作品或某一個段落時，就斷定：「這是別人代寫的。」將好評保留給我自己，將不滿推給某一位心目中「代筆人」。

《鹿鼎記》和我以前的武俠小說完全不同，那是故意的。一個作者不應當總是重複自己的風格與形式，要盡可能的嘗試一些新的創造。

這部《鹿鼎記》的小說形式有一種引人注目的創新。說它是「四不像」，那是指它非武、非俠、非史、非奇，又亦武、亦俠、亦史、亦奇。

在武俠小說世界中，我們早已習慣了一個基本的事實，那就是它們必須有武而且必須有俠，武俠武俠，此之謂也。不然的話，怎麼能稱得上是武俠小說呢？當然，也有一些或「守舊」或「求新」的觀點和理論，認為武俠小說不必有武又有俠。具體地說，分為兩派，一派是「俠」派，主張「寧可無武，不可無俠」；另一派則是「武」派，主張「寧可無俠，不可無武」。大致上，武俠小說的大家梁羽生先生代表了「不可無俠」派；而另一武俠小說的大家古龍先生則代表了「不可無武」派。話雖這麼說，梁羽生先生的武俠小說中固然篇篇部部皆有「俠」，然而卻不見「無武」的小說。而古龍先生的小說中固然有「武」，同時卻也塑造了像「小李飛刀」李尋歡（《多情劍客無情劍》）、葉開（《邊城浪子》）、傅紅雪（《天涯．明月．刀》）……等一系列俠客的形象。至多只不過是古龍筆下的「俠客」不那麼古板老實一本正經，而是既喜歡女人又多半嗜酒如命，如陸小鳳（《陸小鳳系列》）、楚留香（《楚留香系列》）楊凡（《大人物》）等等。

真正「無俠而有武」或「無武而有俠」的小說只怕不多。多的有武有俠，只不過各人有各人的喜好，因而各有偏重而已。

「無武無俠」的武俠小說，乍聽起來只怕有人要斥為荒誕不經胡說八道。然而《鹿鼎記》中的主人公韋小寶卻恰恰如是，此人不會什麼武功，更談不上有多少俠義。而其他一干人物雖或有武，卻連康熙皇帝也是個「會家子」；亦或有俠，如天地會群雄，在書中只不過是一些相對次要的文學形象。

當然，書中的主人公韋小寶也不是完全不會武功，相反，他所接觸到的人中，就有許多超一流的高手：太監海大富、天地會總舵主陳近南、獨臂神尼，這幾個人韋小寶都是正式拜了師的；而神龍教的洪安通教主及其夫人方荃也各教韋小寶的「英雄三招」與「美人三招」；少林寺的方丈晦聰、長老澄觀大師等等也都與韋小寶（時為少林寺弟子晦明）切磋過功夫。然而說來令人難以相信，韋小寶的武功，始終都只停留在「入門以前」的階段。學得最好的只不過是一套「神行百變」的輕功的三四層，神行是談不上的，百變抑或「百逃」倒是懂那麼一點。此人天性不喜武功，最拿手的功夫還是撒石灰、鑽桌底、抱腿打滾及乘機抓人家下陰。說是無武也不為過，說是有武，那就只能說在似與不似之間了。

韋小寶其人的特點不但是不武，更主要的只怕還是非俠。他的政治觀點是非明又非清，既在宮廷中做他的忠心耿耿的小太監進而做大臣，卻又在以「反清復明」為目標的天地會中任他的逍遙自在的青木堂的韋香主。他的道德只能說是亦正亦邪，對皇帝講忠心卻也不免時時玩些花樣，而對天地會講義氣當然要看看情況並打打折扣。不說假話固然不行，而貪生怕死、溜鬚拍馬、見風使舵則更是他的拿手功夫，所以與俠是完全談不到一處，卻又似乎沾了那麼一點義氣的邊，而這些還都是從戲文中聽來的。

《鹿鼎記》寫的就是這麼一個人物的人生故事。所以說它無武無俠。若要更準確，就只能說是似武非武，似俠非俠，整個兒似是而非。

金庸自己在其「後記」中也有這麼一句話，即「然而《鹿鼎記》已經不太像武俠小說，毋寧說它是歷史小說。」作者的話，不可不信，亦不可全信。金庸說這《鹿鼎記》「已經不太像武俠小說」這是可信的。而「毋寧說是歷史小說」就不見得是那麼回事了，至少，是不可全信。準確地說，這部小說也像歷史也像傳奇，似是歷史的傳奇而更是傳奇的歷史。若要說它是全然的歷史小說，這肯定是有些不妥的。小說中主人公匪夷所思的經歷與功業簡直是奇而又奇，令人聞所未聞，比如他與俄羅斯攝政女王索菲亞小姐之間的戀情及他主持簽訂了中俄第一個邊界條約——也是中外關係史上的第一個正式條約——《中俄尼布楚條約》云云，只怕是在史書縫中也找不到證據的。而如順治之出家當和尚，皇太后原來是毛文龍的女兒毛東珠假冒的以及康熙皇帝是一個會家子等等，當然即使在野史中恐怕也找不到依據，而僅僅是武俠小說，是作者虛構的傳奇。

但是，若說它是傳奇呢，則小說的第一章有關清初「文字獄」的內容卻又基本上是有史可查的。而至於康熙平定台灣，平定吳三桂的叛亂，以及《中俄尼布楚條約》……等等亦都實實在在是那麼回事兒。康熙捕殺先皇順治的奉命大臣鼇拜，雖未必有韋小寶參與其間，但確為有據可依。

更重要的，透過這些叫人匪夷所思的故事情節，我們往往會嘆服：「歷史，確實是那麼回事。」而這歷史是否實事或史實則已經不那麼重要了。如此，我們就只好折衷地說，這部《鹿鼎記》亦史亦奇，似史似奇，似非而是。不同於其武俠小說性質的似是而非。

有點武，有點俠，像是史，像是奇，是謂「四不像」，正是《鹿鼎記》的獨創，亦正是《鹿鼎記》的精妙之訣。

歷史與傳奇在金庸的小說中確實是早已兩相結合。其小說中傳奇之外的歷史背景，顯得相當的真實而可信；而歷史背景下的傳奇，卻又格外的精彩而深刻。將歷史與傳奇合二而一，已是金庸獨樹一幟的小說範式，這我們在其他的篇章裡早已談及。

只不過，在那些小說中，歷史與傳奇總還是可以分清的。歷史終究是歷史，傳奇終究是傳奇。雖將歷史化到了傳奇之中，固然增加了它的真實性，然而對於歷史本身，卻並沒有真正地增加它的新的角度、資訊與深刻性。而這部《鹿鼎記》則是將傳奇化到了歷史中，從而，它便既是傳奇又是真正的深刻的歷史寫照。

《鹿鼎記》是金庸最獨特、最深刻也最成功的史詩性作品，是他的爐火純青的集大成之作。可以說是歷史的童話與寓言，同時又是一部現代主義的反英雄主義的文化史詩。看起來，這部小說最奇特，「四不像」，然而卻是最美妙而且最真實。表面看似最浪漫，然而卻是最嚴謹；看起來整個兒是一幕漫長的詼諧荒唐、插科打諢、幽默機智的喜劇，骨子裡恰恰是一部博大精深、莊重典雅、嚴肅深沉的歷史文化悲劇。是古典主義又是浪漫主義，是現實主義又是現代主義，是傳奇又是歷史。這正是：俗極而雅、奇而致真。一派至高至大、至深至博、極自由、極嚴謹的藝術與歷史哲學的化境。

前人的帶古典性質的英雄史詩，總不免帶有理想化的童話或神話色彩，或者說，乾脆就是一些民族的童話與神話，因為史詩誕生年代恰恰是在其民族與人類的童年；同時，在人們的意識中總是現實與理想難分、人與神難分、英雄與神就更為難分。其中有關英雄的性格及其傳奇故事，與其說是一種自由的藝術想像與創造，還不如說是一種不自覺的原始思維的集體表像，亦即不自覺的理想化及其理念化、童話與神化的演繹。無論是《荷馬史詩》中的阿伽門農或俄底修斯，還是《格薩爾》中的格薩爾王，都是一個民族的理想人格的神話般的集中體現。

而中國的武俠小說中的俠客與英雄，自然而然也是童話化或神話化了的。存在著這種明顯的傾向，甚至可以說是武俠小說的基本法則，不僅是作家創作的基本法則，而且也是讀者閱讀與欣賞的約定俗成的前提——或許應該稱為審美定勢。

然而，這種創作與閱讀的審美定勢對於表現歷史的真實及揭示歷史與人性的真相卻顯然是一個極其頑固的心理與文化的障礙。這也許正是許多武俠小說不登大雅之堂的原因，亦是一些人認為武俠小說不入流的基本依據吧。

然而，金庸卻說：

> 小說的人物如果十分完美，未免是不真實的。小說反映社會，現實社會中並沒有絕對完美的人，小說並不是道德教科書。（《鹿鼎記・後記》）

這個道理本身也許是極簡單的，然而在武俠小說世界中卻是非同小可。更何況，《鹿鼎記》中的韋小寶非但是不完美，或不十分完美而已。此人絕對算得上是《鹿鼎記》中康熙時代的「時代英雄」，然而同時又是中華民族中的「最醜陋的中國人」。

從妓院走向宮廷

韋小寶在《鹿鼎記》這部小說的最後，之所以要冒死相救茅十八，除了是韋小寶講義氣，認為茅十八雖不是天地會中人卻仍不失為一條好漢這一原因之外，還有一個更重要的原因，那就是他的感恩圖報之心。「感恩圖報」的故事在唱戲與說書中是極多的，而韋小寶也是極熟的，何況這還是中華文化的精粹之一呢。韋小寶一生的榮華富貴，實際上是茅公十八之所賜。試想當年若不是茅十八千里迢迢將他帶到京城裡來，韋小寶何來的飛黃騰達、升官發財及種種榮華富貴？從揚州到京城，從妓院到宮廷，這是韋小寶此生最重要的轉捩點，而之所以有這個轉捩點，則正是因為茅十八在揚州妓院中與韋小寶結識，而又將他帶到京城，恰又被雙雙抓入了宮廷之中。所以韋小寶對茅十八這個恩是無論如何也不能不報的。雖說韋小寶「吉人自有天相」，但他飛黃騰達，與茅十八當年有口無心卻歪打正著，順了天意地將他喚作「小白龍」也不無關係吧。

當然相救茅十八這件事，對於在一生中（實際只是在少年至青年的短短幾年中）幹了無數驚天動地大事的韋小寶來說，算不了什麼。屬於小事一樁，也就不必多說。

韋小寶一生最重要的機遇，便是生於妓院而遇於宮廷。試想，倘若不是遇於宮廷，憑他韋小寶生於妓院再厚顏無恥又有何用？只不過是一個市井流氓無賴潑皮混帳雜種王八蛋而已。反過來，倘若他不是生於妓院，見過世面——這句話非常要緊，切記切記——練得一身無賴無恥機靈百變的功夫，就是遇於宮廷也只能是枉然，只怕很快就會送了一條性命，早就被大太監海大富殺了。即便不殺死也至多不過一個小假太監罷了，到發現他是一個假太監之日便會是他的斃命之時。

可是，韋小寶偏偏生於妓院，遇於宮廷。雖不免受點小小的驚嚇，但這小驚嚇對於韋小寶來說算不了什麼。可以說韋小寶的經歷完全是一帆風順、嚴絲合縫，命中註定要富貴榮華而又驚天動地的。妓院和宮廷，這正是天下兩個最適合韋小寶生長和生存的絕妙去處。正是這兩處一前一後相互自然連接，將韋小寶培養成了一個驚天動地的「時代英雄」。就好像妓院是其初級班，而宮廷則自然而然地是他的高級研究班一樣。

妓院和宮廷，這在外人看來，自然是天差地別，毫不相干，不可同日而語的兩個地方。而在《鹿鼎記》一書的韋小寶眼中，卻全然沒有什麼兩樣。要說有些不同，也只不過宮廷的房子大些、好看些、空些而已。書中寫到韋小寶初次在宮中行走（**按，此時他尚不知這就是皇宮**）時，忽發奇想：

> 一路上走的都是迴廊，穿過一處處庭院花園。韋小寶心想：「他媽的，這財主真有錢，起這麼大的屋子。」眼見飛簷繪彩、棟樑雕花，他一生之中那裡見過這等富麗豪華的大屋？心想：「咱麗春院在揚州，也算得上是數一數二的漂亮大院子，比這裡可又差得遠啦。乖乖弄的東，在這裡開座院子，嫖客們可有得樂子了。不過這麼大的院子裡，如果不坐滿百來個姑娘卻也不像樣。」

當然，這時韋小寶將宮廷當成妓院，至多也只不過是感到形似而已。更何況是出於韋小寶的無知。倘若不是韋小寶無知到分不出太監服色及宮廷與妓院的差別，他大概會嚇得早已魂飛魄散，溜之大吉了吧。這些形似也只是出於他的胡思亂想，根本是作不得數的。

至若宮中有賭錢之樂，這可是韋小寶沒想到的，與揚州妓院就更像上一二分了。進而碰上又有白食可吃（**原是給皇上準備的**），而居然又有架可打（**他那時可不知道與他打架的對手「小玄子」正是當今皇上玄燁——康熙**），就使得韋小寶樂而忘返了。試想，賭錢是樂，白食是吃，而打架是玩，有此三種，韋小寶如何還會生出去意？

等到韋小寶發現「小玄子」就是康熙皇帝時，本應嚇得逃遁，然而一是他與小玄子打架已打出了交情，二是他也出不去，再則正是他時來運轉、飛黃騰達的機會來了。

韋小寶一生的「光輝業績」是從協助康熙鬥殺鼇拜開始。這一事件影響之大為韋小寶始料未及，真正是名揚天下，永垂青史。而他之所以能立這件不世奇功，全然靠著他在揚州妓院與市井間的熟練功夫：

原來韋小寶見事勢緊急，從香爐中抓起兩把爐灰，向鼇拜撒去。香灰甚細，一落入鼇拜雙眼，立時散開。鼇拜驀地裡左臂上一痛，卻是韋小寶投擲匕首，刺不中他胸口要害，卻插入了他的手臂。這時書房中桌翻凳倒亂成一團，韋小寶見鼇拜背後有張椅子，正是皇帝平時所坐的龍椅，當即奮力端起青銅香爐，跳上龍椅，對準了鼇拜後腦，奮力砸落。

這香爐是唐代之物，少說也有三十來斤重，鼇拜目不見物，難以閃避，砰的一聲響，正中頭頂。鼇拜身子一晃，摔倒在地，暈了過去。香爐破裂，鼇拜居然頭骨不碎。

康熙大喜，叫道：「小桂子，真有你的。」他早已備下了牛筋和繩條索，忙在倒翻了的書桌中取將出來，和韋小寶兩人合力，把鼇拜手足都綁住了。韋小寶已嚇得全身都是冷汗，手足發抖，抽繩索也使不出力氣，和康熙兩人你瞧瞧我，我瞧瞧你，都是喜悅不勝。

韋小寶的這種行徑，頗為江湖上英雄豪傑所不齒。當日韋小寶誠心想幫茅十八的大忙，買了石灰撒入皇家公差史松的眼中，並由此救了茅十八一命，然而茅十八非但絲毫不感激，反而越想越怒道：「……你用石灰撒人眼睛，這等下三濫的行徑，江湖上最給人瞧不起，比之下蒙藥、燒悶香，品格還低三等。我寧可給那黑龍鞭史松殺了，也不願讓你用這等卑鄙無恥的下流手段來救了性命。你這小鬼，我越瞧越是生氣。」——

……韋小寶這才明白，原來用石灰撒人眼睛，在江湖上是極其下流之事，自己竟是犯了武林中的大忌，而鑽在桌子底下剁人腳板，顯然也不是什麼光彩武功，但給他罵得惱羞成怒，惡狠狠的道：「用刀子殺人是殺，用石灰殺人也是殺，又有什麼上流下流了？要不是我這小鬼用下流手段救你，你這老鬼早就做了上流鬼啦。你的大腿可不是受了傷麼？人家用刀子剁你大腿，我用刀子剁人家腳板，大腿跟腳板，都是下身的東西。又有什麼分別？你不願我跟你上北京，你走你的，我走我的，以後大家各不相識便是。」

韋小寶壓根兒就沒有想到，他這「為達目的，不擇手段」的不講江湖道義的下流行徑，在宮廷中竟然大大地派上了用場。不但沒有人說他卑鄙下流無賴，反而得到誇獎讚賞。他沒有、也不可能成為江湖上的英雄好漢，但卻（**用卑鄙無恥下流無賴的江湖英雄所不**

齒的手段）反而成了名垂青史，天下聞名的歷史英雄。

也許這就正是宮廷朝上與妓院井市相一致的地方了：即不擇手段地達到目的，沒什麼江湖道義，沒什麼上流下流，沒什麼有恥無恥。

自此而往，韋小寶在妓院中所學到的那一套生存手段，諸如見機行事、撒謊行騙、溜鬚拍馬、賭咒發誓、偷竊扒拿、落井下石……等等，在宮廷中居然都找到了用武之地。並且還是無往而不利，使他逢凶化吉、左右逢源、福星高照、飛黃騰達、青史垂名。而這恰是因為外人看來是神秘莊重的宮廷，其實與妓院一般是貪汙腐化、卑鄙無恥、藏汙納垢、虛偽骯髒之所。只不過，妓院中的買賣是用錢來買肉體、用肉體來換錢，而這裡則是用身體也用人格，換來金錢也換來功名、權勢，並且更加卑鄙無恥，花樣百出而已。

當我們隨著揚州麗春院妓女韋春芳的兒子、十足的市井流氓無賴韋小寶這一人物走進神秘森嚴、莊重典雅的朝廷皇宮的時候，我們對封建王朝的全部神秘感及其歷史的莊重感就會被打得粉碎。當我們看著韋小寶這一不學無術的弄臣小丑式的人物在王朝宮廷中大受恩寵，成為朝廷柱石並飛黃騰達而「創造歷史」的時候，我們對封建王朝的歷史及其價值的嚴肅性和所謂歷史必然規律等等就會產生最深刻的懷疑。

而這一點，本身就正是《鹿鼎記》的意義與價值之所在。

韋小寶成功的秘訣只不過是以下幾條：一是把宮廷當成妓院；二是將政治舞台當成插科打渾而又隨機應變的賭場與戲院；三是不學無術、不擇手段、不知羞恥。有了這幾條，韋小寶便無往而不利。宮廷正是一個裝仿得富麗堂皇；典雅莊嚴然而藏汙納垢、荒淫無恥的高級妓院。政治舞台則正是大可弄虛作假偷盜搶劫營私舞弊上瞞下騙的大賭場。歷史的命運與歷史的選擇常常是一些人的賭博與賭注，同時又是一些人創造出的醜態百出、插科打渾而又包裝精美、做工細緻的荒誕喜劇。

作者的目光，是一種新的目光。中國的封建社會黑幕，尤其是封建王朝的宮廷黑幕，也正需要這種幽默而深刻的奇異目光才能穿透，也正需要這種離奇而荒誕的筆法才能描繪。《鹿鼎記》中的韋小寶的所有故事及所有見聞，不僅是本質的真實，而且是自然而又必然要發生的。

在某種意義上，這正是中國政治歷史的真面目。這正是中國政治倫理及其道德文化的最深層的東西。從而，韋小寶是一個真正的「時代英雄」，卻又是「民族精靈或怪胎」。

大皇帝與小流氓

大皇帝是康熙，他其實也是書中的主角，可以說是二號主人公。小流氓麼，不必客氣，當然是韋小寶。

康熙皇帝是《鹿鼎記》中塑造得最為成功的形象之一。他的雄才大略、神聖賢明、仁厚寬大、機智理性，實在是寫得自然而然，在小說中可以說是生動鮮明、光彩照人。將他的種種歷史功績諸如殺鼇拜而理清朝政、收復台灣、平定吳三桂叛亂、與俄羅斯的訂交，以及重用人才、安撫降將、祭奠漢族英雄、免揚州三年錢糧、賑濟台灣災民……等等事蹟，無不寫得淋漓盡致。尤其是他識大體，有自知之明而又勤奮好學、精明強幹而又實事求是等等都寫得極為生動。這且不去說它。僅是對待漢族大儒黃宗羲的《明夷待訪錄》一書，就足見他的英明過人之處：

康熙從桌上拿起一本書來，說道：「浙江巡撫進呈了一本書，叫做《明夷待訪錄》，是一個浙江人黃黎洲新做的。浙江巡撫奏稱書中有很多大逆不道的言語。要嚴加查辦。我剛才看了這本書，卻覺得很有道理，已批示浙江巡撫不必多事。」說著翻開書來，說道：「他書中說，為君乃『一人奉天下』，非為『天下奉一人』，這意思說得很好。他又說：『天子所是未必是，天子所非未必非。』這也很對。人孰無過？天子也是人，那有一做了皇帝，就什麼都對，永遠不會錯之理？」康熙說了一會，見韋小寶雖然連聲稱是臉上卻盡是迷惘之色，不由得啞然失笑，心想：「我跟這小流氓說大道理，他那裡理會得？再說下去，只怕他要呵欠連連了。」於是左手一揮，道：「你去吧。」右手仍拿著那本書，口中誦讀：「以為天下利害之權皆出於我，我以天下之利盡歸於己，以天下之害盡歸於人，亦無不可。使天下之人不敢自私不敢自利。以我之大私為天下之公。始而慚焉，久而安焉，視天下為莫大產業，傳之子孫，受享無窮。」。

韋小寶聽得莫名其妙，但皇帝正在讀書，又連連贊好，豈可不侍候捧場？見康熙放下書來，便問：「皇上，不知這書裡說的是什麼？有什麼好？」

康熙道：「他說做皇帝的人，叫天下的人不可自私，不可自利，只是他皇帝一人可以自私自利，而他皇帝的大私，卻居然說是天下的大公。這做皇帝的起初也心覺不對，有些兒慚愧，到得後來，習慣成自然，竟以為自己很對，旁人都錯了。」

韋小寶：「這人說的是壞皇帝，像皇上這樣鳥生魚湯（按，韋小寶粗鄙無文目不識丁，將「堯舜禹湯」總說成是「鳥生魚湯」，而康熙與他打趣，也隨了他念，下同），他說的就不對了。」康熙道：「嘿！做皇帝的。人人都自以為是鳥生魚湯，那一個是自認桀紂昏君的；何況每個昏君身邊，一定有許多歌功頌德的無恥大臣，把昏君都捧成了鳥生魚湯。」韋小寶笑道：「幸虧皇上是貨真價實，劃一不二的鳥生魚湯，否則的話，奴才可成了無恥大臣啦！」

康熙左足在地下一頓，笑道：「你有恥得很，滾你的蛋罷！」

這一段文章，可以說使康熙這一明君兼而大活人的心胸性格與氣度形象都寫得神形畢肖、栩栩如生了。

這樣寫當然算不上是啥難事。也許藝術功力與思想見識兼心地胸懷稍高稍深稍寬的人也能寫出這樣的文章、這樣的形象來。而金庸的《鹿鼎記》中康熙的形象則既是一個「前無古人，後無來者」的明君形象，更主要的則是一位真正的前無古人後無來者的皇帝的藝術形象。

《鹿鼎記》的真正獨特而深刻的貢獻，在於寫出了、寫活了、寫深了康熙形象中「另一面」。這另一面，是指其真實人性及其少年心理的一面。

而這另一面，則正與韋小寶有關。

且說韋小寶，他之所以在入京的幾年之間居然逢凶化吉陰差陽錯地飛黃騰達起來，固然是機緣湊巧，並且他把皇宮當做妓院並且「錯有錯著」或歪打正著，然而明眼人一看就知道，韋小寶的所有機遇和福澤，一半來源於天生，另一半則來源於康熙的厚賜。試想，韋小寶倘若不是「皇上面前的紅人」，他還能如此左右逢源、八面威風、一帆風順麼？當然不能。

而韋小寶之所以會成為皇上面前的第一紅人，固然因為他侍奉得法，並常使龍顏大悅——通常的人都以為只有一個原因，那就是韋小寶厚顏無恥、溜鬚拍馬、是卑鄙小人、小丑弄臣，這可真是只知其一、不知其二了——實際上，除此之外，卻還有更重要也更深刻的原因，那就是韋小寶與康熙皇帝之間特殊的親密關係及其深刻的友誼。

這是一種奇特而深刻的友誼。看起來，一個聖明天子、雄才大略的大皇帝與一個不學無術、厚顏無恥的小流氓之間居然會存在一種親密而又深刻的獨特友誼，這似乎是匪夷所思的事情，但這卻是事實。有書為證。

其實韋小寶不是每時每刻都使龍顏大悅的，有時恰恰是他弄得皇上龍顏大怒；例如康熙讓他去滅天地會，他不僅推三阻四，而且與皇帝討價還價，並說：「皇上，他們要來害你，我拚命阻擋，奴才對你是講義氣的，皇上要去拿他們，奴才夾在中間，難以做人，只好向你求情，那也是講義氣。」這當然使得康熙大怒，並對他的討價還價進而求情講恩，更是覺得其心可誅（幸虧韋小寶不知「其心可誅」是什麼意思）。結果呢，康熙佈置好炮陣，欲滅天地會群雄於韋小寶的府上，居然又被韋小寶逃逸而去，殺了多隆侍衛長（幸虧多隆「偏心」而未至死），並終於將天地會的一干人救走。這件事如果是其他人幹的，一百條命及九九八十一族都要滅了，偏偏是韋小寶幹的，這竟然使得康熙這一神聖英明的大皇帝又可氣又可笑而感到無可奈何，只得不了了之。韋小寶逃到通吃島上，康熙居然派了幾批人在沿海各島嶼搜尋，並命士兵齊聲高呼：「小桂子，小桂子你在哪裡？小玄子記掛著你哪！」終於找到韋小寶之後，書中有一段極為精彩的文章（第五卷第四十五回），其中寫到：康熙讓王進寶將軍及太監溫有方二人（此二人都與韋小寶相厚，皇上明擺著毫無惡意）先帶給韋小寶一張紙，紙上是康熙親自畫的六幅畫，畫上的內容是韋小寶所立的六件大功，其中「首功」居然是韋小寶當年與康熙摔跤比武。這又更進一步擺明康熙找韋小寶並不是興師問罪，甚至也不是將功折罪，或讓韋小寶去戴罪立功。小說中如此寫道：

……韋小寶只看得怔怔發呆，不禁流下淚來，心想：「他費了這麼多工夫畫這六幅畫，記著我的功勞，那麼心裡是不怪我了。」

溫有方等了好一會，說道：「你瞧清楚了嗎？」韋小寶道：「是。」溫有方拆開第二個黃紙封套，道：「宣讀皇上密旨。」取出一張紙來，讀道：

「小桂子，他媽的，你到那裡去了？我想念你得緊，你這臭傢伙無情無義，可忘了老子嗎？」

韋小寶喃喃的道：「我沒有，真的沒有。」中國自三皇五帝以來，皇帝聖旨中用到「他媽的」三字，而皇帝又自稱為「老子」，看來康熙這道密旨非但空前，抑且絕後了。

溫有方頓了一頓，又讀道：

「你不聽我話，不肯去殺你師父又拐帶了建寧公主逃走，他媽的，你這不是叫我做你的便宜大舅子嗎？不過你功勞很大，對我又忠心，有什麼罪，我都饒了你。我就要大婚啦，你不來喝喜酒，老子實在不快活。我跟你說，你乖乖的投降，立刻到北京來，我已經給你另外起了一座伯爵府，比先前的還要大得多……」

韋小寶心花怒放，大聲道：「好，好！我立刻就來喝喜酒。」

溫有方繼續讀道：

「咱們話兒說在前頭，從今以後，你如再不聽話，我非砍你的腦袋不可了。你可別說我騙了你到北京，又來殺你。你姓陳的師父已經死了，天地會跟你再沒有什麼干係，你得出點力氣，把天地會給好好滅了，我再派你去打吳三桂。建寧公主就給你做老婆，日後封公封王，升官發財，有得你樂子的。小玄子是你的好朋友，又是你師父，鳥生魚湯，說過的話死馬難追（按，這裡有一個典故，韋小寶將「駟馬難追」總說成「死馬難追」，正如將「堯舜禹湯」念成「鳥生壹湯」。康熙經常以此打趣。然而在這裡這樣寫，又自稱為「小玄子」這種兒時打架時的稱謂，可見其記掛友誼之真心也），你給我快快滾回來罷！」

韋小寶犯如此大罪過，居然得到康熙的如此輕饒，而康熙的這道聖旨，如書中所言，又寫得如此「空前絕後」，這足以說明許多問題。

其一是韋小寶粗陋無文，如果康熙的這道聖旨按照往常慣例而寫，那韋小寶定是一點兒也不懂得的。

其二，這也說明康熙性格的另一面，這位威嚴莊重的皇帝居然也說「他媽的」、「老子」、「便宜大舅子」這樣的話，並且說得如此自然流暢，實在是生動之至。

其三，這也正說明康熙與韋小寶關係非常，友誼深厚。不然何以罵韋小寶：「你這臭傢伙無情無義，可忘了老子嗎？」又說：「你不來喝喜酒，老子實在不快活。」

其四，這道「聖旨」中其實也已經說明了康熙與韋小寶的友誼的部分原因與真相。固然是因為韋小寶屢立大功而又忠心耿耿，但更重要的則是因為韋小寶與康熙乃是「總角之交」而又是「打架打出來的好朋友」。最重要的則是，在這個世界上，康熙唯有在韋小寶一人面前才能如此輕鬆快活不須任何正經嚴肅，而可以隨口說「他媽的」及自稱「老子」，從而深刻地體驗人生的自由之樂。康熙作為皇帝，一般不大可能有什麼朋友，更何況真正的貼心的朋友，更不用說似韋小寶這般插科打諢的真心朋友。正如書中所寫的那樣：

皇太子自出娘胎，便註定了將來要做皇帝，自幼的撫養教誨，就與常人全然不同，一哭一笑，一舉二動，無不是眾目所視，當真是沒半分自由。囚犯關在牢中，還可以隨便說話，在牢房之中，總還可任意行動，皇太子所受的拘束卻比囚犯還厲害百倍。負責教讀的師傅、服侍起居的太監宮女，生怕太子身上出了什麼亂子，整日價戰戰兢兢，如臨深淵，如履薄冰。太子的言行只要有半分隨便，師傅便諄諄勸告，唯恐惹怒了皇上。太子想少穿一件衣服；宮女太監便如大禍臨頭，唯恐太子著涼感冒。

一個人自幼至長，日日夜夜受到如此嚴密看管，實在殊乏人生樂趣。歷朝頗多昏君暴君，原因之一，實由皇帝一得行動自由之後，當即大大發洩歷年所積的悶氣，種種行徑令人覺得匪夷所思，泰半也不過是發洩過分而已。康熙自幼也受到嚴密看管，直到親政，才得時時吩咐宮女太監離得遠遠的，不必跟隨左右。但在母親和眾大臣面前，還是裝成少年老成模樣，見了一眾宮女太監，也始終擺出皇帝的架子，不敢隨便。一生之中，本來是連縱情大笑的時候也不會太多的。然而少年人愛玩愛鬧，乃是人之天性，皇帝乞丐，均無分別。在尋常百姓人家，任何童子天天可與遊伴亂叫亂跳，亂打亂鬧，這位少年皇帝卻要事機湊合，方得有此「福緣」。他只有和韋小寶在一起時，才得無拘無束，拋下皇帝的架子，縱情扭打，實是生平從所未有之樂。

所以，在康熙心裡，韋小寶實在是一個奇珍異寶，極為難得。總角之時陪他打架不但是一件大大的功勞，簡直是超過了一切。說得厲害些，康熙一生最幸福的回憶，只怕是與韋小寶的打架與談笑之樂。

再說得厲害些，康熙之所以沒有以往的皇帝以及以後的皇帝那般的胡作非為的戾氣及種種匪夷所思的舉動，而是那樣的英明賢德、雄才大略、心胸寬廣、仁厚機智，只怕是因為有了韋小寶而沒有受到其他皇太子、皇帝那般非人的「悶氣」。

說穿了，韋小寶的存在與康熙的身心健康並獲天性之樂都有極為重要的關係。只不過是其他的任何史家及什麼家都不可能知道或想到這一點，唯獨金庸及其《鹿鼎記》將之寫了出來。從而，這部《鹿鼎記》的讀者，在讀到康熙對韋小寶下聖旨時也說「他媽的」及「老子」等等，非但不感到有任何奇怪，相反都覺得自然而然，生活就是這麼回事兒。

對於康熙而言，韋小寶的「小流氓習性」或「小流氓氣」可以說正是對「大皇帝」的禁錮心態的一種衝擊和一種補充，這種放蕩不羈、不擇手段更不擇言詞的天性，對康熙而言正是一種可羡慕的人生的自由境界，人之天性可以得到自由的張揚。更何況韋小寶的流氣本身就是市井氣，或者說俗氣就是生活氣息與生命氣息。

再往深處挖掘，我們就會發現更多的問題。康熙與韋小寶的友誼當然不止於少年人的天性相通不打不成交而已。更何況康熙皇帝年歲漸長，總不能整天以扭打為樂，而漸漸地明白了自己所擔任的重負。另一方面同時也因年歲漸長而威嚴日重，自尊益強。偶爾同韋小寶說說粗話是可以的，說多了則不成，而倘若韋小寶恃寵而驕那更是不行。這一點是再清楚不過的事情。如若康熙一天到晚只和韋小寶胡說八道，那康熙也就不是康熙大帝而是

「康大寶」了。那麼，康熙與韋小寶友誼更深的心理依據是什麼呢，那就是韋小寶忠心耿耿，屢建奇功，這一方面說明韋小寶是一個大大的福將，凡事總是逢凶化吉、馬到成功，而也正說明了康熙的知人善任。

而另一方面，另一層次，則要考究，王朝中能人很多，且忠臣也不少，何以康熙不派更穩妥、更能幹也更忠心的人去呢——在大臣中間，韋小寶不見得是最忠心的，因為他還是韋香主以及神龍教的白龍使等等；而比韋小寶更能幹的人則更是多得不能再多——這就是一個大秘密了。是康熙心理深處的大秘密（**或許連康熙本人也不見得十分清楚，而只是一種下意識行為**），那就是康熙每每把韋小寶當成是他的一個替身。小說中寫到康熙派韋小寶帶兵去羅剎國開仗時寫道：

> 此後數日之中，康熙接連宣召韋小寶進宮，給了他極大的一張地圖，如何進軍、如何接仗，如何圍城、如何打援，一一詳細指示，用朱筆在圖上分別繪明。
>
> 韋小寶道：「這一仗是皇上親自帶兵打的，奴才什麼也不敢自作主張，總之是遵照皇上的吩咐辦事就是。否則的話，就算打了勝仗，皇上也不喜歡。」
>
> 康熙微笑點頭，韋小寶這一番話深合他心意。他小時學了武藝，無法施展，只有與韋小寶扭打為樂。其後不斷派遣韋小寶出外辦事，在內心深處，都是以他為自己替身之意。韋小寶年紀比自己小，武功智謀，學問見識，無一及得上自己，他能辦得成功，自己自然更是遊刃有餘。想起明朝正德皇帝自封為威武大將軍鎮國公，

親自領兵出征，也只是不甘寂寞，要一顯身手而已。

康熙作事自不如正德皇帝這般胡鬧，卻從派韋小寶辦事之中，內心得到了滿足……

而這一切，正如小時候陪康熙打架說粗話一般，同樣不是任何忠心能臣所能代替的。這是康熙與韋小寶友誼的更深層原因。也是康熙性格另一面更深的層次。

這樣一來，韋小寶的人性親近了康熙的人性，而韋小寶的神功也就成了康熙神功的一個替身，從而，康熙這一大皇帝與韋小寶這一小流氓的友誼就更是牢不可破地久天長而與青史同垂了。

可以說，《鹿鼎記》之為《鹿鼎記》，其奧秘既不單在其刻畫了韋小寶這一小流氓主人公的形象，亦不單在於寫出了康熙大帝這一生動的形象，而恰恰在於它同時刻畫了韋小寶這一小流氓與康熙這一大皇帝這樣一對藝術形象。

看起來，韋小寶與康熙確有天壤之別。皇帝康熙是在天，而韋小寶則在地，且各為極端。然小說中，韋小寶為「鹿」則康熙皇帝為「鼎」，這一對立就顯出了特殊的意義，這一意義不僅在於他們的相對，而且更在於他們的互補。往深處說，這兩個藝術形象有著內在的相通與相似之處。不然何以康熙皇帝總是要將韋小寶當作自己的化身或替身呢？康熙皇帝之需要韋小寶，不僅是兩人從小一塊兒長大，亦不僅是皇帝出宮多有不便，而以韋小寶代之，而且有更深刻的原因與理由。那就是康熙作為皇帝，特別是精明能幹的皇帝，集中了封建統治者的御治術的精華，其內核則正是不擇手段，寡廉鮮恥，然而卻要——不得不——罩上一層禮義廉恥、仁義道德的偽善外衣與神聖的光環。

而韋小寶則為了保護自己不受傷害，同樣也是不擇手段，寡廉鮮恥，只是更加赤裸裸地表現了出來。因此，韋小寶作為康熙皇帝的化身，則不僅僅是故事情節中的化身，同時也是更深一層性格真實的化身。可以說韋小寶的性格在某種意義上正代表了康熙性格內在世界的某一深層次。

從而，這兩個人物形象的對比與內在的互補，不僅在小說的情節中起了極大的作用，而且在小說的人物形象刻畫的深刻性上起了極大的作用：如此不同的兩個人物，其出身、地位、才智、氣質、性格、理想、追求……都可以說是天淵相隔，黑白分明；但偏偏不僅僅是朋友而已，簡直可以說是一物兩面或一物兩層的同一個形象。他們之間的互補倒不如看成是同一種形象的不同「化身」。

而這一「化身」的原型，乃是中國古代封建文化的結晶與象徵。它造就了康熙皇帝，同時又造就了韋小寶。或者說，它造就了康熙與韋小寶這一互補的完整原型及其不同的化身。

這便是《鹿鼎記》的根本奧秘。

這也正是中國古代歷史的根本奧秘。

這也正是中國古代文化的根本奧秘。

他們創造了歷史，但他們首先是被歷史創造的。生於帝王之家便為康熙大帝，生於妓院勾欄則為韋小寶；生於滿清王室則為康熙大帝，生於漢族市井之間則為韋小寶；生於江山與廟堂則為康熙之帝，生於江湖綠林則為韋小寶……他們是同一個人的不同化身。他們是同一個人中國人。他們是同一種物：即中國歷史文化的產物。

「通吃伯」與「鹿鼎公」

雖然有康熙的親憐厚愛、皇恩浩蕩，韋小寶要榮華富貴、升官發財已並非難事，然而韋小寶在短短的幾年中屢建奇功，做出了如此之多的驚天動地的大事，那也不僅僅是因為皇上天恩浩蕩，甚至也不僅是他福緣深厚，而是韋小寶確確實實有其人所不及的「神功」。

韋小寶是一個奇人，奇就奇在他一生的幾年之中經歷了任何人所不能相比的奇遇，而更奇的則是他處處逢凶化吉、死裡逃生，而且還能左右逢源、屢建奇功。如果說韋小寶的奇遇已是他人萬不能及，那麼他的奇功則更是天上第一、地上無雙，空前而且絕後了。

他為康熙建立的奇功有：一是捉拿鼇拜；二是保護出了家的順治先皇；三是救康熙皇帝於獨臂神尼的劍下；四是找出了真太后，趕走了假太后；五是與俄羅斯索菲亞公主訂交，與蒙古王子、西藏桑結喇嘛結拜為兄弟，從而破去了吳三桂造反的三路盟軍，以保證了清廷對吳三桂的最後平定；六是炮轟神龍教，去掉了一個清廷的內患；七是捉拿到假太后毛東珠並因此而再一次救太后、康熙；八是捉拿吳三桂之子吳應熊，看似平常實則是對吳三桂的一個致命打擊；九是安撫台灣居民，使之始終在中國的版圖之內並獲當地人民愛戴；十是代康熙出征，與俄羅斯先兵後禮，訂立了中國第一份外交條約《中俄尼布楚條約》，且對中國極其有利，可以說是取得了軍事上與外交上的雙重巨大勝利。以上十件都只是他的大事大功，至於平常他在清宮中侍奉康熙以及建寧公主等等功勞那就更是不勝枚舉。

然而，以上這些還只是韋小寶的部分功勞。僅只是對康熙與清廷而言的。在此之外，韋小寶為天地會等各派反清復明的組織、為受清初「文字獄」之禍的怨鬼孤魂，尤其是為他自己的生命安全，更是建立了種種難以盡述且無不驚極險極的奇功。

這且不說，我們且來考察一下韋小寶的身分，便知道他何以是一個人所不及的奇人。

他的第一種身分當然是揚州妓院的小流氓，活動於妓院、賭場、戲院、書場及市井之中。

第二種身分則是清廷紅人：假太監而至五品；最後官至「撫遠大將軍」；爵至「鹿鼎公」——而且是一等公——離「王」只有一步之差；

第三種身分是「反清復明」的組織天地會總舵主陳近南之徒，兼青木堂香主；

第四種身分是賣國投俄的反動組織「神龍教」教主及夫人的記名弟子，兼白龍使並執掌過至高無上的信符五龍令；

第五種身分是前明公主獨臂神尼的弟子，學得「神行百變」的功夫；

第六種身分是少林寺記名弟子，兼五台山清涼寺住持方丈。

第七種身分是西藏桑結喇嘛的拜把子弟兄，又是蒙古王子葛爾丹的拜把子弟兄；第八種身分是俄羅斯攝政王索菲亞公主的情人、軍師，封為「遠東伯爵」之號；第九種身分是代理台灣地方最高行政長官且政譽頗佳；第十種身分，則是康熙的妹婿，兼而又是李自成、吳三桂、陳圓圓的女婿；同時又是反清復明的沐王府小姐沐劍屏的丈夫，是王屋山草寇之王曾家的女婿……娶妻七人，其身分可謂包羅萬象。

第十一種身分則是明末清初漢族大儒顧炎武、呂留良、黃宗羲、查繼佐等人救命恩人兼生死之交；

第十二種身分是太監海大富以及皇帝康熙等人的「記名弟子」。

……如此等等，不一而足。身分之複雜，簡直是叫人匪夷所思。韋小寶在天地之間，從江湖到朝廷，從宮闈到反叛組織，從大陸到海外，從中國到俄國，從太監到和尚……可以說是到處馬到成功，無往而不利。說通俗些，就像二十世紀初的紅頭火柴，到處一擦就著。

韋小寶何以有如此複雜的身分，而又建立了如此輝煌的功業，這只怕是要成立一個專門的學科來進行專題研究。三言兩語乃至一二篇論文，一兩本論著，只怕都說不清楚，解決不了問題。如此，在這裡我們也只能簡單地談一談。

在韋小寶的爵位中，有兩個爵位比較有意思，一是「通吃伯」，一是「鹿鼎公」。

「通吃伯」是韋小寶在通吃島上自我流放時康熙給封的爵位，違康熙之旨而不死，抗康熙之命而不被罷官，卻反而平白無故地因為什麼「舉薦良將」而連連升爵，這已經是一個大大的奇蹟。這「通吃伯」在康熙來說，當然不免帶有戲謔之意，但「皇上聖明」，明察秋毫。這一封號不僅適用於王朝，而且也適合於其他一切地方。在任何地方，韋小寶無不是通吃通賺，無往不利。韋小寶彷彿就是牌九之中的至尊寶一樣，在人生世界的賭場上到處通吃。

而這一點，可以說是韋小寶建立神功的先決條件之一。即他是一個賭品較差，賭技頗高，賭運極好的大賭棍。

小說中寫賭的場面極多，從海大富拿錢給他去賭，到他與其他大臣親王之賭；從行軍帳中開賭，到戰場之中開賭；殺人不殺人也是由賭來決定……這些已是極其精彩。然而這實際上還只不過是表面之賭，這本書中韋小寶所到之處，行事之時，實際上無一不在賭。賭是他的愛好，是他的品性，同時也是他做事的原因。他連七個夫人晚上由誰陪他也是賭。所以，在某種意義上，這部《鹿鼎記》可以說是一部《賭經》或《賭王傳》。如此，這《鹿鼎記》中的一等「鹿鼎公」實際上並不是什麼朝廷柱石，並非什麼逐鹿中原以及問鼎中原之「鹿」與「鼎」；並非「人為鼎鑊，我為麋鹿」之「鹿」與「鼎」；亦並非是《四十二章經》中所藏地圖中的清人藏寶之地、龍脈所在地及中俄邊境線上的安助略山（俄語）——呼瑪爾窩集山（滿語）——「鹿鼎山」（漢語）……而是一個真正的賭王通吃公。當然，韋小寶的「鹿鼎公」又是貨真價實的，它也包含了上述所有的意思在內，其原因並不難以深究。

當然，建立如此殊勳，除賭品差與賭性高、賭技差而賭運好之外，肯定還要有其他的功夫與秘訣，韋小寶頗有些獨到的法門與不傳之秘的。讓我們先來看他的「防身四寶」：

韋小寶武功雖然平平，但身有四寶，衝入敵陣之中，卻是履險如夷。那四寶：第一寶，匕首鋒銳，敵刃必折；第二寶，寶衣護身，刀槍不入；第三寶，逃功精妙，追之不及；第四寶，雙兒在側，清兵難敵。持此四寶而和高手敵對，固然仍不免落敗，但對付清兵綽綽有餘，霎時間連傷數人，果然是威風凜凜，殺氣騰騰，心想：「當年趙子龍長阪坡七進七出，那也不過如此。說不定還是我韋小寶……」

這是說他的武功；他的武功是不高的。雖然曾經拜過許多第一流的高手如海大富、陳近南、獨臂神尼、澄觀和尚、洪安通教主、洪夫人蘇荃……等等這些人為師，但他生性懶惰而不能勤練武功。然而他卻因獲此「四寶」而屢屢化險為夷，可見武功對於韋小寶這樣的「大人物」來說，只不過是一種小道、小玩藝兒。

實際上，韋小寶用以防身並建奇勳的則有另外的四寶，或曰四門「內功」。一是比他匕首更為鋒銳的「利舌——馬屁功」；二是比他的寶衣更堅固厚實的「厚顏——保命功」；三是比他的「神行百變」更加精妙純熟的「機靈百變見風使舵功」；四便是上述的「賭博功」。

且讓我們看他的前三功或者前三寶。

他的利舌實際上比他的匕首要鋒銳得多，而其主要用途則是用於溜鬚拍馬，最大的功績便是在清宮中以及神龍教中。乃至在獨臂神尼、陳近南等高手面前都無往而不利。這些大家都知道。

他的厚顏功也已發展到了登峰造極的地步。為了保命，他是一切都可以從權的。所有的原則、所有的信義、所有的方針都等於零，都要服從一條原則，那就是保住性命為要。中國的書生與江湖豪士都是「士可殺而不可辱」，頭可以斷，人格、自尊及面子不能丟。世間大約只有妓院與宮廷二處是沒有這一套的，而韋小寶浸泡其中，焉能不登峰造極？

他屢次脫險，原因無非有二，即打不過又逃不掉時便立時投降——不管對方是誰，不管什麼觀點什麼立場什麼派別什麼身分。認了輸之後則又一分為二，或是拜師，如對康熙皇帝、洪教主、獨臂神尼……等；二是認親或攀親，如與桑結、葛爾丹結拜；與索額圖、康親王、多隆結拜；甚而在生命危急之際，居然冒充吳三桂的侄子等等。如此，他方才得以無往而不利。

須知人間至大者莫過於天、地、君、親、師這五者。其中天可欺、地可騙、君可哄、親可以結、師可以拜，這韋小寶焉能不到處馬到成功?!話又說回來，倘若沒有如韋小寶相彷佛的厚顏無恥的功夫，則天不可欺、地不可騙、君更不可哄，親結不成、師拜不了（何況拜了一個師而後又不斷另換師門足為「欺師滅祖」之大罪，為武林所不齒不容），一切都不成的。

他的第三寶是「百變」功。這一門功夫他也是極其精熟的、試想若不是他有百變神功，豈能為太監、為和尚、為大將軍、為子爵、伯爵、侯爵、公爵……之外還能做韋香主、韋白龍使、韋兄弟、韋長官……？又豈能左右逢源，乃至揚威海外？他曾跟獨臂神尼學過一門功夫，就是輕身功夫「神行百變」，這本是當年鐵劍門木桑道長的成名之技，因之號為「千變萬劫」。（詳可參見《碧血劍》）

韋小寶其他的武功都是淺嘗輒止、隨學隨忘，且毫不用心、敷衍了事，唯獨對這門「神行百變」的功夫卻情有獨鍾，勤練不怠，居然學得了三、四層。如小說中所說，「神行」是辦不到，「百變」則是有的。因為這恰恰符合了他的天性。進而化此輕功為他的「內功」，以至於使它成為自己的防身對敵之寶，對「千變萬劫」之技可謂發揚光大了。至於這「百變」是哪百變，因為牽涉到韋氏的不傳之秘，所以流傳於世的不多。上述「拜師學」、「認親術」其實都是百變之中的一門。而其他如「許願術」、「封官術」——他之所以能與葛爾丹王子及桑結喇嘛結拜兄弟，是因為他許願叫皇上封葛爾丹王子為「整個兒好」（準葛爾汗）而封桑結喇嘛為「西藏第三大活佛」——乃至賭術、耍賴術、說哭就哭術……等等都是。

韋小寶的賭博功、利舌功、厚顏功、百變功這四門神功都是當世無敵，可說是登峰造極。韋小寶之所以能建不世之奇功殊勳，全賴此四寶。

然而，四寶雖珍、四功雖強，卻還比不上他的第五門功夫，甚而若不是這第五門功夫，他的前四功也就不可能登峰造極，所向披靡。

這第五門功夫乃是「化功大法」。

相比之下，韋小寶的其他四門功夫雖是神奇了得，但與這「化功大法」相比，卻是小巫見大巫，千條江河歸大海。

這化功大法的第一個妙用是化人為己（按，這化功大法本為《天龍八部》中逍遙派的神功「北冥神功」；該派的叛徒星宿老怪丁春秋將此神功皮毛練成，變成了不齒於江湖的「化功大法」，亦即「化人家的內力為己用」。不知如何傳到了韋小寶，而韋小寶將此推向頂峰與化境）。在小說的開頭，茅十八想叫韋小寶拜自己為師，但韋小寶不幹。以為茅十八的功夫與人打架之時，自己可以學來，甚至連他敵手的功夫也可以一併學來。此時韋小寶神功未成，還只是初步設想。然而這一被正經的武林人士認為決無可能的事，韋小寶竟然無師自通。他日後化敵為友、為親、為師以及化險為夷、為泰、為福，都是從此道中來。

例如，康熙叫韋小寶剿滅王屋山的叛逆，而韋小寶自知兵法不通，怎麼辦呢，還要向康熙報告進軍計畫，於是便找來了不會拍馬屁的趙良棟，小說中如此寫道：

……韋小寶大喜，說道：「我也沒什麼事，只是上次在天津衛見到趙大哥，見你相貌堂堂，一表人才。我是欽差大臣，人人都來拍我馬屁，偏生趙大哥就不賣賬。」趙良棟神色有些尷尬，說道：「小將是粗魯武人，不善承奉上司，倒不是有意對欽差大臣無禮。」韋小寶道：「我沒見怪，否則的話，也不會找你來了。我心中有個道理，凡是沒本事的，只好靠拍馬屁去升官發財；不肯拍馬屁的，一定是有本事之人。」

趙良棟喜道：「韋大人這幾句話說得真爽快極了。小將本事是沒有的，可是聽到人家吹牛拍馬，心中就是有氣，得罪了上司，跟同僚吵架，升不了官都是為了這牛脾氣。」

韋小寶道：「你不肯拍馬屁，一定是有本事的。」

趙良棟裂開了大嘴，不知說什麼話才好，真覺「生我者父母，知我者韋大人」也。

果然韋小寶見識不差。這趙良棟確實在行軍打仗方面有自己的一套。這一回便將進軍王屋山的安排計策一一剖明，韋小寶在皇上面前也就又立了一功。進而，平定吳三桂時，韋小寶本來在通吃島上避難，但皇上還是不斷升他的官，原因何在？乃在於他「舉薦良將，蕩平吳逆，收台灣於版圖」。這是說韋小寶舉薦的趙良棟、施琅、王進寶等人都是韋小寶發掘出來的。韋氏「化人為己」之功用，委實是後福無窮！其他的例子，也就不必再說。

這「化功大法」的第二個妙用就是化「戲」為「真」，化古為今，化中為外。

韋小寶不識文字，自己的名字只有三個字排在了一起才馬馬虎虎地認識。若是分開就把握不大，只有一個「小」字是確實認識的。因而不少目光短淺之人，都認為韋小寶粗鄙無文不學無術，是一個「沒文化」的人。其實，韋小寶雖無滿腹經倫，卻有滿腹戲文。他能另闢蹊徑，成為空前絕後的文化淵博、活學活用、博古通今、古為今用、中為洋用之人。小說中最精彩的例子莫過於他幫助俄羅斯公主索菲亞公主由囚徒成為「女攝政王」的事蹟，當然也使他自己再一次化險為夷、化難為福：

……其時天氣和暖，韋小寶跨下駿馬，於兩隊哥薩克騎兵擁衛之下，在西伯利亞太草原上向東疾馳，和風拂面，蹄聲盈耳，左顧俏丫頭雙兒雪膚櫻唇，右盼羅剎國使臣碧眼黃鬚，貂皮財物，滿載相隨，當真意氣風發之至，心想：「這次死裡逃生，不但保了小命，還幫羅剎公主立了一場大功，全靠老子平日聽得書多，看得戲多。」

中國立國數千年，爭奪皇帝權位，造反斫殺，經驗之豐，舉世無與倫比。韋小寶所知者只是民間流傳的一些皮毛，卻已足以揚威異域，居然助人謀朝篡位，安邦定國。其實此事說來亦不稀奇，清廷開國將帥粗鄙無學，行軍打仗的種種謀略，主要從一部《三國演義》小說中得來。當年清太宗使反間計，騙得崇楨皇帝自毀長城，殺了大將袁崇煥，就是抄襲《三國演義》中周瑜使計，令曹操斬了自己水軍都督的故事。實則周瑜騙得曹操殺水軍都督，歷史上並無其事，乃是出於小說家杜撰。不料小說宏言，後來竟爾成為事實，關涉到中國數百年氣運，世事之奇，那更勝於小說了。滿人入關後開疆拓土，使中國版圖幾為明朝之三倍，遠勝於漢唐全勝之時，餘蔭直至今日。小說、戲劇、說書之功，亦殊不可沒。

韋小寶相救茅十八的妙計，乃是來源於流傳甚廣的《法場換子》這一戲文。此類事在韋小寶生涯中甚多，所以已不用多言。歸根結蒂，都是其「化功大法」的妙用。「化功大法」的第三個妙用是化無為有，並且融會貫通，而又無跡可尋。即使自己所有的功夫都能增加成千上百倍的威力，而又運轉如意、節節貫通、活學活使、靈活機動，直至以其無招，勝人有招，這才達到人間功夫的真正化境。韋小寶的文學不如顧炎武等人，武功不如陳近南、洪安通等人，打仗兵略不如施琅、超良棟他們，聖明賢能不如康熙皇帝……然而靠著臻於化境的種種功夫，建立驚天動地、空前絕後的種種殊勳，卻是上述各有所長的人所莫及了。與韋小寶相比：

顧炎武的滿腹經倫有什麼用？

陳近南的武功卓絕有什麼用？

施琅等的能征善戰有什麼用？

多隆等的忠心耿耿有什麼用？

洪安通的處心積慮有什麼用？

吳三桂的陰謀詭計有什麼用？

……

以單項而論，以上每個人都遠遠勝於韋小寶。然而韋小寶因為習得化功大法，從而能穩獲全能冠軍。這大概是上述眾人以及所有的讀者想破腦袋也想不通的吧。

話又要說回來，韋小寶這一奇人有如此之多的奇遇，而又建立如此之高、如此之難的奇功，一半是靠他神功蓋世，確為舉世無雙者，而另一半則也要靠時運機緣。韋小寶之所以回回通吃，次次遇難呈祥，甚至處處歪打正著，事事左右逢源，光有神功而沒有機緣是不成的。古人有云，謀事在人，成事在天，是之謂也。只不過韋小寶則是「謀事在人，成事在地」或「謀事在人，成事也在人」——這「地」是指中國之地；「人」亦指中國之人。

韋小寶神功得以形成及其施展，主要得機緣之助乃在於地利與人和兩樣。至於揚威異域，那也只能是偶一為之的事情。通吃只能在中國的版圖之內才能見效。

至於韋小寶何以在中國國內才能如此逢凶化吉、遇難呈祥、化險為福，其原因很簡單，那是因為他們面對的都是中國人，不管他是漢族、滿族、回族、藏族、蒙族，小節上雖不同文字、不同民族，然而大體上卻是同文同種，只不過這「文」不是文字而是「文化」，而「種」也不是民族人種而是文化遺存。

而韋小寶其人，則正是得各民族之遺傳基因（以漢族為主）而又深得中國文化之「真精神」，可以說韋小寶是中國民族之文化「精靈」（自然你也可以說他是異胎）。所以他能無往而不利。在宮廷中自是要溜鬚拍馬、瞞上不瞞下，那麼在神龍教中也可以照搬不誤，乃至有過之而無不及。在揚州市井中靠著高明的弄虛作假的賭技可以混吃，而天下（中國的天下）也就大可以去得了。他可以拜陳近南為師，當然也可以拜洪安通、蘇荃、獨臂神尼、康熙皇帝、澄觀和尚……等為師，只不過這些「師」之間互不瞭解。他可以認陶宮娥為親，則當然也可以認桑結、葛爾丹、索額圖……等人為親。他可以娶蘇荃、阿珂……等為妻，更何況在其七位夫人之中，至少雙兒一人是完全自願地與他結為夫婦的。

最有說服力的還是他在台灣做代理地方官時的情景，小說中寫道：

全台灣百姓對董太妃恨之切骨，而陳永華屯田辦學、興利除弊，有遺愛於民，百姓稱他為「台灣諸葛亮」。

鄭克塽當國之時，誰都不敢說董太妃一句壞話，不敢說陳永華一句好話。此時韋小寶下了「除董塑陳」的命令，人心大快，又聽說他在國姓爺像前磕頭流淚，眾百姓更是感激。雖然這位韋大人要錢未免厲害了些，但一來他是陳軍師的弟子，台灣軍民不免推愛，二來施琅帶領清兵取台，滅了大明留存在海外的一片江山，因此上雖然「施清韋貪」，眾百姓反覺這位少年韋大人和藹可親，寧可他鎮守台灣，最好施琅永遠不要回來。

所以，在韋小寶奉康熙之命離開台灣之際，小說中又寫道：

台灣百姓知道朝廷所以撤銷舉台內遷旨意，這位少年韋大人厥功甚偉，人人感激，萬民傘、護民旗等送了無數。韋小寶上船之際，兩名耆老脫下他的靴子，高高捧起，說是留為去思。這「脫靴」之禮，本是地方官清正，百姓愛戴，才有此儀節。韋小寶這位「贓官」居然也享此殊榮，非但前無古人，恐怕也是後無來者了。歡送的鞭炮大放特放，更不在話下。

小說中寫到韋小寶如此贓官與貪官居然還受到台灣百姓這般的抬愛。其何故耶？韋小寶只不過是「說了幾句話」（如除董塑陳及建議留台等），「流了幾滴淚」兼而「磕了幾個頭」（包括他拜陳永華為師實則只是磕了幾個頭，從而完成了一種形式，陳的人品武功，他是半點也沒學。可以說是無其實卻有其名）而已！而這說話、流淚、磕頭的勾當，原是韋小寶的拿手好戲。他的「化功大法」固然是又收神效，然而另一方面則是因為台灣雖然孤懸海外，然而台灣人也是中國人，所以韋小寶的神功到處，便也能無意插柳柳成蔭。

韋小寶不僅在宮廷、在市井、在江湖、在叛軍之中，在秘密組織……中都能左右逢源，而且在地方百姓的心目中也是如此推崇抬愛，說他空前絕後，登峰造極，恐怕是一點也不誇張了吧。

至少在中國是如此。

當然，也唯有在中國才能如此。

「雜種」與「純種」

毋庸諱言，韋小寶是一個道道地地的婊子養的。他的母親正是清康熙年間揚州麗春院（妓女院）中的一個人到中年、姿色一般的妓女，名叫韋春芳。

這就是說，韋小寶是一個道道地地的雜種。

這一點可以說至關重要。在重視血統論的中華民族，尤為重要。

所以，在《鹿鼎記》這部小說的結尾處，作者也不得不將這一點交代得明明白白：

……那日韋小寶到了揚州，帶了夫人兒女，去麗春院見娘。母子相見，自是不勝之喜。韋春芳見七個媳婦個個如花似玉，心想：「小寶這小賊挑女人的，眼力倒不錯，他來開院子，一定發大財。」

韋小寶將母親拉入房中，問道：「媽，我的老子到底是誰？」韋春芳瞪眼道：「我怎知道？」韋小寶皺眉道：「你肚子裡有我之前，接過什麼客人？」韋春芳道：「那時你娘標緻得很，每天有好幾個客人，我怎記得這許多？」

韋小寶道：「這些客人都是漢人罷？」韋春芳道：「漢人自然有，滿洲官兒也有，還有蒙古的武官呢。」

韋小寶道：「外國鬼子沒有罷？」韋春芳怒道：「你當你娘是爛婊子嗎？連外國鬼子也接？辣塊媽媽，羅剎鬼紅毛鬼到麗春院來，老娘用大掃帚拍了出去。」韋小寶這才放心道：「那很好！」韋春芳抬起了頭，回憶往事，道：「那時候有個回子，常來找我，他相貌很俊，我心裡常說，我家小寶的鼻子生得好，有點兒像他。」韋小寶道：「漢滿蒙回都有，有沒有藏人？」

韋春芳大是得意：「怎麼沒有？那個西藏喇嘛，上床之前一定要念經，一面念經，眼珠子就溜溜的瞧著我。你一雙眼睛賊忒嘻嘻的，真像那個喇嘛！」

金庸先生之所以要在這部長達一百四五十萬字的長篇巨著最後，寫上這麼一段，應該是大有深意的。韋小寶是一個婊子養的，是一個雜種，這在本書的第二回中就已經寫得明明白白。看起來似乎完全沒有必要在小說的最後再畫蛇添足。

然而，這段交代是大有必要的，尤是當大家看完這部小說，最後更有必要交代清楚這一點。交代清楚這一段，至少有兩個明顯的意義，而這兩點則又正是讀這部《鹿鼎記》的至關重要的所在。

首先，這部小說很容易給人造成一種錯覺，那就是一定會有人將這部書的主題同作者的處女作《書劍恩仇錄》作簡單的比較。《書劍恩仇錄》的主題無疑是一部寫江湖好漢聯繫各民族人民抗清的悲劇故事。雖然小說最終是以悲劇而告終，但小說中的主人公陳家洛及其領導下的「紅花會」的群雄們的光輝事蹟，卻將會連同他們的悲壯形象一起永留在我們的心中。

而這部《鹿鼎記》是作者的最後一部小說，看來作者又回到了抗清的這一老路上去了——金庸中期的小說如「射鵰」及《天龍八部》等等都是以宋、金、元、明時期為其歷史背景的，而只有開始與結尾都是以抗清為其主題內容的。這或者叫有始有終吧。然而這一回卻大大地有了不同，甚至應該說是有了大大的超越，即已在一個更高的層次上來關注與觀照這一老的主題。其證據便是韋小寶這一形象及其意義與陳家洛這一形象及其意義相比，顯然已經有了巨大的不同。韋小寶與陳家洛這一形象有了性質上的不同。

看起來，這部小說的內容與主題，乃是依然糾纏在清統治者（以康熙為代表）與反清復明的漢族英雄（以天地會陳近南、沐王府等為代表）這兩種政治勢力的民族鬥爭上，而韋小寶這一人物則是夾在這兩種勢力當中的一個特殊的、畸型的、悲劇形象。

誰都知道，韋小寶當然算不上是一位真正的抗清或反清復明的英雄好漢。他之加入天地會不僅是出於誤會，而且自始至終也並沒有真格兒地為之做過任何真正有意義的事情，與其「韋香主」的身分大不相稱。

然而另一面，他又算不上一位真正的、鐵桿兒漢奸，他為康熙辦事、忠心耿耿甚至以命相報，因而飛黃騰達、升官發財，但他對大漢奸吳三桂卻也同當時普天下漢族人民一樣沒有任何好感，即便是談不上仇恨，也是有些厭惡的。更何況，他利用自己特殊的身分救過天地會陳近南以下的四十幾位英雄的生命，又救過顧炎武三個當世大儒的生命，殺過吳之榮（這人是道道地地的漢奸）、捉過吳應熊（這人是吳三桂的兒子），乃至最後還冒死救過茅十八（此人是一位莽夫，但也不失為一位深明民族大義的好漢，當然也有恩於韋小寶）……這些都足以證明韋小寶並不是一位大漢奸。更說明問題的是，康熙皇帝要他去滅天地會，他寧可在通吃島上過著與他性格極為不合的無聊生涯達數年之久而不願應詔前往，乃至於連康熙最後都不得不對他讓步，反而表揚他對朋友盡義是一種美德。

還有一個證據是他還殺了康熙派在天地會中的間諜風際中。另外，康熙「聖旨」上之所以要說他殺了陳近南、風際中，那明擺著的是要行反間計，逼韋小寶就範。

然而，韋小寶之所以既不反清復明而又不滅天地會，其實並不是從政治與民族大義方面去考慮的。他完全不懂、而且也完全無視於什麼政治及什麼民族大義。他之所以這樣做，是出於他的「道德良心」——天地做證，韋小寶也是有些「道德良心」的——的考慮，即：「對皇上盡忠，對朋友盡義」。

更進一步說，皇上小玄子乃是他小桂子的好朋友，而天地會群雄也是他的好朋友，從而對朋友盡義，倒是他的一貫品德。換種方式，陳近南是他的師父，康熙也是他的師父，所以他不能「大義滅師」從而犯「欺師滅祖」的大罪（**韋小寶或許不懂什麼是欺師滅祖，然而他直覺到那是「烏龜王八蛋幹的事」**）。所以康熙要殺他師父陳近南時，他捨生相救；而獨臂神尼、歸辛樹殺康熙（**作為他的師父、朋友、皇上**）他也捨身相救。康熙不利於天地會他去通風報信，天地會及其他人不利於康熙，他也想通風報信。他就是這麼一個人。

他確實在一直兩面討好。真正若是兩邊都討不了好去、乃至一方面要他與另一方面為難時，他就「老子不幹了」。這也是事實。

然而沒想到最後居然兩邊都要為難他了，康熙要逼他不要再腳踏兩隻船，要他做出明確的抉擇——實際上康熙一直在逼他。而另一面，天地會的群雄則逼他去殺康熙，以為天地會的總舵主陳近南報仇。青木堂中的兄弟更是想推舉他為天地會的總舵主，從而擔當起反清復明的總司令。更有甚者，顧炎武等一千大儒，則要他「乾脆自己做了皇帝」！……在這種多重的壓力之下，韋小寶實際上只能有一種選擇，那就是：「老子不幹了！」……

我們想說的是，之所以韋小寶要「老子不幹了」，其實並不牽涉到政治立場與民族大節等這些重大的價值判斷，而只牽涉到韋小寶這一特殊的、具體的個人。

天地會群雄每每以「民族大節」與「民族大義」相責，其實這中間包含了一個極大的誤會，那就是將韋小寶當做了一個漢人——包括康熙在內的幾乎所有的人都沒有想過韋小寶究竟是不是漢人這個問題，大約每一個讀者也幾乎都以為韋小寶一定是漢人，其實未必如此。實際上，韋小寶是只知其母而不知其父。他的母親大約是一個漢族人，可是他的父親呢，可能是漢族，也可能是滿族，還可能是蒙族、回族、藏族……

問題就在這裡。韋小寶是一個雜種。他可能是漢、滿、蒙、回、藏這幾個民族中的任何一個。若他父親是漢人，他或許有漢奸之嫌；若他父親是滿族人呢？或是既非漢人又非滿，而是回族（**他的鼻子像一個回人**）或藏族（**他的眼睛像一個藏族人**）呢？

這就是《鹿鼎記》的妙處。你不能從民族大義或反清復明這樣狹隘的民族主義主題角度去理解這部小說，也不能簡單地從民族主義這一角度來理解韋小寶這一主人公。進而，即使韋小寶是一個漢人的兒子，他之不反康熙及清朝——在韋小寶看來，清朝的政治或民族什麼的全然是抽象，而康熙則是實實在在的人——一方面固然說明了他性格中的某些墮性或蒙昧因素，然而另一方面又未必不是又一次的歪打正著，即康熙是一位賢明的君主。他的統治至少超過了漢人統治的明朝的任何一代皇帝。這也是小說提供給我們的基本事實。

所以，理解這部小說，全然不能從狹隘的大漢族主義的角度去理解。因為韋小寶本人就是一個民族不詳而身分不明的人。他做的事只與他一個人有關，而不必牽涉到他的民族與血統上去。

另一方面，小說中寫出韋小寶與韋春芳的母子對話，實際上提供了一個更重要的資訊。只不過大家往往忽視了這條資訊及其重要性，那就是：韋小寶一方面是一個中國各民族的雜種，而另一方面他又是一個道道地地、貨真價實的純種中國人——他屬於中華民族，這一身分是純而又純的。證據就是小說中的韋小寶問她母親是否接待外國鬼子時，引起了韋春芳的大怒：「你當你娘是爛婊子嗎？連外國鬼子也接？辣塊媽媽，羅剎鬼、紅毛鬼到麗春院來，老娘用大掃帚拍了出去。」

這就是說，韋小寶是一個中華民族的純種子弟。至於具體究竟是漢是滿是回是蒙或是藏，那也就不必費力去考證了，何況就是想考證也考證不清楚的。

韋小寶是中華民族的一個活的細胞。是中華民族的民族性的一個象徵。同時也是中華民族的歷史與文化的結晶。我們要從這樣的角度，這樣的高度或深度來理解韋小寶及其《鹿鼎記》，這才合適。

韋小寶性格中的光彩，那當然是我們各民族大團結大融匯共同的光彩。而韋小寶的性格中的醜陋與卑污，那也不必客氣，各民族只怕都可能有點份兒。當然，在中華民族這一大家庭中，韋小寶屬於漢族這一分支的可能性最大，百分比也最高，因他的母親是漢族人，這就至少使他的血統中含了百分之五十的漢人的血統與遺傳基因。他的父親是漢族的可能性至少在五大民族中占了百分之二十的可能性。所以，如果說韋小寶是一個「醜陋的中國人」，那麼百分之七十他是一個「醜陋的漢族人」。

至於韋春芳不接待外國鬼子，這當然是她作為一個妓女的節操，似乎值得表彰。而韋春芳之不接待外國鬼子這一事實在當時對於韋小寶來說固然是一件使他大為放心的事情、好事情。至於八百年之後人們會怎樣評價，那也就管不了許多了。何況韋小寶向來只是一個只顧眼前不顧以後的人，顧頭而不管屁股，原是他的一貫表現。如果生在和平改革開放今日，韋小寶只怕又希望他的媽媽韋春芳接待過外國鬼子，這恐怕是也大有可能的吧。虛妄之事且不多言。

結語

關於韋小寶及《鹿鼎記》，當然還有許多話要說。韋小寶是「說不盡的韋小寶」，《鹿鼎記》是說不盡的《鹿鼎記》，金庸也是「說不盡的金庸」。正如《紅樓夢》是說不盡的《紅樓夢》，莎士比亞是說不盡的莎士比亞。

然而限於篇幅，這次我只能說這些。

正所謂：

一壺濁酒喜相逢。
古今多少事，
盡付笑談中！

陳墨賞析金庸

作者：陳墨
發行人：陳曉林
出版所：風雲時代出版股份有限公司
地址：10576台北市民生東路五段178號7樓之3
電話：(02) 2756-0949
傳真：(02) 2765-3799
執行主編：劉宇青
美術設計：吳宗潔
行銷企劃：林安莉
業務總監：張瑋鳳

初版日期：2020年5月
版權授權：陳墨
ISBN：978-986-352-820-3

風雲書網：http://www.eastbooks.com.tw
官方部落格：http://eastbooks.pixnet.net/blog
Facebook：http://www.facebook.com/h7560949
E-mail：h7560949@ms15.hinet.net
劃撥帳號：12043291
戶名：風雲時代出版股份有限公司

風雲發行所：33373桃園市龜山區公西村2鄰復興街304巷96號
電話：(03) 318-1378
傳真：(03) 318-1378
法律顧問：永然法律事務所 李永然律師
北辰著作權事務所 蕭雄淋律師

行政院新聞局局版台業字第3595號 營利事業統一編號22759935

定價 ：360元

國家圖書館出版品預行編目資料

陳墨賞析金庸 / 陳墨著. -- 臺北市 : 風雲時代,
2020.04　面；　公分
ISBN 978-986-352-820-3(平裝)

1.金庸 2.武俠小說 3.文學評論
857.9　　109002526